VENCEDOR	Lambda Literary Award
FINALISTA	Young Lions Award National Book Critics Circle John Leonard Award Center For Fiction 1st Novel Prize
INDICADO	Texas Library Association Laureate Dublin Literary Award
UM DOS MELHORES LIVROS DO ANO	NPR Barnes & Noble Amazon.com Bookriot Buzzfeed Flavorwire Flipboard An On Point (Wbur) Feminist Press Staff
MELHOR ROMANCE DE ESTREIA DO ANO	Kirkus Review Buzzfeed
ESCOLHA DO EDITOR	New York Times

BEM-VINDOS AO
PARAÍSO

NICOLE DENNIS-BENN

BEM-VINDOS AO
PARAÍSO

MORROBRANCO
EDITORA

Copyright © Nicole Dennis-Benn, 2016
Publicado em comum acordo com Nicole Dennis-Benn e The Book Group.

Título original em inglês: HERE COMES THE SUN

Coordenação editorial: GIOVANA BOMENTRE
Tradução: HECI REGINA CANDIANI
Preparação: CÁSSIO YAMAMURA
Revisão: MELLORY FERRAZ
Design de capa: DANI HASSE
Projeto gráfico: LUANA BOTELHO
Diagramação: DESENHO EDITORIAL

ESSA É UMA OBRA DE FICÇÃO. NOMES, PERSONAGENS, LUGARES, ORGANIZAÇÕES E SITUAÇÕES SÃO PRODUTOS DA IMAGINAÇÃO DO AUTOR OU USADOS COMO FICÇÃO. QUALQUER SEMELHANÇA COM FATOS REAIS É MERA COINCIDÊNCIA.

TODOS OS DIREITOS RESERVADOS. PROIBIDA A REPRODUÇÃO, NO TODO OU EM PARTES, ATRAVÉS DE QUAISQUER MEIOS. OS DIREITOS MORAIS DO AUTOR FORAM CONTEMPLADOS.

DADOS INTERNACIONAIS DE CATALOGAÇÃO NA PUBLICAÇÃO (CIP)

D411b Dennis-Benn, Nicole
Bem-vindos ao paraíso/ Nicole Dennis-Benn; Tradução Heci Regina Candiane. – São Paulo: Editora Morro Branco, 2018.
416 p.; 14x21cm.

ISBN: 978-85-92795-33-7

1. Literatura jamaicana – Romance. 2. Ficção jamaicana
I. Candiane, Heci Regina. II. Título
CDD 890

TODOS OS DIREITOS DESTA EDIÇÃO RESERVADOS À:
EDITORA MORRO BRANCO
Alameda Campinas 463, cj. 23.
01404-000 – São Paulo, SP – Brasil
Telefone (11) 3373-8168
www.editoramorrobranco.com.br

Impresso no Brasil
2018

Para Addy e a Jamaica

PARTE 1

DEUS NUM GOSTA DI FEIA

1

As horas extras que Margot faz no hotel nunca são registradas. O verdadeiro trabalho dela não está nem em atender os telefones que tocam sem parar nem denunciar camareiras insubordinadas por dormirem nos quartos ou assistirem TV quando deveriam cuidar da limpeza. O verdadeiro trabalho começa depois do expediente, quando todos já se despediram e lotam os Corollas brancos — taxis clandestinos — que estacionam em frente aos portões do resort e os levam de volta para casa, em bairros deteriorados, afastados do país de fantasia que ajudam a criar, um país onde eles são tão importantes quanto as algas marinhas que a maré abandona na praia.

Margot foi funcionária do mês várias vezes consecutivas por ser a primeira a chegar e a última a sair. Por um bom motivo. As solicitações chegam por telefone, não em forma de diálogo, mas em um código que apenas Margot conhece, caso alguém esteja escutando a ligação. "Ackee" significa que ele quer degustá-la lá embaixo. Estrangeiros adoram isso.

"Banana" significa que ele quer ser chupado por ela. "Sundae" significa que ele quer ser depravado – vale tudo. Naturalmente, sabem que ela é do ramo porque faz questão de lhes dar uma piscadela logo no primeiro dia. Envaidecidos, dão início à conversa. Margot flerta, interpretando seus olhares furtivos, que quase sempre pousam na fenda entre seus seios e ali ficam. Essa é a deixa de Margot para uma proposta mais atrevida. Ela vai ao banheiro das funcionárias para se refrescar, borrifar perfume entre os seios e retocar o pó antes de caminhar até o quarto do cliente. Despe-se para ele, que geralmente tem como objetivo principal satisfazer uma curiosidade profunda que nunca teve colhões para saciar com as mulheres do próprio país. Quanto aos seios de uma mulher negra, por exemplo. Muitos desses homens querem saber sua forma, se os mamilos têm ou não a mesma cor daquele piche das estradas pavimentadas da Europa ou dos Estados Unidos, que fica preso na sola de seus sapatos de couro; ou se os mamilos negros têm o mesmo esplendor do solo depois de uma boa pancada de chuva. Eles querem tocá-los. Ela deixa. Os olhos deles se arregalam como se fossem crianças encantadas que observavam filhotes de sapo pela primeira vez, sustentando o olhar com cautela para que não saltem para longe de seu alcance. Ela não enxerga isso como degradante. Enxerga como mera satisfação da curiosidade de estrangeiros; estrangeiros que lhe pagam uma boa quantia para que seja a guia particular deles na viagem pela ilha que é o seu corpo. Quando acaba, Margot guarda o dinheiro na bolsa e corre para casa. A essa altura, os táxis clandestinos são raros, então ela caminha até a cidade e lá faz sinal para um deles. Há muito tempo se livrou das sensações de repulsa. No passado, permanecia no hotel e tomava banho no quarto do cliente, esfregando cada parte do corpo até ficar com a pele arranhada. Hoje em dia vai direto para casa e cai no sono cheirando ao sêmen que penetrou em seus poros. No lugar da repulsa há uma esperança líquida que se instala em seu peito e a preenche com um objetivo. Ela despenca na cama que divide com a irmã sabendo que um dia não precisará fazer mais isso. Nesse dia, Thandi fará a situação toda melhorar.

Mas até lá, precisa trabalhar.

Esta noite, ela olha para os dois lados a fim de ver se o caminho está livre. As camareiras já foram todas embora, a gerência e grande parte do pessoal do hotel também. O *concierge*, Paul, é o único que está trabalhando. Como já é quase meia-noite, Abby e Joseph, recepcionistas do turno da noite, se revezam para descansar no sofá do escritório. Margot não passa pela recepção ao sair do hotel. Sai pela lateral, perto da piscina, e se surpreende ao ver Paul lá fora, fumando um cigarro.

— Boa noite, Margot — diz Paul, curvando-se levemente. Ele é sempre educado, tão educado que Margot se pergunta se sabe de algo. Ela se pergunta se, por trás dessa serenidade, ele esconde desprezo. Será que cochicha com os outros *concierges* que a vê sair do hotel tarde da noite? Será que comenta com eles que já a flagrou mais de uma vez ajeitando a blusa e a saia depois de sair do quarto de um dos hóspedes? Esses incidentes poderiam ajudá-lo a juntar dois mais dois. Mas, pensando bem, ele não é tão inteligente. E Margot é grata por isso.

Ali fora, a noite está fresca. As estrelas pontilham o céu como grãos de sal. O cricrilar dos grilos nos arbustos de buganvília a persegue como se fosse fofoca, o som sibilante é ensurdecedor. Ela caminha até a rua, agradecida pelo anonimato propiciado pela escuridão. Na cidade, encontra os taxistas de sempre: Maxi, Dexter, Porter, Alistair. Maxi é o primeiro a chacoalhar as chaves. Um sinal para os outros motoristas de que é ele quem vai levá-la.

— Comu bai as coisas, doçura? — Margot manda um beijo para ele. Cresceram juntos e frequentaram a mesma pré-escola, o mesmo primário e o mesmo secundário. Maxi largou a escola no segundo grau, abraçou o movimento rastafári e começou a se referir a si mesmo como "eu e eu". Fuma ganja o dia todo e, à noite, é taxista e traficante de turistas que são aventureiros o bastante para saírem pela cidade procurando ganja.

— Qualé qui é, Maxi? — Ela se acomoda no banco da frente do taxi. É acolhida por um odor de laranja e fumaça. Começa a se perguntar se esse cheiro vai grudar nela. Por outro lado, ela tem o próprio cheiro.

— Tudi d'reitu. — Maxi dá a partida. Os dreadlocks dele são um amontoado denso e desgrenhado. Ele fala sobre suas duas crianças, sobre as quais ela sempre pergunta apenas para que a conversa não envolva flerte. Uma delas acaba de entrar no primário e a outra está começando a pré-escola. Têm mães diferentes. Mulheres com quem Margot cresceu. Mulheres com as quais ela não tem mais afinidade por causa de uma mentalidade estreita e uma enorme pré-disposição para julgar. *Então ela agora t'achano que tem o rei na barriga, hein, trabalhano no hotel. Olha só pra ela, né. Trinta anos e não tem homem, não tem filhos. A periquita dela deve tá na seca. Não consegue descer do salto nem pra uma boa trepada. Tá s'achano fina demais.*

— Quando cê bai comprá teu próprio carro, Margot? — Maxi pergunta. — Ouvi dizê que o hotel paga uma boa grana, muito boa mesmo.

Margot se recosta no banco de couro e inspira aquele cheiro ácido.

— Logo.

Ela olha pela janela. Embora esteja um breu lá fora, sabe que estão passando perto do mar. Por um instante ela quer libertar seus pensamentos para que eles vaguem por essa escuridão, por essa incerteza.

— Logo quando? — Maxi pergunta.

— Sério? Cê tá tão desesperado assim para fechar as portas? — Ela sorri para ele, é o primeiro sorriso verdadeiro do dia; lento, fácil. Seu emprego pressupõe um movimento consciente do maxilar, uma curva nos lábios que mostre os dentes (todos os dentes) para tirar a atenção dos olhos, que nunca têm o mesmo entusiasmo, mas ainda assim são experientes em manter contato visual com os hóspedes. "Está um dia formidável no Palm Star Resort, como posso ajudar?" "Bom dia, senhor." "Sim, senhora, permita-me levar isto para a senhora." "Não, senhor, não dispomos de um traslado direto para Kingston, mas temos um para Ocho Rios." "Posso ajudá-la em mais alguma coisa, senhora?" "O carro para o traslado já está lá fora, senhor." "Tenha um bom dia. Estou aqui caso precise de algo. Não se preocupe."

— A genti só tem qui pará de s'incontrar desse jeito. Só issu — diz Maxi.

Margot volta a atenção para fora.

— Assim que a Thandi acabar de estudar, cê sabe com'é.

Maxi dá uma risadinha. Quando ela olha para ele, percebe o brilho dos dentes, que parecem iluminados no escuro.

— *Cê sabe com'é* — Maxi a imita.

— Que foi?

— Nadica.

— Qualé teu problema, Maxi?

Ele alisa o bigode com uma das mãos. Na escola, todas as amigas dela tinham uma queda por ele. Achavam que parecia o Bob Marley por causa dos cachos cada vez mais longos, da pele marrom do tom do amendoim e do estilo rebelde. Uma vez, disse para a professora que ela era ignorante por acreditar que Cristóvão Colombo descobriu a Jamaica. "E os povos indígenas que tavam aqui antes?" Ele sempre foi intelectual, usando palavras que ninguém jamais ouvia nas conversas do dia a dia: *indígenas, desigualdade, levante, revolução, escravidão mental*. Matava as aulas para ler livros sobre Marcus Garvey, e dizia para quem quisesse ouvir que a verdadeira história estava naqueles livros. O diretor, o sr. Rhone, um negro de pele clara de St. Elizabeth, começou a se preocupar com o comportamento rebelde de Maxi, temendo que pudesse influenciar outros alunos, e o expulsou. Desde então, Maxi não voltou a estudar. Se não tivesse enchido a cabeça com essas bobagens de liberdade e África, a esta altura seria médico, advogado, político ou algo importante, já que tinha sido, sem dúvida, o garoto mais inteligente da escola. Margot não quer que aconteça o mesmo com a irmã. Assim como Maxi, Thandi é intelectual. Ela tem potencial para ser alguém na vida. E Margot tem que garantir que Thandi não arruíne tudo para si mesma.

— Cê pressiona dimais a coitada da minina. Por que cê não se concentra nos próprios sonhos?

— Meu sonho é que minha irmã seja bem-sucedida.

— E qual é o sonho dela?

— O mesmo.

— Cê já perguntô pra ela?

— Maxi, qui conversa é essa?

— Só tô falando si cê já perguntô pra tua mana qualé o sonho dela. Cê tá tão determinada em fazer pressão. Um dia, u feitiço bira contr'u feiticeiro.

— Max, para cum essa besteira. Ao contrário de certas pessoas que conheço, a Thandi tem ambição.

— Certas pessoas — Maxi faz uma careta. E de novo leva a mão até o bigode ralo. — Eu e eu sabia u qui queria fazia muito tempo. E num tinha nada a ver cum o qu'eles ensinam na escola. Eles tão fazeno nossas criança virarem robôs. É a filosofia du homem branco que tão aprendeno. E quanto à nossa tradição e nossa cultura? — Ele suga o ar entre os dentes, com um som agudo de desdém. — Um negócio da Babilônia qui eles enfiam na cabeça das criança. Tua mana, Thandi, é uma minina meiga. Ela sabi o qui faiz. Mas é o qu'eu digo, quando a panela fica dimais no fogo, a água seca e u feitiço bira contr'u feiticeiro.

Margot coloca a mão no rosto dele, um sinal para interrompê-lo.

— Acho qu'essa conversa j'acabô.

Eles se rendem à toada do silêncio. Maxi começa a assoviar e se concentra na escuridão da estrada que eles têm à frente. Só as faixas brancas são visíveis, e Margot tenta contá-las para se acalmar. É óbvio que ela tem sonhos. Ela sempre teve sonhos. O sonho dela é cair fora dali e ir para o lugar mais longe possível. Talvez os Estados Unidos, a Inglaterra ou algum outro lugar onde possa se reinventar. Se tornar uma nova pessoa, sem limites; um lugar em que possa se entregar aos desejos que recusa há tanto tempo. O hotel, na verdade, nem paga tanto assim, mas isso Margot não pode contar a ninguém. Ela se veste muito bem para trabalhar, seu uniforme marrom acinzentado é passado com capricho, cada prega é alinhada cuidadosamente; seu cabelo é alisado e penteado em um coque bem arrumado, não há um fio fora do lugar exceto os que estão nascendo, que são assentados com gel para dar a impressão de cabelo bom; e sua maquiagem é de uma perfeição minuciosa, com pó suficiente para que ela pareça mais clara do que é; uma criada de luxo. Talvez seja desse modo que Alphonso – o chefe dela, um jamaicano branco – a veja. Uma criada de luxo. Ele herdou do pai o império Wellington – que engloba fazendas de café, destilarias de rum e imóveis em toda a ilha, de Portland a Westmoreland, incluindo o Palm Star Resort – e foi generoso o bastante para mantê-la na equipe depois de demitir todo mundo que foi contratado por seu pai, o falecido Reginald Wellington Senior. No início, ela desprezava a si mesma por permitir que ele a tocasse. Mas depois passou a se desprezar por ser orgulhosa a ponto de acreditar que tinha escolha. O que ela conseguiu com isso (e continua a conseguir) foi bem melhor do que esfregar o chão. Não queria perder essa oportunidade. No início, só queria ser exposta a outros mundos, qualquer coisa que a tirasse daquele desamparo e desse a ela a chance de se afastar de Delores e da lembrança do que sua mãe havia feito com ela.

Maxi cutuca Margot com o cotovelo.

— Comu qui cê levanta a boca assim? Relaxa, cara. — Ele dá um sorriso para provocar e ela olha para o outro lado, tentando resistir. — Cê é tão dedicada nas obrigações de mana mais velha — Maxi diz. — Acho muito nobre. Jah sabe disso. — Ele se estica e põe a mão no joelho dela. E fica assim. Ela pega a mão dele e a tira dali. Quinze anos atrás, no colegial, quando namoraram por um tempo, isso teria provocado ondas em toda sua anatomia. Agora a sensação não é a mesma. Nenhum outro toque traz a mesma sensação. Quando Maxi se aproxima do pé da montanha, Margot diz para ele parar o carro.

— Bou a pé daqui — ela diz.

Maxi aperta os olhos como se tentasse enxergar através da escuridão para ver se tinha alguma coisa ali.

— Cê tem certeza? Purque cê sempre me faiz parar aqui? Eu sei ondi cê mora. Purque não me faiz deixar cê lá?

— Maxi, eu bou ficar bem daqui até lá.

Ela pega o dinheiro e dá para ele. Ele reluta em pegar, espiando mais uma vez o breu que está à frente deles. Margot espera o carro partir e as luzes do farol desaparecerem. A escuridão se apossa dela, cercando-a em seus muros negros que acabam por se abrir em uma trilha pela qual ela caminha. Dá alguns passos, percebendo seus pés, um à frente do outro, e a estranheza que percorre sua espinha, envolve seu ventre e sobe depressa até o peito. O perfume das buganvílias enfileiradas ao longo da cerca é como um meigo abraço. A escuridão se torna uma cúmplice amistosa. Mesmo assim, uma apreensão se acerca dela: *alguém consegue vê-la?* Ela olha sobre o ombro e considera a distância que teria de percorrer até chegar em casa. Uns dois quilômetros. Ela para em frente à casa rosa claro que sobressai no escuro. No momento exato, uma mulher aparece na varanda, vestindo uma camisola branca. A camisola esvoaça delicadamente com a brisa leve que provoca o sussurro da folhagem das plantas e das árvores e que leva até Margot um tênue perfume de patchuli. De onde está, a mulher parece navegar em sua direção como um anjo, com a camisola enlaçando suas curvas femininas. E Margot navega para ela, não mais ciente dos passos sobre as pedras do caminho ou dos medos que martelam em seu peito. Quando chega ao pé da escada, olha para cima, no rosto da mulher, dentro daqueles olhos que hipnotizam seu olhar. Nunca consegue deixar de pensar neles, porque são os únicos olhos que a enxergam. Que a enxergam *de verdade* – não seu corpo ou a nudez que voluntariamente oferece a estranhos, mas algo mais – algo frágil, cru, indefeso. O tipo de desnudamento que a faz estremecer sob o olhar da mulher. Margot reprime o ímpeto de dizer isso. Não é o lugar. Não é a hora. Elas não trocam nenhuma palavra. Nenhuma palavra é necessária. Verdene Moore a deixa entrar.

No Old Fort Craft Park, Delores enlaça os braços de homens de rostos corados e camisas floridas, educados demais para recusar, e de mulheres de largos chapéus de palha com os lábios finos congelados em sorrisos amedrontados. Antes de os turistas passarem pelo quiosque de Delores, ela escuta os preços que os outros comerciantes negociam com eles – preços que fazem os turistas recusarem educadamente e saírem de perto. Por isso, quando eles chegam ao quiosque de Delores – o último do mercado –, está pronta para atacar, exatamente como faz no Falmounth Market às terças-feiras, logo que o navio atraca. Os turistas hesitam, como sempre, talvez assustados com aquela mulher negra grande, de olhos esbugalhados e nariz largo. No momento, suas vítimas são um casal de meia-idade.

— Tenho montes e montes di coisa procê i teu marido. Vem por aqui, benzinho.

Delores puxa a mulher pela mão com delicadeza. O homem vai atrás da esposa, com as duas mãos agarradas à enorme câmera pendurada em seu pescoço, como se estivesse com medo de que alguém a arrancasse.

Para acalmá-los, Delores desabafa:

— Ah, Deus, misericórdia — ela diz, se abanando com um antigo exemplar do *Jamaica Observer.* — Essi calô mardito num é brincadeira. Acreditam qui tô aqui di pé o dia intêro? Rapaiz, as coisa 'tão difícil.

Ela enxuga o suor que escorre pelo rosto, de olho neles. É mais nervosismo do que calor, porque os negócios estão fracos e Delores precisa do dinheiro. Observa a mulher inspecionando as bijuterias – os maxibrincos feitos de madeira, os colares de contas, as tornozeleiras e as pulseiras –, as únicas coisas do quiosque feitas por Delores.

— Esse aí fica bom com teu vistido — diz Delores quando a mulher pega um colar.

Mas a mulher responde apenas com uma careta, colocando a peça de volta e passando para a seguinte. Delores continua a se abanar. Os americanos normalmente são falantes, ingênuos. Em geral, Delores não precisa se esforçar com eles, porque a polidez os torna excessivamente benevolentes, sempre se desculpando. Mas esse casal deve ser de uma espécie diferente. Talvez Delores esteja errada, talvez eles sejam de outro lugar. Mas só os turistas americanos se vestem como se estivessem indo para um safári, principalmente os homens, com suas sandálias, bermudas cáqui e câmeras que parecem quase binóculos.

— Os fogachos e essi calor qui né di Deus, num mi faiz nada bem — diz Delores quando a mulher se aproxima dos cestos de vime. Então a mulher sorri, um sorriso autêntico que demonstra sua opinião: o reconhecimento de uma condição feminina universal. Só então ela tateia suas notas estrangeiras, como se não desejasse dividi-las

— Quanto custam os colares? — ela pergunta a Delores com um sotaque americano. Aponta para um dos colares vermelhos, verdes e amarelos feitos de miçanga. Delores levou um bom tempo para montá-los.

— Vinte e cinco — diz Delores.

— Desculpa, é muito caro — a mulher diz. Ela lança um olhar para o marido. — Vinte e cinco não é um pouco demais por isto, Harry? — Ela segura o colar como um pedaço de cordão e o balança na frente do marido. O homem segura-o como se fosse algum especialista.

— Não vamos pagar mais de cinco por isto — ele diz, com um tom de autoridade que lembra a Delores o reverendo Cleve Grant, cuja voz estrondosa pode ser ouvida todas as tardes dedicando uma prece para a nação na Rádio Jamaica.

— Levei tempo pra fazê, sinhô — diz Delores. — Posso baixá pra vinte.

— Quinze.

— Ok, consigo por quinze pr'ocês! — diz Delores, disfarçando a decepção. Enquanto ela conta o troco para devolver à mulher, a flagra observando as bonecas jamaicanas em miniatura. Delores imagina que aquelas bonecas, apesar do exagero, são as únicas imagens do povo jamaicano que a mulher verá na breve parada de um dia de seu cruzeiro. O marido dela, que tira fotos sem parar, examina a mesa de rastafáris com pênis longos, descomunais, de mulheres sorridentes com rostos cor de piche e cestas de frutas na cabeça, do lavrador de riso largo carregando bananas verdes nas mãos, das camisetas com estampas de folhas de maconha e de Bob Marley fumando com os dizeres "IRIE" em letras realçadas, das bonecas de pano com vestidos de festa que parecem toalhas de piquenique.

— Se comprar três peça, cês ganha um desconto no preço, tudo coisas de qualidade — diz Delores, agarrando a oportunidade. — Cês num acha isso em lugar nenhum, só aqui.

O homem puxa a carteira e o coração de Delores vai parar na garganta.

— Me dê duas dessas grandes e uma pequena da regata.

— Ele aponta para as camisetas.

Assim que faz a compra, a esposa, como se tivesse recebido autorização para pegar todos os suvenires possíveis, diz:

— Para a sua mãe — ela diz pegando um cesto de vime —, para o Alan e a Miranda. — Mais braceletes nas cores rastafári. — E para as meninas. — Um par de bonecas de pano com vestidos de festa.

Ao terminar, eles compraram metade do que Delores tinha. Só Delores consegue vender tantos suvenires em um dia, porque, ao contrário de outros comerciantes, ela sabe que tem uma mina de ouro em casa – uma filha que precisa sustentar – que um dia será médica. Ela faz isso por Thandi. Quando enfia no sutiã os dólares estrangeiros, que serão guardados dentro do colchão velho da cama que ela divide com a mãe, Delores está convencida de que um dia todos os seus sacrifícios serão retribuídos. Dez vezes.

Thandi quer mais. Ela vai buscar no empório do sr. Levy, que fica em frente ao Dino's Bar, na River Bank Road – a única estrada para quem chega e sai de River Bank, antiga aldeia de pescadores nos arredores de Montego Bay onde Thandi morou a vida toda. O empório do sr. Levy e o Dino são os dois únicos comércios que restaram desde que as barracas de frutos do mar fecharam. A construção civil e a seca não só afastaram os pescadores do trabalho como de River Bank, deixando para trás uma comunidade sem muito de que se alimentar além das mercadorias com alta incidência de impostos da loja do sr. Levy.

O empório do sr. Levy parece estar ali desde o início dos tempos. A loja alimentou gerações de habitantes de River Road. Assim como a população à qual serve, o empório do sr. Levy mudou de proprietário muitas vezes – o negócio passou de pai para filho para neto para bisneto para trineto para tataraneto. O sr. Levy atual parece igual aos antecessores, espreme os olhos para ver os rostos negros que gritam os pedidos: "Seu China, mi dá cem grama di arroz. Mi dá meio quilo di farinha. Tô pedino um saco di açúca, né, Seu China? Vô pagá dipois. Mi dá um sabão clareador cum óleo di bebê". Embora o nome do sr. Levy esteja escrito do lado de fora da loja com tinta vermelha brilhante, as pessoas ainda o chamam de "Seu China", já que ele é chinês. A esposa do sr. Levy é uma mulher de rosto duro que, silenciosa, busca os pedidos nos fundos da loja. Às vezes, os dois filhos trabalham no caixa, quando ele dá uma escapulida com a esposa para almoçar ou jantar atrás da porta de tela, onde os clientes podem vê-los devorando colheradas de macarrão ou arroz cozido no vapor. A loja mantém no estoque uma pequena quantidade de mercadorias básicas como arroz, leite, farinha de milho, Panadol para resfriados e gripes, Fosca Oats, cavala enlatada, especiarias, pão e manteiga. Uma ou duas vezes, Thandi avistou algo exótico. Como no mês passado, quando ela descobriu uma barra de chocolate que nunca tinha visto antes – uma

embalagem roxa com letras douradas. *Chocolat de L'amour.*
Ela experimentou. Saboreou aquela riqueza em sua língua,
no céu da boca. A loja está sempre quente e abafada; em um
dos cantos, um grande ventilador faz o ar morno circular. As
pessoas entram e saem. Não há nada mais a fazer; se ficassem
por muito tempo desmaiariam pelo excesso de calor ou pelo
cheiro de xixi de gato, uma cortesia do grande gato marrom e
branco que fica sentado no balcão lambendo as patas. Thandi
toma coragem para erguer a voz quando o sr. Levy olha para
ela com os olhos semicerrados.

— O senhor poderia me dar meio quilo de arroz e um
saco de farinha de milho, por favor? — Ela diz isso em perfeita norma culta, o que atrai os olhares de algumas pessoas
que estão na loja. Mas o velho "chinesinho" não se impres-
siona. Ele alcança os itens distraidamente e grita:

— Cinco dóla! — sem nem olhar para ela. Com seus
dedos curtos, ele folheia o *Observer* que tem à sua frente.
Thandi se pergunta se ele alguma vez viu o rosto dela. Se
pergunta se pensa que ela é como os outros. Com aqueles
olhos semicerrados, os rostos negros provavelmente lhe parecem todos iguais. Atrás do balcão, Thandi reconhece o creme
Rainha de Pérola que a sra. Ruby disse para ela comprar.
Outro produto exótico que o sr. Levy tem no estoque.

Ela limpa a garganta:

— Mi dá Pérola tamém — diz, o patuá soa estranho
saído da sua boca, com o uniforme da escola de ensino médio
Saint Emmanuel: saia plissada branca que chega bem abaixo dos joelhos, meias brancas impecavelmente dobradas no
tornozelo, sapatos que foram engraxados até brilharem. Ela
faz um sinal com o queixo na direção do creme, movimento
que viu as mulheres fazerem na loja quando efetuavam seus

pedidos; a segurança era visível na postura delas, apoiando todo o peso no balcão, com uma perna escorada atrás da outra. Thandi compra o creme do sr. Levy com o troco dos alimentos. Pode dizer à irmã, Margot, que comprou um pacote de lápis e um livro de exercícios. Thandi já viu os efeitos do creme nas mulheres que o aplicam, a claridade entrando na pele delas e a escuridão recuando como uma sombra sinistra em volta dos cabelos. A senhorita Ruby, por exemplo. Uma mulher que mora em um barraco não muito distante dos barcos de pesca. Em toda River Bank as pessoas sabem sobre a senhorita Ruby e sua nova atividade. Por causa dela, mulheres e garotas que antes não eram nada se transformaram em alguma coisa, seus rostos recém clareados tornando-as menos invisíveis e mais bonitas, merecedoras de empregos como recepcionistas, caixas de banco, modelos, assistentes de vendas e, em alguns casos, comissárias de bordo.

Thandi toma o caminho de casa.

Ela caminha ao longo do rio em forma de Y que atravessa a aldeia. Ele se divide e corre em direções opostas – de um lado corre para a amplitude do mar, enquanto do outro lado corre na direção da colina que paira sobre a cidade, na extremidade da bifurcação. A água se aquieta em uma pequena enseada sombreada por bambus e carvalhos. A aldeia ganhou o nome de River Bank porque se alguém no topo do morro olhasse para baixo, os barracos pareceriam caixas de papelão espalhadas às margens do rio. Uma pequena frota de barcos de pesca fica ancorada onde o rio encontra o mar. Estão ali, flutuando na água como baleias adormecidas, desde dezembro, antes da seca. A área tem sido explorada por trabalhadores de construção – homens que caminham pela margem do rio para cima e para baixo usando grossos capacetes e pesadas botas de borracha, esquadrinhando a areia com alguma finalidade, como se procurassem um tesouro enterrado. Quando Thandi era pequena, passava por ali ao ir com a mãe comprar peixes da senhorita Ruby. Lembra-se de ficar na fila do lado de fora do barraco da senhorita Ruby, vendo-a descamar os peixes e abri-los sem esforço com uma faca afiada que revelava o conteúdo vermelho sob a barriga. Mas a primeira visita que Thandi fez sozinha à senhorita Ruby aconteceu recentemente – bem depois de a senhorita Ruby parar de vender peixe. Thandi queria mostrar a professoras e colegas de classe como podia ser responsável, e para isso concorreu a representante de turma, mas perdeu para Shelly McGregor que, apesar de ser uma aluna mediana e impopular, foi a mais votada entre freiras e estudantes. Thandi estava convencida de que a derrota tinha relação com o tom mais escuro da sua pele, que ela acredita ser a causa dos fardos que carrega e pesam tanto quanto os livros das matérias pelas quais não tem o menor interesse. Mas Thandi tem mais uma chance de brilhar: a festa de aniversário de dezesseis anos de Dana Johnson, que será daqui a alguns meses. É a primeira festa de Thandi e o último evento social antes dos exames finais em junho. Ela se imagina usando um belo vestido fúcsia que viu na vitrine da Tiki Boutique, perto da escola, em Montego Bay. Sua pele mais clara, mais luminosa, ficaria bonita numa cor como aquela e certamente a faria se sentir incluída.

Nua, Thandi se senta em um banco no interior do velho barraco da senhorita Ruby. O barraco é feito de zinco e tábuas de madeira, os pregos estão enferrujados pela brisa que vem do mar. Um pé de manga se escora no telhado desde a passagem do furacão Gilbert, oferecendo à casa abrigo da luz do sol e proteção contra possíveis *voyeurs*. Mangas pretas ficam penduradas dentro da casa, algumas delas podres e com o caroço seco. Vez ou outra, a brisa do mar ressoa contra o teto de zinco ou a janela aberta, deixando um hálito salgado que Thandi sente nos lábios. Estão no meio de fevereiro, mas a umidade e a seca que eles estão vivendo traz a mesma sensação dos meses quentes de verão. Thandi está com as costas curvadas e os ombros arqueados. Pequenas formigas deslizam pelo chão poeirento, algumas sobem pelo banco. Cruza e descruza as pernas, com medo de que elas possam caminhar para dentro da fenda de sua vagina. À sua frente, a senhorita Ruby combina cremes, espremendo-os dentro de um grande pote que antes continha alisador de cabelo. Concentrada, com a língua presa entre os grandes lábios rosados e a testa enrugada, a mulher mistura o composto com o cabo de um pente de metal. Naquele calor opressivo, ela nunca derrama uma gota de suor, embora esteja vestindo uma blusa de moletom que lhe cobre os braços e tem um capuz até a testa, para prevenir queimaduras de sol. Calças folgadas cobrem-lhe as pernas.

— Cê tem o Rainha de Pérola? — a senhorita Ruby pergunta. Thandi assente com a cabeça e entrega o creme a ela. — Não quero ele agora. Cê tem que usar todo dia. Não qui seje milhor qui meu composto. Mas si cê usar os dois junto, cê bai s'assustá di vê como faiz milagre. Cê tem qui tê algum cuidado — a senhorita Ruby diz a Thandi. — Como tá na escola?

— Bem. — Thandi responde com uma voz tão baixa quanto as formigas que andavam pelo chão. E coloca o creme Rainha de Pérola de volta na mochila.

— Cê tá pronta pro CEC?

Thandi dá de ombros.

— Acho que sim.

Toda a trajetória de Thandi no ensino médio foi uma preparação para essa prova do Conselho de Exames do Caribe, com nove matérias. Todas, menos uma, foram escolhidas para ela.

— Você acha? — A senhorita Ruby coloca as mãos nos quadris. — É bom cê estar. Não é daqui nove meses? É uma coisa muito, muito séria. Minha sobrinha de Kingston foi reprovada em cinco matérias no ano passado e teve qui fazê essas di novo. Uma outra minina acabô desistino e ino pra escola técnica aprendê uma ocupação. Você é a única esperança da tua mãe. Cê sabe o duro que ela dá pra mandar você pr'aquela escola? — É verdade. Delores arranca dinheiro dos turistas com suvenires baratos que ela vende pelo triplo do preço no Falmouth Market, e a Margot faz horas extras no hotel. Fazem isso por ela.

Thandi engole em seco, olhando para o uniforme amontoado no chão como papel amarrotado. Ela costumava ter certo orgulho dele, mas neste exato momento, enquanto o observa, imagina outras aplicações possíveis para o tecido branco que custa mais do que um mês de compras. Por causa do custo, Thandi só tem dois conjuntos de uniforme, que lava à mão todas as tardes, depois da escola, e depois passa a ferro para usar no dia seguinte.

Ela olha para as próprias coxas marrons. Não mudaram nada desde a última visita.

— Você acha que posso clarear em quatro meses? — ela pergunta à senhorita Ruby, pensando na festa e nos garotos que estarão lá.

— Você tirou o plástico — diz a senhorita Ruby, com um tom de acusação na voz.

— Estava quente demais — diz Thandi. — Senti que ia desmaiar.

— Eu era negra como você, mas olha só pra mim agora...

— A senhorita Ruby vira o rosto de um lado para o outro, para que Thandi veja sua pele cor de salmão, delicada, com textura de leite quente. — Biu como minha pele ficou luminosa? Si cê seguir as instruções, a tua bai ficar assim mais depressa. Agora qui cê tem o Rainha de Pérola, cê pode si dá bem. Si quer um resultado mais rápido, usa duas vezes por dia.

Ela esfrega o composto para cima e para baixo no pescoço, nas costas, nos braços e nos ombros de Thandi. Esfrega em tudo, menos na fenda do traseiro. A senhorita Ruby não era nada delicada. Thandi se pergunta se a rudeza da senhorita Ruby era um castigo por não ter seguido as instruções anteriores. Imagina sua negritude descascando, o peróxido de hidrogênio que a senhorita Ruby derrama na mistura agindo como um abrasivo, um remédio para sua melancolia. Fecha os olhos quando a fórmula quente entra em contato com sua pele. A senhorita Ruby chega ao peito de Thandi. O movimento circular das mãos de uma estranha em seus seios faz Thandi corar. Ela nunca foi tocada dessa forma. Abre os olhos e procura alguma coisa – qualquer coisa – que afaste sua mente da sensação causada pelos dedos daquela mulher estranha. Ela se imagina como um peixe que a senhorita Ruby esfrega com sal e vinagre antes de fritar. Seus olhos chegam ao teto. Se conseguisse levantar o braço, delinearia as coisas que vê, projeções de sua mente.

— Por sorte, cê já tem o cabelo bom — diz a senhorita Ruby. — Cabelo de indiano. Teu pai é indiano?

— Não sei — diz Thandi, ainda contemplando as placas do teto. — Nunca o conheci.

— *Tsc, tsc.* Bom, Deus foi maldoso com você. Porque, criança, si tua pele fosse bonita como teu cabelo, que mulher linda cê ia ser.

A senhorita Ruby não está dizendo nada que Thandi já não tenha ouvido antes. A mãe dela diz a mesma coisa, em geral balançando a cabeça do mesmo jeito que faz diante de comida que queimou e precisa ser jogada fora. "Pena qui cê num tem a pele do teu pai." Thandi não tem nem a cor de noz-moscada que faz de Margot uma amante honrada – um degrau abaixo de uma esposa de pele luminosa – nem é negra como Delores, cuja pele desperta a solidariedade das pessoas quando olham para ela. "Quem qui quer ser negra dessi jeito aqui nesse lugar?" A senhorita Ruby entrega para Thandi a mistura caseira do pote para que ela aplique quando necessário.

— Só quando necessário — ela enfatiza. — Essa química é tão forte qui podi ti matar. — Depois ela procura o plástico filme e começa a envolver o torso de Thandi. Mumificada, ela se senta e começa a ouvir as instruções da senhorita Ruby.

— Si cê qué resultado mais rápido, deixa o plástico. Não lava. Não sai no sol. Si cê tivé qui ir no sol pur qualqué motivo, num deixa di si cubri sempre, dos pés à cabeça. Si cê começá a senti qui bai dismaiá, é só bebê água. Isso faiz cê suar mais. Faiz qualqué coisa, só num tira o plástico. I lembra: fica longe do sol!

A senhorita Ruby repete essas palavras como um mau agouro, olhando dentro dos olhos de Thandi, que escuta e assente, embora ela queira tirar o plástico filme e pular no rio. Ela imagina a própria pele cozinhando, se tornando um líquido pastoso sob o embrulho plástico.

— Tenho que usar isso o tempo todo? — Thandi pergunta.

— O calor e o suor tão a teu favor. 'Guenta, — diz a senhorita Ruby, golpeando-a com o olhar.

Thandi se arrepende de ter falado, sentindo que a reclamação pode ter sido interpretada como se quisesse menos da vida. Menos oportunidade. Menores chances de atrair o tipo de garoto que a mãe e a irmã gostariam que ela atraísse (o tipo que, com certeza, estará na festa). Menos chance de aceitação na escola. Menos chance a ponto de ser reprovada na escola – o único barco em que meninas negras como ela podem navegar, já que a aparência que têm não fará nada por elas. Sua mãe diz a mesma coisa. "A única coisa qui cê tem a teu favor é a educação. Não bai estragar isso." Enquanto isso, as "morenas" sem inteligência da escola acabam contratadas como modelos ou têm namorados com dinheiro para gastar com elas. As menos atraentes conseguem bons empregos em negócios de família. Com o que ela pode contar se não passar no exame, além de seus desenhos? Mas ninguém quer aquilo. Ninguém respeita uma artista. Então, enquanto se veste, Thandi finge ignorar o barulho do plástico amassado por baixo do uniforme e uma náusea toma conta dela.

A senhorita Ruby examina a pele de Thandi com olhos que são como uma navalha afiada raspando-lhe o corpo em busca de áreas que ela possa ter esquecido – manchas escuras que precisem ser friccionadas, completamente limpas com o rigor de quem esfrega o fundo de uma panela queimada. Ou do modo como ela descamava os peixes. Seus olhos escuros têm uma sutil hostilidade que lembra a Thandi a maneira como as garotas e as freiras da escola a observam. Será que ela consegue ver que Thandi não se encaixa? Consegue farejar a fraude que ela é? Talvez, nesse momento, Thandi faça com que ela se lembre de alguém que a prejudicou. Ou de si mesma – de sua aparência antes de descolorir a pele. Mas o humor dela muda depressa, assim que Thandi dá o dinheiro do pagamento.

— Lembra di ficá longe du sol comu ti falei — diz a senhorita Ruby. — Porque nós duas sabemos, Deus num gosta di feia.

Quando sai do barraco da senhorita Ruby, Thandi solta o ar dos pulmões. Não tinha percebido que estava segurando a respiração esse tempo todo para evitar inalar aqueles produtos químicos que empesteavam o lugar. O amoníaco pungente substituiu o cheiro de peixe.

Na volta, Thandi vai pelo caminho sombreado, que por acaso passa pela casa cor-de-rosa – uma das mais bonitas de toda a comunidade de River Bank. Na verdade, é uma das duas únicas casas de River Bank construídas de fato com cimento, blocos e telhado de madeira. Tem até veneziana e água encanada.

A casa cor-de-rosa é propriedade de Verdene Moore, vigiada de perto porque toda a comunidade sabe do que ela é capaz. Não há *senhorita* na frente do nome daquela mulher – como há na frente do nome de todas as outras mulheres mais velhas às quais Thandi deve se dirigir dessa forma – pelo mesmo motivo que não há *senhora*. Não que as mulheres de River Bank se casem. Casamento é para pessoas como os pais das garotas com quem Thandi estuda. Ela pensa nas mães bem-vestidas e muito maquiadas acompanhadas pelos pais de aparência elegante nas atividades escolares em que o único progenitor de Thandi a comparecer é Delores. Sobre seu pai, a última coisa que ela soube é que mora em Westmoreland. Em River Bank acontecem mais uniões estáveis, em que o homem mora com a mulher, o que é, em geral, o suficiente para confirmar o relacionamento. Sobre Verdene Moore, o que Thandi cresceu ouvindo é que ela atrai menininhas para sua casa com guineps para depois poder boliná-las. Mulheres a pegaram desprevenida no pátio sorrindo quando as via passar com melancias e pedaços de gelo pendendo dos lábios nos dias quentes de verão em que suas saias e vestidos colavam em seus corpos como uma segunda pele. Na história de River Bank, sabe-se e sempre se soube que Verdene Moore é o anticristo, a cobra que todo e qualquer mangusto deveria ter carregado para fora da ilha e comido viva; a bruxa que pratica coisas obscenas, que nem dá para pensar de tão pecaminosas.

Em agosto, o sr. Joe, um andarilho que as pessoas contratam para tirar as ervas daninhas do jardim, encontrou um cachorro morto no pátio de Verdene Moore. Ele saiu aos gritos pela rua, erguendo seu facão para o alto como se estivesse esfaqueando o vento. Até hoje as pessoas acreditam que Verdene Moore matou o cachorro. Um vira-lata que era pele e osso. O tipo de animal que as pessoas chutam na cabeça ou nos flancos para espantar do caminho, o tipo de animal que as pessoas alimentam com ossos e restos de comida, qualquer porcaria que encontram. O tipo de animal que atraía moscas e que cheirava e lambia o próprio traseiro. Um animal detestável que virou um coitado indefeso porque Verdene Moore o matou para oferecer como sacrifício em um de seus rituais. As pessoas ficam longe daquela mulher que, de qualquer forma, vive no seu canto. Ninguém sabe sequer o que *realmente* acontece naquela casa cor-de-rosa. A mãe dela, senhorita Ella, morreu, deixando-lhe a casa. Sem dúvida que é uma beleza: tem telhado de madeira, um grande quintal, portas francesas e janelas com persianas; mas a escuridão lá de dentro pode ser vista da estrada, pelas janelas abertas onde cortinas balançam e descem como fantasmas.

Thandi acelera o passo para passar por lá, se controlando para não olhar para o belo jardim do pátio de Verdene Moore, que tem flores de todas as cores do arco-íris, e para não inspirar o forte aroma das buganvílias que se estendem junto à cerca, onde os beija-flores flutuam e depois somem de vista. São uma anomalia, já que a seca foi dura com as flores este ano. Até mesmo os hibiscos vermelhos pendem das hastes como línguas de cães morrendo de sede.

O pátio é grande, por isso Thandi corre um pouco para cobrir a distância ao longo da cerca. Ela sua copiosamente naquele calor, e o uniforme gruda no plástico, como se espinhos agarrassem a barra de sua saia. Ela sente o peso da sacola com o arroz, a farinha de milho e o creme de pérola, única coisa promissora ali dentro. As pedras soltas pressionam as suas solas finas, que batem contra os calcanhares quando corre. Ela acelera, afastando arbustos e ramos pendurados, com pulmões cheios de medo de ser pega.

Quando chega à casa da senhorita Gracie, ela respira profundamente, segurando os flancos. Sabe que está segura em frente à casa da senhorita Gracie porque, embora a senhorita Gracie tenha seus próprios demônios – relacionados à sua constante presença no Dino's Bar –, a senhorita Gracie é uma mulher temente a Deus. Ela tem tendência a ser tomada pelo Espírito Santo em público, quando faz sermões na praça, do alto de sua voz, agarrada à Bíblia.

Um grupo de meninos adolescentes se senta na cerca da senhorita Gracie se empanturrando de mangas frescas tiradas do pé. Eles param quando veem Thandi, tiram a mão da boca. Ela é a única garota na vizinhança cuja presença está associada a uma figura de autoridade – uma diretora de escola, uma professora, uma freira. Quando Thandi passa por eles, todos ficam em silêncio como lagartas pousadas nas folhas. Todos menos um. Charles. Thandi caminha mantendo a cabeça voltada para a frente, não por causa dos outros, mas por causa *dele*.

— Qualé qui é, Thandi? — Charles pergunta, rompendo o silêncio que é uma serenata para ela. Ela quase tropeça. Um calor sobe pelo seu pescoço até o rosto, mas nenhum dos meninos demonstra perceber o que acaba de acontecer. Ela acena com a cabeça e passa rápido por Charles, sabendo que os olhos dele a seguem enquanto caminha. Sabe que eles estão observando o delicado meneio dos seus quadris. Sabe que enquanto os olhos dele acompanham as curvas, os pensamentos já chegaram embaixo de sua saia. E o que eles encontrariam ali? Se ao menos não fosse um menino comum, do tipo que Delores diz para ela se manter afastada; do tipo que Margot desaprovaria porque não é um dos endinheirados com casas em Ironshore e que até algumas das suas colegas da Saint Emmanuel se vangloriam de namorar. Além disso, agora que a pele dela vai clarear, ela não precisa se conformar com um garoto como Charles. Ainda assim, uma pulsação se aviva entre suas pernas, e ela desce pelo caminho correndo, segurando-a como se fosse xixi.

Enfim, Thandi chega em casa. O único barraco no espaço aberto próximo ao porto onde o sr. Melon, um agricultor de voz suave, amarra sua cabra sob a pereira estéril. Todos os dias o sr. Melon leva a cabra para o campo, no único pedaço de terra que não assumiu a cor marrom avermelhada das árvores ao redor. As pessoas acham que ele trata a cabra melhor do que trata a esposa. A senhorita Francis e a senhorita Louise examinam Thandi com os olhos quando ela sobe a ladeira, passando pelo pátio compartilhado por mais de uma família, com barracos se encostando uns nos outros como homens bêbados quando se abraçam. As mulheres usam as mãos como viseiras para proteger os olhos do sol. Ainda que elas não chamem Thandi de imediato, ela ouve que estão falando a seu respeito. "Aquela lá é a fia da Delores? Olha como ela cresceu e ficô bunita. Quase nunca vejo ela. Sempre nos livros. Mas que linda di ver". Apontam para as filhas mais novas sentadas no meio de suas pernas no terraço, cujos cabelos secos elas esticam com pentes de dentes largos e cujo couro cabeludo elas untam com Blue Magic. "Assim qui cê deve ser. Como a Thandi. Agora ela tá no bom caminho, indo naquela escola boa. Viu como o uniforme dela é bem cuidado? Nela é tudo bem cuidado. E ela é sempre simpática. Num é qui nem a mana dela, Margot, qui passa como quem não si mistura, di nariz nas altura." Acenam quando Thandi olha na direção delas. Thandi as cumprimenta por obrigação. Consegue passar por elas sem prolongar a conversa.

— Boa tarde, senhorita Louise. Boa tarde, senhorita Francis. Ah, a Vó Merle está bem. Delores? Ah, trabalhando como sempre. — Ela para, com um nó preso na garganta quando elas perguntam da escola. — É, estou me preparando para o CEC. Estudando demais. Obrigada pelas preces.

— E muito tempo depois de se afastar, sente que elas a observam pelas costas.

Quando abre o portão, a Vó Merle está sentada no terraço com os olhos fixos no céu.

— Boa tarde, vó — Thandi diz, embora saiba que nunca haverá uma resposta. Ela sempre se pergunta se a Vó

Merle tem mais consciência das coisas do que deixa transparecer. Desde que Thandi era bebê, elas não trocaram mais de duas palavras. Ela está com quinze anos e não tem lembrança de ouvir a voz da avó. A Vó Merle calou-se depois que o tio de Thandi, Winston, foi embora para os Estados Unidos. Ele era o orgulho da Vó Merle. Hoje em dia, a mulher idosa fica olhando para o céu como se fosse ver o filho em algum lugar entre as nuvens, deslizando acima da casa, acima de todas as árvores e dos morros inclinados que engolem o sol no fim de tarde. As crianças pequenas estão de volta da escola e brincam no grande espaço aberto onde o sr. Melon amarra sua cabra. Algumas delas estão correndo atrás da galinha-d'angola que fica livre no quintal de Thandi, fora da gaiola. Aves barulhentas fazem uma confusão no quintal, levantando poeira e assustando os vira-latas adormecidos que abanam as caudas para afastar as moscas. Thandi deixa a Vó Merle no terraço e entra em casa. Coloca o arroz e a farinha de milho nos lugares apropriados dentro do armário e pega o creme. Senta em frente ao espelho e enxuga o suor do rosto na barra da saia. Duas vezes por dia, após se banhar, dizem as instruções. Mas a senhorita Ruby a advertiu contra duchas.

Thandi segura o novo pote de creme nas mãos, lendo novamente cada palavra das instruções. Ela quer que funcione. Já faz um mês e a pele dela ainda está da mesma cor. Ela está fazendo tudo como disseram – esfregando as axilas com um trapo molhado e lavando as partes íntimas acocorada sobre uma bacia de água com sabão, usando o moletom de manga comprida por cima do plástico filme durante o dia para reter a umidade e prevenir queimaduras solares, massageando a fórmula da senhorita Ruby na pele dia sim, dia não. O Rainha de Pérola é o último recurso dela para ter resultados mais rápidos. Ela não consegue lavar o rosto a essa hora do dia porque a pressão da água é baixa. O rosto parece limpo o suficiente. Toca-o com a ponta dos dedos, sente sua extensão, sua maciez. Quanto mais ela se olha no espelho, mais começa a enxergar aquilo que sua mãe, sua irmã e a comunidade enxergam: a Thandi ganhadora de uma bolsa acadêmica, a Thandi boa menina, a Thandi motivo de esperança para a família, destinada à riqueza e ao prestígio. O barraco se desvanece – e junto o eterno peso no peito de Thandi – conforme ela contempla a si mesma.

Margot trança os cabelos de Thandi enquanto Delores mexe arroz e ervilhas dentro de uma panela. Margot trouxe alguns mantimentos para casa – uma dúzia de ovos, carne, queijo, cavala, leite, rabo de boi e rabadela de galinha –, mas as carnes talvez estraguem. A JPS cortou a eletricidade de novo. O barraco não tem instalação elétrica legal, mas graças ao Clover, o faz-tudo da vizinhança, que desapareceu, mas voltou recentemente, na maioria das vezes elas conseguem eletricidade roubando-a de um poste de iluminação das proximidades. O pouco de instrução técnica que Clover recebeu na Herbert Morrison Technical High faz dele o eletricista, carpinteiro e encanador de River Bank. Ajudou a construir metade dos barracos dali, a maioria em terrenos abandonados. Mas hoje à noite não há nada que possa ser feito para restabelecer a eletricidade. Segundo o noticiário da Rádio Jamaica, que Delores sintonizou no velho rádio de pilha perto do fogão, um incêndio causado pela seca destruiu várias árvores e danificou alguns dos cabos principais da JPS. Metade do país está sem luz.

O candeeiro a querosene brilha no barraco. Delores desliga o rádio e continua a mexer a panela, uma mão descansa no seu grande quadril fazendo pressão acima de suas pernas robustas. Seus ombros largos sobem como se fossem um muro de ressentimentos se erguendo – assim como suas costas tensas, que parecem afugentar conversas. Margot percebe que a mãe está irritadiça.

— Essa comida toda bai si perder nessi calor maldito — Delores diz, ainda de costas. — I agora as pessoas dizendo qui num vamos ter nada de eletricidade por um tempo por causa dessa seca. Mas cês vê minha agonia? Comu qu'isso bai ajudar nós? — Delores suga o ar entre os dentes e se inclina para a frente para provar a comida. Enquanto ela estende a mão para pegar mais sal, Margot imagina o rosto da mãe se contraindo. Com o calor, o cheiro de cavala domina.

Margot volta a atenção para o cabelo de Thandi – os cachos encarapinhados que, quando esticados, envolvem seus dedos como seda preta. Thandi e Margot estão sentadas perto da janela aberta, recebendo a brisa fresca e as picadas dos mosquitos que pousam na pele. Revezam-se esmagando os insetos gordos em seus braços e pernas, limpando as manchas de sangue das palmas das mãos com jornal velho ou lenços de papel. Não sabem de quem é o sangue que mancha as palmas das suas mãos; mas isso pouco importa, considerando que se é de uma das duas, dá na mesma.

Aquilo que Margot aguarda com mais entusiasmo quando está em casa é trançar os cabelos da irmã. É o único motivo pelo qual ela está ali hoje e não no hotel ou na casa de Verdene, que tem um gerador. A maciez do cabelo da irmã lhe dá prazer. Margot é quinze anos mais velha do que

Thandi, uma diferença de idade que faz Thandi enxergar Margot mais como uma segunda mãe do que como uma irmã mais velha. Quando a irmã era um bebê com a cabeça cheia de cachos, Margot descobriu que trançar os cabelos dela era uma fuga dos vários homens desfazendo nós, abrindo ganchos e soltando fivelas. Era nessa textura macia, delicada, que a aspereza de outros toques se esvaía. Desde então, fazer tranças tem sido um ritual.

— Ai! — Thandi traz Margot de volta ao presente.

— Qual' é o problema?

— Você está puxando de novo!

— Desculpa — diz Margot, sentindo algo mais volumoso deslizar em seus dedos dessa vez, quando a irmã puxa a cabeça.

— Cuidadu co cabelo dela! — Delores diz, se virando no fogão com a colher de pau engordurada. — Cê pensa qu'ela é brinquedo?

Margot suga o ar entre os dentes enquanto arranca tufos de cabelo do pente de dentes finos, embrulhando-os no lenço para poder queimar depois.

— Cê tá sempre no cabelo da minina como si num tivesse o teu.

— Ela tem aula de natação amanhã — Margot diz em sua própria defesa, embora houvesse uma carta da escola a respeito da ausência de Thandi na natação. De acordo com a carta, a irmã dela não participou da aula de natação oito vezes no semestre, afirmando que estava menstruada. Isso foi motivo de preocupação para a escola. Margot sabe que Thandi detesta água, com exceção de tomar banho. Mas ela sempre garantiu que a irmã aprendesse a nadar, pagando pelas aulas de qualquer forma, não importando quantas vezes ela deixasse de aparecer. Além disso, é a única desculpa a que Margot se atém para trançar o cabelo de Thandi.

— Então, deixa que eu faço — Delores diz.

Margot segura o pente como se fosse uma arma.

— Você sempre acha que estou machucando a Thandi.

Thandi fica quieta. Delores dá um passo para trás e enxuga as mãos na parte da frente do vestido. Enxuga o suor acima dos lábios e depois volta a mexer a panela. Sem se virar, ela diz:

— O sr. Sterling aumentou o aluguel de novo.

— De novo? — Margot pergunta, continuando a pentear o cabelo de Thandi. — Mas ele aumentou faiz nem dois meses.

— Cê já sabe qu'é assim qui essi homem vive — Delores diz, mexendo com mais força. — Ladrão criminoso.

Margot olha para as raízes do cabelo da irmã. Ela escova os caracóis, os doma minuciosamente, evitando que o peso da frustração da mãe caia sobre seus ombros.

— Quero economizar alguma coisa para uma casa — ela ouve a si mesma dizendo. Soa como se outra pessoa estivesse falando, alguém encolhido nos cantos escuros do barraco. — Quero tirá a gente dessi buraco. Num entendo por que a gente tem que ficar aqui pagando aluguel p'aquele homem. A gente nem tem eletricidade de verdade.

— Cê tem certeza disso? — Delores pergunta, parando a colher de pau para olhar para Margot, os olhos agora mais duros. — Cê tá trabalhado naqueli hotel só Deus sabe pur quantu tempo dizendo a mesma dorga. Si eu não soubesse das coisa eu ia dizê qui cê tá gastando com cê mesma. — Os olhos dela parecem conduzir eletricidade. Única fonte de energia na ilha inteira. Na tênue luz do barraco, as sombras colidem quando Delores se aproxima com a colher. Se não fosse a irmã enfiando a cabeça entre suas pernas, como que dando permissão para ela continuar, Margot teria arrancado a colher de pau da mão da mãe. Quem sabe o que ela poderia fazer com aquilo? Margot sabe que Thandi fica inquieta com conflitos como esse entre ela e Delores. Ela fica ansiosa, atenta, adquirindo o nervosismo de um rato de cozinha e fazendo de tudo que está em seu poder para resolver o problema. Margot engole a fúria que ferve dentro dela pelo bem de Thandi.

— Delores, cê sabe muito bem qui tudo que ganho bai pra educação da Thandi. E pra essi maldito lugar.

— A gente tudo sabe que trabalho em hotel é trabalho bom — acusa Delores. — Até agora a gente não viu os fruto do teu trabalho. Tamo aqui mal nos aguentano. A Thandi tem o exami dela em junho, o aluguel s'acumulando, a gente tem qui pagá pro Clover pela eletricidade...

— Não devemos nada pro Clover — diz Margot entre os dentes. — Nem um centavo.

— Ora, não qui cê teja por perto pra vê si tamo usando essi candeeiro véio a querosene até quando num cortam a energia. Coitada da Thandi, tem qu'istragá o olho dela com essa luz fraca — ela aponta para o candeeiro. Dentro dele, dança uma chama. Margot se fixa nela. Aquela pequena chama que tem potencial para destruir a casa toda. Margot olha fixamente sua própria chama se erguendo em seu interior, queimando e queimando até ficar quente demais para ser mantida escondida.

— Vou dar um jeito — ela diz em voz baixa, moderada.

Delores fica em silêncio por um instante. O fogo zumbe embaixo da panela.

— Como? — ela pergunta. O líquido da colher goteja no chão.

— Já disse. — Margot ergue a cabeça para enfrentar o olhar da mãe. — Vou dar um jeito. Sempre dou.

A mãe abaixa a colher e os ombros. De modo estranho, algo tremula em seus olhos – uma tristeza, ou talvez um remorso, mais acentuado do que Margot jamais havia visto. Algo que se expande pelo cômodo, acima da cabeça de Thandi, para confessar que, apesar do que ela fez como mãe, apesar da dor que ela impôs a Margot, elas estão juntas como mãe e filha. A mão dela se ergue um pouco, com a colher – um gesto que Margot pensa ser, talvez, uma primeira tentativa de desculpas. Quando ela se prepara para recebê-las, a voz de Delores a golpeia como uma vara.

— Dar um jeito em quê, Margot? Di ondi bai bir o dinheiro si até hoje num beio? — Delores ri, seus olhos rodando pelo quarto em uma busca desesperada pelas sombras. — Cê vê minha agonia? Ela diz que bai cuidá disso como si o dinheiro caísse do céu. Ou nascesse em árvore. Essa minina perdeu o juízo!

— Logo bô receber uma promoção — Margot diz.

— Promoção?

— É, promoção.

— Para ser o quê? Chefe das criada?

O riso sarcástico de Delores leva Margot de volta ao cabelo de Thandi. Mas até a irmã, em seu silêncio obstinado, parece concordar com a mãe. Margot vira a cabeça de Thandi de um lado para o outro como se ela fosse uma boneca de pano.

— Ai! Ai! Margot! — Thandi grita. Mas Margot não a atende. Dessa vez, enquanto uma dor intensa a percorre, impelida pelo desdém da mãe, Margot puxa o cabelo da irmã. A última coisa que ela quer é machucar Thandi. Mas a dor de Thandi é diferente, do tipo que vem com alívio, como um bálsamo sobre a casca de uma ferida, uma agulha extraindo uma farpa da pele. Margot continua. A voz de Delores a agride, fustigando-a com provocação:

— Cuidá du quê? Milhor montá uma barraca na feira de artesanato du que dizer pras pessoas que cê trabalha num hotel.

Eles olham para ela quando entra na escola usando o moletom grande demais, com o cabelo recém alisado. Thandi ignora a atenção, buscando refúgio em sua carteira no fundo da sala. Os rostos se viram para ela enquanto abre caminho pela fileira. Em meio às especulações que ela escuta as colegas cochicharem.

— *Por que ela está usando esse moletom horrível? Parece que ela tem aids ou coisa assim.*

— *Ou está escondendo você sabe o quê!*

— *Não!*

— *Bom, cê sabe o que dizem. São sempre as quietinhas. Até o cabelo dela mudou. Dizem que quando você engole, consome proteína extra. É bom para o cabelo e a pele.*

— *Quem diz isso?*

— *Li em algum lugar.*

— *Mas você acha que tem um homem dando isso para ela sempre?*

— *É o que eu disse, são sempre aquelas que você menos espera.*

Desde que Kim Brady levou um tapa da mãe na frente de toda a escola por insultar uma das freiras, não aconteceu nada que causasse tanta fofoca. Thandi mantém a cabeça baixa durante a liturgia no salão, onde a Irmã Shirley, a diretora, conduz a escola em oração. A voz da Irmã Shirley se eleva sobre o grupo:

— Ave Maria, cheia de graça, o Senhor é Convosco. Bendita sois Vós entre as mulheres, e bendito é o fruto de Vosso ventre, Jesus. Santa Maria, Mãe de Deus, rogai por nós, pecadores, agora e na hora de nossa morte. Amém. Thandi faz o sinal da cruz e se concentra em seus sapatos pretos lustrosos. As garotas são conduzidas para fora do salão sob o comando das representantes, garotas mais velhas a quem foram dadas responsabilidades de supervisoras disciplinares. Antes que cada classe saia do salão, em filas organizadas por altura, as representantes caminham ao longo das fileiras como generais do exército, com cadernetas nas mãos. Elas registram os nomes das garotas que desobedecem alguma regra capital do uniforme – garotas que não estão usando anáguas sob as saias, garotas que estão usando presilhas de cabelo que não sejam pretas e imperceptíveis, garotas com qualquer tipo de bijuteria, garotas com trancinhas desde a raiz ou qualquer tipo de penteado étnico diferente dos que são aceitos (coques e rabos de cavalo impecavelmente trançados), garotas com gravatas que não estejam adequadamente presas ao colarinho de suas camisas e com as pontas ocultas ou presas, garotas com saias curtas demais ou com meias longas demais, garotas com saltos de mais de cinco centímetros, garotas cujo cinto não esteja aparente.

Quando a representante designada para a classe de Thandi, Marie Pinta (cujo nome verdadeiro é Marie Wellington, da família Wellington na Jamaica, mas que ganhou o apelido por causa da altura), chega ao meio da fila onde está Thandi, ela para.

— Você está doente?

— Não — Thandi responde.

— Então, tira isso. Não é permitido.

Thandi hesita. A professora da sala de chamada, Irmã Atkins, não reclamou antes do culto. Na verdade, ela deu presença a Thandi depois de vê-la usando o moletom. A solicitação de Marie Pinta é seguida por um burburinho no canto do salão de liturgia onde a turma de Thandi está em fila. A vigilância das colegas de classe faz com que Thandi engula um apelo verbal. Em vez disso, ela suplica com o olhar, na esperança de que Marie Pinta reconsidere. Marie Pinta, a quem Thandi observou em várias ocasiões durante a liturgia lançando um olhar cansado através da janela, com os olhos fixos em algo distante.

Mas Marie Pinta se detém firmemente ao lado de Thandi.

— Eu disse para tirar isso.

Os braços de Thandi continuam estendidos ao lado do corpo, seus olhos se dirigem para a boca de Marie Pinta.

— Você é surda?

Thandi puxa a barra do moletom, ciente de que as colegas piscam rapidamente, como se estivessem se preparando para que algo aconteça. Por mais que o medo contraia seus nervos, o corpo em uma erupção de tremores que ela espera que não sejam visíveis aos olhos das outras, ela deixa as mãos caírem ao lado do corpo novamente.

— Não posso — diz ela, seu sussurro é como um grito no burburinho do salão. A essa altura, as outras classes já marcharam para fora do salão, restando apenas a classe de Thandi. Estão sendo retidas por causa dela. Ela sabe que se meteu em encrenca. Nunca foi acusada, depois da liturgia, de desrespeitar as regras de uniforme. Delores e Margot certificam-se de que Thandi tenha a melhor aparência possível todos os dias. Certificam-se de que ela não tenha a aparência de quem vive em um barraco, num mundo muito distante do de suas colegas de classe.

Marie Pinta lança um olhar penetrante a Thandi e escreve algo na caderneta.

— Estou atribuindo um demérito disciplinar a você. Vá para a sala da diretora. Agora. — Marie Pinta aponta direto para a porta, como se precisasse indicar o caminho. As outras garotas dão risadinhas, levando as mãos à boca. O rosto de Thandi fica quente. Marie Pinta se move com a rapidez de uma chicotada para encará-las.

— Calem a boca! — Há certo terror na voz de Marie Pinta que Thandi não compreende. Ela parece perturbada, o corpinho dela treme sob o uniforme marcial que lhe cai perfeitamente: blazer trespassado e saia-lápis. Thandi pega seus pertences e sai pela porta.

— I-ó! I-ó! I-ó! — O som começa como um sussurro único e depois cresce em uma força ressoante que empurra Thandi pela porta mais depressa. Ela quase corre para se livrar do som. Queria poder apagá-lo dos ouvidos, ou melhor, enfrentá-lo. Dizer às colegas de classe que ela não é um burro, que morar na zona rural não significa que ela deve ser relacionada a bichos de fazenda. Mas a incapacidade de fazer isso só alimenta sua raiva.

Margot se reconforta ao ouvir o rangido de seus pés pela rua suja, o gorjeio dos pássaros nos galhos entrecruzados e o zumbido das vespas nos flamboyants. Há um silêncio que parece prender o ar ao som dos cascalhos. Não é muito diferente de seus colegas de trabalho, que parecem parar de respirar quando percebem que ela está chegando. E certamente não é diferente de Delores, cujo corpo todo parece ficar paralisado ao ouvir a voz de Margot. Durante toda a vida sua presença provocou pausas e silêncios mais altos do que o sol branco e quente e do que os gritos dos grilos no auge do anoitecer. Até mesmo o céu, um arco azul, parece se desviar dela com sua distância.

É estranho como as pessoas sempre sentem sua presença. Antes que ela se aproxime, erguem os olhos e olham sobre os ombros. Como se ela, com seu terninho marrom acinzentado, causasse a mudança do tempo em meio à tranquilidade lânguida de um dia quente e seco. Seu modo de andar e seu uniforme de hotel parecem censurar os moradores locais por suas demonstrações de indolência. Talvez ela sirva como uma lembrança de como perderam a vida como agricultores e pescadores. Caminhando pela River Bank Road, com os saltos de seus escarpins cobertos de lama, Margot atrai os olhares dos homens enfiados no Frenchies para um café da manhã reforçado – com inhame cozido, banana, ackee e bacalhau – antes de irem para seus vários trabalhos de faz-tudo em Montego Bay. Ela também atrai a atenção das mulheres que carregam latas d'água na cabeça, de lábios curvados pela mordacidade e pescoços duros de ressentimento. Há alguns cumprimentos e acenos, mas principalmente olhares. Alguns homens gritam:

— Ei, linda!

Mas Margot nunca dormiu com nenhum dos homens de River Bank. Ainda que, em sua profissão, ela transe com qualquer um que possa pagar, ficar com um homem do próprio bairro é indigno dela. As suas fantasias já lhes colorem as lentes, aliviando só um pouco a tensão deles ao redor dela. Com ela, eles se tornam tão obedientes e generosos quanto crianças, até mesmo protetores; suas nádegas altas, ondulantes e suas panturrilhas firmes fazem com que eles esqueçam que estavam irritados com ela – a quem suas mulheres descrevem como "Senhorita Toda Poderosa" – por raramente dizer olá e por se recusar a levar suas inscrições e seus requerimentos lamuriosos para empregos subalternos no hotel. Ela sabe que as mães observam para ver se ela se detém e oferece uma mão cheia de doces às crianças. E se não oferece, elas sugam o ar entre os dentes som um som agudo e alto o suficiente para serem escutadas dizendo "Que muié egoísta, mesquinha qui nem aguaizeiro. Nem pros pirralho num tem nada pra comê nas mão dela. Bai ber por isso qui é estéril".

Margot não tem amigas. Ela gosta de pensar que talvez seja para seu próprio bem. E delas. No salão de beleza, algumas a cumprimentam com uma timidez reservada, mas ela sabe que, em suas cabeças fervendo sob os secadores, já a marcaram como uma ameaça.

Quando ela chega à praça, já viu olhares furtivos suficientes e começa uma caminhada determinada, a passos largos, até o ponto de táxi. Lá também há inspirações profundas, como se os taxistas olhassem para ver quem ela vai escolher para levá-la ao palácio hoje. Na maioria das vezes, eles gostam de passar seus contatos para que ela recomende seus serviços aos turistas que precisam de transporte. Alguns talvez até usem a corrida como uma oportunidade para perguntar sobre perspectivas de emprego como ajudante de cozinha, *chef*, garçom, camareiro, encarregado de manutenção, *concierge* – qualquer coisa que os faça atravessar a porta dos hotéis, deixando para trás a multidão de candidatos. Mas Margot sempre vai com o Maxi – se não pelo descaso dele em trabalhar no hotel, então pela capacidade dele de enxergá-la simplesmente como Margot. Ela nunca se sente forçada a fazer para ele nenhum favor. O sorriso dele abranda a tensão que enrijeceu as costas dela.

— Com'é qui cê tá hoje, minina? — Maxi diz, dando a partida. Enquanto faz o retorno, o rádio do carro toca "Wanna be Loved", de Buju Banton. Margot brinca com um par de luvas de boxe pretas, verdes e douradas no espelho retrovisor.

— Já tive milhor. Essi calor num é brincadeira. Mal posso esperar pra pegar gelo quando chegar no trabalho.

— Cê tá bem. Parece que é você qui tá causando todo essi calor. — Maxi abaixa o vidro da janela usando a manivela e coloca uma das mãos para fora, para pegar o vento; com a outra mão, dirige o carro.

— Não diz isso pros teus vizinhos. Eles já me julgam por usar essi uniforme.

Maxi suga o ar entre os dentes.

— Manda eles dar o fora. É inveja deles invejosos.

— Mal posso esperar pra sair desse lugar disgraçado.

— É tão ruim assim? A gente bibe perto du mar. Quantas pessoas podem dizê isso? Tem qui agradecê.

— Maxi, chega dessas tuas bênçãos nada a ver. Isso aqui não é o paraíso. Pelo menos, não pra nós.

— Cê acha qu'eu num sei? Podi acreditá em mim, eu e eu vê essas luta du povo todo dia. Eles olham pra gente feito você e enxergam o emprego deles qui si foi. Cê não pode pôr a culpa neles. Mas cê também num pode dizer qui num tá grata pelo que Jah deu pra gente.

— Então, River Bank é o que Deus deu pra gente? — Margot deixa escapar uma risadinha amarga.

— Correção. A gente é o povo despossuído. Essa é nossa terra temporária. Jah num ia dar pra gente o qu'Ele num quis que a gente tivesse. Logo ele muda a gente di novo pr'um lugar milhor. Talvez de volta pra África.

— Nada a ver. A gente faz nosso destino. Nunca te disseram isso? Uma vez você perguntou qual era meu sonho.

— Cê disse que é tua mana vencer na vida.

— E quero ter o controle do meu próprio destino.

— Então, vamos começar pur mim. E se a gente casar? Margot sorri.

— Para di brincadeira cumigo, Maxi. — Ela abre a janela do passageiro para pegar uma brisa. Quase fecha os olhos ao inclinar a cabeça para trás. Por fim, há um sopro de sussurros transitórios que roça seu rosto.

— Como que algum homem num te tem ainda? — Maxi pergunta.

Margot se vira a tempo de flagrar o olhar dele deslizando por ela.

— Porque eu não quero ser uma *posse* — ela diz.

— Cê num quer filhos?

— Não, River Bank já tá cheio di pirralho. Para que eu iria querer aumentar o bando?

— Um monte de mulher que conheço quer pirralhos. Jesus Cristo, assim que eu caio fora, vem mais uma dizer que tá grávida.

— E agora cê acredita em Jesus?

Maxi suga o ar entre os dentes e sacode a cabeça.

— Eu e eu acredita em um Deus.

— Você devia acreditar em camisinhas também.

— Cê tá perdendo respeito. Mas infim, tava tentando dizer qui toda mulher di sangue quente que eu conheço quer filhos.

— Com'é qui cê sabe qui é isso qu'elas querem? — Margot pergunta. — Talvez não seja uma escolha.

— Pra cuidá delas quando elas ficarem velhas i caducas. Cê não quer acabar velha i sozinha sem filhos.

— Eu me viro — ela diz, pensando em Verdene e no tempo que elas ficarão juntas. Outro dia, elas estavam na sala da casa e Margot notou os chinelos de Verdene caindo dos pés quando ela repousou as pernas no braço do sofá. Margot imaginou aqueles chinelos ao lado dos seus em um tapete de entrada. Ela pisca para expulsar essa lembrança com o raio de sol que se esparrama pelo para-brisa quando eles saem do bosque que ladeava as margens da estrada.

— Nunca conheci uma mulher qui gostasse de ficar sozinha — Maxi está dizendo, quase que para si mesmo. — Cê precisa de um homem.

— Como cê sabe do qu'eu preciso?

— Cê parece uma mulher digna. Eu e eu num consigo enfiar na cabeça que cê tá solteira ainda. Só isso.

— Só num achei a pessoa certa — ela diz, os devaneios com Verdene persistem como aroma sutil de fruta amadurecida ao sol.

Nunca sente que há algo errado quando está com Verdene. Mas, tarde da noite, quando o mundo todo parece parar em volta delas, se debruçando como as sombras dos pés de manga e a lua na janela para observarem as duas mulheres deitadas em concha – uma delas desprendida no sono e a outra bem acordada, respirando depressa –, a paranoia mantém Margot acordada. Na maioria das vezes, isso a leva da cama para o sofá da sala de Verdene. Duas semanas atrás, perseguiu-a após sair da casa. Ela ouvia os sons do lado de fora – o cricrilar dos grilos, o canto agudo das cigarras, o uivo de um cão. A obscuridade do desconhecido sufocava tanto que Margot sorvia o ar a cada cinco segundos. Só quando está com Verdene ela sente tamanho pânico. Agora, todas as noites ela sente um leve cheiro de queimado, que desaparece quando se levanta depressa para descobrir de onde vem. O cheiro fica com ela, que se lembra das notícias publicadas há alguns meses. Não era a manchete principal. Margot leu isso na seção de notas do *Star*, ao lado da coluna "Querido Pastor". Duas mulheres foram queimadas na casa em que moravam quando foram flagradas juntas na cama. Esses assassinatos não são levados a sério, em geral; são desdenhados como crimes passionais cometidos por amantes furiosas – muito provavelmente do mesmo sexo – que foram enganadas ou injustiçadas. Ninguém lamentou a perda da vida daquelas mulheres; em vez disso, houve alegria quanto ao bom senso do carma. O que podem esperar as mulheres que recusam o amor dos homens? Verdene reagiu à inquietação de Margot puxando-a para perto, como se estivesse pronta a jogar seu corpo sobre o de Margot se necessário, a fim de protegê-la.

O táxi para em frente ao grande portão de ferro do hotel. Alan, o segurança, sai de sua pequena guarita para abri-lo.

— Dia, dia.

Assim que Maxi entra no terreno, vê-se o saguão do hotel através dos vidros externos. Os *concierges* já estão ocupados empurrando malas em carrinhos pelo ambiente de mármore que ostenta um pé direito alto e grandes lustres que ferem as vistas no salão cor de champanhe e acima do balcão de recepção. O aspecto rústico que Reginald Senior preservara até sua morte – um ambiente natural criado por cores vibrantes, palmeiras e obras de arte de artistas jamaicanos – ficou no passado. Sob o comando de Alphonso, agora os turistas têm de deixar o saguão e dirigirem quase um quilômetro para se lembrarem de onde estão. Alphonso também emprestou alguns quadros abstratos – formas geométricas e cores estonteantes – de sua coleção pessoal para o saguão. A loja de suvenires, comandada por uma jovem chamada Portia, fica logo em frente à recepção e vende apenas paisagens pitorescas. As entradas para os dois restaurantes – um italiano e um francês – ficam na diagonal uma da outra. Margot dá a Maxi uma nota nova em folha e sai do carro.

— Si um dia cê acordar e precisar de um homem, já sabe quem chamar. — Ele pisca para ela.

— Nunca vou precisar de você, Maxi — ela diz, dando adeus com a mão e se afastando com passos fluidos que ressaltam tudo que ela sabe que a imaginação dele já vislumbrou.

— Nem em uma noite chuvosa? — ele pergunta, saindo com o carro devagar.

Margot ri, segurando a barriga e cambaleando alegre rumo à entrada do hotel.

— Estamos em período de seca, então vai sonhando.

— Biu, si eu faço cê rir dessi jeito, imagina qui mais eu posso fazer.

— Ai, Deus, Maxi, cê num é fácil. Te vejo depois. — Ela manda um beijo para ele.

Assim que Margot entra no recinto, o silêncio retorna. Ela caminha em direção ao balcão de recepção, mantendo a cabeça o mais elevada possível. Os seguranças, zeladores e *concierges* não são imunes à magia dela; mas as camareiras e outras pessoas da equipe administrativa, em maioria mulheres, são. Os hóspedes parecem escolhê-la para pedir informações ou recomendações. Ela também consegue conversar com os turistas por mais tempo do que qualquer uma das recepcionistas, que tendem a ser excessivamente educadas e demasiadamente predispostas a sorrir, como se pedissem desculpas por sua falta de conhecimento. Ela é a melhor recepcionista do Palm Star Resort. É o único emprego que ela já teve. Mas logo isso vai mudar.

— Bom dia, Pearl — Margot diz a uma das camareiras que, por acaso, está registrando o ponto. A mulher mais velha cerra os lábios. As camareiras mais novas (a filha e a sobrinha mais nova de Pearl, respectivamente) acenam a Margot com a cabeça, e depois olham para o outro lado, como se algo as constrangesse. Margot suspeita que Garfield disse a todo mundo o que viu: Margot sendo comida por Alphonso na sala de conferências. Embora não seja novidade, esse é um daqueles tipos de fofoca que podem facilmente ser lenda, dado o modo tranquilo com que Margot enfrenta a situação. Se não fosse pela misteriosa morte de Garfield pouco tempo depois (bem feito para ele) talvez já estivesse tudo completamente esquecido. Margot segue sua vida, cumprimentando os subalternos sempre que tem de escalá-los para limpar os quartos vazios. Ela mantém contato visual direto, o que os força a desviarem o olhar, envergonhados de sua imaginação suja. Ela também os desafia a responder com qualquer informação que tenham reprimido e mantido para quando ela registrasse uma observação negativa. Mas isso nunca acontece. Eles guardam os segredos incriminadores entre eles. Vez ou outra, algo pode escapar para os funcionários novos enquanto entregam as roupas de cama, dobram toalhas, lavam fronhas ou retiram o lixo fazendo barulho. Histórias sobre o traseiro nu de Margot, circulando em meio a ombros encolhidos e risadas com lágrimas nos olhos que são um amálgama de inveja e nojo. Como se esses brutos pensassem que estão sozinhos e passam despercebidos no trabalho. Mas quando ela está por perto, a risada seca como o restinho de água numa garrafa.

— Tão rindo di quê? — Margot perguntou à filha e à sobrinha de Pearl um dia desses. Elas ofegaram quando Margot fez a curva no corredor perto de um grande vaso de cerâmica de onde ela as estava observando. As cabeças delas se inclinaram imediatamente.

— Uma piada.

— Que tipo de piada, suas inúteis?

— É... nós tava falano d'uma pessoa que nós conhece.

— Que fez o quê?

As jovens camareiras olharam uma para a outra, com os rostos úmidos e brilhantes sob o olhar furioso de Margot. Quando não conseguiram responder, Margot soube. E como ela desliza com facilidade e furtivamente para dentro de quartos ocupados à noite e sai com a mesma aparência de quando entrou, algum espião – seja uma camareira solitária tirando o atraso das tarefas do dia ou Neville, o entregador do serviço de quarto, batendo nas portas das pessoas com comida – pensaria que ela está saindo de uma reunião de negócios séria. Ao passo que eles podem especular livremente sobre o caso dela com Alphonso, suas proezas noturnas seguem por baixo do nariz deles. Fora um ou dois membros da equipe do último turno com quem ela já se defrontou no prédio, ninguém, pelo que ela saiba, suspeita de nada.

Thandi abre caminho até o banheiro mais próximo da escola secundária e se tranca em uma das cabines. É onde ela almoça, suportando o cheiro ácido de urina e excreções femininas. Ela tira um lápis da mochila e desenha na parede pintada de branco como se desenhasse na poeira sobre os móveis de casa, ou na lama depois da chuva. Ela para quando escuta vozes.

— *Sério?*

— *Muito sério. Aconteceu dipois da liturgia, ontem de manhã.*

— *E eu perdi isso.*

— *Porque você sempre chega atrasada na escola.*
— *O que será que ela estava pensando?*
— *Eu me fiz a mesma pergunta.*
— *É como se ela vivesse em um mundo só dela.*
— *Ela é só doida mesmo.*
— *Você já percebeu como a cada dia ela se parece mais com o Gasparzinho, o fantasminha camarada?*

Os risos tolos das meninas seguem com elas para fora. Depois que partem, Thandi continua dentro da cabine. Ela fica de pé, olha para o desenho que fez, e depois rabisca por cima, transformando-o em uma forma indistinta – o olho de um furacão girando sem parar, incontrolável. Thandi ajusta o alfinete na saia, onde o botão caiu (eles também têm caído das blusas dela, as linhas finas abrindo caminho para a rebeldia de seus seios que cresceram nos últimos tempos) e sai da cabine. Corta caminho pela grama, seguindo até o bloco de formação técnica, onde está localizada a sala do Irmão Smith. É um dos prédios novos pintados de amarelo brilhante. O Irmão Smith está reunindo o material para a aula, o hábito marrom dele quase engole seu corpo magro. Quando ele vê Thandi, fecha o *Jamaica Gleaner* e o coloca sobre a mesa.

— Malditos políticos. Este país está sendo arruinado. Você sabia que nós devemos bilhões de dólares ao Banco Mundial? — Thandi balança de uma perna para outra, a mochila em seus ombros está pesada demais. O Irmão Smith parece notar que há algo errado já que não recebeu nem um "Sério, senhor?" ou "Não diga".

— Você não parece bem — ele diz. — Venha se sentar.

Thandi faz o que ele diz, fechando a porta atrás de si, e tirando algumas colagens de papelão de cima de uma cadeira perto da mesa do Irmão Smith, que está organizada, apesar da desordem da sala. Há reproduções de pintura por todos os lados, algumas destinadas a serem penduradas nas paredes já cheias. Van Gogh, Picasso, Da Vinci, Botticelli. Pintores que ele discutia nas aulas de arte da Thandi, indicando várias leituras sobre a vida e a obra deles. Artistas cujas obras o Irmão Smith diz ter visto na Europa. Thandi também queria poder ir à Europa. Existir naqueles lugares, especialmente naquelas pinturas da zona rural da Inglaterra com campos bem abertos, de um verde mais verde do que a grama de River Bank, e com flores em tons suaves de lavanda e amarelo. Essas imagens não se parecem em nada com os dias quentes de River Bank, nos quais a mata cresce até os joelhos em campos amarronzados, arranhando os tornozelos; e meninos negros se penduram nas árvores, colhendo mangas maduras, com as pernas cheias de feridas e cobertas de poeira suspensas e atraindo tantas moscas quanto as frutas podres.

Thandi senta e olha o quadro sobre a mesa do Irmão Smith que diz "Tudo posso naquele que me fortalece". Ela olha fixamente por um instante. Com certeza ela tem trabalhado duro, fazendo de tudo para agradar. Jesus Cristo a observa com olhos compassivos que espelham os das freiras e dos missionários. Espera-se que ela deseje isso. Espera-se que ela seja grata. *Uma garota como ela* deveria destacar-se na escola, porque é a única saída – a única maneira de subir a escada. *Espera-se que eu deseje isso*. E ainda assim, ano após ano, quando ela vai para a casa com apenas notas A em seu boletim escolar, um incômodo persiste. Como se ela estivesse disputando uma corrida, arquejando rumo a uma linha de chegada que não existe.

— Thandi, o que está acontecendo? Nossa aula vai começar daqui a trinta minutos — diz o Irmão Smith.

Embora seja bem jovem, o Irmão Smith está perdendo os cabelos precocemente. Sua calva brilha sob a luz natural que vem de fora como o prato de doações que ele passa durante a missa. Ele tenta cobri-la com quatro faixas de cabelo castanho penteadas desde a lateral. Tem estatura baixa e sua pele clara é entrecortada por sardas amarronzadas que cobrem todo seu rosto como uma máscara pontilhada. Mas seus olhos afáveis de cor castanha sobressaem como lânguidas pinceladas, captando tudo sobre uma pessoa, um objeto, um cenário. No momento, eles se fixam no rosto dela, como se tentassem solucionar um jogo de palavras cruzadas. Ele se inclina para a frente para esfregar o braço dela daquele jeito paternal com o qual ela se acostumou. Nem parece ouvir o leve farfalhar do plástico sobre o moletom dela. E se ouve, não faz perguntas. É aqui, na aula de arte do Irmão Smith, que Thandi se sente mais livre.

— É possível ser boa em algo mesmo que você não queira?

— Sim, é plausível. Por quê?

Thandi dá de ombros, baixando os olhos para as próprias mãos.

— Eu... Eu estava pensando... — A voz dela desvanece. — Eu estava pensando o quanto eu amo arte. Mais do que qualquer outra matéria. — O Irmão Smith afasta a mão e cria uma distância entre eles. Uma distância que Thandi sente, que por um instante produz uma dor dentro dela. Ele esfrega o queixo como se de repente tomasse consciência de um tufo de barba crescendo.

— Meu conselho é que você ame todas as suas matérias. O CEC já está se aproximando.

— Eu sei. E estou preparada para passar. Só que...

— Thandi, eu ensino arte como uma matéria técnica.

A resposta dele tomou o peito de Thandi com um sentimento líquido, como gelo moído derretido. Ela olha ao redor da sala, seus desejos brotam como trepadeiras ao redor do teto branco, colorindo as paredes beges.

— Nada mais parece certo.

— Thandi, você tem uma vida inteira pela frente. É muito cedo para se sentir desse jeito.

O Irmão Smith aperta as duas mãos como se fosse rezar.

— Pense na sua família, nessa escola. As pessoas estão torcendo por você. Você é uma aluna exemplar que pode fazer mais da vida do que ser...

— Mas o senhor disse que eu sou boa.

— Sim, eu disse isso.

Ele estende o braço até uma pilha de trabalhos de alunas que está sobre a mesa e localiza o bloco de desenho de Thandi. As alunas tinham de entregar um material preliminar para o trabalho de fim de ano. Ele abre o de Thandi.

— Você tem habilidades, é evidente, mas receio que... — Ele limpa a garganta. — Não vejo futuro para você nisso.

Tudo indica que o Irmão Smith percebeu a decepção dela, porque o rosto dele se enternece e sua cabeça se inclina como se estivesse prestes a argumentar com uma criança de cinco anos.

— Eis a questão, Thandi. Eu tenho preferência por paisagens e devo dizer que a sua é, de longe, minha *preferida* em toda a coleção que tenho! Mas esse projeto final deveria me dar uma compreensão melhor de você, a artista. Não vejo isso. Eu gostaria de desafiar você a se aprofundar, revelar mais de si — ele diz. — Se eu gostar do resultado, vou indicar seu trabalho para exibição no Merridian. E você pode continuar desenhando, mesmo que não profissionalmente.

— Ele puxa os desenhos que ela fez ao longo das últimas semanas para a beirada da mesa.

O Merridian é o santo graal das obras de arte da escola. Foi batizado em homenagem a uma freira branca cujo passatempo preferido era pintar os trabalhadores nos campos quando ela saía em excursões missionárias pelas fazendas. Ela intitulava seus quadros *Negro colhendo milho, Negro sob árvore, Negro ao pôr do sol.* Os quadros foram aclamados nacionalmente.

— Eu gostaria disso, senhor — Tandhi diz, quase caindo da cadeira ao se levantar junto com o Irmão Smith. Eles caminham juntos para o ateliê, e Thandi vai imaginando o que ela fará para o projeto final enquanto eles passam pela sala de costura, onde garotas se sentam, aplicadas, atrás de máquinas Singer; o salão de culinária, com cheiro de pudim de milho; o laboratório de digitação, onde os teclados assumem o som de aves ciscando e, por fim, o ateliê.

O Irmão Smith pressiona os ombros de Thandi com firmeza antes de entrarem na classe. Assim que chega a seu lugar, em torno de uma grande mesa em que suas seis colegas de classe se sentam, Thandi pega seu material. O Irmão Smith orienta a classe a fazer esboços por alguns minutos, identificando objetos da sala. Thandi inclina o lápis na mão direita e se concentra intensamente. Ela aperta o lápis levemente na folha de papel, com o Merridian ainda em mente. O Irmão Smith pode afirmar que não há futuro na arte, mas se a indicar e ela ganhar, quem sabe? Porém, como pode revelar mais de si mesma se está tão insegura a respeito de quem é? Sua mão quase não se move, ainda que outras imagens entrem em foco: o vaso de cerâmica rachado com rosas vermelhas que o Irmão Smith mantém na frente da sala para inspiração, a imagem da Virgem Maria no parapeito da janela, um par de chinelos ao lado da mesa desgastados no calcanhar, a insubordinação dos encostos retos das cadeiras de madeira. Cada objeto tem personalidade. Substância. Uma história a respeito das pessoas que os fizeram, que os possuíram.

Algo percorre Thandi por dentro, preenchendo-a com um peso familiar que pressiona seu peito para baixo, a imobiliza, como o corpo do homem daquela única vez. É um sentimento de medo que a interrompe, o lápis dela suspenso no ar. Thandi guardou esse segredo horrível por anos e, à medida que o tempo foi passando, se convenceu de que, de qualquer forma, ninguém acreditaria nela. Como em um pesadelo, a sensação de dor se prolonga – o sabor de alcaçuz quando ela agarrou com os dentes a mão que cobria a boca dela como uma concha, a aspereza das pedras, seixos e galhos quando os calcanhares dela foram arrastados pelo caminho empoeirado para dentro da mata, o grande peso sobre ela que ao mesmo tempo a cegou e a anestesiou. Tudo que ela tinha eram os ouvidos. "Si cê contar pr'alguma alma viva, cê tá morta!" As palavras eram como a lâmina de uma faca na direção de sua têmpora, algo que ela passou dias e noites depois do acontecimento se esforçando para esquecer. A imaginação dela começou a inventar muros atrás dos quais ela se agachava em silêncio, isolada da dor da lembrança. Ela não precisava sair desse esconderijo, porque a imaginação dela também inventava a própria comida, a provisão de água e o oxigênio. Depois de um tempo, ficou mais difícil reconstituir os fatos. Por exemplo, como é que ela consegue se lembrar das árvores que observava antes daquilo acontecer e de seus nomes, do tom esverdeado da água na enseada, mas não da cor da camisa dele, do que ele tinha nas mãos, de como era seu rosto? Ele estava usando vermelho ou preto? Tinha uma faca ou uma garrafa quebrada? Tinha barba? Ou só bigode? Algo dentro dela desmorona sob o peso das coisas que não consegue lembrar. Faz esboços, consciente e inconscientemente voltando a ponta do lápis para si mesma.

Thandi vai para casa e encontra Margot contando dinheiro. Ela está vestindo o uniforme do trabalho, arqueada sobre a mesa onde os envelopes estão empilhados e onde arde uma pequena chama no candeeiro de querosene, embora ainda esteja cedo. Ela está tão absorta no que faz que nem nota Thandi. A boca de Margot se mexe regularmente com cada nota que ela conta. A luz da chama acaricia seu rosto. Pelo tom esverdeado das notas, Thandi sabe que são dólares dos Estados Unidos, não da Jamaica. *Onde ela consegue tanto dinheiro? O que ela faz com ele?* Margot coloca algumas notas de lado, em um monte. Então, enrola um segundo monte, prendendo-o com um elástico. Ela não o leva para o velho colchão manchado de suor com as molas aparentes onde ela e Delores normalmente guardam o dinheiro para pagar as contas. Em vez disso, ela o coloca dentro da bolsa. Quando ergue os olhos e vê Thandi, dá um salto.

— Misericórdia, meu Deus! Thandi, não me assuste dessi jeito! — Ela se livra da prova, deixando a bolsa cair em uma cadeira próxima. — Que cê tá fazendo em casa tão cedo? — Margot pergunta a Thandi. — Cê não tinha aulas extras? — Ela está nervosa, seus olhos examinam o rosto de Thandi antes de voltar para a mesa, agora vazia.

Thandi senta na cama e pega um livro, ciente de que a irmã está remexendo nas coisas.

— Não tenho aulas extras hoje. Lembra? — Thandi folheia um livro de matemática, olhando fixamente para as equações. — De onde cê tira tanto dinheiro? — ela pergunta à irmã. Levanta os olhos a tempo de vê-la cruzando as pernas.

— Hora extra — Margot explica. Thandi espia a bolsa na cadeira, jogada como uma almofada preta de couro.

— Tem alguma vaga aberta para o verão? — Thandi pergunta a Margot, que indolentemente tira um grampo dos cabelos alisados, deixando-os cair sobre os ombros. Ela usa as duas mãos para sacudi-los. Uma coisa que Thandi está aprendendo a fazer com os dela, mas como seus cabelos têm uma textura mais fina, ela nunca consegue.

— C'a sua formação, cê pode conseguir um trabalho milhor do que o que faço — Margot diz, se inclinando para trás para livrar os pés dos sapatos de saltos altos. Um odor fresco de suor sobe dos pés cobertos por meias de Margot até as narinas de Thandi, que se reconforta com isso. — Concentre sua energia na escola. As pessoas devem trabalhar para você. Não o contrário. — Margot diz, esticando e flexionando os dedos dos pés; o esmalte cor de sangue que ela usa pode ser visto pelas meias transparentes.

Thandi se levanta e se junta a ela na mesa. Margot tira a bolsa da cadeira para que Thandi possa sentar. Quando ela senta, Margot levanta as duas pernas e as pousa no colo de Thandi.

— Esse penteado fica bem em você — Margot diz. É a primeira vez que ela comenta um penteado que Thandi fez sozinha. Tudo que ela fez foi uma trança embutida, presa na ponta com um elástico preto. Thandi massageia os pés da irmã, observando a cabeça de Margot cair para trás e seus olhos fecharem. Margot suspira ruidosamente quando Thandi passa as mãos pelas panturrilhas dela, fazendo pressão. Mais do que o toque aveludado das meias, Thandi se deleita com a firmeza das panturrilhas, evocando lembranças de quando ela corria pela escola secundária que frequentava. Margot venceu o campeonato feminino e poderia ter ido longe no atletismo. Mas, por algum motivo, ela parou de treinar e desistiu. Quando Thandi perguntou por quê, Margot respondeu com um gesto de indiferença. "Não valia a pena."

Os lábios de Margot se abrem, soltando um som baixo e gutural que faz Thandi pensar em um gato ronronando.

— Queria não precisar voltar ao trabalho tão cedo — Margot diz, de olhos ainda fechados. — Ficaria aqui só por isso… Você é boa com as mãos.

Thandi decide que é uma boa hora para perguntar.

— Você pode me dar algum dinheiro?

— Dinheiro para quê? — Margot pergunta, os olhos dela se abrem, agitados.

Thandi encolhe os ombros, os dedos dela ainda dedicados às panturrilhas da irmã.

— Quero guardar para umas coisas… — Ela pensa na festa que se aproxima e no vestido fúcsia que ela quer usar. A última vez que ela verificou, o preço tinha baixado. Também tem que pagar outra consulta com a senhorita Ruby.

— Diz uma das coisa — fala Margot.

— Um vestido? — As palavras saem da boca de Thandi, soando como uma pergunta.

— Um vestido para quê? — Margot se senta.

— Tem uma festa para a qual fui convidada por uma colega de classe. Uma festa de dezesseis anos.

— Uma festa antes do exame? Cê deveria estar estudando, tentando passá em nove matérias. — Os movimentos de Thandi se desaceleram. Margot a libera da tarefa, tirando as pernas do colo dela. Ela está olhando fixamente para Thandi como se focalizasse a pequena espinha no centro da testa dela. — Acabei de pagar pelas matérias do seu exame no CEC. As nove, e não foi barato.

— O quê? — Thandi dá um salto da cadeira, que quase cai. — Quando?

Margot está balançando a cabeça.

— Paguei na semana passada. Sua educação vem em primeiro lugar, Thandi. Você sabe disso. Como cê bai numa festa antes do exame, o exame pelo qual eu paguei?

Thandi engole a massa sólida que vem à tona novamente.

— Então, dêxa pra lá. — Thandi diz calmamente. — Quer dizer, todas as garotas da minha classe vão i eu queria ir também, mas não preciso.

Os olhos de Margot se abrandam.

— Mi dá minha bolsa — ela diz, por fim. Thandi apanha a bolsa para ela. Sabe que a irmã nunca lhe diz não. É como se Margot temesse que Thandi pudesse encontrar alguma outra alternativa, outra maneira de conseguir as coisas que pede. E Thandi se aproveita, ainda que sua consciência a censure todas as vezes.

— Não precisa, de verdade — Thandi diz.

— Bom, um dia cê bai mi pagar dez vezes. Então, aqui. — Margot tira um par de notas. — Tenho certeza que você vai fazer bom uso. — Margot e Delores apostam em Thandi como aquela que vai vencer na vida. Como o velho colchão, Thandi é aquela fonte na qual elas depositam seus sonhos e esperanças. "É você que bai tirar a gente dessi lugar", dizem para ela. Ela escuta Delores dizendo isso às amigas também quando elas vêm para as partidas de dominó. Ninguém sabe como é sufocante o peso da culpa de Thandi quando elas a dispensam de cozinhar, limpar e até de ir à igreja por causa da importância que dão aos estudos dela.

Margot se levanta da mesa devagar e desliza de volta para dentro dos sapatos com relutância. Thandi a observa retocando a maquiagem e borrifando perfume atrás de cada orelha. Em menos de um minuto, o cabelo dela vira um coque de novo. Ela pega a bolsa e se dirige à porta. Aquele perfume estranho, falso, domina o ambiente como um golpe estrangulante.

— Não diz pra Delores qu'eu tava aqui — ela diz a Thandi antes de desaparecer. Como se fosse arrastada pelo vento.

4

Margot se vira, as pernas dela em volta de Horace. Ela aperta a carne rosada dele entre os dedos e observa-a ficando branca. Horace geme e sorri para ela por entre as pálpebras semicerradas. Se ela se sentisse atraída por ele, beijaria o ponto onde seus longos cílios tocam-lhe a face e colocaria os lábios dela sobre os dele, franzinos. Ela teria paciência até para se deitar antes ao lado dele e correr seus dedos entre os pelos de seu peito enorme e de sua barriga. Em vez disso, ela monta sobre ele e move os quadris com força e ritmo. As mãos dele agarram suas coxas antes de subirem até os seios. No sexo, ela encontra uma calma profunda, um refúgio no qual se esconder. Ela se imagina como um aspirador, absorvendo tudo – cada palavra, cada pensamento, cada olhar, cada lágrima. Todos desapareceriam de vista, para serem despejados depois nos fundos do hotel, como camareiras jogando bolas de pó dentro de grandes latas, cantarolando suas tristes canções de sempre, que Margot costumava ouvir a avó cantarolar. Quando era uma garotinha, Margot conhecia o sofrimento daquelas canções, mas se sentia imune à dor que havia nelas. Ela já sabia que o desamparo é uma fraqueza e que é inútil ter fé em Deus. Não é Deus que vai colocar comida na mesa ou mandar a irmã para a escola. E, com certeza, não é Deus quem mantém um teto sobre suas cabeças. Ela balança sobre Horace como uma palmeira em brisa fresca enquanto ele murmura sua gratidão, às vezes xingando-a com palavrões que fazem com que ela jogue a cabeça para trás e acelere. De onde ela está sentada, a cabeça dele é pequena e discreta. Há momentos em que outra pessoa vem à mente, lábios femininos se abrindo, fome que vai além do corpo de Margot. Os olhos da pessoa fixos nos dela. Margot conhece aqueles olhos. Eles suplicam a ela, que então se concentra na imperceptível cabeça do homem abaixo de si. Ela se sacode e balança, ciente do caos intrusivo, sensação que se espalha da virilha dela até chegar aos dedos do pé dele que se contraem, como se o orgasmo de Margot se apossasse também do corpo dele. Quando acaba, ela cai em um movimento espiralado, despencando como uma árvore imensa desenraizada pelo machado implacável da natureza. Ela se deita ao lado de Horace, a repulsa pós-coito e uma decepção velada reviram em sua barriga como leite velho. Ela é humana de novo. Horace procura por ela, toca-a no braço, e ela se retrai. Nunca quer ser tocada nesse estado. Uma semana sob o sol da Jamaica o deixou vermelho. Os cabelos escuros caem sobre o rosto dele e ele os afasta. Caem de novo, apesar do empenho dele. Se Horace fosse mais importante para ela, Margot ergueria a mão e afastaria os cabelos dele para os lados, para que pudesse contemplar o azul dentro de seus olhos. Mas ela continua vendo os olhos de outra pessoa.

— Tenho que ir — ela diz a ele. Cobre os seios com o lençol branco, algo que ela não costuma fazer. Margot tem tendência a pavonear-se nua. Ela costumava se divertir com a luxúria que via nos clientes quando a observavam se movendo de um lado a outro da suíte, desinibida. Eles esperam esse tipo de comportamento de uma mulher da ilha.

— Ir? — Horace diz a ela em seu forte sotaque alemão, que para ela soa como um grunhido. — Mas a noite nem começou.

Margot olha para o relógio no aparelho de videocassete. O Palm Star Resort ainda precisa se atualizar com aparelhos de DVD, como fizeram todos os outros hotéis cinco estrelas da orla. São 23h15. Como o tempo passou depressa assim? No começo da noite, Horace havia chamado o serviço de quarto enquanto Margot se escondeu no banheiro. Comeram e beberam uma garrafa de vinho. Sobre o que conversaram? Margot não consegue se lembrar. Qualquer que tenha sido a conversa, ela só tem certeza de uma coisa: acabou como sempre acaba.

Margot se move pelo quarto espaçoso pegando suas meias e o uniforme do chão. Horace é seu cliente mais velho. Vem à Jamaica só por causa dela, sempre prometendo levá-la com ele para a Alemanha. E, sempre que puxa a carteira para pagá-la, ela vislumbra uma família sorridente de cabelos amarelos – uma mulher e duas crianças, um menino e uma menina. Ela se pergunta onde ele a colocaria se cumprisse a promessa de levá-la. O que diria à mulher e às duas crianças sorridentes na fotografia? Assim como Horace, todos os clientes dela prometem a mesma coisa, como se pagá-la não fosse o suficiente; como se, de alguma maneira, a transa lhes trouxesse o desejo de "salvá-la". Eles precisam justificar a infidelidade deles com um ato de gentileza, uma generosidade cujo ímpeto de recusar Margot combate com uma risada. Se ela diz sim, isso dá a eles o poder de saber que há uma mulher que depende deles, que precisa deles. Isso faz com que continuem voltando.

— Tenho que encontrar uma pessoa — Margot diz, enfiando a perna dentro da meia transparente. A meia rasga e ela xinga baixinho.

— Outro homem? — Horace pergunta. — Quanto ele está pagando para você? Pago mais.

— Não. Não é um homem.

— Então, quem é mais importante do que eu?

— Minha mãe — ela mente. — Tenho de encontrá-la em um lugar. — Ela puxa a saia e, apressada, abotoa a camisa sobre o sutiã. Horace se apoia sobre um cotovelo e a observa. Quando está vestida, caminha ao lado da cama e o beija na testa. Horace põe a mão atrás da cabeça dela e a traz para mais perto. Sem aviso, beija-a na boca. Margot se afasta um pouco.

— Cê tá agindo como se não fosse me ver de novo — ela diz, segurando a mão dele.

— Ok — ele diz por fim. — Está na mesa. — Ele aponta para a gorda carteira de couro na mesa do computador. — Pegue tudo.

Margot hesita. Ela conta trezentos. Os alemães costumam trocar seu dinheiro por dólares americanos. É a única moeda, além dos dólares jamaicanos, aceita na Costa Norte. Margot agradece e se apressa, fechando suavemente a porta atrás de si.

A visão de Margot dormindo com o polegar na boca desperta algo intenso dentro de Verdene. Margot se vira, olhos agitados, quase acordada, embora ainda seja meio-dia. Os braços e pernas de Margot estendem-se na cama, abertos, a pele cor de açúcar mascavo nos lençóis amarelos. Na colina, o sino da igreja de Santa Teresa toca e Verdene, em vez de fazer o sinal da cruz, como aprendeu a fazer quando era criança e ia à missa, olha para a mulher que ama e a estuda. O rosto franco que exibe suas emoções. Magoado e sensível.

Ela inspira profundamente, o amor inchando seus pulmões. Com medo de se incendiar, solta o ar. Ela abaixa a bandeja do café da manhã que preparou para Margot – bolinhos fritos, ackee e bacalhau acompanhados de pera fatiada – e espia o guarda-roupa que tem dois espelhos de corpo inteiro. Verdene vê o próprio reflexo segurando a bandeja. Aos quarenta anos, ainda há vislumbres de juventude no belo rosto de feições esculpidas e olhos que resplandecem um preto surpreendente. Ela ficou grisalha cedo, um tufo de prata cercado por densos cachos pretos. Mas desde que está com Margot, recobrou a juventude que a possibilita soltar gargalhadas, ter rompantes de brincadeira e deixar escapar uma sexualidade sem esforço, sem qualquer alvoroço.

Ela acomoda a bandeja na pequena mesa de cabeceira e busca a Bíblia Sagrada (apenas para uma pequena liturgia dominical, como Ella a ensinou), que é guardada como um segredo na gaveta. Mas a visão da fotografia da mãe paralisa seu movimento. Toda a amabilidade, a vida e o fôlego parecem parar diante da visão de Ella. *Ah, Mama querida.* Normalmente, a fotografia é virada para a parede quando Margot dorme lá. Margot não gosta da ideia de ter a falecida mãe de Verdene olhando para elas na cama. Francamente, Verdene não se importa. Toda sua vida foi vivida em segredo. Por que se envergonhar a essa altura em sua própria casa – a casa que a mãe deixou para ela? Ainda assim, ela cede.

Os cílios de Margot se agitam, os olhos dela se abrem para o espaço amplo do quarto e para o lençol cobrindo-a abaixo da cintura. Verdene cora, como se estivesse envergonhada feito uma garotinha que entrou no quarto onde a mãe estava fazendo sexo.

— Tudo bem — Margot diz a ela, puxando o lençol para cobrir seus seios, repentinamente constrangida.

— Trouxe algo para você — Verdene diz com um sotaque britânico entrecortado que ela adotou durante o período que morou em Londres. E que dança alegremente com seu sotaque jamaicano, de modo que as entonações soam perfeitas; um tipo de perfeição que deixa as pessoas de River Bank tão curiosas quanto apreensivas com ela. Como estrangeira, ou melhor, como uma jamaicana que retornou ao país, ela é intocável.

Margot sorri quando Verdene coloca a bandeja na cama.

— Você não precisa me mimar desse jeito o tempo todo, fazer o café da manhã e trazer para o quarto.

— Você quer dizer que não gosta disso? — Verdene pergunta.

— Eu não disse isso. — Margot ri. Verdene ri também, deixando seu corpo ondular sob o efeito da cócega agradável em sua barriga. Ela vira as costas, fingindo-se derrotada, mas Margot salta da cama e a puxa para si, esquecendo sua nudez por um instante. Verdene deixa-se cair, enroscada entre as pernas de Margot. Elas ficam assim, tremendo em um ataque de risos. Um minuto depois, quando os risos se acalmam, a respiração delas se eleva no silêncio agradável do quarto, contido entre suas quatro paredes. Verdene se afasta ligeiramente, percebendo como estão próximas: Margot sem roupas e Verdene vestindo uma camiseta e uma saia envelope que ela sempre usa em casa e que, quando se abre, revela a carne dourada de suas coxas.

— Tenho que ir até a cozinha — diz Verdene, se desvencilhando. — Você deve estar com fome. Coma.

Ela se afasta e Margot a solta. Margot procura se cobrir de novo, como que para se esconder. Verdene sabe que ela dormiu nua esperando que viesse ao quarto no meio da noite e deslizasse para baixo das cobertas. Mas isso não aconteceu.

— Não podemos simplesmente...

— Não antes de você estar pronta — Verdene diz com sarcasmo, percebendo para onde a conversa está se encaminhando.

— Pronta? Já estou pronta — Margot diz.

Verdene olha para a mão na maçaneta. Ela a aperta e a solta. Sob sua pele, os nós de seus dedos são reluzentes como mármore.

— Não quero que o que aconteceu da última vez aconteça de novo — Verdene diz por fim, em um sussurro que parece um suspiro. — Simplesmente, não posso...

— Já pedi desculpas. O que mais cê quer que eu faça? — Margot agarra um travesseiro no pé da cama e o coloca entre as pernas. É outra mania dela, tão persistente quanto a ânsia de roer as unhas.

— Meu amor — Verdene diz, com mais suavidade. — Não posso forçá-la a fazer nada que você não queira.

Margot tira o travesseiro e o lençol de seu corpo e levanta da cama. Ela se aproxima e empurra Verdene contra a porta, que se fecha atrás dela. De perto, os olhos dela são um par de ônix brilhantes, como a pedra que Margot deu para ela. Margot segura as mãos de Verdene entre as suas.

— Eu estou pronta.

Verdene resiste ao ímpeto de segui-la até a cama, porque lá no fundo sabe que, para Margot, o sexo é uma droga. Sente-se tentada a deixá-la fazer o que quiser consigo. Mas o que acontece depois? É o depois que Verdene teme mais do que qualquer coisa. E se a reiterada disposição de Margot para ser seduzida não for mais do que curiosidade?

Ela se lembra de como Margot saltou da cama quando faziam amor pela primeira vez, e chorou. Quando elas começaram a se encontrar, Margot se recusava a fazer qualquer coisa além de beijos e carinhos. Ela queria primeiro ser cortejada. Então Verdene aquiesceu, grata por Margot insistir que elas deveriam conhecer e explorar uma à outra de outras maneiras. Mas depois de seis meses de espera, Verdene deu um basta. Ela tomou a iniciativa e Margot cedeu, apesar da relutância. Ela chorou como se lamentasse cada injustiça cometida contra ela ao longo da vida. Chorou como se a intimidade entre elas estivesse acontecendo contra sua vontade. Ela ficou, mas chorou. Aturdida, Verdene perguntou a Margot se estava tudo bem. Margot respondeu que não com a cabeça, o corpo dela estremecia e trepidava.

— Nunca me senti assim com ninguém antes — Margot dissera.

— Está tudo bem, Margot. Está tudo bem.

— É como naquele sonho em que estou me afogando.

— Você não está se afogando, benzinho.

— Não tenho nenhum tipo de controle.

— Apenas deixe para lá.

Mas Margot não estava pronta para ver a si mesma desse modo, não estava pronta para se classificar com esse rótulo. Ela contou que quando viu Verdene no mercado, depois dos anos que ela passou fora, começou a entender algo sobre si mesma. Margot descreveu em detalhes: como ela arfou, porque Verdene lhe tirava o ar. Como ficou paralisada diante da pele suave, como manteiga de amendoim, em contraste com o vestido verde-mar. Como a visão de sua silhueta perfeita convenceu Margot de que ela precisava de algo mais do mercado – mais pimenta-caiena, sementes de pimenta da Jamaica, graviola, lima e couve-flor, mais gengibre, cacau e inhame. Porém, quanto mais coisas Margot adicionava à sua cesta já cheia, seguindo Verdene pelos corredores de comerciantes, mais ela percebia do que realmente precisava.

Já Verdene se lembrava apenas dos comerciantes do mercado. Como eles a observavam, virando-se para ela com olhares cheios de hostilidade. Um por um torcendo o nariz como se o cheiro do mercado de peixes ali perto finalmente chegasse até eles, depois de trinta anos de atividade. Fingindo não ser perturbada por isso, Verdene encheu sua cesta com frutas, entregou notas impecáveis às mãos hesitantes, e partiu. Mas, uma vez do lado de fora do mercado, de repente, ela virou a cabeça para a direita, defrontando o olhar de Margot.

Meses depois, Verdene estava apertando uma Margot chorosa em seus braços para confortá-la. Mas Margot se levantou de repente, vestiu-se, e fugiu como se Ella tivesse saído da foto e a perseguido pela casa. Ela correu até chegar à própria casa na completa escuridão da noite.

Verdene se inclina para beijar Margot na base do pescoço, e depois na boca.

— Estou pronta — repete Margot, acariciando o rosto de Verdene com os olhos. Eles são de um marrom mais profundo do que sua pele, com o sol no meio.

— Não, Margot. Não faça confusão entre desejo e amor. Talvez, para você, isso seja um...

— Não estou confundindo nada. Eu sei o que quero.

— Sabe?

Margot deixa o olhar cair.

— Exatamente o que eu pensava — Verdene diz brandamente, engolindo a intensidade de sua voz. Ela afasta Margot com delicadeza e prende os pulsos dela com as mãos.

— Deixei algo no fogão. Não quero que queime. Minha mãe deixou aquela panela para mim.

Verdene olha pela janela da cozinha e observa as pessoas passando em suas roupas de domingo – os homens com suas melhores camisas de botões e calças pretas reluzentes passadas a ferro vezes demais. As mulheres usando chapéus de igreja e cores pastéis, segurando Bíblias nas mãos como se fossem bolsas, cada uma delas parando para fazer o sinal da cruz quando passa em frente à casa. Verdene fecha os punhos, as unhas cavando fundo as palmas das mãos até o tremor violento ecoando dentro dela se acalmar. Domingo é o único dia da semana em que essas pessoas tomam a liberdade de parar em frente à propriedade dela, vestidas em seus trajes puritanos. Verdene para na quietude da cozinha, abrindo a torneira ao máximo para tirá-los da mente. Mas então vê a senhorita Gracie, a mulher idosa que vive na casa ao lado. Seu queixo barbudo é projetado para a frente, sobressaindo abaixo do chapéu que cobre o rosto; seu corpo definhado, que no passado era mais alto do que os dos homens e mulheres de River Bank, está envolto em um vestido creme claro com enfeites em renda. Um homem jovem e bonito, cujo rosto Verdene não reconhece, caminha ao lado dela, sustentando-lhe o peso como se a mulher não pudesse andar sozinha. Ela também se detém para fazer o sinal da cruz quando passa em frente à casa de Verdene, instruindo o jovem relutante a fazer o mesmo. Se ela estivesse segurando qualquer outra coisa que não a Bíblia, teria arremessado. Como aquele galho de árvore que embrulhou em um pano com sangue e jogou no pátio da casa de Verdene na semana passada.

"O sangue de Jesus está sobre você!" a mulher gritara, com olhos desvairados. Era como se desafiasse Verdene a dizer algo. Mas Verdene permaneceu na varanda, atordoada e em silêncio.

Antes do galho de árvore, foi uma galinha-d'angola decapitada que ela deixou nos degraus da frente da casa. Verdene não viu a mulher fazendo isso, mas ela sabia. Quatro domingos atrás, Verdene achou o corpo de um cão morto em seu terreno. Desde que voltou de Londres, nada menos que quatro vira-latas foram encontrados mortos em seu pátio, os corpos marrons deles em putrefação e infestados de moscas. Os incidentes aconteceram em ondas, como se o responsável estivesse utilizando algum tipo de algoritmo. A primeira vez coincidiu com a primeira noite em que Margot dormiu na casa. Uma noite de sábado. Verdene acordou naquele domingo e viu o rastro de sangue do animal sacrificado pelo caminho da entrada até a varanda. O sangue manchava a soleira da porta e as colunas. E a grade da varanda e o portão. Nas paredes dos dois lados da casa estava escrito "O sangue de Jesus está sobre você!".

Foram as mesmas palavras que a mulher idosa havia proferido alguns dias antes para Verdene. Verdene não pensou na época em fazer nada em relação ao incidente. O que ela poderia ter feito? O primeiro impulso dela foi chamar a polícia. Mas eles escutariam o sotaque dela e iam querer que pagasse alguma coisa extra para identificarem o responsável. O impulso seguinte foi caminhar até a porta ao lado, atravessando a exuberância das folhas de bananeira que separavam a casa dela da casa da mulher, mas Miss Gracie poderia surtar, atraindo mais atenção desnecessária para Verdene. A velha senhora é senil, mas ainda seriam as palavras dela contra as de Verdene. Então Verdene limpou a sujeira ela mesma. Fez isso do modo mais silencioso possível, já que não queria acordar Margot. Na noite anterior, elas tomaram chá e ficaram deitadas na sala de estar — Margot no sofá e Verdene no chão, sobre o tapete — com uma boa distância entre elas. Ocorreu a Verdene, então, quando ela estava na varanda com o balde e a pá, que enquanto elas conversavam naquela noite, alguém havia violado sua propriedade. Alguém que pode ter visto as duas.

Naquela maldita manhã, ela avançou pelo jardim, embora uma corrente ininterrupta de fiéis estivesse passando por ali. Ela acenou para eles, baixando a cabeça com reverência, como sua mãe a havia ensinado. "Sempre simpática e cordial..." Ella costumava ironizar, ciente dos olhos de águia dos vizinhos, especialmente das mulheres, quando ela voltou para casa com todos os seus vestidos estrangeiros. E então, como a mãe, Verdene acenou, seu braço como um limpador de para-brisa que borrava seus rostos carrancudos. Ela simulou seu melhor sorriso, esticado em seu rosto como um elástico tenso, quase chegando aos seus olhos. Os fiéis aceleraram e, assim que eles passaram, Verdene pegou o animal morto sobre um leito de flores com a pá. Margot apareceu na janela, o rosto como uma lua cheia, as cortinas escondendo o restante de seu corpo. Verdene baixou a pá. Ela viu o terror nos olhos de Margot e se forçou a continuar cavando um buraco perto da árvore de graviola. O mesmo lugar em que ela viria a colocar as outras carcaças.

"Por favor", disse Verdene empurrando Margot para longe com delicadeza quando ela apareceu atrás de si dentro da casa naquela manhã, "me dê um instante". Ela se apoiou contra a pia da cozinha, com as costas voltadas para Margot. "Será sempre assim. Esta vida. Comigo." Verdene ainda estava de costas. Enquanto esperava a resposta de Margot, fechou os olhos para segurar as lágrimas ardentes que haviam brotado. Ela sugou os lábios, quase sentindo o gosto do beijo que elas tinham dado na noite anterior. O primeiro. Mas Margot não respondeu. Não imediatamente. E embora ela segurasse Verdene por trás, o corpo dela aquecendo o seu, o rosto dela repousando na curva do seu pescoço, Verdene sentiu sua reserva, sentiu-a deixar a cozinha, os passos se afastarem, uma porta fechar suavemente.

A ironia é que ela quis Margot fora de cena quando a conheceu pela primeira vez. No segundo ano da faculdade, Verdene chegou em casa e encontrou uma menina sentada no sofá na sala de estar da casa da mãe. A garota tinha provavelmente dez anos na época, com pernas longas e finas que estavam cinza e cheias de arranhões. Suspensas pelo sofá, balançavam para a frente e para trás. O cabelo da garota estava despenteado e o vestido desbotado que ela usava, imundo de lama. Como professora, Ella tinha a tendência de trazer para casa crianças da vizinhança e ensiná-las. Quando Verdene olhou mais perto no pequeno rosto marrom ladeado por uma massa de cabelos rebeldes como um girassol, ela percebeu que a garotinha era ninguém menos que a filha de Delores. Verdene não sabia o nome da garotinha na época, mas tinha visto Delores com ela algumas vezes, ambas caminhando para a cidade com mercadorias para vender. Elas moravam em uma pequena casa de tábuas não muito longe de Verdene e sua mãe. O tio de Margot, Winston – um antigo colega de classe de Verdene –, era um rapaz que vivia na rua fazendo apostas, fumando maconha e perseguindo garotas jovens. Foi ele quem embuchou Rose, a filha da senhorita Gracie. Ella, com toda a gentileza de seu coração, se oferecia para cuidar de Margot quando a mãe e a avó saíam.

No começo, Verdene teve ciúmes da garota. Sempre havia sido Verdene e Ella contra o mundo, quando Ella não estava ocupada demais se esforçando para cair nas graças do marido. Mas quando ele morreu, lamentou-se como se fosse o melhor homem que pôs os pés sobre a Terra. Ella, que provavelmente ficou solitária após a morte do marido e a partida de Verdene para a universidade, não se incomodava em ter Margot lhe fazendo companhia. Verdene achava Margot um pouco precoce. Ela seguia Verdene pela casa quando retornava da faculdade nos fins de semana (por obrigação) e perguntava tudo a respeito de tudo. E Verdene, que na época estava ocupada com os exames, com as pressões de estar longe da universidade e em passar raspando em química (sua especialização), não dava atenção à garota. Embora Margot fosse inteligente, Verdene sentia do fundo do coração que ela era problema de Delores. Por que Ella deveria cuidar da filha daquela mulher? Ella dava aulas extras à garota, pois seu nível de leitura, aos dez anos, era ainda de segundo ano.

"Mama, não é sua obrigação corrigir a filha dos outros", Verdene disse para a mãe. "Deixa a Delores cuidá da filha dela."

Mas Ella não dava ouvidos. Ficou empolgada com a criança, chamando-a de Margozinha. Dava as roupas antigas de Verdene para a Margozinha vestir. Eram vestidos bonitos, que Ella tinha de pegar, dar pontos nas laterais, modificar as barras, adicionar casas e botões extras, tudo o que pudesse para fazer os vestidos se ajustarem ao corpo minúsculo de Margozinha.

Então, um dia, Verdene viu Margot agachada em um canto em frente à loja do sr. Levy, chorando. Verdene parou para ajudá-la, imaginando que a menina tinha perdido o dinheiro ou caído e machucado alguma parte do corpo. "Qualé o problema?", ela perguntou. Margozinha fungou e disse a ela que algumas crianças da escola a estavam chamando de Margot-cocô.

"Eles diz qui sô nojenta i fedida". A menininha estava tremendo quando contou isso a Verdene, seus ombros magros sacudiam, seu peito afundava. Verdene não sabia o que fazer. Ela pousou a mão no ombro da menina e Margozinha olhou para o rosto de Verdene com os olhos arregalados e cheios de água, as pupilas se expandiam como um poço dentro do qual Verdene caiu. A queda foi profunda, infinita, e revolveu seu ventre como uma possessão, com um instinto selvagem de perseguir os vilões da Margozinha.

Todas as vezes que Verdene tinha que retornar à universidade, Margot chorava. Ella tinha de apaziguar a menina com promessas. "Ela vai voltar para ver a gente semana que vem, querida." Então, espreitando Verdene, os olhos de Ella ecoavam estas perguntas. "Não é, meu bem? Você vai voltar pra ver tua mãe querida semana que vem, né?"

Verdene traz a atenção de volta à cozinha. Fecha a torneira, ao perceber que a água transbordou, se espalhando pelo chão.

A louça do café da manhã que ela fez para Margot está empilhada na pia – uma panela cheia de bolinhos cozidos retorcidos e outra com cebola picada, tomate e bacalhau. Apenas uma hora atrás Verdene cantava ao som de Ken Boothe, se sentindo esperançosa, alheia a esse estado de espírito que se abateu sobre ela. Alheia à emboscada da memória que esperava por ela. A confusão da cozinha lhe provoca repulsa. Verdene nunca foi uma cozinheira ordeira, ou qualquer tipo de cozinheira. Tudo está organizado nos armários do jeito que a mãe deixou: pratos sobrepostos um em cima dos outros, copos e xícaras separados – os mais refinados, com desenhos, para as visitas que Verdene nunca recebe, e os comuns, lisos, para uso diário. Desde que começou a cortejar Margot, ela tem tentado cozinhar com mais frequência, se sentindo caseira pela primeira vez aos quarenta anos. Antes, quando ela morava em Londres, aquecia coisas no micro-ondas ou se aventurava em um restaurante próximo para buscar comida. Eram hábitos possíveis em Londres, onde há restaurantes por toda a parte. Indianos, chineses, turcos, caribenhos, paquistaneses.

Cozinhar está se transformando em uma alegria íntima que Verdene se esforça para manter, explorando as velhas receitas deixadas pela mãe nas gavetas, entre os utensílios. São, na maioria, receitas de bolo. Para outros pratos, Verdene se baseia na memória – aquelas tardes em que ela costumava observar a mãe cozinhando, jogando especiarias e açúcar e farinha nas panelas sem medir. Ella só sabia como algo ia ficar quando provasse. Verdene adotou esse método. À medida que experimenta, se vê provando mais e medindo menos. O processo abranda alguma coisa dentro dela, a faz cantarolar melodias de cantigas enquanto corta e mistura. Ninguém poderia dizer o quanto, no passado, Verdene se ressentia com a mãe por fazer exatamente a mesma coisa para seu pai, quando ele era vivo e chegava em casa com as botas enlameadas e as roupas sujas da construção da ferrovia.

"Por que ele nunca cozinha a comida deli ou põe a mesa?", Verdene perguntava a Ella, enquanto observava o pai reclinado em sua cadeira favorita com o jornal, fumando e tomando longos goles de rum branco. Ele buscava refúgio nas nuvens de fumaça que o cercavam e na bebida que aquecia seu sangue. Ella quase sempre era indiferente às perguntas de Verdene, rechaçando-a com "Quando cê chegar nessa fase bai saber por quê". Verdene nunca soube o que aquilo significava. Por revolta (ela acha), nunca foi capaz de se entregar dessa forma aos relacionamentos, temendo ter de ser a empregada de algum homem, ou sua criada particular. Por mais abusivo que o pai de Verdene fosse, Ella venerava o chão em que ele pisava.

Em seu primeiro casamento, Verdene fracassou totalmente. Não porque não amasse o homem – um católico fervoroso da Guiana que a tia escolheu a dedo para ela –, mas porque ela nunca conseguiu fingir ser esse tipo de mulher. Mas lá está ela, na cozinha da mãe, compreendendo, enfim, o que ela quis dizer.

Quando Verdene volta ao quarto, Margot já está vestida, pronta para sair.

— Precisamos conversar — Verdene diz, junto a uma inspiração profunda e trabalhosa. Margot senta na cama, as mãos entrelaçadas. Verdene percebe que a comida não foi tocada. Ela também percebe que Margot esteve chorando. Os olhos dela estão vermelhos e, em torno deles, a pele está arranhada.

— Sobre o que cê quer conversar? — Margot pergunta. Quando ela vira o rosto para o lado, a luz incide sobre ele e Verdene é surpreendida pela beleza de Margot. Passa por cima e se senta ao lado da mulher mais nova. Segura a mão de Margot na dela. Leva-a até seus lábios, aperta-a contra o rosto. Margot retira a mão.

— Talvez você esteja certa — ela diz.

Verdene deixa a mão cair ao lado do corpo.

— Certa sobre o quê?

— Sobre eu não estar pronta.

Margot está sentada, gélida como uma estátua, mantendo a cabeça fixa. O único indício de que ela está respirando é o lento sobe-e-desce de seu peito. Dois botões da blusa dela estão abertos, e Verdene tem um vislumbre da carne suave por baixo da roupa. Margot se vira olhando para ela e repete:

— Não estou pronta — como que para convencer a si mesma.

Verdene segura a mão de Margot – da mesma forma que ela fez na noite anterior à descoberta do primeiro cão morto.

— Deveríamos tentar de novo — ela diz. — Mas deixo isso com você... — Ela inspira profundamente.

Margot relaxa visivelmente, como se ela estivesse esperando outra resposta. Verdene sente um ímpeto irresistível de abraçá-la, mas não abraça. Ficam sentadas assim, ambas olhando para frente, com as mãos em seus colos. As palavras abandonam a boca de Verdene, flutuando acima delas no quarto, por fim se apaziguando com o sobe-e-desce de seus suspiros cheios de significado, como um lençol lançado sobre uma cama.

— Eu só conhecia homens — Margot murmura, ainda olhando para frente. — Sempre senti algo por você. — Margot está balançando a cabeça como se estivesse perdida e aturdida com indicações que a conduzem por ruas sem nome. — Mas eu não... Não sei se eu...

Verdene assente com a cabeça, mas não diz nada. Ela se concentra nos pregos do assoalho de madeira, nas cabeças pretas deles que parecem pontos. Margot encosta a cabeça no ombro de Verdene. O gesto parece um sinal de que elas entraram em um círculo de intimidade e estão juntas nessa incerteza. Respirando profundamente, Margot diz:

— Quero que você me ensine a nadar.

5

A manhã está fresca e úmida – do jeito que sempre fica antes que o sol apareça, secando todas as possibilidades. Margot se vestiu na casa de Verdene, considerando a ideia de formarem um casal. Não que isso nunca tenha acontecido antes – essa semente deslizou para dentro da cavidade de seu peito, se fixando ali dentro nas últimas semanas. Algo despertou seu crescimento. Talvez o modo como Verdene a abraçou na noite anterior, comprovando a Margot que elas combinam.

Margot começa a caminhar com objetividade pela bruma leve, acalentando essa ideia como a um bebê recém-nascido. A mente dela antecipa a possibilidade de abandonar River Bank por uma bela casa de veraneio em frente ao mar em uma comunidade silenciosa, fechada, em Lagoons – um lugar distante de River Bank onde Margot poderia se entregar livremente, confortada pela serena indiferença dos estrangeiros ricos da Europa e dos Estados Unidos. Seria como viver em outro país. Desde que, anos atrás, Reginald Senior fez uma festa para alguns poucos amigos em uma casa de verão luxuosa na região e a convidou, quis morar lá. Margot ficou impressionada com a vida que os ricos levam na Jamaica; como, para eles, a ilha é realmente um paraíso – uma mulher que se oferece sem malícia, costas arqueadas em colinas e montanhas, barriga contra o sol. Porque até mesmo nessa seca seus rios correm longa e profundamente, suas praias são amplas e tentadoras.

Os moradores de River Bank costumam evitar empregos domésticos em uma região como Lagoons, preferindo os resorts. São como formigas, todos eles, acredita Margot – todas grudadas no mesmo pão que as outras. *Bom, deixa eles mordiscarem até acabar.* No que diz respeito a Margot, ela e Verdene ficarão bem melhor em um lugar remoto, sem torcicolos de tanto olhar sobre os ombros. Margot já planejou tudo. A promoção dela a gerente geral já está a caminho. Ela tem certeza de que vai conseguir; tem certeza dos sentimentos de Alphonso por ela. Ela poderia usar aquele dinheiro para viver como uma rainha no próprio país pelo menos uma vez na vida. No solário, telas cor de lima e copos suados de limonada. Uma lista de mercadorias importadas e árvores transplantadas para complementar a paisagem.

Enquanto Margot percorre toda sua fantasia – caminhando lentamente sobre o piso de mármore da casa de seus sonhos – ela se choca contra algo maciço no chão. Baixa os olhos e vê a carcaça de um abutre estripado coberta de moscas, e o cheiro da putrefação sobe até a boca aberta de Margot. Ela tampa o nariz e dá três passos para trás. Têm de ser três – para o Pai, o Filho e o Espírito Santo. A Vó Merle teria dito a ela para jogar sal atrás de si também, para evitar o azar.

— Meu Jesus!

E assim que ela diz isso, três abutres aparecem. Eles voam baixo, em círculos, lançando sombras escuras sobre a face do sol recém-surgido. Suas asas pretas são como lâminas afiadas que parecem capazes de abrir árvores ao meio. Margot sente os pelos da nuca se arrepiarem quando os abutres descem. Ela observa, horrorizada, como eles mergulham seus bicos na carcaça – que poderia ser de um irmão, companheiro, mãe ou filho deles. Margot nunca esquecerá essa imagem — a visão de um banquete de abutres comendo um do bando, celebrando a morte com sua dança kumina.

Já no barraco, ela se dedica a esfregar os bicos dos sapatos com um pano encharcado de alvejante. Hoje vai se atrasar para o trabalho. Ela se desnuda e mergulha as roupas de trabalho em uma bacia com água. Decide tomar banho, lavar qualquer mau presságio com folhas de pimenta. Não importam as moscas e o calor lá de fora. Ela se ensaboa, grata pela boa pressão da água. Ela nunca toma banho lá fora a essa hora, depois que a bruma da manhã já se dissipou. Mas hoje ela não tem escolha. Também não tem vontade de voltar à casa de Verdene a essa hora do dia, já que as lavadeiras passam por aquele caminho em direção ao rio e podem vê-la.

A água traz uma sensação boa no calor. Sem pensar, ela inclina a cabeça para trás e deixa a água correr por seus cabelos, e então ela se lembra, tarde demais, que havia acabado de alisá-los. Ela toma nota mentalmente para marcar outra sessão no salão. Tem de ser hoje, mais tarde, já que ela não pode ir para o hotel parecendo uma louca. Margot se ocupa ensaboando o corpo.

— Parece que você bai esgotá a poca água qui temu na ilha inteira!

Margot fica paralisada por dentro ao ouvir o som da voz da mãe.

— Cê num vê qui tamu numa seca? — Delores pergunta.

— Qui tem di errado com cê. Cê parece burra, se lavando dessi jeito com água escorrendo do topo da cabeça.

— Qui cê tá fazendo aqui? — Margot pergunta, desligando o chuveiro. — Pensei que cê tava no mercado. — Desajeitada, ela procura a toalha para se cobrir.

— É assim qui cê si comporta quando acha qui não tem ninguém aqui? — Delores pergunta. — Cê aumenta a conta di água?

— Eu estava tomando banho.

— Cê num teve a decência di fazê isso mais cedo?

— Eu queria trocar de roupa. Estava indo trabalhar e eu... — Margot descarta o restante das palavras. Ela não tem vontade de entrar em detalhes sobre o abutre com Delores.

Delores suga o ar entre os dentes. Margot pensou que a mãe a deixaria em paz, mas Delores ficou lá, parada, como se esperasse mais explicações.

— Que mais cê quer? — Margot pergunta.

Delores sacode a cabeça.

— Às vezes fico pensano em você. Si eu não tivesse voltado aqui, você era capaz de ficá naquela água o dia inteiro. Você não devia tá no trabalho? Aquele hotel qui cê trabalha te dá a ilusão de que a gente tem dinheiro pra jogá fora? Si cê perder o emprego, Deus que ajude a gente! Tomando banho, uma ova! Que pessoa em sã consciência toma banho lá fora im plena luz do dia? O que cê quer é que o Pequeno Richie ou algum outro menino curioso ti espie, é?

— Faria diferença? — Margot pergunta.

— Onde foi que eu errei?

— Me deixa passar. Tenho que ir trabalhar. Você mesma disse.

Delores não se mexe. Repara em Margot com atenção, como costumava fazer quando ela era criança, quando dava nela banhos cujo propósito era limpá-la do mal.

— Que foi? — Margot pergunta. A voz dela fraqueja sob o peso da memória.

— Cê acha qui eu tenho sangue di barata?

Margot dá uma risadinha, embora os joelhos dela se dobrem.

— Não tenho tempo pra isso.

— Cê tem tempo pr'outras coisas. Pensa qui num notei qui cê num dorme mais aqui? Cê é ordinária, e Deus bai ti derrubá.

Margot joga a cabeça para trás e ri alto.

— Tenho trinta anos. Posso dormi onde eu quiser. I além dissu cê parece a senhorita Gracie falando com ela mesma, bêbada e louca. — Ela consegue passar por Delores e entrar em casa. Não revela que Deus foi a primeira coisa na qual ela pensou de manhã, quando tropeçou na morte pelo caminho.

— No fim du dia, cê num podi dizê qu'eu num tentei — Delores diz.

Margot fica contente por não estar encarando Delores, contente de poder se concentrar em se vestir, com cuidado para não rasgar a meia. A prova da inocência dela – já que está sempre sob julgamento – é a calma, a habilidade de parecer incólume a qualquer coisa que Delores diz. Nesse instante, ela se esforça para não buscar conforto na fantasia que teve antes, a de se mudar com Verdene – um pensamento que fugiu como uma criança despreocupada, mudando as coisas de lugar, abrindo espaço. Mas, por mais que tente, Margot não pode impedi-lo de emergir. Nem pode protegê-lo de Delores. A melhor aposta para ela, a mais segura, é aniquilá-lo.

Margot observa Alphonso conversando com o pessoal do administrativo no escritório dele – o alto escalão que administra o resort quando ele não está por perto. Alphonso está andando de um lado para o outro enquanto dá ordens, parecendo um menino equilibrando uma coroa na cabeça enquanto caminha em uma corda bamba. Apesar das janelas de venezianas inclinadas com cortinas que separam a recepção da sala de conferências, ela pode ouvir e ver umas poucas coisas – Dwight, o gerente de vendas, agarrando a caneta com o punho cerrado quando Alphoso caminha diante dele; Simon, o coordenador de atividades, que está à frente de todo o entretenimento interno do hotel; Boris, o chefe de segurança e ex-sargento da polícia; Camille, a assistente de Dwight, que se esforça para anotar cada frase que sai da boca dos quatro cavalheiros durante a reunião; e Blacka, o contador e braço direito de Alphonso, parecendo um faraó sentado com os braços cruzados e o peito estufado, observando em silêncio.

— Cês acham que eu tô dirigindo uma fazenda aqui? Cês acham que é pé-rapado qui paga pra ficar no meu resort? — Alphonso ladra. — Vocês são todos incompetentes!

Dwight se senta inclinado para a frente, deixando a caneta cair.

— E com quem qui cê pensa qui tá falando dessi jeito? Si não fosse por todos nós aqui, essi hotel não taria aberto. Teu pai nunca teve a intenção di você assumir... Era teu irmão. Si o Joseph num tivesse morrido naquele acidente de carro, cê não seria o deus qui é agora! Ele sabia qui cê era uma desgraça! Então não venha aqui agora dizer que tá insatisfeito com a gente. A gente não é culpado do hotel perder dinheiro!

Alphonso se lança sobre Dwight e o agarra pelo colarinho. Boris e Simon se levantam de repente e os apartam. Quando é solto, Dwight ajeita a gravata e ajusta o colarinho de sua camisa listrada enquanto Alphonso se acalma. Os outros homens, excluindo Blacka, lançam um olhar para Alphonso que lembra a Margot o modo como os outros empregados do hotel olham para ela, quando cochicham ao pé do ouvido: "Quem aquela Margot pensa que é? Ela age comu s'é alguém grandi. Cê bê o jeito qui ela anda por aqui como si fosse dona do lugar?".

Mas Margot é alguém. Ela sabe, por exemplo, que pode fazer um trabalho melhor do que o de Dwight, que é um palhaço. Por causa dele, o hotel não vai bem. O diploma sofisticado, os ternos caros e os carros de luxo dele não ocultam o fato de que é incompetente. O que favorece Dwight é o fato de que ele é primo de segundo grau de Alphonso e frequentou com ele a faculdade particular de Ridley College, no Canadá. Bem no fundo, Margot sabe que nenhum hotel teria contratado Dwight se não fosse ter o sobrenome Wellington – Dwight, que chega tarde, mostrando o relógio de pulso e dizendo aos demais para não se atrasarem; Dwight, que faz vista grossa às reclamações e a todos os detalhes relacionados ao conforto dos hóspedes; Dwight, que deixa a maior parte do trabalho para sua assistente, Camille – que, na opinião de Margot, perde tempo sentando no colo dele todas as noites. Coitada da garota, escolheu o Wellington errado para trepar.

Margot volta para seu lugar no balcão da recepção com Kensington. Ela mal consegue se concentrar no controle de entrada de pessoas no hotel.

— O que cê acha qu'eles tão falando? — Kensington pergunta para ela, murmurando.

— Não é da sua conta — Margot a repreende.

— Você i ele não são amigos? — Kensington pergunta.

— O que você quer dizer com isso? — Margot se vira depressa para encarar a insolência de Kensington. A garota dá de ombros.

— Você sabe... ele ri com você e ri alto às vezes. Então pensei ceis era amigos. — A garota baixa os olhos para a superfície do balcão à frente dela, desenhando corações com os dedos. Ela é magra feito um palito, com uma boa altura, sempre impaciente com o cós do uniforme, que é largo demais, mesmo ficando consideravelmente acima dos joelhos. Não fosse por sua cor forte, Kensington não seria considerada bonita. Ou mesmo levada em consideração para o emprego. A garota foi contratada como secretária de meio-período no verão passado, depois de se formar no ensino médio, mas acabou ficando por mais tempo. Agora, ela acha que tem o direito de fazer conjecturas sobre o relacionamento de Margot e Alphonso.

— Só continua a fazer teu trabalho, Kensington — Margot diz, com a voz autoritária que ela usa quando impõe sua condição de funcionária mais antiga.

— Como você faz? — A voz baixa de Kensington rompe o silêncio inconfortável que acompanha a ordem de Margot.

— Como eu faço o quê? — Margot pergunta.

As palmeiras atrás da cabeça de Kensington balançam como ondas sob a brisa que traz o cheiro do mar para dentro do saguão aberto. Margot é grata por essa brisa, que arrefece seu sangue em ebulição enquanto ela observa Kensington encadeando as palavras.

— As pessoas fala. Russ, Greta e todo mundo.

Margot interrompe antes que ela continue a lista de todas as pessoas do baixo escalão – arrumadeiras, cozinheiras, zeladores –, pessoas que se ressentem com ela por mandar Kensington até o Stitch comprar empanada e pão de coco para ela no almoço, para não ter de passar por eles e entrar na fofoca desocupada deles sobre a gerência.

— Faz um favor para mim, Kensington? — Margot diz, com a voz agridoce como melaço.

— O que é? — a garota responde, olhando para Margot com olhos esperançosos que a deixam mais furiosa. Ela resiste ao ímpeto de esbofetear a garota. Em vez disso, ela dá um aviso. Ou melhor: um conselho sensato.

— Si cê quer ficar aqui por bastante tempo, cuida da tua vida — diz Margot.

Depois disso, Margot lança um olhar severo e vira o rosto para a janela atrás delas. Alphonso é imprevisível, por isso ela imagina o conselho olhando para ele como uma bomba-relógio. A porta se abre de repente e Alphonso sai pisando firme.

— Me dá aquela pasta de documentos dali — ele exige, apontando para um arquivo escondido onde há uma centena de pastas de documentos. Todos eles serão inseridos em um sistema de computador protegido para manter os registros das finanças do hotel e as informações dos hóspedes. Murphy trará os computadores amanhã. Os cinco computadores Gateway estão sendo enviados dos Estados Unidos. Kensington se levanta com um salto para encontrar a pasta a que Alphonso se refere. Ela hesita quando vê que todas são idênticas. Pedir esclarecimentos a Alphonso revelaria sua incompetência.

Ele está tamborilando os dedos no balcão e passa os olhos por seu Rolex de ouro. A aliança de casamento, de platina, cintila em sua mão cor de creme.

— Vou esperar aqui o dia todo?

Margot intervém automaticamente, com astúcia. É ela quem estende a pasta a Alphonso. Ela a estava segurando o tempo todo, sabendo que ele precisaria dela na reunião. Ali está toda a informação do orçamento que ela o ajudou a reunir. Quando entrega a pasta, suas mãos se tocam. Param, suspensas como dois pássaros segurando as extremidades de uma mesma larva. Margot limpa a garganta e tira a mão. Ela alisa a saia sobre as coxas como se tivesse sido flagrada com ela levantada até a cintura. Como no dia em que eles foram pegos na sala de conferência – a única vez que Margot entrou lá.

— De nada — ela diz a Alphonso, a voz alta demais, embora ele não diga nada. Quando ele volta ao conselho, Margot apoia o queixo na mão. Kensington limpa a garganta.

— Que foi? — Margot pergunta.

— Nada — Kensington diz.

— Foi u qui pensei.

A caminho do trabalho, Delores percebeu as árvores infrutíferas, as flores desfalecidas, o capim marrom, quebradiço, todo ressecado. Cães deitados de lado com as línguas de fora, cabras recostadas nas construções e cercas, e vacas andando de um lado para o outro, com as costelas expostas, mordiscando capim no terreno ralo. Crianças apinhadas em torno de canos para se lavar ou beber da pouca água que escorre; as mais novas ficaram em casa, sentadas em caixas de papelão chupando gelo e laranjas, embora algumas acompanhassem suas mães até o rio com grandes baldes. Enquanto isso, homens desocupados abraçavam árvores em busca de sombra, ou se instalavam no Dino's espremendo frascos de rum contra a boca. *Afinal de contas, Deus está voltando*, pensou Delores.

Mas enquanto os tementes a Deus estão determinados a reclamar com o céu, implorando, "Jesuis, tem piedadi!", Delores se prepara para outro dia de trabalho. Porque é preciso ganhar dinheiro. Com o sol, vem o calor. Andam lado a lado como John Mare e sua mula, Belle. Delores se abana com um velho exemplar do *Jamaica Observer*. A blusa laranja vivo dela está empapada de suor, como se alguém tivesse jogado água e encharcado embaixo de suas axilas, na barriga e ao longo das costelas. Dois outros comerciantes não conseguiram aguentar o calor, então empacotaram suas coisas e voltaram para casa. Os demais, incluindo Delores, sugam o ar entre os dentes:

— Eles bai mesmo desistir do trabalho por causa du calor? Não são nascido e criado na Jamaica? O que eles 'sperava?

Delores enxuga o suor do rosto com um trapo que enfia no peito. Ela se prepara para trabalhar como de costume. Mavis, dona da banca vizinha à de Delores, está coberta da cabeça aos pés. Ela faz Delores pensar em uma daquelas mulheres muçulmanas que vê às vezes – em ocasiões muito raras – andando pela praça com o rosto coberto.

— O calor é bom pra pele. Faiz efeito mais depressa — diz Mavis, arrumando o enorme chapéu na cabeça. Delores rechaça a mulher; desde que a conhece, está sempre experimentando soluções diferentes para clarear a pele. Delores já menospreza a mulher, considerando-a desajustada. Assim como Ruby, que vendia peixes e agora está vendendo ilusões para as garotas que querem mais do que ir atrás de empregos. Pobres almas que pensam que um pouco de clareador de pele fará com que os poderosos as enxerguem como mais do que apenas sombras que passam despercebidas sob os sapatos de couro importado que usam.

— Por que cê num experimenta veneno enquanto tá enfiada nisso? — Delores pergunta à mulher.

Mavis revira os olhos.

— Si eu fossi preta que nem você, Delores, eu ia investir meu dinheiro em creme descolorante. Quem quer ser preta nesse lugar?

— Num mi enche, muié. Sai fora com a tua maluquice!

— Delores bate com o jornal na própria perna.

No mesmo instante, John-John, o jovem dread que Delores conhece desde pequeno, quando ajudava a mãe a vender produtos no mercado, chega com uma caixa de pássaros que ele esculpe em madeira. Ele sempre foi criativo – desde que Delores o conhece –, e fazia lembranças com sucata para ocupar o tempo, já que não ia para a escola. Como ele e Margot brincavam juntos, Delores o tratava quase como um filho. Agora, homem crescido com os próprios filhos para sustentar, ele faz pássaros que dá para Delores vender e recebe metade do que ela ganha com as vendas. Ele vê as mulheres discutindo, enxerga a oportunidade e a aproveita, defendendo Delores.

— O que a Mavis tá fazendo pra você, Mama Delores? Aqui, deixa que eu pego. Sai fora, Mavis, e deixa a Mama Delores em paz. Cê num tem coisa milhor pra fazê? Teu filho ti manda dinheiro dos Estados Unidos e cê ainda tá enfiada nessi lugar?

Mavis vira o rosto para ele como uma jogadora atingida pela bola em uma partida de *dandy-shandy*.

— A cunversa é de A e B. Bai puxá o saco da tua mamai, seu minino cascudo, cabeludo.

Mas John-John coloca as caixas de pássaros no chão, com um sorriso no rosto como se ele estivesse gostando da conversa.

— Todo mundo sabi qui cê num recebe caixa nenhuma dos Estados Unidos. É mentira tua. Quando as pessoas recebe caixa dos Estados Unidos elas aparece desfilando as rôpa nova. — Ele se empertiga todo no pequeno espaço entre eles para imitar modelos na passarela. — Mas cê ainda si veste como muié louca e também parece uma cum essa máscara na cara!

Os outros comerciantes da galeria caem em uma gargalhada ruidosa, mãos sobre a boca, ombros sacudindo, e olhos úmidos de lágrimas. Mavis arruma o chapéu e toca seu rosto contraído, coberto de creme e suor como a máscara branca que as mulheres obeah usam.

— A verdade é qui cê num mi conhece — ela diz, a boca alongada e o lábio inferior trêmulo. — Meu filho me manda caixa do exterior toda hora. Mente ruim, cês tudo mente ruim.

— Ninguém quer teu mal, Mavis — Delores diz. — John-John só tá dizeno qui num faiz sentido si as ropa qui teu filho manda dos Estados Unidos parecem com as feia e desbotada qui cê usa. As roupas dos Estados Unidos não devia parecer tão barata. Tem uma discrepância do que é o quê! — A risada dos outros comerciantes paira sobre as barracas, inundando os corredores onde o sol marcha como um soldado durante um toque de recolher. Delores continua: — E não é como si cê vendesse tuas coisa. Normalmente, os turistas dão uma olhada, vê as camiseta barata, desbotada, esfarrapada, eles seguem adiante. Nem si cê descolorir toda a pele bai conseguir atrair cliente!

— Sai fora — Mavis diz. — Cê só mi atormenta porque tuas pirralha num gosta d'ocê! — Satisfeita depois de dar o golpe final, Mavis se isola na barraca dela com um sorriso que Delores deseja poder tirar com um tapa. Mas ela não consegue se mover com rapidez suficiente; John-John já a está segurando. As mãos dela se movem freneticamente, querendo pegar o rosto da mulher e quebrá-lo em pedaços. Aquele sorriso pesa como um desprezo, um julgamento.

Ela nunca deveria ter dito à Mavis naquela manhã que o aniversário dela passou e não recebeu um cartão nem de Thandi nem de Margot. Bem, não esperava um cartão de Margot, mas Thandi deveria ter se lembrado. Todo ano Thandi lhe dá alguma coisa. Ano passado foi um colar feito de pequenos búzios; no ano retrasado foram pétalas de flores secas usadas para decorar a parte de dentro de um cartão; no ano anterior, uma pulseira com contas de coral em um cordão. E, este ano, nada. Arrumar suas mercadorias levou mais tempo do que o normal no começo da semana. Ela é sempre a primeira a ter tudo bem apresentado para os turistas que chegam, mas esta semana ela pôs o esforço na simples tarefa de cobrir a mesa de madeira com o tecido verde e amarelo. Um dos manequins caiu, se partindo pela metade durante a montagem.

Delores se sentia estranha. A ideia de passar o dia todo vendendo fez com que ela se sentisse como se estivesse carregando um copo vazio e fingindo ter líquido nele. Ela confidenciou isso à Mavis, porque queria conversar com alguém naquela hora. Ela tem vendido suas mercadorias todos esses anos e nunca se sentiu desse jeito. Como é que Margot, e mais recentemente Thandi, não se importam se ela morrer nesse calor miserável? E no calor desse exato momento, Mavis a desafiou. Mavis, aquele ser louco, mentiroso e descolorido, sabe que as filhas de Delores a odeiam. Mavis, a mulher que não tem nada bom para vender e que nunca consegue um cliente para fazer o dia dela, conhece a fraqueza de Delores. Aquele sorriso que Delores deseja tirar do rosto dela a tapa diz tudo; e mesmo se Delores conseguisse tirar na base do tapa o negro daquela mulher (mais do que o descolorante jamais conseguiria), isso não apagaria o fato de que Mavis provavelmente tem um relacionamento melhor com o filho dela do que Delores jamais terá com as suas.

John-John solta Delores.

— Cê mostrou pra ela quem manda, Mama Delores! Bem feitu pra ela — ele diz. — Não deixa ela te aborrecer dessi jeito. — Delores o ignora e cai pesadamente em sua banqueta. Ela se abana com o *Jamaica Observer* de novo, enquanto John-John faz uma vistoria na mesa dela, conferindo se ela vendeu algum dos seus animais entalhados desde a última vez que o viu.

— Nadica de nada? — ele pergunta quando ela lhe conta. Ele se senta na velha banqueta acolchoada na barraca de Delores e passa a mão em seus dreads, visivelmente perplexo. Delores é a melhor negociante dali.

— Cê vê gente entrando aqui desde cedo? — ela pergunta a John-John em sua defesa. — Sol quente demais. — Ela não conta a ele que não tem estado com disposição para a rotina normal: dar as mãos aos turistas, cortejando-os como os homens cortejam as mulheres, cumprimentando-os, bajulando-os, mostrando a eles todas as mercadorias, prendendo a respiração enquanto aguarda até que eles se apaixonem, esperando que eles se arrisquem e tirem algo da carteira.

John-John sacode a cabeça, com os olhos fixos à sua frente.

— A gente num pode deixar o calor fazer isso com a gente, Delores. Sem clientes, num tem dinheiro — John--John diz. — Os olhos amargos dele passeiam por todo o rosto de Delores. — Qui a gente bai fazer, Mama Delores?

— Como assim, o qui a gente bai fazer? 'Té parece qu'eu sei? — Delores se abana com mais força, quase rasgando o jornal repleto de rostos sorridentes de políticos e *socialites* endinheirados. Ela quer que John-John a deixe em paz com seus pensamentos e sentimentos. Mas o garoto é capaz de falar mais que a boca. Se ela deixasse, ficaria lá sentado na banqueta falando o dia todo. Às vezes, isso atrapalha o trabalho de Delores, porque os turistas o veem na barraca e se afastam, pesando que vão interromper alguma coisa entre mãe e filho.

— Bom, Jah sabe o qui tem de fazer. Com sorte ele bai mandá chuva logo — John-John diz.

— Acredita em mim — ela diz a John-John, que está agachado pintando com toda a habilidade um dos pássaros de madeira. — Amanhã bai ser um novo dia. Cê espera pra ber. Bou vender cada coisa maldita qui tenho.

— Sim, Mama Delores, É só confiá e Jah provê pra tudo nós — John-John diz. O rosa de sua língua fica à mostra conforme ele se dedica a aperfeiçoar as plumas dos pássaros. Ele tem trabalhado naquele mesmo pássaro desde a semana passada. Normalmente, ele só demora algumas horas. Quando termina o pássaro, o separa do resto, que embrulha um a um em jornal velho e coloca dentro da caixa. Delores pega o que ele acabou naquele instante. É mais extravagante que os outros, com asas azuis e verdes habilmente delineadas com tinta preta, um ventre vermelho e amarelo, um bico vermelho. Os olhos são vívidos, têm os brancos definidos por pequenas pupilas pretas. Tem aparência de um item que faria sucesso, caro. Delores já faz o preço em sua cabeça. Ela imagina cinquenta dólares americanos.

Enquanto Delores examina esse pássaro novo, ela pensa no papagaio que viu uma vez na Devon House, em Kingston – uma mansão colonial com um belo jardim que havia acabado de ser aberta ao público. O ano era 1968. Foi a primeira viagem dela a Kingston, tinha dezoito anos. Deixou Margot, de quatro anos, com a Mama Merle e tomou o ônibus do campo para a cidade sozinha. Em princípio, ela foi procurar trabalho temporário como auxiliar; mas, do nada, decidiu visitar a nova atração. Delores queria vê-la para poder se gabar. Então ela vagou da Half Way Tree, onde o ônibus a deixou, até a movimentada Constant Spring Road. Depois de algumas viradas erradas e paradas para pedir informações ("Cê pode por favor mi dizer onde posso achá a Dev-an House?"), ela conseguiu. Levou um tempo para que os simpáticos cidadãos de Kingston a quem ela perguntou entendessem o forte patuá dela e indicassem a direção correta. A mansão era tão bonita na vida real quanto nos jornais – pintura branca resplandecendo ao sol, grandes colunas e escadarias espiraladas, uma fonte. Mas, mais incríveis do que a casa eram os papagaios. Eles pareciam talhados para aquele hábitat – voando de árvore em árvore com suas asas coloridas pelo luxuoso jardim com tantas árvores e flores diferentes, muitas que Delores nem sabia que existiam. Ela seguiu os pássaros até chegar ao pátio, onde as pessoas da alta sociedade de Kingston se sentavam para apreciar o ar livre sob a sombra de guarda-sóis elegantes e chapéus de abas largas. Como se tivesse sido surpreendida por um holofote no palco, Delores remexia-se em seu vestido de domingo – amarelo vivo com renda e mangas bufantes. Ela se sentia como a rainha Elizabeth naquele vestido, especialmente porque tinha um par de meias floreadas verdes para combinar e um par de sapatos baixos com fivelas nas laterais que nunca exibiu nenhuma mancha de lama vermelha. A única coisa que faltava era um par de luvas.

E os cidadãos de Kingston devem ter achado isso também, já que uma centena de pares de olhos a seguiu quando passou, os rostos carrancudos se transformando em diversão.

Eles cobriram a boca como se segurassem uma risada ou um espirro. Devagar, Delores recuou. Ela não percebeu o monte de sujeira de cachorro. Pisou bem nele e, abalada, se viu no meio do caminho de um grupo de alunas de uma escola católica em um passeio escolar. Elas deslizavam pelo pátio em fila como cisnes conduzidos pela mãe – uma freira que caminhava de modo confiante com a cabeça erguida para o céu. As garotas prenderam a respiração quando Delores entrou em seu caminho, cobrindo imediatamente o nariz com suas mãos delicadas e pálidas. O modo como elas dissimularam o riso ao examinar o vestido de Delores fazia parecer que a sujeira do cachorro estava espalhada nele. Naquele instante Delores odiou o vestido. Mas eram os sapatos e as meias que causavam mais risos. E então a freira, com toda a educação que pensava ter, sorriu para Delores, seu rosto rosado ardente como um coração.

— Você deve estar perdida. Você veio com o grupo do interior? Eles estão perto das mesas de piquenique.

Como ela sabia que Delores era do interior? De manhã, Delores imaginava ter feito um bom trabalho ao separar a roupa para o dia na cidade grande. Mas as garotas estavam todas escondendo o riso com ombros arqueados e seus belos rabos de cavalo com fitas brancas balançando para a frente e para trás. Delores deveria ter ouvido a mãe. "Si eu fosse tão grande e preta, nunca ia deixar um espantalho mi pegar numa cor dessas. Milhor cê torcer qui as pessoas de Kingston num ri pelas suas costas enquanto cê volta pro interior." Mama Merle estava certa, talvez cores luminosas não fossem para ela. A risada das garotas seguiu Delores até ela passar pelo portão, assim como o cheiro de sujeira de cachorro que ela nunca parou para tirar. A humilhação era pior do que o bando de moscas.

Foi como se um véu fosse tirado de seus olhos. Quando ela olhou para baixo, tudo o que viu foi sua pele negra e como ela contrastava com o vestido. Com o ambiente ao redor. Com tudo. Entrando em colisão com a ordem e a adequação da mansão colonial naquele dia, e com a fila uniforme daquelas estudantes católicas coradas. Algo naquela viagem a transformou, e no ônibus de volta para casa ela parecia diferente: o verde-água nauseante do mar, o ar de desdém do sol na imensidão pálida do céu, o indeciso rio em forma de Y que no passado engoliu sua infância, e mesmo a lama vermelha das minas de bauxita encrustada na sola de seus sapatos gastos pareciam uma ferida exposta que sangrava e sangrava entre as comunidades rurais.

Delores olha para esse pássaro que John-John criou – uma criatura selvagem que ele provavelmente também viu e pela qual se apaixonou. Delores franze a testa. Jonh-John olha para cima e a vê observando o pássaro. Ele dá um de seus sorrisos irônicos, os dentes da frente cobertos uns pelos outros como as cercas de estacas desalinhadas no chiqueiro da senhorita Gracie.

— Tô vendo cê admirá meu trabalho, Mama Delores.

— É só um garoto, Delores conclui. Com o tempo, ele vai enxergar a feiura. Ele ergue o pássaro para Delores e ela o pega.

— Cê num precisava — diz, com o coração pressionando as costelas. Ela sempre se perguntou se um dia veria algo como aqueles papagaios novamente.

— É pra Margot — ele diz. — Fala pra ela que é presente meu. Fiz 'specialmente pra ela. É o mais bonito do lote.

Delores sacode a mão, o pássaro voa de seus dedos e, com o impacto da queda, quebra o bico. Ela não sabe se ele escorregou ou se ela ouviu o nome de Margot e o arremessou. No rosto de John-John, o sorriso murcha. Ele senta ali, com a camisa aberta, as mãos nos joelhos, as pernas separadas. Olha para baixo, para o pássaro sem bico, no chão.

— Nunca tive intenção di quebrá — Delores diz. Ela se abaixa para pegá-lo, mas John-John a interrompe.

— Tudo bem, Mama Delores. Num preocupa cum isso. Eu e eu pode fazê outro. — Mas a sombra não abandona o rosto dele, os olhos mal encontram os dela. Ela sabe que ele esteve trabalhando nesse pássaro por um bom tempo. Sabe que ele provavelmente levou muito tempo para escolher as cores.

— Posso fazer outro — John-John repete depois de um tempo, com os olhos intencionalmente concentrados à sua frente. — Talvez, se eu começar agora, posso te entregar amanhã.

Delores fica em silêncio. Ela sabe que, se concordar, dará a ele esperança demais. Delores levanta a língua e sente o céu da boca ressecado. Toma um gole de água que amornou no copo plástico sobre a mesa. Uma onda de cansaço cai sobre ela. Como todas as outras coisas que a atravancam, ela sabe que essa também vai passar. Só que desta vez ela não está certa do que espera que passe antes – a seca, a fadiga, ou essa coisa escura, ameaçadora, que tem estado dentro dela desde a viagem a Kingston e que recentemente emergiu. Ela guardou a raiva todos esses anos, sabendo muito bem o que diria para aquelas garotas se as visse de novo.

— Ela pode vir buscá — Delores diz, enfim, a John--John. — Não posso falar pela Margot. Margot é muié crescida. Ela sabe o qui quer e o qui não quer. Si cê quer minha humilde opinião, nem um osso daquela garota é merecedor de qualquer coisa qui cê possa vender pur um bom dinheiro.

Naquele dia, Margot chega em casa mais tarde e vê a irmã encolhida no sofá. Está com um vestido desbotado, usado para ficar em casa, e há bolas de papel espalhadas ao seu redor. Margot não a acorda. Pergunta-se por quanto tempo Thandi está deitada ali de lado, naquela posição, com o vestido erguido e as mãos entre as coxas. E aqueles malditos desenhos. São quatro horas; ela não deveria estar chegando em casa das aulas extras? Margot nem sabe mais os horários da irmã, já que quase nunca está por perto. A educação de Thandi significa mais para ela do que seu próprio bem-estar. Na semana passada mesmo, teve de ir até a escola para implorar àquela freira condescendente para retirar o demérito disciplinar de Thandi. Embora a irmã não devesse estar usando moletom na escola, ainda assim Margot argumentou em defesa dela. Margot lembra de si mesma nessa idade – ela tinha de ser aberta com força, como lagosta, embora não tivesse escolha.

Na escola, Margot ostentou o sobrenome Wellington como um distintivo e a associação dela com Alphonso como seu maior trunfo. Se ela é boa o suficiente para dormir com ele, então por que não usufruir um pouquinho da influência que isso conferia? A freira não precisava saber que ela era apenas amante dele e funcionária de seu hotel. "Ou vocês apagam isso do histórico dela ou então...", Margot disse. Esse *ou então* tinha muito peso. Os Wellington doavam muito dinheiro para a escola. Foi o dinheiro deles que construiu o salão onde as alunas rezavam, o novo ginásio – o único na ilha com piscina coberta – e até o bloco de formação técnica, que abriga todas as máquinas de escrever, um ateliê e os fornos Singer para as aulas de culinária. Quando Thandi entrou na escola, sem poder arcar com as despesas, Margot fez Alphonso preencher um cheque para pagar pelo curso, disfarçando-o como bolsa de estudos. É esse relacionamento cuidadosamente cultivado que paga o curso todos os anos, e Margot nunca deixará essa oportunidade escapar de Thandi.

A inocência no rosto da irmã mais nova paralisa Margot, que se pergunta com o que ela estaria sonhando. Talvez esteja correndo por um campo de calêndulas, o céu se arqueando sobre ela como um lençol azul que ondula pendurado no varal e se estendende do início ao fim dos tempos. Margot sabe que deveria cobri-la com um lençol, mas, em vez disso, senta-se e observa. A irmã está se tornando uma mulher. Seus seios cresceram como se tivessem se enchido do ar que ela respira. E seus quadris ganharam forma, preenchendo o vestido. Ela está até ficando mais clara; ao redor do nariz e da boca, uma suave descoloração é perceptível. Talvez ela fique com o mesmo tom café com leite do pai, um operário indiano com cabelos bonitos e trocados suficientes no bolso para que Delores o levasse para casa um dia a fim de apresentá-lo a Margot. As pessoas o chamavam de Jacques. Margot tinha catorze anos quando Delores o conheceu. Ele gostava de dar doces a Margot: *gizzadas*, bolas de tamarindo, balas de coco, tortas de banana-da-terra, balas de menta. Agora, adulta, Margot sente ânsias ao sentir o cheiro desses doces.

Margot foi deflorada como um hibisco florescido antes do tempo. Mas esse não será o destino de Thandi. Margot repete essa cantilena para si mesma, em silêncio, sem parar; a única prece que já proferiu.

Só então as pálpebras de Thandi se abrem, agitadas, como se algo dissesse que estava sendo observada. Ela se ergue apoiada em um cotovelo e esfrega os olhos.

— Por que você está me olhando desse jeito? — ela pergunta a Margot com a voz rouca de sono e com aquela dicção formal que a irrita. Desde que passou a frequentar a escola Saint Emmanuel, a irmã fala como se tivesse nascido em berço de ouro. (Seu modo de falar é até mais formal, mais articulado, do que a dicção que Margot usa com Alphonso e com os hóspedes do hotel.)

— Boa noite para você também — diz Margot. E desvia o olhar para dar privacidade à irmã enquanto ela puxa o vestido até os joelhos.

— Que horas são? — Thandi pergunta.

— Cê tá doente? — Margot pergunta à irmã.

Thandi gira as pernas para fora do sofá, para dar espaço para Margot sentar-se ao seu lado. Thandi esfrega os olhos mais uma vez, contendo um bocejo.

— Só cansada. Todos esses estudos, você sabe... — A voz dela desvanece.

Margot olha para as bolas de papel no chão, em volta delas.

— Certo. O CEC está chegando. Cê tá se preparando pra passar nas nove, espero.

Thandi assente com a cabeça. Avista aos pés de Margot a mala que ela usa quando não dorme em casa.

— Você vai dormir fora de novo? — ela pergunta a Margot.

— É da tua conta?

— Quem é o homem da vez? — Thandi pergunta com um sorrisinho. — Você está passando muitas noites fora ultimamente.

— Ninguém especial. Não mude de assunto, Thandi. Livrei você de um demérito disciplinar por usar aquele moletom ridículo.

— Para *um ninguém*, ele é muito bom em manter você longe de casa — Thandi diz com um ar jocoso que surpreende Margot. Ela associa indiretas como essa às velhas de River Bank com brilhos de argúcia nos olhos.

— Num é da tua conta — Margot diz, segurando uma risada.

— É aquele tal de Maxi? Cê sabe que ele é a fim de você.

— Num é ele. Ele é só um taxista. E é rasta.

— E o que tem de errado nisso? — Thandi pergunta.

É o máximo que elas já conversaram sobre esse assunto. Esse é um lado de Thandi que ela raramente vê, se é que vê. Este ano, as árvores estão sem flores, devido à seca, mas Thandi desabrochou.

— Si cê um dia chegar em casa dizendo que cê tá com um taxista ou um rasta, bou quebrar teu pescoço — Margot brinca. Isso faz Thandi rir, jogando a cabeça para trás com tanta força que Margot fica preocupada que ela possa quebrá-lo.

Depois que se acalma, Thandi pergunta:

— As pessoas podem mesmo escolher por quem elas se apaixonam? É estapafúrdio.

— Estapafúrdio?

— Você sabe. Tipo ridídulo.

— Cê tá me chamando de ridícula?

— Não, não! — Thandi faz que não com as mãos. — Só estava dizeno que o conceito de escolher quem cê ama é... — A voz dela desvanece. — Esquece. — A palavra corta a barriga de Margot como uma navalha. *Esquece.* O modo como Thandi diz isso deixa Margot mais consciente de que elas não estão no mesmo nível. Mas não era isso que Margot queria? Neste exato momento, a sua ignorância é como uma mosca que a irmã simplesmente espanta.

— Cê num tá pensando em garotos, tá? — Margot pergunta à irmã. Thandi enrola o dedo em uma linha solta do vestido.

— Não.

— Cê num tá mentindo?

— Margot!

— Margot, o quê?

— Eu não tenho namorado, se é isso qui cê tá perguntando.

— Ótimo. Seus livros têm que ficar em primeiro lugar — Margot diz, parecendo Delores. E Thandi, como se ouvisse a voz de Delores, se fecha completamente do jeito que as dormideiras do vale se encolhem quando são tocadas. A escuridão que Margot tem visto nos olhos da irmã nos últimos tempos está de volta.

— Agora num é hora di você ficar pensando em garotos e nem em amor. Tá ouvindo?

— Sim.

— Cê mi promete? — Margot pergunta, um pouco mais branda.

— Sim.

— Ótimo.

Há um fosso entre as duas no sofá de dois lugares, a primeira coisa que ela comprou com o salário do hotel; um bem que Delores, transbordando empolgação e aquele tipo de cuidado que vem com a compra de algo importante assim, fez Margot cobri-lo com plástico. Entre Margot e Thandi há buracos no plástico e, embaixo dele, o desbotamento do que um dia foi um belo tecido estofado.

Está pensando em quê? — Verdene pergunta a Margot. Elas puseram a mesa juntas. Margot ajudou colocando as peças do jogo americano, os pratos e os talheres, e Verdene levou as travessas. Uma vela reluz no centro da mesa.

— Só estava pensando em como gosto de estar aqui — Margot diz. — Com você.

Verdene pousa o garfo e estende a mão ao outro lado da mesa; Margot deixa que ela coloque a mão sobre a sua. Margot reconhece em Verdene a garota mais velha por quem se apaixonou, a adolescente que conheceu, cuja licenciosidade muitas vezes a fazia corar. Uma garota que, para Margot, era tão misteriosa quanto a força que faz o clima mudar. Aos dez anos, na primeira vez que Verdene a chamou de linda, Margot sentiu um tremor na barriga. Pensando nisso agora, Verdene Moore deve ter sido chamada de linda a vida toda. Ela tinha aquele cabelo bom que chegava até costas e a pele de manteiga de amendoim, que algumas pessoas chamariam de dourada; um tom que, na época, faria com que ela conseguisse um emprego como caixa de banco ou comissária de bordo, ou a coroa de Miss Jamaica. Mesmo assim, quando Margot fez esse elogio a

Verdene, ela sorriu como se o comentário fosse uma surpresa. Um presente generoso.

Se dependesse de Margot, ela nunca deixaria Verdene sumir de vista. Apegou-se como carrapicho, que gruda na pele e nas roupas. Quando Verdene lia livros para ela, Margot inalava o ar doce que saía de sua boca. Pedia para a garota mais velha ler mais histórias de uma bela adormecida, de crianças perdidas na floresta e de princesas amaldiçoadas só para conseguir ficar mais tempo encolhida a seu lado. Margot não conseguia suportar ficar longe dela. Apressava-se nos afazeres do fim de semana só para poder ver Verdene quando vinha visitar da faculdade. No dia em que Verdene foi para a Inglaterra, uma parte de Margot foi junto. Verdene trouxe cor à sua vida novamente. Antes, tudo era preto e branco: ganhar dinheiro ou morrer tentando. Sentir dor ou não sentir absolutamente nada.

Depois do jantar, elas tiraram a mesa e colocaram a louça na pia. Verdene lavou os pratos e Margot os enxugou. Aquietaram-se na companhia uma da outra, agradavelmente satisfeitas e cientes de suas tarefas.

— Eu fico com isso — Verdene diz quando Margot pega uma pequena caçarola, a que foi usada para cozinhar as batatas.

Margot continua a enxugá-la por dentro, como estava fazendo com as demais. Verdene praticamente arranca o pano de prato dela.

— Deixe isso. Ela seca sozinha.

— É só uma caçarola — Margot diz.

— Não é qualquer caçarola. Minha mãe deixou essa caçarola para mim. Margot, por favor, respeite minhas vontades.

— Você prefere sua mãe a mim? — Margot pergunta, sobressaltada.

— Não é questão de preferência. É questão de aceitar certas coisas a meu respeito. Se você se importa comigo como eu me importo com você, então respeite minhas vontades.

Margot pega o pano de prato que Verdene tirou dela e começa a enxugar os utensílios. Por um tempo, não diz nada. Verdene percebe o ressentimento dela e a puxa para perto de si.

— Quando voltei para a Jamaica, não sabia o que fazer. Nem sabia por que tinha concordado em voltar. Em todos aqueles anos que fiquei em Londres, mal falei com minha mãe, temendo a decepção na voz dela. Eu me senti culpada quando morreu. Senti que devia a ela minha presença aqui. Então, cheguei e lá estava você. O universo estava tentando me dizer que o amor está aqui.

Margot coloca seu peso sobre Verdene, que se inclina sobre a pia da cozinha, mulheres apaziguadas pela batida do coração uma da outra. De repente, Margot não consegue suportar mais uma noite resistindo aos próprios impulsos. Ergue o rosto e sustenta o olhar de Verdene, com esperança de que seus olhos confessem que, sob o vestido, seu corpo está quente e ansioso. Elas se beijam com intensidade e fervor, como se fosse a única coisa que lhes fora negada. Verdene desabotoa o vestido de Margot com cautela, como se qualquer movimento brusco pudesse fazê-la mudar de ideia e sair correndo de novo. Mas Margot surpreende Verdene detendo-lhe as mãos gentilmente, baixando-as e balançando a cabeça. Sem uma palavra, ela desnuda Verdene, desamarrando os laços de sua camisola. Um dos laços vira um nó e elas sorriem enquanto Margot usa as unhas para desfazê-lo meticulosamente. A camisola desliza formando uma poça lilás aos pés de Verdene. Então, Margot desce a calcinha de Verdene pelos quadris até que ela se junte à camisola, em volta dos tornozelos. Quando as duas estão nuas,

Margot sai do círculo formado por seu vestido e dá um passo para trás. Verdene, com as mãos ao lado do corpo, os pequenos montes dos seios, a leve ondulação de carne na barriga e o vinco triangular aparado entre as pernas, é linda e desejável assim, ali imóvel. Em todos os anos que Margot seduziu outras pessoas, nunca esteve completamente consciente, completamente dedicada a apreciar cada momento de intimidade. Margot puxa Verdene para perto de si, que logo antes desviara o olhar, ruborizando como se tivesse esperado sua recusa. Verdene abre mais a boca para receber a língua de Margot. Elas caminham até o quarto, as bocas ainda unidas e os quadris colados. Margot olha pela janela, para a escuridão da noite, para a moldura virada do retrato da srta. Ella. Um tremor de pânico quase a detém pelo caminho e a compele a procurar o interruptor da luz. Mas com as carícias lentas e contidas de Verdene, uma corrente de puro prazer inunda Margot e ela cai na cama sobre a outra.

Margot logo se esquece da janela, da srta. Ella e das luzes, e estremece quando Verdene, virando-a, leva, um após o outro, seus seios à boca, que por fim vagueia até encontrar seus quadris. Margot empurra Verdene entre suas coxas impacientes e arqueia as costas para receber não apenas o tremor do corpo de Verdene, mas uma intensa compreensão do que significa sentir-se ligada a uma pessoa em sua totalidade. Solta um grito de alegria, surpresa com esse sentimento novo, estranho, que ultrapassa as ondas de prazer que vêm das carícias deliberadas e calculadas de Verdene e a lança nas fluidas profundezas da possessão.

Verdene está deitada de costas ao lado de Margot, com a cabeça virada para a janela, por onde vê as sombras agitadas dos galhos da mangueira. Pensa em outras primeiras vezes: a primeira vez que soltou uma pipa, a primeira vez que mergulhou no rio de cabeça; a primeira vez que se sentiu livre e desimpedida, feliz com os gemidos extasiados da namorada quando Verdene fez amor com ela no quarto que dividiam no dormitório universitário. Nunca, desde Akua, Verdene se sentiu tão otimista, tão dedicada aos recomeços. Em Kingston, na universidade, com uma bolsa de estudos em química, Verdene se viu livre da mãe implicante, que estava mais preocupada como o modo como ela equilibrava um livro na cabeça, passava uma prega ou um colarinho, comia de boca fechada e falava sem erguer a voz. No campus, ela foi estimulada a ter opiniões e relacionamentos fora do círculo claustrofóbico da família. As garotas do campus eram extremamente afetuosas. Andavam por aí de mãos dadas. No dormitório, penteavam os cabelos umas das outras, deitavam nas camas umas das outras, ficavam no colo umas das outras. Mais do que colegas de escola, eram irmãs. Verdene era mais próxima de Akua, sua colega de quarto. Akua tinha um rosto largo, embora os traços fossem delicados demais para ele, e olhos de movimentos lentos, capazes de fazer as pessoas chorarem. Bastava ela piscar aquelas pálpebras pesadas uma vez e as pessoas se lembrariam de seu sofrimento. A cabeça dela, quase sem cabelos (a maioria dos fios de tom avermelhado havia caído com a quimioterapia), também estava lá como um lembrete. As cozinheiras davam a ela porções extras de carne e purê de batatas, e o zelador, sr. Irving, permitia que caminhasse no chão recém lavado. "Pobrizinha daquela minina!"

Ela usava um lenço na cabeça como acessório; mas era o sorriso dela, de um branco estonteante, que roubava todas as atenções. Uma brasa que resplandecia internamente. Quando Verdene se sentia triste ou enfurecida, a atitude positiva de Akua e as piadas constantes estavam lá para lembrá-la de que todas as batalhas podem ser vencidas.

"Você está a apenas quatro horas de distância. Você costumava ter tempo para mim. Eu também preciso de você", Ella dizia, implorando para Verdene visitá-la mais vezes. E Verdene se sentia culpada por preferir muito mais ficar na faculdade.

Akua reforçava a decisão de Verdene.

"Olha, ela é tua mãe. Ela vai entender si cê não puder ir pra casa este fim de semana."

"Mas ela precisa de mim."

"O que ela precisa é se acostumar com o fato de que cê tem a própria vida agora."

Cada vez mais, Verdene queria estar perto de Akua. Como filha única, Verdene não tinha referências da verdadeira afetividade entre irmãs, mas tinha observado sua tia e sua mãe. Elas eram próximas como as garotas da faculdade, tagarelando sobre isso e aquilo ao telefone, compartilhando tudo uma com a outra, até a entonação de voz e as expressões faciais. Mas Verdene aprendeu que havia uma linha tênue entre essa afetividade e algo diferente que não sabia nomear. Ela e Akua acabaram cruzando essa linha várias vezes, levando as coisas mais longe do que as outras garotas. Os abraços entre elas se transformaram em beijos, e os leves toques se tornaram carícias diretas. Sem mencionar as brigas. Elas eram conturbadas, as línguas delas eram bastante afiadas, capazes de ferir o ego da outra. Elas sabiam que botões apertar. Assim como sabiam que corda puxar para fazer a outra retroceder.

Para Verdene, o que faziam era natural, a expressão física de como uma se sentia em relação à outra: o amor ardente e o ódio gélido, os altos abismais e os baixos ofensivos. Mas para a universidade e para a diretora do alojamento, a srta. Raynor, que as flagrou uma noite no dormitório, elas não eram diferentes de bruxas que mereciam execução pública. Ao vê-las em um abraço apaixonado, o rosto da srta. Raynor foi sugado como se tivesse um ralo de pia no centro.

Verdene foi desonrada, sua pobre mãe, humilhada. A notícia se espalhou como fogo em um canavial e chegou a River Bank. Ficou suspensa no ar como fuligem negra por dias, meses, anos. Ella nunca mais saiu de casa depois que descobriu. Até hoje Verdene acha que o câncer da mãe começou ali. Foi uma morte lenta, dolorosa, causada pelo desgosto. Maiores do que o desgosto e a vergonha foram a culpa e a perda de Ella. Após a expulsão de Verdene, Ella teve de mandar para longe sua única filha. Fez isso para salvar-lhe a vida. Se voltasse a River Bank, Verdene poderia ter sido estuprada ou assassinada. Se fosse um homem flagrado com outro homem, teria sido preso, ferido, mutilado e enterrado. Então, ela foi enviada para morar com a Tia Gertrude em Londres, onde terminou a faculdade. Verdene embarcou no avião apenas com suas longas mãos. Sem bagagem. Usava um vestido de lã roxo escuro, a única roupa que Ella considerou apropriada para o rigoroso inverno londrino. Na mão, Verdene segurava uma pedra preta e lisa do rio que Margozinha havia dado a ela. "Pra cê lembrá di mim", a menininha dissera. Ela tinha escapado de casa e corrido até Verdene, que entrava no táxi para o aeroporto. Verdene pegou a pedra, agradeceu; e a guardou por anos. Nunca contou isso a Margot, mas, às vezes, sentava-se e segurava-a até que se aquecesse na palma de sua mão. Outras vezes, resistia ao ímpeto de ir a um lago próximo em Londres e arremessar a pedra na água, o mais longe possível, porque carregava em seu interior a memória da amargura que se instalou dentro dela e se solidificou.

Quando Akua foi para casa em Forrester, uma cidade a oito quilômetros da universidade, foi vítima de espancamento e estupro coletivo. O corpo dela foi encontrado na mata, ferido e nu. Ela mal respirava, mas por causa da humilhação que suportou, implorou ao bom samaritano que a deixasse morrer ali. Ele recusou e a levou imediatamente ao hospital. Em uma carta que enviou a Verdene muitos anos depois, Akua incluiu fotos das quatro lindas crianças que teve com o policial com quem se casou na mesma igreja em que era integrante de honra do conselho matrimonial e do ministério feminino. Ela terminou a carta com: *Que Deus esteja com você sempre. Ele opera milagres.* Verdene amassou a carta no punho cerrado. Por muitos anos, ela não pode retornar à Jamaica para uma visita, com vergonha de mostrar o rosto, até que teve de voltar. Quando Verdene voltou a River Bank, com uma vida inteira de arrependimentos e uma pequena mala, Margot foi a primeira pessoa a aparecer na sua porta.

Verdene resiste à tentação de beijar Margot, conformando-se em apenas ouvir a respiração dela a seu lado. Com cuidado, sai da cama. Parada na sala, onde sempre vai para meditar, entende por que Margot pensaria que Verdene prefere Ella. Em todos os lugares para onde olha, vê uma fotografia de Ella. As paredes da sala estão cobertas, assim como as prateleiras de madeira com as imagens da Virgem Maria sobre toalhinhas de crochê e a pequena TV a que Verdene nunca assiste. Ella sorri sem abrir os lábios em cada uma das fotos: uma noiva discreta posando ao lado de um Fusca; uma mãe de primeira viagem acalentando um bebezinho, sentada em postura rija à frente do homem negro, sério, atrás dela; uma mulher despreocupada rindo com a irmã (única vez em que Ella mostra o brilho dos dentes), as duas idênticas com penteados *à la* Audrey Hepburn e pele clara, de brilho quase alvo nessas fotos preto e branco; e, por fim, a foto de uma mulher mais velha, simples, cujo rosto exibe traços daquela noiva tímida, porém mais roliça e sem vida, um espaço vazio e sem cor.

Verdene passa os dedos pelos cabelos. Estranho que ela não tenha percebido, como Margot percebeu, a onipresença de Ella na casa. Há algo errado nisso. É como se Verdene não existisse, nunca tivesse existido, por livre e espontânea vontade. Aqui ela está na casa da mãe, cercada pelas coisas da mãe e sob supervisão da mãe. Verdene já perdeu boa parte da juventude fazendo o que Ella considerava certo. Talvez ela não estivesse consciente dessa perda porque estava muito ocupada tentando enterrar as memórias do passado e usar o frágil esqueleto dessas memórias para construir um futuro.

Verdene recolhe as fotos da mãe, uma a uma. Com cuidado, as coloca sobre o sofá e as embrulha em jornal e sacolas plásticas que ela pegara do mercado. Procura uma caixa para colocá-las, mas, como não consegue encontrar, coloca-as na pequena mala que trouxe consigo. A sala parece vazia sem as fotografias, mas agora há espaço para Margot.

Alphonso diz a Margot para encontrá-lo em um restaurante distante do hotel na hora do almoço. Ele dirige um Mercedes-Benz e ela escolhe ir de táxi, chegando cinco minutos depois. Ele não se levanta quando Margot se aproxima da mesa. Há muita conversa ao redor, alguns turistas europeus comendo peixe frito e bami no almoço; eles têm as costas, os ombros e os rostos vermelhos, queimados de sol; os ônibus de excursão estão estacionados ali em frente, onde os motoristas fumam cigarros e chutam pedrinhas na areia. O sistema de som toca Third World: "96 Degrees in the Shade" enche o pequeno espaço aberto como os cheiros de peixe frito ao molho escovitch e de maresia. Alphonso contempla Margot com os olhos enquanto se senta à frente dele. Ela aplicou uma camada extra de batom vermelho antes de sair do hotel. Também penteou o cabelo com mais gel para que todos os fios ficassem no lugar.

— Você parece mais bonita cada vez que a vejo — ele diz, comendo-a com os olhos. Ela sorri com os lábios. Nunca saiu com ele ou com os clientes desse jeito. Uma mulher negra almoçando com um homem branco, ainda que Alphonso seja tão jamaicano quanto ela, é algo considerado suspeito. Pode parecer que está fazendo uma proposta para ele. Margot cruza as pernas e se recosta na cadeira, estabelecendo certa distância. Ela está atenta às pessoas em volta, especialmente os funcionários. Flagra o homem atrás do bar, que serve bebidas, medindo-a com os olhos.

— Por que estamos aqui? — ela pergunta a Alphonso.

— Onde mais poderíamos nos encontrar?

— Na sua mansão?

— Raquel está lá. Ela e os gêmeos vão sair mais tarde hoje.

— Ah. — O som do nome da esposa dele faz os olhos de Margot se contraírem, como se Alphonso tivesse estendido a mão e arrancado um dos seus cílios. Desde que os gêmeos nasceram, Alphonso parece mais distante, decidido a fazer o trabalho no escritório render. Nos últimos tempos, manda Blacka, seu assistente, inspecionar o hotel enquanto ele e a esposa passam férias em algum lugar exótico, como a Grécia. Margot pensa em todo o tempo que passou com ele. Nem uma vez a esposa ligou para saber onde estava tarde da noite. Com todo o dinheiro que gasta com ela, por que ela ousaria reclamar ou interrogá-lo, mesmo que soubesse de algo? Alphonso aproxima sua mão da de Margot, mas ela a puxa.

— Aqui não.

É a vez de Alphonso se recostar na cadeira. Ele tateia no peito o maço de cigarros e coloca um na boca, por hábito. Margot o observa soltar uma cortina de fumaça que forma um fino véu entre eles. Ela quer fazer a ele a pergunta que tem estado em sua mente nos últimos tempos. Aquela que Alphonso colocou na cabeça dela e deixou germinar descontroladamente como marias-sem-vergonha em um roseiral. Precisa se certificar. A última vez que ela e Alphonso estiveram juntos, a palavra que começa com A deslizou da língua dele e pousou no cabelo de Margot quando se deitou sobre ela. Margot precisa saber o que ele sente por ela e o que isso significa para seu futuro no hotel.

— Quero perguntar uma coisa para você — diz.

Alphonso dá outra longa tragada no cigarro. Exala.

— Se é sobre a nova contratação, o acordo está feito.

Margot franze a testa.

— Que nova contratação?

— Demiti o Dwight hoje. Contratei uma pessoa mais competente para o cargo dele. A srta. Novia Scott-Henry.

Margot fica enjoada com o choque. Ela quer atirar algo, qualquer coisa, na cabeça de Alphonso.

— Ela chupou teu pau? — diz ela, sem pensar.

Alphonso examina o menu à frente deles.

— O peixe no vapor com quiabo parece delicioso — ele diz, ignorando o ataque dela.

Mas Margot não consegue se concentrar em nada. Tinha apenas dezessete anos e acabado de sair da escola quando conheceu Reginald Senior, o jamaicano branco e rico cuja família saiu do Canadá para passar férias na Jamaica, se apaixonou pelo país e ficou. Eles compraram centenas de acres de terra que o pai dele, o avô de Alphonso, transformou em um resort *all-inclusive*. Margot foi apresentada ao hoteleiro por um de seus clientes, um homem cujo nome Margot esqueceu há muito tempo, um empresário do tipo que gosta de se gabar de seus contatos. Fiel à própria palavra, o homem levou Margot a uma festa exclusiva para convidados na mansão colonial de Reginald Wellington Senior na colina.

A propriedade tinha sido uma velha fazenda, de uma beleza que rivalizava com a Casa Grande de Rose Hall. O tempo todo ela manteve os olhos no mais velho dos Wellingtons, incapaz de se concentrar em seu acompanhante. Margot fez questão de ser vista pelo homem que comandava a Jamaica, embora ele nunca tivesse sido oficialmente eleito primeiro-ministro. Ficou ali depois do fim da festa e esperou. Quando finalmente a notou, Reginald Senior viu a ambição ardendo nos olhos dela, uma chama que outros homens normalmente confundiam com luxúria. Ele a contratou para trabalhar no hotel e ensinou tudo que precisaria saber para administrá-lo. Tudo que ela tem feito desde aquele dia, cada concessão amarga, cada lamento sepultado, foi para chegar a este ponto. Aquele emprego deveria ser dela.

— Vamos, Margot — Alphonso diz, baixando o menu. — Sua hora vai chegar.

— Quando?

O garçom vem à mesa deles. Um jovem de pele tão aveludada quanto o quadro-negro onde está escrito a giz o prato do dia. Os olhos dele examinam o rosto de Margot brevemente e ela olha para baixo, com a mão ondulando o cabelo para alisar os fios que se levantaram com a leve maresia. É com Alphonso que o garçom fala, como se ele fosse o único à mesa.

— Posso trazer-lhe uma bebida, sinhor?

— Uma Red Stripe para mim. O que você quer, Margot? — Alphonso pergunta, incluindo-a na conversa.

— Uma promoção. — Margot responde, mais alto do que deveria.

Alphonso a encara com os olhos cor de cobre. Então, dispensa o jovem garçom, que está visivelmente perplexo.

— Isso é tudo por enquanto. Traga apenas um copo de água para a senhorita.

O garçom se curva e parte. Alphonso se apoia como se quisesse subir na mesa e esbofetear o rosto de Margot.

— Já disse, sua hora vai chegar.

Margot ri.

— Estou ouvindo isso há anos, Alphonso. Já vi outras pessoas serem promovidas. Vi Dwight desfilando de um lado para o outro como um imbecil, fingindo estar no comando. Estou cansada de me deitar na cama com você abastecendo-o de ideias que você usa sem me dar crédito. Ou de ouvir você falar sobre o quanto é difícil administrar um hotel que seu pai ainda controla da sepultura.

O garçom volta com a cerveja de Alphonso. Só anota o prato pedido por ele, já que Margot perdeu o apetite. Ela cruza os braços na frente do peito, olhando fixamente para as ondas azuis-escuras no ponto mais distante do oceano. Deveria saber que isso aconteceria. É ela quem está de olhos vendados. Por que Alphonso daria a função de gerenciar o hotel a ela e não a alguém com contatos? Não é assim que as coisas funcionam? Quantos contatos você tem? Qual seu sobrenome? A realidade faz um tumulto em sua barriga, roncando como as contrações de fome que ela se recusa a aplacar. Pede licença para sair da mesa assim que o garçom retorna com a comida de Alphonso.

— Preciso ir — ela diz.

— Tinha algo que você queria me perguntar? — Alphonso diz.

— Esqueci. — Margot levanta e empurra a cadeira para baixo da mesa.

— Bem, quero vê-la hoje à noite.

— Alphonso, você sabe que eu...

— Por favor. Prometo que você vai gostar da proposta que guardei para você. — Ele pisca para ela enquanto coloca uma garfada de peixe na boca e mastiga. Margot fica ali parada por mais um instante, olhando para a boca dele. Se eles tivessem outra relação, ela teria feito questão de limpar os resíduos de óleo de cada canto dessa boca.

Margot precisa se distrair. Ela circula pela cidade, sem enxergar os carros que passam e sem ouvir as buzinas. Caminha em zigue-zague, atraindo os olhares de quem passa. Se olhassem mais de perto poderiam ver a faca enfiada em suas costas, a lâmina saindo pelo peito. Ela para embaixo de uma árvore para recobrar o fôlego e se esconder do sol. Enquanto o ar enche lentamente seus pulmões, o mesmo acontece com a dor aguda daquele momento em que Alphonso o roubou dela.

"Eu te amo, Margot." Ela ouviu bem. *Então, o que aconteceu?* Quem é essa cadela a quem ele deu o emprego que era de Margot? Oito anos atrás, Alphonso assumiu o comando do império hoteleiro do pai. Quando a notícia de que o filho e herdeiro do império de hotéis de Reginald Senior estaria no empreendimento veio à tona, todos se dispersaram, consertando o que não precisava de conserto, ajustando uniformes, cabelos e papéis sobre as mesas. As recepcionistas acertaram a postura. Os *concierges* se postaram eretos como policiais no Jamaica House, as camareiras tiravam o pó de lugares que já estavam brilhando. E os jardineiros regavam as flores e as cercas-vivas que já haviam sido regadas. Alphonso saiu do carro dirigido por um chofer e Paul, o *concierge*, fez uma sutil mesura quando ele se aproximou da porta. "Bom dia, sinhor", ele disse. Mas Alphonso não respondeu.

Alphoso não tirou os óculos escuros quando entrou no prédio. Passou silenciosamente pelos funcionários do complexo, que ficaram ali parados segurando alguma coisa nas mãos, mais para o próprio conforto do que por necessidade: lenços, pedras da sorte perfeitas, papéis manchados pelas palmas de mãos suadas. Para eles, lá estava Deus em pessoa. Como o pai, que lhes deu o emprego que colocava comida em suas mesas. Mas, para Alphonso, aquelas pessoas eram a lama grudada na sola de seus sapatos. A qualquer momento, ele poderia se livrar delas, eliminá-las do empreendimento.

Ele fascinara Margot. A equipe do hotel se deu conta de que ele era exatamente o oposto do chefe adorado. Ele assumiu o hotel enquanto Reginald Senior ainda estava no leito de morte, lutando contra o câncer de próstata. Isso enfureceu os funcionários. ("Num podia nem esperar o pai deitar na cova.") Temiam que seria ele a destruir tudo o que o pai e o avô construíram. E estavam certos. Alphonso demitiu imediatamente a antiga equipe sem um pingo de remorso. Demitiu até os *chefs* de cozinha jamaicanos e contratou outros, estrangeiros. ("Turistas querem comer a própria comida na ilha. Não querem comer a jamaicana tudo cheia di pimenta.") Garotos de toda a parte da ilha foram contratados, vindo até de Portland, para trabalhar na cozinha com *chefs* vindos da Europa.

No primeiro dia, quando a viu, ele ergueu os óculos escuros avaliando-a.

"E você, quem é?"

"Margot."

"Margot", Alphonso repetiu. Colocou as mãos nos bolsos enquanto brincava com o nome dela na ponta da língua, enrolando o *r*. Ela viu um lampejo de carne rosada e uma série perfeita de dentes brancos se fechando quando ele engoliu o *t*. "Marrrrgot." Ele segurou a mão dela e apertou. "O prazer é todo meu." Os olhos dele retinham o reflexo do rosto dela. "Você é muito bonita, Margot."

Margot desviou os olhos, na esperança de que ele baixasse o olhar. Com quase 22 anos, sabia o que aquele olhar significava. Ela sabia farejar a luxúria saindo pelos poros dos homens, envolvendo-a como o suor denso e almiscarado no calor. Ela sentia esse cheiro como as mulheres no mercado reconheciam o cheiro do amadurecimento das frutas, mesmo quando estavam verdes por fora. Mas um homem como Alphonso era de estirpe diferente. De cheiro diferente. Ao contrário dos homens com quem ela tinha estado, inclusive o pai dele, Alphonso era jovem, fresco, apenas uns dois anos mais velho do que ela. Ele fedia a privilégio juvenil – um privilégio que fazia dele alguém não habituado à ambição, ao sacrifício, ao anseio, à pressa. As mãos dele eram muito macias, os dentes muito brancos, as unhas muito polidas. Ela podia sentir o cheiro do leite materno no hálito dele. Ele não amadureceu do modo que os homens mais velhos amadureceram – enrugados e marcados pelos velhos hábitos que tornavam sua pele grossa como couro, tirando-lhe o vigor. A pele desse homem era aveludada. As garotas de River Bank teriam adorado chamar a atenção de um homem daqueles. Na imaginação delas certamente dançariam visões de bebês de pele clara e cabelos bonitos. Acrescentariam alguns côvados à sua estatura em relação a outras mulheres oprimidas que só podiam escolher entre os "negos malandros" que não lhes davam nada, apenas olhos roxos e pirralhos de cabelo espetado. Alphonso era um bom partido. Do tipo que Margot via nos filmes com gravatas-borboleta e smokings, tramando assassinatos enquanto seduziam donzelas apanhadas desprevenidas pelo seu charme. "Cê divia agradecer qui um homem daquele mostrô interesse n'ocê", Delores disse a ela alguns anos atrás, quando o estranho no mercado a levou até a barraca de Delores. "Um homem daquele." Era isso que Alphonso era: *um homem daquele.*

Margot estava pensando em tudo isso quando Alphonso disse a ela:

"Por que você não passa aqui mais tarde e me mostra no que você é boa?"

E então, quando o sol foi embora e a equipe foi para casa, ele a levou à sala de conferências, a única vez que ela a viu por dentro. Abriu a pasta onde guardava todas as ideias que tinha para o hotel. Suas mãos tremiam um pouco enquanto mostrava a ele como havia projetado pequenas pesquisas de modo que a gerência pudesse saber a que os hóspedes estavam reagindo. Mas Alphonso não estava interessado naquilo. Ao contrário, ele a observava. Ela sentiu os olhos dele sobre si o tempo todo. Quando ela finalmente juntou coragem para olhá-lo, finalmente, ele se inclinou e murmurou: "Eu não quis dizer para você mostrar tudo isso sobre o hotel. Eu queria que você me mostrasse no que você é boa". O primeiro impulso dela foi dar um tapa no rosto dele e sair do escritório; mas Margot pensou em Delores. O pensamento a manteve no lugar enquanto as mãos de Alphonso percorriam a largura de seus quadris, puxando-a contra si. Aí, a luxúria dele tornou-se vigorosa. Ele a arqueou e ela deixou. "É melhor assim", enquanto a penetrava, Alphonso sussurrou atrás do pescoço dela: "Agora eu sei por que ele mantinha você por perto".

Margot respondeu levando as mãos dele a seus seios. A pasta cheia de ideias escorregou da mesa e caiu, os papéis voaram cada um para um lado. Depois de alguns minutos, Alphonso teve um orgasmo. Ficou em pé e se limpou com um lenço que levava no bolso esquerdo do paletó. E o atirou na lata de lixo com o preservativo.

"Isso fica apenas entre eu e você", ele disse.

Mas Garfield, o segurança que provavelmente só ouviu o movimento na sala de conferência em um horário fora do expediente e que trabalhou por quarenta anos para provar que era capaz, na sua idade, de ser um bom segurança que não merecia ser despedido sem receber uma aposentadoria, passou pela porta segurando uma lanterna e um cassetete, para ter a visão de Alphonso fechando o zíper da calça e Margot inclinada sobre a mesa, com o traseiro exposto. Em troca do silêncio, Garfield ganhou estabilidade empregatícia. Um mês depois, morreu devido a um derrame cerebral. O segredo não morreu com ele.

Com o tempo, ela colocou de lado as coisas que a tornavam cautelosa em relação a Alphonso. As explosões vulcânicas dele quando as pessoas ousavam questionar sua autenticidade como um Wellington, dada sua tendência a desperdiçar dinheiro, ao contrário de seus antecessores. Ele já tinha gasto os rendimentos das fazendas de café e das destilarias de rum, e teve de vendê-las. E como agora a família está ameaçando tirar os hotéis das mãos dele, procura esvaziar todos os cofres que o pai cuidadosamente escondeu antes de morrer. Quando Alphonso apareceu de mãos vazias depois que lhe foi negado o direito a qualquer outro bem de seu pai, ele se inflamou:

"O canalha só se preocupava com os três B's dele: os bens, os bordéis e as bebidas."

Ele estava bêbado. Quebrou uma garrafa de rum na parede repingando o líquido marrom sobre o caríssimo tapete persa de sua mansão. Ficou olhando para a parede como se visse ali a sombra do pai, embora fosse a dele mesmo.

As lembranças distraídas de Margot a levam da árvore ao mercado de artesanato na cidade. Ela precisa apenas de uma migalha de amorosidade antes de se recuperar e programar o próximo passo. Ainda que Delores esteja longe de ser compassiva, Margot a procura na galeria. Margot está grata pelo momento de folga do calor, por menor que seja. John-John está lá sentado, falando asneiras, e Margot sente que está interrompendo. Delores ergue a cabeça e repara em Margot; algo muda em seu rosto. Quando John--John vê Margot, também para de falar e fica tímido de repente, baixa a cabeça e a observa entre os cílios de seus olhos abaixados.

— Oi, Margot — ele diz, de um jeito infantil.

— E aí, John-John?

— Nadica dimais, cê sabe — John-John diz, atraindo a atenção de Margot. Ele parece feliz pela oportunidade de conversar com ela. — Mesmo dissempri, mesmo dissempri... e você? Cê tá bonita.

— Obrigada, John-John — Margot diz em um tom evasivo. Ela está concentrada em Delores e no véu impenetrável que cobre seu rosto.

John-John deve ter sentido isso, porque pega sua caixa de trabalhos manuais e se dirige à saída, dizendo a Margot em tom de desculpas:

— Bou deixar as damas sozinhas. — Ele se inclina levemente. — Té mais, Delores.

— Té mais — Delores responde.

John-John para na saída como se tivesse esquecido algo. Remexe a caixa e estende a Margot um beija-flor esculpido.

— Fiz issu especial pra você.

— Obrigada, John-John — Margot diz, segurando o pássaro de madeira, enquanto ele se afasta depressa.

Delores dá risadinhas contidas.

— Ele sempre gostou d'ocê — ela diz. — Só um idiota apaixonado daria de graça algo qui pode vender pra ganhar dinheiro. — Ela suga o ar entre os dentes e se abana com o velho jornal amarelado. — Sinhor Jisus, qui bobo, hein?

— Eu sei. — Margot examina o lindo pássaro. Segue seus contornos com os dedos, cada sulco meticulosamente entalhado. — Tadinho.

— Tadinho mesmo — Delores diz. — Lembra como ele costumava ti trazer flores qui pegava no jardim d'alguém? — Margot ri ao lembrar daquilo, John-John roubando flores para dar a ela. — Ceis dois eram tão novos — Delores continua, a lembrança cintilando em seus olhos. — Ele sentava aqui e mi esperava, só pra poder chegar em você. — Mas o humor logo desaparece do rosto de Delores, expulso por uma careta. — Se ao menos ele soubesse.

— Imagino que você preferia me colocar com homem interessado em bolinar e foder menininhas... — Margot diz, em tom coloquial. Ela tem sido amistosa com a mãe, mas a decepção do dia a deixou em carne viva, cutucando as feridas do passado. Esse fato doloroso se solidificou como uma pedra que ela atira na mãe quando fica muito grande, muito difícil de carregar sozinha.

Delores para de se abanar. Depois de uma longa pausa, ela se ajusta na cadeira, que range por causa de seu peso.

— Por que você está aqui? — Delores pergunta. — Pra me dizer como sô péssima mãe? — Uma gota de saliva de Delores voa no rosto de Margot. Delores continua. — O que eu devia ter feito, hein? Diz pra mim. — Os olhos dela estão esbugalhados. — Não foi isso que colocou comida na mesa? Não foi isso que ti alimentou? Si cê acha quicê é milhor qu'isso, agora qui cê é a Senhorita Toda Poderosa, então cai fora! Si manda!

Margot não se mexe. Não consegue.

— Quero falá com você — ela diz. A voz dela desvanece, cedendo a um leve tremor.

Os olhos de Delores resplandecem como as lâminas de espadas, a boca dela se entorta para o lado direito.

— Sobr'u quê?

— Não sei por onde começar.

— Começa pur algum lugar. Cê tá mi fazendo perdê tempo.

Delores volta a se abanar, mas antes que Margot consiga organizar os pensamentos, três turistas entram na barraca. A postura de Delores muda. Margot se coloca de lado e espera até que a mãe termine de atendê-los. De repente, ela se torna uma mulher agradável, o tipo de mulher que Margot gostaria de conhecer ou de ter como mãe, não a mãe com quem ela cresceu, propensa à fúria e mais propensa ainda a espezinhar a autoestima de Margot, que sempre se perguntava o que ela tinha que deixava a mãe tão furiosa. Desejou poder fazer a mãe feliz como aqueles turistas fazem. Como Thandi faz.

— Sim, meu bem, posso bender esse pr'ocê com desconto no preço — Delores diz à adolescente americana. Quando os turistas vão embora, Delores volta a ser Delores.

— Então, desembucha — ela diz. — Vai chegar mais gente i preciso vendê.

Margot tenta ser sutil.

— Estou saindo com alguém. — Ela limpa a garganta, sentindo uma incontrolável necessidade de especificar, se não para si, para Delores, cujos olhos carregam uma pergunta que Margot nunca consegue evitar. — Um homem. — Aquilo sai de sua boca de um jeito tão fácil, tão natural, tão necessário. *Um homem.* A expressão no rosto da mãe permanece neutra, embora Margot imagine um sorrisinho por trás do rosto negro impassível.

— Ele é do ramo de hotéis — Margot continua. — Um Wellington.

— Um Wellington? — Delores pergunta, os olhos dela se arregalam. — Que cê tá fazeno com um Wellington? — pergunta. — Desde quando essas pessoas têm interesses comuns com serviçais? Você num trabalha pra eles?

— Ele disse que me ama — Margot diz, na defensiva. Tudo que ela espera é a aprovação relutante da mãe. — Ele está querendo largar a esposa. E está falando sério.

— Ah. — Delores se senta ereta e abaixa o jornal enrolado que estava usando para se abanar, um brilho finalmente aparece nos olhos dela, enchendo Margot de esperança.

— Então, cê pegou um homem *importante.*

— Sim.

— Como cê podi ser tão tonta, minina?

Delores se inclina para a frente, com seus grandes braços caindo pesadamente sobre os joelhos. Margot percebe que não foi orgulho que ela viu nos olhos da mãe, foi escárnio. Um escárnio que revela a grande lacuna entre os dentes da mãe quando ela diz:

— Minha pergunta para você, *Senhorita Toda Poderosa*, é como um homem como essi pódi deixar a linda esposa pur alguém como você? Cê acha qui os homem quer uma minina negra pra dar os braço em público? Eles ti quer pra foder. Não pra casar. Então, cê si coloque no teu lugar.

Margot sente o ardor das lágrimas, mas contrai os olhos. Ela nem mesmo quer Alphonso. Tudo o que Margot quer – agora mais do que nunca – é provar que a mãe está errada.

M argot irrompe pela porta do quarto de Verdene e coloca as palmas das mãos contra as bochechas da mulher. Os lábios dela percorrem o pescoço de Verdene, os seios dela. Verdene arfa de surpresa, mas detém os dedos de Margot.

— Calma. Por que você não se senta?

Margot cede, pousando a cabeça em Verdene antes de desmoronar na cama.

— Queria que as coisas fossem diferentes — ela diz. Verdene a observa, observa a tempestade de origem desconhecida que devasta o rosto dela. — Você não gostaria que as coisas simplesmente fossem diferentes?

— Muitas vezes — Verdene diz.

Elas olham uma para a outra no espelho.

— Acho que não consigo continuar vivendo assim — Margot diz.

— O que você está dizendo? — Verdene se senta, apoiada na cabeceira da cama.

Margot estuda o rosto dela para ver se a resposta que espera encontrar está ali. Mas só o que vê é preocupação e confusão bem acima das sobrancelhas de Verdene.

— Se você me ama, então por que não se ofereceu para vender esta casa para que possamos recomeçar? Sabe, em uma região onde podemos...

Verdene a interrompe.

— Não é tão simples assim, Margot.

— Por que não? O que você tem a perder vendendo a casa? Não sobrou mais nada pra você aqui. Podemos construir algo juntas.

— Foi tudo o que restou de minha mãe. — Verdene olha a fotografia da mãe que fica sobre a mesa de cabeceira, virada para a parede; a única fotografia que ela não guardou. Estica a mão e vira a fotografia para a frente.

— Então o melhor é me manter como um segredo? — Margot pergunta em voz baixa, virando de costas para a sorridente srta. Ella.

Verdene deixa que a pergunta fique no ar entre elas antes de dizer:

— Você está se enganando se acha que as coisas seriam diferentes em outra vizinhança. Ainda é a Jamaica.

— Então por que você não me leva para Londres para podermos ter nossa vida longe daqui?

— Você nunca quis deixar River Bank. — Verdene vai para a beirada da cama. — É você que vive falando sobre sua irmã e como tem que estar aqui para ela.

Margot caminha até a cadeira de balanço para pegar a bolsa. Verdene tem razão. Thandi precisa dela. Mas não era isso que ela queria ouvir. Alphonso nunca a escolheria, e talvez ela nunca possa escolher Verdene. Perde tempo oscilando entre duas vidas secretas. Ela se pergunta se o que sente por Verdene, o que sempre sentiu, não passa de um feitiço, algo temporariamente debilitante como uma onda gigante no oceano. Ela tem que conseguir voltar à superfície da água. Nadar de volta para a praia. Não pode se permitir ser controlada.

— Preciso ir — Margot diz. Dá um beijo de despedida na boca de Verdene.

— Quando vou ver você de novo? — Verdene pergunta.

— Não sei.

9

Thandi sai para o quintal com o caderno de desenho. A grama chega à altura dos joelhos, abandonada. O sol espreita entre os galhos das árvores. Dois galos escaparam do quintal do vizinho e andam desengonçados ao lado do barraco. O velho pneu amarrado à árvore, onde o Pequeno Richie gosta de sentar, balança sozinho, como se um fantasma o empurrasse. Thandi tenta desenhar qualquer coisa que vê, mas cada vez que uma imagem aparece no papel, ela arranca a folha e a amassa cerrando o punho. Nada parece ou deixa a sensação de estar bom. Depois de arrancar uma a uma quase metade das páginas do caderno, ela está prestes a gritar. Sua frustração ameaça escapar e despedaçar a imagem que ela se esforçou tanto em conservar. Mas esse quintal é pequeno demais. O emaranhado de galhos sobre sua cabeça poderia refrear seu grito frustrado. Os cães sonolentos poderiam ganir. As galinhas vão ficar paralisadas, com uma pata suspensa assim como a respiração das lavadeiras das redondezas, que podem vir correndo imaginando alguma confusão.

Por fim, ela decide que seu desconforto crescente poderia ter relação com o plástico em que a srta. Ruby envolveu meticulosamente seus membros e seu torso. Abre caminho e volta para dentro, tira o plástico e coloca um vestido amarelo modesto, com regata e shorts por baixo, já que ela precisa lavar sua anágua. Agarra o caderno de desenhos e sai, passando pela Vó Merle, que está sentada com o pescoço imóvel na cadeira de madeira, e pela srta. Francis e pela srta. Louise, que acenam. "E onde qui ela vai nesse sol quente vistida daquele jeito? Ela não devia estar na escola?"

Corre às margens do rio, passando por banhistas que deixaram as roupas estendidas nas pedras. Abre caminho até onde os barcos estão atracados. Os trabalhadores da construção e suas ferramentas não estão no local hoje. Na praia, exatamente no lugar onde Thandi costumava brincar quando criança, que era um prolongamento de River Bank, há uma placa que diz "não entre". Os hotéis estão construindo ao longo do litoral. De modo lento, mas certo, como a escuridão do mar, eles estão chegando. Little Bay, que ficava duas cidades à frente de River Bank, foi a primeira a sucumbir. Há apenas cinco anos, as pessoas de Little Bay partiram em massa, forçadas a sair de suas casas para a rua. Saiu em todos os noticiários quando aconteceu, já que as pessoas, enfurecidas, acabaram bloqueando estradas com tábuas e pneus, incendiando-os. No passado, as empreiteiras aguardavam até que os deslizamentos de terra e outros desastres naturais fizessem o trabalho sujo. Mas quando o turismo se tornou a principal atividade econômica da ilha, tanto as empreiteiras como o governo se tornaram vorazes, insensíveis. Em retaliação, membros da população roubaram blocos de concreto, cimento e zinco dos novos empreendimentos para reconstruir seus lares em outros locais, mas esses furtos causaram a vinda de soldados com armas e gás lacrimogêneo. As empreiteiras venceram o embate e as pessoas se dispersaram como baratas. Algumas foram para River Bank implorando para serem acolhidas, outras fugiram para outros distritos. Aqueles que não puderam suportar o estresse de recolher todos os pertences para começar uma vida nova vagueavam pelas ruas resmungando consigo mesmos. Era como se o próprio território tivesse se voltado contra eles, engolido suas casas e animais e hortas, e expelido resíduos. Quando os trabalhadores chegaram a River Bank, Little Bay já havia sido há muito esquecida.

Não há som algum ali. Só o embalo tranquilo do mar e o coração dela batendo nos tímpanos, quando avista Charles sentado no barco de pesca do pai. Ele olha para as águas calmas onde o rio encontra o oceano. Olha como se fizesse parte de uma pintura, contemplando o azul da água e do céu. Bem acima deles, os coqueiros sussurram ao vento com a ondulação da folhagem. Thandi olha para o céu entre os ramos das palmeiras, onde o sol brinca de esconde-esconde. Ela senta em um caixote abandonado embaixo de uma das árvores e desenha Charles com a cabeça de frente para o sol; é cuidadosa com cada traço, os dedos envolvendo o lápis. As costas dele formam uma extensão muscular elegante. Ela demora mais do que o normal para capturar a imagem corretamente, apagando as sombras e desenhando-as novamente. Charles se vira e a flagra observando-o.

— Que cê tá fazendo aqui? — ele pergunta, mais alto do que o suave rugido do mar.

Sem graça, Thandi tateia para cobrir o desenho com as mãos como se ele pudesse vê-lo de onde está. Ele levanta do barco do pai e caminha até ela, deixando pegadas na areia branca com seus pés descalços. Está usando calças cáqui cortadas na altura dos joelhos, e tem uma camisa verde desbotada jogada sobre o ombro direito. Thandi se move para mais perto da árvore, como se pudesse se esconder nela. Cruza e descruza as pernas, pressionando o caderno contra o peito enquanto o observa procurando um caixote para sentar. Na incerteza de qual postura assumir, ela se senta ereta. Está com medo de parecer muito rígida dessa forma. Muito "aluna exemplar". Então, curva as costas. Só um pouco. O que Margot faria? Inúmeras vezes Delores disse a Thandi que ela não parece em nada com Margot. "Nada parecida com tua mana di jeito nenhum." Thandi se pergunta se isso é bom ou ruim.

Quando era mais nova, Thandi costumava observar a irmã. Sob os olhares de aprovação dos homens havia uma força misteriosa que fazia os largos quadris de Margot ondularem acima de suas pernas firmes e arqueadas. Quando ela passava, eles viravam a cabeça, os olhares domados por aqueles quadris, as mãos segurando o queixo como se contemplassem um prato de cozido de rabo de boi. "E aí, docin'?" *Docinho moreno* ou *morenin'*, para encurtar. Margot nunca parecia incomodada, ao contrário de Thandi, que sempre temia esse tipo de atenção; Margot sempre tocava o braço ou o peito dos homens casualmente quando falava. E quando eles diziam alguma coisa, qualquer coisa, ela costumava jogar a cabeça para trás e rir, uma risada suave e excitante que ecoava acima das canções de Gregory Isaacs, Beres Hammond, ou Dennis Brown que saíam do som portátil no Dino's. Isso fazia os homens pararem e observarem a pele de seu pescoço, o comprimento dos seus cílios, que se estendiam até sua face quando ela entreabria os olhos de satisfação; a luxúria enchia os olhos deles como a fumaça de um beque de ganja. Na presença de Margot, um homem poderia gritar com os outros jogadores ao embaralhar os dominós, batendo a mão ou a cerveja com força na mesa de madeira. "Outra rodada!" E então, voltando-se para Margot: "Vai me ver ganhar, docin'?". E Margot, com toda amabilidade que tem, declinaria, acariciando o braço do homem. "Quem sabe na próxima, coração." O homem seguiria jogando suas pedras, sorrindo para si mesmo como se já tivesse vencido.

Quando Charles se aproxima de Thandi com um caixote que encontrou dentro de outro barco abandonado, está sorrindo de orelha a orelha. Ele se deixa cair na frente dela, com o cheiro salgado da brisa do mar. Os joelhos deles se encostam, mas ela não afasta os dela.

— E aí, por que cê num tá na escola? — ele pergunta, com olhos tranquilos como a água com pontos dourados pelo sol. Ela dá de ombros. Imagina o que dizer a ele. Que papel interpretar? Charles pode gostar de garotas rudes. Garotas que não têm medo de erguer a voz no meio da rua. Garotas que discutem com homens adultos na praça, que os deixam levantar suas saias, deslizar os dedos lá dentro. — Qui bela surpresa — ele continua.

— Por que tanta surpresa? — Thandi rebate, imediatamente arrependida por ter esquecido de deturpar as palavras, mastigá-las e cuspi-las em patuá. Ela teme soar muito certinha. Mas Charles não parece se importar.

— Você num mi passa a ideia de uma garota qui vem aqui dessi jeito — ele diz, fitando o rosto dela como o Irmão Smith fita seus desenhos, uma observação reflexiva. — Cê tá sempre na tua.

— Você não me conhece.

— Cê nunca mi dá a chance.

— Então, como poderia saber como sou?

— Eu observo você. Como observo o céu.

Thandi enrubesce.

— Então me conta — ele diz, virando a cabeça para um lado. — O que tem nessi teu caderno? — ele pergunta. — Não bai mi dizer qui é só eu qui cê desenha. — Ele está se inclinando para chegar mais perto, os lábios dele estão entreabertos, as grossas sobrancelhas se ergueram. Atrás dele, a água parece se elevar e escalar as rochas.

Thandi junta as pernas, apertando-as.

— Você é muito convencido em achar que cê é meu tema.

— Eu num ia dizer issu si não tivesse percebido cê olhando fixo com o caderno aberto no colo. — Charles entorta a boca para o lado como se estivesse tirando algo dos dentes ou tentando não rir.

— Desenho qualquer coisa que sinto. Não precisa ter um significado. Quer dizer, parece que não consigo capturar realmente o que quero capturar. — Thandi responde, procurando uma reação no rosto dele. Mas ela não consegue dizer o que vê. Charles a escuta com a atenção de um homem velho e encarquilhado, observando os gestos dela, confirmando sua ambivalência. Se pergunta quantos anos ele tem realmente. Teme ter revelado muito, cedo demais. — Nem sei por que me preocupo. Pode parecer bobo, mas só quero vencer o concurso de arte da escola. — O nervosismo dela faz com que fale demais. Ela raramente fala tanto com alguém a respeito do que quer, ainda mais com um garoto comum que ela mal conhece.

— Se é tão importante pr'ocê, por que você acha bobo? — ele pergunta.

Thandi dá de ombros.

Charles alcança a mão dela e a segura como se tivesse feito isso muitas vezes antes.

— Algo mi diz que issu é mais importante pra você qui vencer.

Ao contrário das dela, que estão suadas, as palmas das mãos de Charles estão secas e surpreendentemente quentes, como pedras aquecidas pelo sol. Ela não tira a mão, embora uma garota como ela, uma aluna da Saint Emmanuel, devesse repreender tal ousadia. Uma série de pensamentos a aflige: quem ele pensa que é? Já que está ficando mais clara, ela não deveria estar procurando em outro lugar, entre os garotos de Ironshore, com mansões e carros? E agora? Mas sentar-se aqui de mão dada com Charles dá uma sensação estranhamente natural. A pele marrom deles parece ligada; e é como se um torrão de incerteza colocado em seu creme subisse pela garganta de Thandi. As inibições dela derretem como uma vela de cera com o calor dele. Thandi se reclina em Charles, fechando os olhos. Mas Charles recua, e o movimento brusco dele arrasta os galhos sob os pés deles, quebrando-os ao meio.

— Cê tá bem? — ele pergunta.

— Desculpa.

Thandi pega o caderno, que escorregou de seu colo. Charles põe a mão no seu ombro. Ela não consegue interpretar a expressão no rosto dele.

— Você bai dar um jeito — ele diz, se afastando. Ela deseja ainda estar envolta no plástico, porque isso teria ajudado a manter inteiro seu coração partido. Se isso foi um teste, ela fracassou totalmente. Levanta e corre em direção à água.

— Onde cê bai? — ele pergunta.

— Nadar — ela diz, esperando parecer casual, embora, na verdade, não saiba nadar. Ela tira os sapatos, e mergulha os dedos do pé na água. A areia está quente e a água não está nada fria. Tira o vestido, ficando de shorts e regata, como as banhistas locais fazem. Ela sabe que Charles está olhando, esperando para ver o que ela vai fazer. Atrás dela está a estrutura de um castelo majestoso, um dos resorts que estão surgindo bem ali, no quintal dela. Não se vê ninguém, mas em alguns meses as areias brancas estarão povoadas pelos corpos bronzeados de turistas brancos. Vistos de um avião que sobrevoa suas cabeças, eles parecerão focas, com as cabeças inclinadas em direção aos raios de sol, os corpos distendidos para o máximo de exposição possível, desfrutando do luxo. O castelo se dissipa como uma miragem à medida que Thandi é levada pela corrente para cada vez mais longe da costa. Ela avança como se estivesse indo para o meio do mar, um ato ousado que ela logo percebe que não é um ato ousado, mas um impulso.

Charles não a acompanhou. A decepção a desorienta, mas é logo substituída pelo medo, que aparece sorrateiramente com cada onda que se ergue, como uma parede azul gigante. Caem sobre ela, uma maior do que a outra. Thandi perde o pé e vai para o fundo. Ela tenta boiar o máximo que pode, com os olhos no céu, com raiva de si mesma por agir como uma tonta. As mãos dela se debatem contra a avalanche de ondas e ela tenta nadar. Não sabe para que lado está voltada. A corrente submarina a puxa com uma força possessiva. Ela se lembra por que os pescadores chamam essa área de Heidi Grávida: porque as ondas são enormes, crescendo como o côncavo da barriga de uma mulher que carrega um bebê. É uma lenda dos tempos da escravidão, quando uma jovem escrava chamada Heidi se lançou no mar depois de descobrir que estava grávida de um bebê de seu senhor. O corpo dela nunca foi encontrado. À noite, o bebê de Heidi Grávida nasce em ondas revoltas se lançando na areia, os gritos dela carregados pelos fortes ventos que assoviam em cada janela de cada barraco. Durante o dia, ela procura uma vítima para afogar. No exato momento em que Thandi pensa que será lançada contra o fundo do mar no colo de Heidi Grávida, alguém a agarra pela cintura e a puxa. Através da água e do terror, ela vê a cabeça da pessoa que a puxa com uma força impressionante e com destreza. Ela pode ter imaginado isso, mas ele abre caminho pela água como um peixe.

— Se segure! — ele diz, sua voz pairando firme acima do rugido das ondas. — Apenas si segure! — E Thandi obedece, se segurando em Charles com firmeza enquanto ele a arranca do domínio de Heidi Grávida e a carrega de volta para a costa.

Thandi se sente vulnerável, andando tão perto assim de um garoto, com o a roupa colada nela. Está encharcada da cabeça aos pés. Mas há algo reconfortante em ser conduzida. Seguindo um passo atrás de Charles, observa os calcanhares dele, com uma crosta de areia. Ele leva os próprios sapatos em uma mão e os sapatos e o caderno de desenhos de Thandi na outra, com um leve assobio enquanto caminha. Vez ou outra ele olha para trás, para ela. Thandi baixa a cabeça com timidez. Se não fosse por Charles, ela teria se afogado.

— Obrigada. — Ela ergue o olhar para ele ao dizer isso, encorajada pela gratidão.

— Vamos pegar uma toalha para você — ele responde. Ele a conduz ao quintal da casa dele, onde dois porcos andam para lá e para cá em um cercado. Perto da cerca há um galinheiro onde as aves cacarejam bem acomodadas, pisando umas sobre as outras e cavando buracos na terra com seus bicos.

Thandi está familiarizada com esse quintal, suas memórias de infância estão repletas de aventuras com a irmã mais nova de Charles, Jullette. Enquanto a srta. Violet e Delores trocavam ingredientes de suas cozinhas ("Cê mi dá uma xícara de sal? Posso pedir só um punhado d'arroz? Coloca aqui um poco di melado? Isso, isso, assim tá bom. Um poquinho mais.") Thandi e Jullette escalavam o pé de graviola que antes se elevava acima do galinheiro e fingiam ser as líderes das aves barulhentas. O que resta da árvore é um toco. Pela cerca de arame, Thandi vê o mar no qual ela quase se afogou. O barraco da srta. Ruby não fica muito longe. Como a srta. Ruby, o pai de Charles e Jullette ganhava a vida vendendo peixe.

Asafa era um pescador que, no passado, andava por River Bank com lagostas e caranguejos. Ele costumava assustar as crianças pegando um balde branco de plástico e segurando aquelas criaturas com as garras e antenas prontas para o ataque. As crianças gritavam. O medo fazia seus pezinhos correrem, algumas tropeçavam em pedras e machucavam os joelhos e os cotovelos buscando segurança na saia das mães. Embora fosse um acontecimento assustador, todas as crianças de River Bank esperavam ansiosas por Asafa, que cortava caminho pelas vielas com o seu balde. Ávidas, elas aguardavam por aquilo como aguardavam pela feira de Natal e pelo desfile de Junkanoo que aconteciam na praça. Asafa foi o único pescador que foi além da Heidi Grávida para pegar peixe, com seus abundantes dreads atados no topo da cabeça e com a bermuda arregaçada nas pernas longas e finas. Todas as manhãs, ele ia para o mar, se sentava com a vara de pescar, paciente, ou mergulhava, ancorando o barco amarelo, verde e vermelho vibrantes na parte mais azul da água. A última vez que Thandi o viu foi há oito anos, antes de ele conhecer uma mulher que comprou uma lagosta, o levou para a mansão dela e o convidou para ir para os Estados Unidos com ela. Ele nunca voltou.

Thandi se lembra de Delores oferecendo a Charles e seus irmãos um pouco de sopa de rabadela de galinha com muito inhame cozido, banana cozida e bolinhos de carne nas noites de sábado do ano em que Asafa partiu. Jullette foi morar com parentes, já que a srta. Violet não tinha condições de alimentar todas as suas crianças e mandá-las para a escola. Com os garotos, foi mais fácil para a srta. Violet, já que eles conseguem sobreviver sozinhos. Charles, o mais velho, era contratado pelos vizinhos para lavar cercas, rebocar pedras, tirar galhos caídos, cortar a grama, carregar sacolas e empurrar carros atolados nas ladeiras íngremes da River Bank Road. Mas Charles não podia alimentar a mãe e três irmãos com o pouco dinheiro que ganhava, então Delores e a srta. Gracie ajudavam. Charles era o enviado para pedir comida, os olhos dele baixavam até os pés descalços, os ombros largos se elevavam como um muro de proteção contra os muitos sussurros e as sacudidas de cabeça. É óbvio que essas imagens devem ter ficado embaçadas em sua visão periférica enquanto ele carregava o pote de comida do modo como as pessoas carregam um caixão. Ele costumava murmurar seu agradecimento para Delores como se esperasse aquela generosidade e, ao mesmo tempo, se ressentisse dela.

Quatro cães perambulam pelo quintal, dois deles seguem Charles e Thandi. Charles os enxota, pegando dois galhos para jogar.

— Bão buscá!

Ele atira os galhos o mais longe que consegue e os cães mancam e cambaleiam atrás deles.

— Essis são Caim e Abel. — Charles aponta para os cães.

— Você dá nomes pros teus cachorros? — Thandi pergunta.

— É, cara. — Charles olha para os cachorros, coçando a ponta do nariz. — Aqueli com a correnti no pescoço é o Caim — Charles diz, apontando para o cachorro branco malhado. — I o marrom é o Abel. — Ele aponta para o outro cachorro. Então se volta para os porcos no cercado. — Aquela cum as tetinhas é a Mary e o Joseph é aquele di um olho. — Thandi olha para cada um dos porcos, prestando uma minuciosa atenção em Mary, a gorda com mamilos retesados que cambaleia por ali. — A gente bendeu us filhotes dela no verão passado. — Charles explica. — Mas ela bai procriar de novo.

— Cê fala deles como de gente — Thandi diz.

— Mas é claro! — O entusiasmo dele eleva um dos lados de seu rosto e se espalha até os olhos. — Eles são muito inteligente, se não mais inteligente qui nós. — O banheiro fica a alguns metros do barraco, que é construído sobre estacas como muitos dos outros barracos. As tábuas ainda têm as mesmas camadas de tinta vermelha e azul que Asafa pintou antes de partir. Sob a densa sombra das árvores fica um barraco de zinco distante do barraco principal. — É ali qu'eu durmo — diz Charles.

— Você não mora na casa também? — Thandi pergunta.

— Sô homem crescido. Tenho meu próprio espaço — Charles diz, com um ar de rebeldia.

Ele abre a porta do pequeno barraco. É acolhedor, com um colchão sobre uma base de molas feita com quatro tábuas pregadas. O colchão está parcialmente coberto com um lençol floral, com uma mancha amarelada de suor antigo. Um candeeiro a querosene está apoiado sobre uma mesa de madeira ao lado do colchão. Os olhos dela escalam a parede até a janela por onde uma leve brisa faz entrar folhas de bananeira. Thandi imagina como ele dorme à noite, sem cortinas. Em pé no barraco ao lado de Charles, Thandi se sente vulnerável. Ela envolve o corpo com os braços e observa Charles colocando os dois pares de sapato no capacho de fibras entrelaçadas desgastado nas bordas. Então, ele procura algo, abrindo e fechando o baú de madeira ao lado da cama. Quando encontra, dá um assovio.

— Pegue isto. — Charles estende para Thandi uma grande toalha de banho. Thandi não sabe há quanto tempo isso está ali no fundo daquele baú. Ela a encosta levemente no rosto. Tem cheiro de xampu. — Era do meu pai.

Ele pega a toalha e cobre os ombros dela. Com toda delicadeza, faz com que Thandi se sente em uma cadeira de madeira. Ele se senta na cama improvisada, as longas pernas dele se projetam como as de um louva-a-deus. Thandi coloca um tufo de cabelo atrás da orelha e olha para baixo, para o espaço entre as próprias pernas.

— Como vai a Jullette? — ela pergunta, rompendo o silêncio constrangedor. Ela se encosta na cadeira dura.

— Pelo qui oubi dizer, ela tá bem — Charles diz.

— Onde ela está agora?

— Ainda em Mobay. Ela é camarera di um dos grande hotel di lá. Half Moon, acho.

— Ela não está estudando?

— Não, senhora. — Ele coça a parte de trás da cabeça. — A Jullette largô a escola faiz tempo.

— Ah.

— Ela tá si cuidando bem, ganhando a própria vida. É um bom dinheiro.

— Como camareira?

— Issu dá independência pra ela. Ela trata da própria vida.

— Que bom. Fala pra ela que eu mandei um oi.

Charles inclina a cabeça e a olha de lado.

— Cê pode dizer cê mesma.

A isso se segue outro silêncio que deixa Thandi sem palavras. Talvez Charles a esteja torturando. Ele sabe que ela não fala com Jullette há... quanto tempo? Cinco anos? Mas isso não é algo que ela ou Jullette admitiriam, já que a separação delas não é declarada. Ela está envergonhada por causa da batida de seu coração, que golpeia sua caixa torácica por dentro com a força de mãos com luvas de boxe.

— Eu... eu tenho que ir — ela diz calmamente, usando cada músculo, cada gota de sua força de vontade, para parecer serena. — Está ficando tarde.

— Posso levar cê di bolta — Charles diz, baixando os joelhos.

— Não. Não precisa. — Thandi salta da cadeira. Ela mal pode suportar imaginar o que aconteceria se a notícia de que ela andou com Charles até essa hora chegasse a Delores. Charles se reclina sobre os cotovelos, observando-a através de seus longos e grossos cílios.

— Cê queria mesmo nadar? — ele pergunta.

Thandi contrai os ombros, tensos sob o peso da pergunta.

— Não. — Ela anda com a toalha, sem se oferecer para devolvê-la. Ele não a pede.

— E antes, quando ti vi?

— Eu só queria uma inspiração.

— Você é muito boa — ele diz.

— Quem disse que você podia olhar meu caderno?

— Você largou lá. U ventu abriu.

Ela baixa os olhos, envergonhada pelo que ele provavelmente viu. Ela passa a mão pela nuca, sente a pele dissolver sob a carícia calorosa do olhar dele.

— Obrigada — ela diz.

Ela caminha do barraco até em casa com a toalha dele enrolada nos ombros, com um sorrisinho preso ao rosto; e sob a fofoca de mulheres intrometidas, desprezíveis.

— Você foi nadar? — Margot está sentada no sofá, com as pernas cruzadas. Thandi tira a toalha de Charles e a dobra. Cada dobra encerra fragmentos do segredo que ela desenrolará quando estiver sozinha.

— Fui — ela responde, de costas para a irmã.

— Você detesta nadar.

— Eu estava com calor.

— Thandi, olhe para mim quando falo com você.

O rosto de Margot está iluminado pela luz do candeeiro a querosene. Thandi nunca a vê durante o dia. Esquece da aparência de Margot à luz do dia. Esta noite, os olhos e os lábios dela estão escuros, e sob essa luz, seu olhar é cruel, o lápis preto que ela passa acima e abaixo dos olhos faz com que pareça um cão raivoso.

— Senta.

— Você está ok? — Thandi pergunta, preocupada. A irmã parece ter chorado.

— Não me pergunte nada. Eu disse para sentar.

Margot aponta para a cadeira na mesa. Thandi hesita. As roupas dela ainda estão molhadas e ela precisa tirá-las. Senta-se mesmo assim. Os olhos de Margot pousam nos mamilos escuros de Thandi. Eles estão eretos sob o fino tecido do vestido. Ela se cobre cruzando os braços sobre o peito.

— Com quem você estava? — Margot pergunta.

— Ninguém.

— Thandi, olhe para mim. — Thandi ergue os olhos. Margot parece engolir alguma coisa pequena, a base do pescoço dela pulsa. — O que está havendo, Thandi?

— Nada.

— Nada? — Margot caminha até a cozinha e tira várias bolas de papel do lixo. Os papéis amassados com desenhos que Thandi arrancou do caderno. — Você pode me explicar isso? — Margot pergunta, empurrando-os.

— O que você estava fazendo mexendo no lixo? — Thandi pergunta.

— Não se preocupe com isso e me responda. O que é isso?

— Um trabalho de arte.

— Thandi, todos esses anos estamos mandando você para a escola e você está desperdiçando tempo e papel numa porcaria de trabalho de arte e sumindo para fazer deus sabe o quê? Você sabe o quanto mi sacrifico?

Thandi aperta as mãos contra os ouvidos e sacode a cabeça.

— Pare! Não quero ouvir esse discurso.

Margot se estende sobre a mesa como se fosse beijá-la, mas em vez disso tira as mãos de Thandi dos ouvidos e segura os pulsos dela apertando tanto que Thandi berra.

— Você bai me escutar i bai mi escutar bem. — Margot abaixa a voz, como em um assobio. — Você não tem ideia do que faço para garantir isso. Não tem ideia. — Ela está falando entre os dentes, as palavras são como fios sendo puxados pelos espaços minúsculos. Thandi nunca viu essa centelha nos olhos da irmã. Aquilo a queima com mais força do que a que a irmã usa para apertar seus pulsos. — Você sabe os sacrifícios que fiz para você não acabar... — A voz dela desvanece, mas não antes que Thandi ouça um tremor. Ela o afasta com um piscar de olhos, e solta as mãos de Thandi. — O que deu em você? Que é isso tudo? — Margot espalha os papéis amassados com os desenhos de Thandi pela mesa. Eles batem um no outro como bolas de uma mesa de bilhar, e alguns caem no chão. — Pensei qui cê tinha largado arte no semestre passado para se concentrar em ciências para o CEC. É isso qui tô pagando?

— Não é da sua conta — Thandi diz, massageando um dos pulsos com a outra mão.

Margot dá um tapa no rosto dela. O tapa ecoa pela casa vazia, reverberando contra as paredes, o teto, e chega à varanda onde a Vó Merle está sentada, intrigada com o céu noturno. — Se fosse a Delores que encontrasse isso... — Margot dá uma pancada em um dos papéis, para enfatizar, sem pedir desculpas. — Você estaria morta. Você não tem ideia do que aquela mulher é capaz. Nenhuma ideia! Cê ainda não sabe o que é dor.

Thandi aperta o rosto e corre pela porta dos fundos, na escuridão. Ela senta em um dos degraus com os joelhos apertados contra o peito, apoiando a cabeça neles e chorando baixinho. Como ela pode ter passado da coisa mais arrebatadora que já aconteceu na vida dela para aquele instante de pura humilhação? Ela tenta evocar a luz que antes saltava em suas veias quando Charles a segurou. Mas ela se esvai na escuridão de sempre.

Passam-se alguns minutos e Thandi ouve os passos de Margot atrás dela se aproximando. Olha para o outro lado quando sente o calor do corpo de Margot perto do dela, a corpulência dos quadris da irmã pressionando os ossos dos seus. Margot trouxe o candeeiro para fora. Elas se sentam em silêncio, o único som é das fungadelas de Thandi. Por fim, Margot fala.

— No mundo real, desenhar não vai ti levar a lugar nenhum. — Ela põe uma mão no ombro de Thandi, e então, com delicadeza, coloca as mãos em concha no queixo dela, para que se defronte com seu olhar brando. — Ainda tenho o coração que você me deu. Lembra? O primeiro i único coração que alguém já me deu. — Ela ri baixinho. — Sabe que quando eu tinha sua idade já estava trabalhando? Comecei com catorze anos. Não tinha tempo para pensar sobre o que gostava e não gostava. Só tinha qui trabalhar. Aprendi o valor de ganhar dinheiro. É o único jeito da gente sobreviver. I mesmo si o dinheiro não pode comprar tudu, como classe i bom senso, pode comprar aceitação. É quando as pessoas ti dão atenção, ti aceitam como cê é. Cê pode ser meio burra ou feia como um camundongo, mas cada homem, cada mulher e cada criança ti respeitariam com um poco di dinheiro na tua carteira. Quando cê trabalha duro, algo bom acontece. — Os cantos dos lábios dela se contorcem, formando um sorriso ou uma careta, Thandi não sabe bem. Sob a luz tênue, ergue os olhos para a irmã quando continua a falar. — Mas si cê num fô cuidadosa, cê perde a própria sombra. A noção do teu propósito. Então, naquele dia em que você me deu aquele coração, eu o dobrei e guardei. Porque lembrei por que trabalho tanto fazendo o que faço. Você me deu algo que nunca soube que poderia vir de uma pessoa sem impor condições. Não tive de fazer nada por ele.

Margot ajeita uma das folhas amassadas, o som do papel estalando na escuridão é como o de fagulhas de uma labareda. Ela o contempla por um instante.

— Você desenhou isso? — Margot pergunta, por fim.

— Sim — Thandi diz. É um desenho de nuvens se movendo no céu ao anoitecer na silhueta de uma mulher. A mulher parece estar saltando ou correndo com o sol se pondo ao fundo. Abaixo está o mar que se agita com o movimento dela; e as colinas e montanhas, que desvanecem atrás dela. Margot o examina, seu rosto se revelando de todas as maneiras. Quando ela olha novamente para a irmã, seus olhos percorrem carinhosamente o rosto de Thandi. — Você é mesmo boa — ela diz. Mas então ela dobra o desenho e o enfia dentro da blusa. — Primeiro a escola. Deixe isso para lá e si concentra. — Margot dá um tapinha do lado esquerdo do peito, onde está o papel dobrado. — Amanhã bem cedo vou até a Irmã Shirley e vou falar para ela que não estou pagando pelas aulas de arte. Você só está fazendo exame das matérias de ciências. Vou cuidá disso. Delores não precisa saber de nada.

Thandi vira para o outro lado, com o corpo tremendo.

— Olhe para mim, Thandi. — Margot diz, fazendo o rosto dela se virar de volta. A maquiagem de Margot se acumula no canto interno dos olhos. — Você só vai se concentrar nos estudos. Nada de arte. Nada de garotos.

Thandi não dá resposta, pensa em Charles carregando-a de volta para a costa, dizendo a ela para aguentar. Levantando--a e tirando-a da água, seus corpos molhados se tocando.

— Isso é realmente verdade? — Thandi pergunta, pensando em Charles e na confiança que ele deu a ela, como um presente desejado.

— É verdade o quê? — Margot pergunta.

— Que eu fui a única pessoa que deu um coração para você.

— Sim.

— Queria não ter dado.

A boca de Margot se abre e se fecha, como se ela tivesse perdido a capacidade de falar. Ela aperta as mãos contra os lábios. Depois, com firmeza, ela diz:

— Vá se trocar antes que Delores chegue i ti veja parecendo uma coisa que um cachorro arrastou para cá.

Os grandes portões pretos e dourados da mansão de Alphonso se abrem para Margot entrar, e ela caminha com passos confiantes pelo pavimento que atravessa o jardim. O som de risada flutua na direção dela e serpenteia na escuridão do céu. Margot passa as mãos ao longo de seu vestido verde justo antes de entrar. A porta está sempre aberta quando Alphonso está lá dentro. Durante o dia, pode-se ver da porta de entrada até o pátio dos fundos, onde o mar turquesa se espalha como um tapete de boas-vindas no fim do corredor.

Margot entra na mansão onde as paredes coral estão cobertas com obras de arte caribenha, que Alphonso gosta de colecionar. A mobília é esparsa, disposta para acentuar a ventilação em todos os cinco quartos, nos quais esculturas de mogno ocupam os cantos (mulheres com traços africanos realçados carregando crianças ou cestos, casais curvados em posições humanamente impossíveis, humanos sem cabeça com seios ou pênis avantajados). Vasos de terracota contêm plantas de folhas largas. Os ladrilhos rústicos espanhóis têm um brilho encerado, com tapetes de fios trançados dispostos estrategicamente. Quando não está dando festas, Alphonso aluga a mansão para turistas – aqueles que preferiam tal atmosfera descontraída aos hotéis *all inclusive* fechados como o Palm Star. Alphonso lucra de qualquer jeito.

Margot caminha em direção à música, uma voz feminina cantando um blues ou jazz que ela nunca ouviu. Quatro homens estão sentados no pátio, fumando charutos e olhando a piscina que cintila diante deles com velas flutuantes. A fumaça ondulante que sai dos charutos dos homens forma um véu translúcido. Cada homem tem uma ou duas garotas; nativas, de pele marrom, que usam talco no pescoço, grandes brincos dourados e roupas apertadas que, para Margot, parecem ter sido encontradas na galeria, no fundo de caixotes de segunda mão. Seus penteados são fixados com gel que Margot vê se acumular nas têmporas. Ela sente que poderia ficar ali perto da porta e ouvir a voz da cantora por horas, de olhos fechados, mas uma das garotas a vê; o rosto dela se transforma, surpreso. Ela olha Margot com atenção, talvez tentando reconhecê-la, talvez esperando que ela não conheça um parente. Ela parece familiar, embora Margot possa tê-la visto em qualquer lugar. Poderia ser uma das centenas de faces pelas quais Margot passa todos os dias na praça Sam Sharpe, a caminho do trabalho. Uma garota como aquela poderia ser uma jovem comerciante da galeria, que vende cosméticos ou roupas.

— Margot! — Alphonso plana em direção a ela e a beija nos dois lados do rosto antes de se deter em seus lábios. — Eu sabia que você não ia ficar brava comigo por muito tempo. — Ela recua quando vê que ele está dopado, as pupilas dilatadas. Ele pousa uma mão na parte de trás da cintura dela. — Você está estonteante... — ele sussurra.

— Obrigada.

— Venha se juntar a nós.

Ele a conduz ao grupo de homens. Ela os cumprimenta com um leve aceno de cabeça.

— Boa noite, senhores — ela diz. Eles respondem como um coro de tenores.

— Noite!

Têm o sotaque dos jamaicanos endinheirados, o inglês deles tem a intensidade certa de patuá para tornar suas indiretas mais afiadas e para ajudá-los a agradar os homens comuns que exploram. Alphonso se recosta na poltrona, perna elevada, um charuto na boca. Ele conversa animadamente com os outros homens. Abertamente acaricia os ombros de Margot, esfrega suas costas, que debruça sobre ele sem hesitação. O telefone toca e um homem provoca Alphonso dizendo que é a esposa dele que está ligando. Alphonso corre para atender o telefonema, desaparecendo em um dos cinco quartos vazios para ter privacidade. Quando volta, os homens riem.

— Viu! Eu ti disse qui era a esposa!

É quando Margot levanta para servir uma bebida para si mesma. Os homens estavam no meio de uma discussão quando ela ficou de pé, algo sobre os macacos do Parlamento que estão permitindo que P. J. Patterson leve o país à ruína desde que ele foi eleito no ano passado, e sobre assegurar-se de que Seaga vença a eleição de 1997 daqui a três anos. As garotas se sentam ao lado dos homens como flores decorativas, fingindo ouvir a conversa enquanto eles afagam distraidamente suas coxas magras. Coitadinhas, Margot pensa, observando-as manter os copos de bebida em suas bocas, bebericando como se fosse remédio. De repente, Margot se sente maternal. A garota que a notou antes surpreende novamente seu olhar. Ela levanta do sofá e vai até Margot no bar.

— Margot?

— Sim. — Margot não consegue não tentar reconhecê-la.

— Eu conheço você? — ela pergunta.

— Você é a irmã da Thandi? — a garota pergunta.

Margot mentalmente remove a sombra roxa dos olhos dela, o blush vermelho que vai das maçãs do rosto salientes até suas têmporas, a base bege que não combina com sua pele tom café com leite escuro, fazendo-a parecer um fantasma.

— Sou a Jullette — a garota diz. Sem esperar que Margot junte as peças. — Eu morava em Rivah Bank. Eu e Thandi fomo pra escola primária juntas. Eu mi lembro di você.

Margot não sabe como responder. *Jullette. Jullette? Jullete!* Jullette da bifurcação do rio. A filha da srta. Violet. A última vez que Margot ouviu falar da garota, ela tinha sido mandada para longe depois que o pai deixou a família. Ninguém soube o que aconteceu com ele, mas desde que ele partiu, os filhos se espalharam por aí e a srta. Violet se trancou em casa.

— Como vai a Thandi? — Jullette pergunta.

Margot dá um gole na bebida. Antes de conseguir começar a imaginar o que ela pode dizer a essa garota que não ameace revelar demais sobre sua vida secreta. Alphonso vem atrás de Margot.

— Pensei que você tinha ido até a plantação de cana para fazer esses drinks. — Ele circunda a cintura de Margot com os braços e a vira. Margot dá uma risada de surpresa, grata por ter sido resgatada de uma conversa com Jullette.

— Foi bom conhecer você… — Margot diz.

— Doçura. Eles me chamam de Doçura. Bom conhecer você também — Jullette diz em uma voz distante como um pingente perdido no mar: um som tão baixinho com um efeito tremendo. Margot deixa a garota em pé no bar.

No quarto de Alphonso, Margot não consegue parar de pensar em Jullette. Ela tem feito isso desde o começo? Quem a iniciou nisso aí? Ela pensa em Thandi de novo, o medo sobe até sua garganta. Ela o engole e desliza para fora do vestido. Quando se volta para ver Alphonso, a cabeça dele já está inclinada sobre a mesa de cabeceira, onde está inalando três carreiras brancas. Ele para na segunda e oferece a ela.

— Você parece um pouco impaciente. Devia relaxar um pouco.

Ela balança a cabeça.

— Você é a minha droga — ela diz, sorrindo para ele, embora ainda esteja com a cabeça em Thandi.

— Ah, você veio preparada — Alphonso diz.

— Sempre.

— Então, o que você está esperando aí parada como uma estátua?

— Quero perguntar uma coisa antes.

— Por que não depois?

— Quero saber agora, antes...

— Margot, pelo amor de Deus, esperei o dia todo por isso.

— Você...

— O quê? O quê!?

— Você me ama?

Alphonso se senta na cama.

— Eu o quê? — Ele olha para baixo, para si mesmo, e depois para ela. — Está vendo isso? Se isso não diz tudo, não sei o que dirá.

— Mas você disse...

— Margot, você sabe que faz um homem adulto dizer merda quando cê faz o que faz na cama.

— Então, cê não falou sério naquela vez.

— Amo a sua companhia. Amo o que você me faz sentir quando trepamos... Foi provavelmente isso que quis dizer.

— E eu?

Ele coça a cabeça, os cabelos escuros caem sobre o rosto dele e cobrem seus olhos.

— De onde você tirou isso agora, Margot? — Ele dá uma risada de nervosismo. — Você está se apegando? Você sabe que sou casado. E você abre tuas pernas a torto e a direito por um trocado. Graças a você, meu hotel segue nesse ramo.

Margot estende a cabeça para o lado. E antes que ela consiga dizer qualquer coisa, Alphonso ri.

— Não se preocupe sobre quem foi que me contou. Tenho minhas fontes. Eu me importo? Não. Acho que cê pode fazer algo por mim.

Margot abraça a si mesma no meio do quarto principal como uma adúltera prestes a ser apedrejada na Babilônia. Quem contou a ele? Foi o Paul? Ela sabia que aquele idiota era um informante. Ou foi Blacka? O jeito como aquele anão olha para ela como se quisesse Alphonso só para ele. Ou pode ter sido Kensington? Mas a garota sempre sai antes das quatro horas da tarde, duas horas antes de Margot fazer a ronda dela. Margot poderia sair agora, derrotada, ou ficar e conseguir o que veio buscar.

— O que você quer?

— Preciso dizer com todas as letras? — Ele reclina na cama. Margot sobe ao lado dele. — Boa garota. Nós dois vamos tirar proveito disso. Você me dá 55% dos seus lucros e eu faço de você uma mulher rica.

— E como isso vai me tornar rica, exatamente?

— Simples. Sabe como alguns hotéis vendem maconha no próprio espaço? — Margot assente com a cabeça. — É um bom negócio. Mais dinheiro estrangeiro. Nós vamos vender sexo. Muito. Podemos ganhar o suficiente para aplicar milhões no novo resort, aquele que vou colocar sob seu comando. — Há um grande sorriso malicioso no rosto dele. — Nossos clientes seriam grandes investidores.

— E eu vou trepar com todos eles? — Margot se surpreende com o sarcasmo na própria voz. Alphonso está sério.

— Você vai recrutar e treinar as garotas que acha que se enquadram no ramo. Vai ser a chefe responsável.

Ela quase diz "não". E se Verdene finalmente aceitar a proposta de construírem uma nova vida juntas? O que ela diria se descobrisse o que Margot fez quando estavam separadas? Mas o dinheiro...

— Topo — é o que ela diz.

Alphonso estende a mão para ela e aproxima o ouvido dela de seus lábios.

— Agora, vamos trepar.

Naquela noite, Margot trepa com Alphonso com um desejo renovado. Ela admira o modo como ele joga a cabeça para trás, expondo a veia jugular, vulnerável e pulsante. Ele cerra os dentes, agarra o lençol com força e engole em seco com dificuldade – o pomo de Adão dele desliza em seu pescoço, para cima e para baixo, como uma bola de pingue-pongue. Só então, enquanto baixa o olhar para vê-lo, da altura em que, sentada, balança como uma rainha sendo carregada em uma jangada de bambu para o outro lado de um rio, ela pode sentir o poder que exerce sobre ele. E tem certeza que ele também sente.

Maxi entra pelo acesso de veículos, o velho táxi dele, um Toyota branco decrépito, passa pelas cercas-vivas bem cuidadas e pelos portões altos e fortes ladeados por arbustos de buganvília e hibisco vermelho. Ela havia dito a ele para vir buscá-la à meia-noite.

— Cê veio numa festa aqui? — Maxi pergunta assim que Margot entra no carro, cheirando a charutos e uísque. Ela ignora os olhos de Maxi percorrendo a distância entre a fenda de seu vestido, alta até a coxa, e seu decote revelador. Ela desce o vidro da janela do lado do passageiro.

— Só dirige — ela diz a ele.

Maxi os conduz a River Bank, o som da brisa conforta Margot. Maxi deve ter percebido que ela precisa de silêncio, porque não diz nada. Ela bem sabe como ele se sente em relação a ela se desdobrar para conseguir dinheiro estrangeiro, o que isso tira dela.

— Lembra quando cê perguntou qual era meu sonho? — ela pergunta. Ele assente com a cabeça, com os olhos na estrada como se tentasse não olhar para ela.

— Pensei melhor sobre isso — ela diz, brincando com o cinto de segurança.

— Cê pensou? — ele pergunta, com uma sobrancelha arqueada.

— Quero ter meu próprio hotel. Milhor ainda: quero mandar no turismo. E bai acontecer antes qu'eu pensava. — As palavras parecem encher as bochechas dela, e se surpreende dando um leve sorriso. Espera que ele não consiga ver a incerteza no rosto dela. A culpa.

Maxi ri. O riso dele é como uma tosse fraca.

PARTE 2

GALINHA CONTENTI, FALCÃO N'ESPREITA

11

Margot quer mais. Não tem nada de satisfatório em conduzir gado, um rebanho de quinze garotas entre dezesseis e vinte e cinco anos. Enquanto ela as observa pastando, ainda está com fome. Ela mantém as garotas sob sua asa, alimenta-as, veste-as, ensina como devem se portar com homens endinheirados. Homens que investiram muito dinheiro no ramo hoteleiro. Homens que vêm ao país em busca de sexo e maconha; e o sexo, como a maconha, tem de ser "de qualidade". Por isso que Margot passou quatro semanas recrutando as garotas. Algumas vieram com boas recomendações. Outras ela teve de sair para encontrar. Ela vigiou a Hip Strip à noite, circulou pelos corredores escuros e sombrios dos bordéis. Observou como as garotas se portavam, como trabalhavam. Seguiu algumas que chamaram sua atenção: as de língua afiada e mente ainda mais afiada, sem medo de dizer aos homens que precisavam de um ou dois dólares; as bonitas, capazes de satisfazer fantasias, quanto mais obscuras, melhor. Ela espiava as conversas entre elas, até nos banheiros das casas noturnas locais, o riso delas penetrando na cabine em que Margot estava como o cheiro de talco de bebê que elas reaplicavam no pescoço e na fenda dos seios. Ela sabe quem está nas ruas há anos e quem começou dois dias atrás; quem tem seu homem e quem compartilha um. Quem tem cliente que não consegue ficar de pau duro e quem teve que derrubar um. Quem se vende tanto por amor aos filhos como por amor ao sexo. As conversas das garotas não passavam por filtro nessas cabines, seus confessionários.

Quando Margot abordava aquelas que ela queria, as que sabia que os homens iriam querer, a olhavam com estranhamento. Ela lhes entregava cartões com o número de seu telefone.

— Quero que você trabalhe para mim.

E elas se afastavam um pouco, cruzando os braços na frente dos peitos expostos como se acabassem de perceber que estavam quase nuas.

— Num tô nessi negócio di sodomia.

Margot, então, assegurava a elas que seu único interesse era naquilo que elas podiam fazer pelo seu novo negócio. Elas ligavam. A voz delas tremulava de incerteza, desconfiadas daquela mulher estranha que as cercou no banheiro. Margot as levou à mansão de Alphonso para orientações. Elas vestiam roupas comuns, já que era dia, e Margot conseguia ver seus rostos sem maquiagem, o modo como elas se iluminavam como menininhas ao admirar retratos com os semblantes sorridentes de propaganda de margarina da dinastia Wellington. Alphonso garantiu que Margot tivesse a mansão só para si naquele fim de semana, dando folga à arrumadeira. Margot ficou grata por isso, já que a mulher também era muito intrometida. Ela entregou às garotas os contratos que minutou.

— Esti é um contrato de confidencialidade.

— Confidencialidade?

— Sim. Issu num é coisa pra cê dizer pras amigas. Com essi contrato, você não pode, repito, não pode deixar ninguém saber sobre isso. Nem tua mãe. Se você conhece uma garota que poderia ser candidata, deixa ela passar no meu crivo antes de cê fazer o convite.

— Quanto cê bai pagar pra nós?

— Vou chegar nissu num minuto.

— Mais do que a gente já ganha por nossa conta, espero.

— Mi deixa terminar, por favor.

— Num possu mi conformar com trocado de idiota, chefe. Tenho fome dimais. Tenho meus pirralho i eu pra alimentar.

— Xiu, xiu, deixa ela terminar.

— Os clientes me pagam e eu pago para vocês. Entendido?

— Espera, e como a gente vai saber o que vai ganhar?

— Cês ganham o que cês trabalharem. Tem um preço fixo, e si o cliente ficar satisfeito, ele pode adicionar 20% de gorjeta, que é de vocês.

— Que tipo de resposta é essa? A gente quer saber quanto vai ganhar.

— Cês querem saber quanto cês vão ganhar? Mais do que cês nunca ganhariam trabalhando por conta, rondando homens que mal podem pagar uma viagem de Mobay a Portland, quanto mais uma trepada de cinquenta dólar. Cês vão ganhar homem importante, endinheirado. Homem que pode ao menos alimentar cês enquanto cês estão lá. Cês vão ganhar vinhos e jantares em restaurantes caros, que cês não podem pagar nem juntando todas vocês. Cês vão ganhar roupas bonitas, um tratamento de beleza e um lugar pra dormir. I não vão dormir em qualquer lugar, o quarto d'ocês é o Palm Star Resort. Todos os favores sexuais têm qui acontecer nos quartos qui nós reservamos pros clientes d'ocês. E cês vão ganhar contato, uma oportunidade qui cês não têm nas espeluncas di onde cês saíram. Issu responde a pergunta d'ocês?

Houve silêncio enquanto cada garota contemplava seu destino, a mente delas tentando conciliar a imprecisão do que estava sendo oferecido. Elas olharam umas para as outras porque, é óbvio, não havia motivo para recuar. Margot esperou por trinta longos segundos. Interrompendo o silêncio, o gemido do vento agitou as portas francesas da mansão, abrindo-as para revelar um vislumbre das Blue Mountains e do mar cintilante à luz do sol. Aos poucos, as garotas começaram a falar e a brigar, adensando a atmosfera agradável: *Mama precisa d'um fogão. Os meninos precisam de sapatos pra escola, meu deus, eles num pode mais ir descalço. Num tem mais cumida na dispensa. O senhorio bai colocar a gente pra fora si num pagar o aluguel no próximo mês.* Margot ouviu cada pensamento, os viu impressos em cada jovem rosto negro à sua frente. Sabia que elas não iam recusar a oferta, porque não havia mais nada nos pulmões delas, que suspiraram aliviados.

— Respondeu as minhas.

— As minhas também.

— Foi o que pensei. Agora, vou continuar. — Margot disse. — Não aceitem clientes sem que eu saiba antes. Eu dou as ordens. Si eu não achar qui cê é a garota certa pro trabalho, não bou chamar você. Porque não estamos lidando apenas com turistas. Comu eu disse, também são homens que queremos que invistam no hotel. Nossos clientes poderão solicitar os serviços das suas favoritas regularmente. Mas o critério, na maior parte das vezes, é meu. Por fim, cês têm obrigação de servir. Então, cês precisam querer fazer qualquer coisa que o cliente pedir. Qualquer coisa. Mesmo se for para limpar a sujeira do sapato dele com a língua. Não quero ouvir nenhuma reclamação deles sobre garotas teimosas. Lembrem qui cês são descartáveis. Um descuido e cês tão fora. Cês devem ser capazes de satisfazer os clientes e sair com boa fama.

Todas as quinze recrutas assinaram o contrato, e foi essa tropa que Margot apresentou a Alphonso e aos potenciais investidores do império hoteleiro. Na noite desse encontro particular, ela exibiu as garotas como virgens na Babilônia, fazendo-as desfilarem com véus e longos mantos sem nada por baixo. Margot se voltou para Alphonso e seus convidados.

— Senhores, apresento a vocês nossas rainhas da noite.

Uma por uma, as garotas deixaram os mantos caírem e ergueram os véus. Os homens estavam visivelmente satisfeitos. Intimamente, Margot os admirou, contente. Disse a elas o que Alphonso lhe dissera: "Mi enche di orgulho".

E assim Margot se tornou chefe. Uma chefe com quem se podia contar. Fazia o trabalho sujo. Os homens abriam a carteira pelos mais puros e profundos prazeres. As garotas de Margot não tinham concorrência. Os clientes saíam do hotel com passos largos, triunfantes, assobiando baixinho pelo lobby. Dias depois eles retornariam para outra rodada, outra hora com uma garota da ilha que os fazia segurar o grito, torcer os dedos dos pés, engolir os gemidos que cresciam em suas gargantas. Eles ficavam desnorteados com o próprio desamparo quando Margot dizia a eles que a garota específica que eles haviam pedido não estava disponível. Ninguém nunca os fez sentir tão dependentes, nem garçonetes, nem criadas, nem assistentes ou secretárias, nem alfaiates de ternos requintados, nem garrafas de uísque caro, nem o silêncio de suas esposas, nem mesmo Deus.

Mas mesmo com todo esse dinheiro entrando, Margot estava insatisfeita. Algo nessa sua nova função dava a sensação de falsidade. Embora tenha vendido a si mesma desde o ensino médio, havia algo de sujo em vender outras mulheres falidas, especialmente meninas tão novas quanto sua irmã. Ela endureceu o coração de novo. Se conseguisse se sair bem nisso, entre o dinheiro que entrava e os segredos que descobria, Alphonso teria de finalmente dar a ela o emprego de gerente. Ela já viveu com remorso antes. Uma vez, Delores a fez quebrar o pescoço de uma galinha para poder cozinhá-la para o jantar. Ela nunca se esquecerá do grito da ave, das gotas de sangue na terra, do tendão pendurado. E, ainda assim, todas ficaram satisfeitas naquela noite.

Margot observa a srta. Novia Scott-Henry, a nova gerente geral, com atenção: o modo como ela desfila de um lado para o outro da propriedade, se intrometendo nas conversas das pessoas e dizendo a elas para irem trabalhar: "Deixem a conversa fiada para depois… Temos um hotel para administrar, pessoas para atender. Xô, xô!". Até o modo como ela desembala a salada do almoço (quem come só salada como refeição?), empunhando o garfo de prata e mastigando de modo contemplativo, com os olhos concentrados em algum documento diante dela. De vez em quando um pedaço de folha ou um pouco de molho de salada caem em meio ao trajeto para sua boca e ela o pega com um guardanapo ou varre para longe com a mão. Não é nada limpa ao comer, essa mulher. Às vezes ela entrega a Margot documentos com manchas de café.

A srta. Scott-Henry deixa seu escritório de porta aberta o tempo todo. Margot sabe que ela vai ao banheiro com frequência por causa de toda a água que bebe. Ela também suga o ar entre os dentes quando está profundamente concentrada e gosta de levar o fundo da caneta à boca e morder. Margot escuta até os telefonemas da mulher; ouve a conversa amistosa com um parceiro comercial ou alguém do *Jamaica Gleaner* ou *Observer* ligando para entrevistá-la, como antiga vencedora do Miss Universo Jamaica e "*o novo rosto da indústria do turismo*".

Margot revira os olhos diante disso, porque acredita que Alphonso contratou a mulher exatamente por esse motivo, para trazer publicidade para o hotel dele. É só colocar no comando uma vencedora de concurso de beleza famosa, que raspou da cabeça belos cabelos para doá-los a pacientes com câncer e que deixou o mercado de modelos para obter um diploma em administração, e as pessoas irão em massa para o empreendimento, embora Margot acredite que os estrangeiros não dão a mínima para isso.

Há outras coisas surpreendentes sobre a srta. Novia Scott-Henry. Desde que ela começou, há duas semanas, decorou os nomes de todo mundo. "Como bai, Brenda? Se cuida, Faye. Não trabalhe demais, Rudy. Deixa eu ver ess'irrigador, Floyd. Gostei do penteado, Patsy." Ela conversa com os subordinados como se eles fossem do mesmo escalão que ela, outra característica que Margot observa com certa desconfiança. Margot se tornou cética no instante em que a mulher entrou em cena com seus óculos de búzios azul turquesa, cabelos cortados rentes à cabeça (tudo que restou dos longos cabelos que no passado caíam em ondas sobre suas costas, e que podem ser vistos em todos os calendários dos anos 1980) e seus terninhos claramente cortados sob medida. A beleza dela é indiscutível e ela é tão simpática quanto alta. Tão simpatica que deixa um gosto amargo na língua de Margot. Algo sinistro se oculta atrás do seu brilho radiante de vencedora de concurso de beleza, dos "bom dia" e "boa noite" que ela dá tão espontaneamente e da franqueza de seu rosto. O rosto de pudim de creme de alguém que nunca teve de trabalhar duro por nada; alguém que entra em uma sala e sabe que todos os olhos de todos os homens estarão nela, e ainda assim age casualmente elogiando as outras mulheres, por mais sem graça que sejam. É a face de uma cobra que aceita um prato de comida ou um copo de água na sua casa e, quando você vira as costas, joga fora. Margot quer saber o que ela está escondendo e o que há por trás do poder dela sobre Alphonso.

— Quanto tempo cê acha que ela dura? — Margot pergunta a Kensington.

— Mais qui o Dwight, com certeza — Kensington diz enquanto grampeia alguns recibos juntos. — I sem dúvida mais qu'essa seca! É qui nem ser grelhada no inferno.

Margot olha na direção da srta. Novia Scott-Henry. Ela está lá fora falando com Beryl, a voluptuosa segurança que nunca sorri. As cabeças delas estão baixas enquanto conversam, disfarçando olhares furtivos pelo terreno como se a pessoa de quem falam, seja quem for, pudesse pegá-las de surpresa. Margot se pergunta se estão falando das garotas que têm aparecido ultimamente. Beryl impediu uma delas de entrar nas dependências do hotel semana passada porque ela não tinha documentação adequada. Isso enfureceu Margot, pois a garota não conseguiu chegar ao cliente na hora marcada. Beryl reclamou sobre as jovens com Boris, o chefe da segurança do hotel, mas ele já sabe do esquema de Alphonso. Ele retirou Beryl imediatamente do serviço no portão principal e a colocou no estacionamento. Desde então, Beryl tem estado mais infeliz do que nunca. Margot está preocupada que ela seja uma ameaça aos negócios. Observa Beryl e a srta. Novia Scott-Henry juntas. Estão rindo de algo, as duas jogam as mãos para o alto como se estivessem se rendendo à piada que reverbera entre elas. Margot está surpresa em ver relances dos dentes de Beryl.

— Há algo suspeito nela, só isso — Margot diz.

— Suspeito? — Kensington pergunta, erguendo o grampeador. — É por isso qui cê não tá fazendo o trabalho a semana inteira? Purque cê só quer ver si ela se descuida? Ela é legal de verdade. Milhor qui aquele corvo qui era nosso chefe. Alphonso fez bem em demitir o Dwight e contratar ela. I aliás, ainda tenho o calendário antigo dela. Quero um autógrafo. Ela deixô a Jamaica orgulhosa no ano qui ganhou o Miss Universo.

Uma bola de fogo cresce no estômago de Margot. Ela vira para Kensington.

— Cê é uma mulher cristã, né?

Kensington faz que sim com a cabeça, a força é tanta que Margot teme que o pescoço dela possa se romper. Quase sempre Margot revira os olhos quando a garota vem para o trabalho de manhã com o estômago roncando e explica que está jejuando mais uma vez por seus pecados e, portanto, não vai comer nada naquele dia.

— Então, posso perguntar uma coisa? — Margot diz, aproximando-se.

— O quê?

— Como é qui cê tolera ela?

Kensington sacode a cabeça.

— Não estou entendendo.

— Quando Alphonso nos apresentou, ela segurou minha mão e acariciou.

Kensington pula da cadeira.

— Mentira!

— Cê tá mi chamando de mentidora? Olha pra ela. O modo como ela se veste, o jeito que usa o cabelo, qui mulher qui si preza usa o cabelo cortado tão perto da cabeça sem a decência di colocar uma peruca? I cê acha mesmo qui qualquer mulher com cabelo bonito ia raspar tudo dessi jeito?

— É pelos pacientes com câncer.

— Pacientes com câncer, o caramba. Tem mais alguma coisa por trás disso. Cê percebeu qui a gente nunca a viu de vestido? Olha como ela é masculina. Lá si foram os dias de vencedora de concurso de beleza dela. — Conforme diz isso com autoridade e uma convicção que nunca imaginou existir em si, uma onda de euforia percorre as veias de Margot, apoderando-se de sua língua. — Muita gente sabe dus boatos.

— Que boatos?

— Qu'ela é enrustida.

Kensington fica em silêncio. Um instante se passa antes que ela fale.

— Mas ela ganhou concursos de beleza. Essas garotas são bonitas dimais pra isso. I elas têm moral.

— Issu e só aparência. Si cê não acredita em mim, pergunta por aí. Milhor ainda: observa.

Kensington examina a srta. Novia Scott-Henry sob essa nova perspectiva, o modo como ela fala com as mãos, tocando o braço de Beryl com frequência. Uma fuligem negra enche os olhos de Kensington, obscurecendo-lhes a parte branca. Gotículas de suor se formam sobre a boca dela por causa da umidade.

— Como cê tem certeza que ela é *estranha*?

— Olha só pra ela — Margot diz. — Ela se exibe.

Kensington faz o sinal da cruz. E, com isso, Margot sabe que plantou uma semente, talvez a única que tenha potencial para germinar nessa seca.

Margot suporta melhor os dias seguintes no escritório, não porque o hotel instalou um novo sistema de ar condicionado para afastar o calor insuportável, mas por causa de Kensington. A suspeita embrionária de Kensington sobre a srta. Novia Scott-Henry a mantém tão ocupada que ela não é capaz de se concentrar em mais nada, como as reservas que estão sendo feitas em certos quartos do 16º andar, sob nomes falsos, os empresários que fazem o *check in* e então o *check out* horas depois, as garotas que desfilam sozinhas em linha diagonal cruzando o saguão de mármore direto até o elevador.

Quando a srta. Novia Scott-Henry vem à recepção para pedir recibos e *vouchers*, Margot finge estar ocupada com as reservas para que ela dirija suas perguntas a Kensington.

— Não sei bem o que está acontecendo aqui. Você pode me explicar o que são esses "serviços especiais" que estão em alguns dos recibos? E por que essas tarifas astronômicas por quartos que só foram reservados por duas horas?

Kensington tem um olhar de autêntica confusão no rosto. Ela está balbuciando palavras que não saem.

— Estou falando sozinha aqui? — A srta. Novia Scott--Henry pergunta.

Margot pensa rápido.

— Nós, quer dizer, Kensington e eu ainda estamos preparando os outros *vouchers*. Deve ter havido uma pequena desorganização nas reservas. Mas quando terminarmos de separar as coisas vamos direto falar com você. — Ela está um pouco preocupada que Alphonso não tenha comunicado seus negócios escusos à gerente geral de seu hotel. Ela não deveria ser a primeira a saber o que está realmente acontecendo e de onde está vindo a receita extra? Isso só prova a incompetência dela. Ou é Blacka que está fornecendo a ela esses dados, esquecendo de suprimir os lucros especiais? Alphonso deveria demitir aquela praga pretensiosa de contador. Mas quando Margot clica sobre um arquivo não aberto percebe que o erro foi dela. Ela deu o arquivo errado para a mulher. E se ela ligar para eles para perguntar sobre as tarifas? E se ela descobrir e denunciar para as autoridades?

— Por favor, me passe tudo até o final do dia — a srta. Novia Scott-Henry diz. Ela lança um olhar para Kensington, que está sentada imóvel e muda diante do balcão. — Está tudo bem, Kensington?

A garota assente, os olhos dela deslizam para o colo, onde Margot vê uma pequena Bíblia enfiada discretamente entre as palmas de suas mãos.

— Ela só tá um poco indisposta — Margot diz.

— Sei.

A srta. Novia Scott-Henry lança um olhar para Kensington.

— Você pode ir para casa, se for o caso. Não quero que nossos hóspedes fiquem doentes nas férias deles. Margot, um certo sr. Georgio McCarthy já fez o *check in*? Temos uma reunião às quatro horas.

Margot puxa os arquivos de reservas no novo computador, embora não precise.

— Sim, fiz o *check in* dele às duas.

— Perfeito. Além disso, você pode, por favor, lembrar aos hóspedes que não coloquem as toalhas que usaram apenas uma vez para lavar. Lembre a eles que estamos em uma seca e que nosso objetivo é economizar água.

— Farei isso, com certeza.

Quando a srta. Novia Scott-Henry se afasta, Margot espera até que a mulher esteja fora do alcance de sua voz antes de se virar para Kensington.

— Qual'é teu problema? Cê perdeu a língua?

— Não. — Kensington começa a colocar a Bíblia de lado. — Mas s'ela é o qui cê diz qu'ela é, então é pecado. Uma coisa repulsiva. Não quero estar perto disso.

— Então qui cê bai fazê? Se demitir? Porque ela bai ficar aqui por muito tempo. Você mesma disse.

— Talvez eu deva comentar isso com ele — Kensington diz, os olhos dela vão ficando maiores.

— Quem? — Margot pergunta.

— Alphonso.

Os olhos de Kensington estão ensandecidos como os da velha srta. Gracie quando ela prega sobre a caixa de sabão na praça. Ou quando ela para as pessoas para dar a elas uma profecia. (*"Cê bai engravidar hoj'em nome di Jisuis! Cê bai ganhar na loteria! Cê tem qui si preparar pro terceiro enterro amanhã."*)

Margot se inclina para a frente na cadeira.

— Você não tem essi acesso ao dono do hotel. Nenhuma de nós tem. E, além disso, o homem é muito ocupado.

Kensington olha fixo para ela por um momento, piscando rápido como se ela estivesse tentando recuperar o foco, uma das mãos segurando com força a alça de sua bolsa.

— Ele precisa saber o qui tá acontecendo embaixo du nariz dele. Cê num percebeu nada mais de estranho nela? — Kensington pergunta.

— Não, do qui cê tá falando?

— Di garotas.

— Que garotas?

— As jovens, nuas, passeando pra cima e pra baixo como s'elas fosse donas do lugar. E nenhuma alma diz nada pra elas. Issu num costumava acontecer antes. Aquela mulher traz energia ruim pra cá. Alphonso precisa di saber dissu.

Assim que Kensington diz isso, vem uma ligação do quarto 1601, a suíte da cobertura. Margot atende, de olho nas costas de Kensington.

— Serviço de hóspedes, posso ajudar?

— Sim, eu gostaria de um sundae.

Clique.

Ela sente cheiro de dinheiro assim que entra no quarto de Georgio, onde as persianas se abrem para uma vista pitoresca do pôr do sol, que deixa um rastro vermelho e violeta no céu, e de uma meia-lua pousada a alguns metros de distância, aguardando pacientemente sua vez.

— Quer fumar? — Georgio oferece a Margot. Ele é um homem de poucas palavras. Ela o conheceu na última reunião realizada na mansão de Alphonso.

— Você deveria se envergonhar de perguntar. Cê sabe por que estou aqui.

Embora tenha acabado de sair da reunião com a srta. Novia Scott-Henry, ele já está vestido com um roupão felpudo do Palm Star Resort que engole seu corpo franzino e enfermiço. Parece um esqueleto com carne, os olhos verdes dele espreitando Margot de dentro dos côncavos escuros, tão poderosos que parecem consumir os cílios em chamas. Ela imagina o velho corpo nu que aguarda suas carícias e massagens; o pênis flácido que pende entre as pernas. Ela não mandou uma das outras garotas porque Georgio é o maior peixe da lagoa. É do dinheiro dele que Alphonso precisa para fechar o negócio do novo resort. Ela se despe.

— Vire de costas — Georgio diz assim que ela fica nua. Ele coloca o charuto em um cinzeiro simples perto da escrivaninha. Ela faz como ordenado, inclinando-se ali mesmo sobre a cadeira giratória. Imagina o último raio de sol tingindo-os de ouro: Margot inclinada com as pernas separadas, e Georgio atrás. Ela fecha os olhos e pensa em Verdene. Nas semanas que deixou passar sem ligar. Disse a Kensington para filtrar as ligações de Verdene para o hotel.

"Quem é ela?"

"Ninguém."

"Intão por que ela tá ti ligando a cada dois minuto? Bai mi deixar louca. Tenho otras coisas pra fazer, sabia?"

"Só continua dizendo que não estou."

Uma brisa leve a envolve, lembrando-a de sua nudez no quarto de um estranho. Margot morde os lábios e prende a respiração enquanto espera a investida inicial de Georgio. Ele está demorando um tempo imenso. Ela o escuta amaldiçoando a si mesmo.

— Alguma coisa errada? — ela pergunta, virando levemente a cabeça. Tem um vislumbre do velho sentado na cama, curvado, parecendo um menino que perdeu o melhor amigo.

— Desculpe — ele diz, sem erguer os olhos para ela.

— O que você quer dizer com "desculpe"? — Margot pergunta. Ela sabe exatamente o que ele quer dizer. Ela olha com contrariedade e pena quando o homem aponta sua parte da frente frouxa. Georgio está balançando a cabeça e servindo para si mesmo uma bebida de uma garrafa com aparência de cara, que ele deixa sobre a mesa de cabeceira. Margot resiste ao impulso de pedir que sirva um pouco para ela. Ela continua de pé. Não se veste; e ele não a instrui a fazer isso. Ela fica ali por um tempo que parece longo. Longo o suficiente para que o sol desapareça completamente e a lua se expanda no céu noturno. Ela fica de quatro. A lua crescente inunda o quarto de Georgio. Margot está no chão, de joelhos, na frente dele e tira o charuto da sua boca. Consegue perceber o olhar sofrido em seu rosto quando faz isso.

— Tem algo que eu possa fazer? — ela pergunta, segurando o pênis flácido com a mão. Ela o puxa, devagar no começo. E depois, com vigor. Pois o que ela sabe, e sempre soube, é como ordenhar desejo. Georgio se mexe, inclinando a pélvis enquanto seu pênis se enrijece na mão dela. Haverá um dia, ela se pergunta, em que não terá de fazer isso? Foi apenas com Verdene que começou a ter a experiência do prazer a seu próprio modo, e não apenas como responsável pelo prazer da outra pessoa. Ela tenta afastar esse pensamento se concentrando nos gemidos de Georgio, mas o pensamento é persistente, um importuno que tem sido subjugado por muito tempo assim como os segredos escusos que ela encerrou em sua barriga. É aqui, enquanto se senta em uma inundação de luar na suíte da cobertura com seu punho cerrado em volta do pênis de outro homem, que o gigantesco organismo que ela imagina serem seus segredos se desenrola e expande a partir de seu umbigo. Ela não tira a mão de Georgio, mas sente, pela primeira vez, a tristeza necessária. Essa tristeza inunda o quarto e a puxa de volta para o mar da noite. Ela teme que possa se afogar. Lembra-se, tarde demais, que Verdene havia prometido ensiná-la a nadar.

Thandi está sentada no barraco da srta. Ruby, sentindo a rudeza das palmas da mão dela em sua pele.

— Cê tá progredindo bem — a srta. Ruby sussurra enquanto esfrega Thandi. Ela está com um bom humor raro.

— Logo cê bai tar tão branca como a branca de neve — a srta. Ruby promete.

— Você quer dizer marrom claro?

— Quase igual. — Ela toca o rosto de Thandi. — Acredit'em mim quando digo isso. Cê bai ver as portas escancaradas.

Thandi relaxa sob as mãos da mulher. É exatamente o que ela precisa. Mais do que promessas de clareamento da pele, o toque de alguém. Embora longe de ser gentil, basta para Thandi. Ela ergue os braços acima de sua cabeça para a srta. Ruby alcançar embaixo e dos lados. Thandi fecha os olhos quando a srta. Ruby chega aos seios. Esse movimento circular a faz lembrar de outros toques. Sempre que ela pega a toalha dobrada debaixo de seu travesseiro à noite e descansa a cabeça sobre ela, suas fantasias se voltam para Charles.

Os olhos castanho-claros dele a puxam gentilmente com uma provocação. Agitados, os dedos dela buscam conforto dentro de sua calcinha de algodão. A própria umidade a surpreende e a envergonha. Desde o ataque contra ela quando criança, ela não se tocou dessa maneira, nem mesmo colocou a mão ali passivamente durante o banho. Aquilo se tornou uma entidade separada de seu corpo, um órgão com seu próprio suprimento de sangue, algo que foi ferido e deixado para trás. Mas já não é *ele* que lhe vem à mente.

Certas noites, antes de Margot voltar para casa e bem depois de Delores e a Vó Merle caírem no sono, ela flutua para fora do corpo até o teto. Ela se enrosca ao lado de um travesseiro de culpa, temendo ter invocado o demônio; mas tem mais medo da possibilidade de os olhos de Delores se abrirem, com a parte branca cintilando. Ela escuta Charles. *Vem*, ele diz. E Thandi estende a mão na direção dele, seus dedos crescendo e crescendo para acabar com a distância entre eles.

A srta. Ruby para de esfregar e franze a testa.

— Cê tá bem? — ela pergunta. Thandi abraça a si mesma e cruza as pernas. Uma onda de vergonha se lança sobre ela.

— Aham. Tô bem — Thandi pronuncia em voz baixa, evitando os olhos da srta. Ruby. — Por quê?

— Cê acabou de fazer um barulho.

— Não fui eu.

A srta. Ruby começa a enrolar o plástico em volta do peito de Thandi. Mas ainda tem um olhar de preocupação quando para de novo para analisar Thandi. Bem nesse momento alguma coisa se quebra lá fora e ela escuta seu nome:

— Thandi!

A srta. Ruby para o que está fazendo, deixando o plástico pendurado. Thandi pula para o outro lado do cômodo para procurar proteção e a srta. Ruby agarra uma faca, uma que ela usava no passado para cortar as cabeças dos peixes que vendia, e abre a porta do barraco. A porta bate no zinco. Ela olha para a esquerda e para a direita; e então, nos galhos agitados da mangueira, ela vê Charles.

— Ei, seu minino sujo, fedorento! Não mi faiz cortar teu traseiro hoje. Si eu ti pego, ti mato! — ela grita.

— Que cê tá fazendo com cê mesma, Thandi? — Charles grita. Thandi consegue ver parte dele na mangueira pela janela. Ela inspira.

— Como você se atreve! Cê não tem decência, ficar me espionando desse jeito!

— Cê é linda do jeitin qui cê é! Num deixa essa bruxa t'inganar!

Thandi aperta as roupas contra o peito.

— Vai embora!

— Num bou deixa cê fazer isso com cê mesma — Charles diz.

— Eu disse pra você ir embora. A pele é minha.

Nesse momento, Charles perde o equilíbrio e cai da árvore.

Thandi corre para a janela, temendo que ele tenha quebrado alguma parte do corpo, mas ele salta como um gato e dispara pelo pátio com a srta. Ruby perseguindo-o com uma faca.

— Seu pervertido maldito! Cê é uma vergonha pros teus pais! Cê tá estragado.

Latas de lixo são derrubadas, espalhando lixo. As galinhas se espalham por todos os lados como se tivessem perdido a cabeça. Um único cão adormecido corre do canto onde descansava perto do cano de água.

— Bucetaaaa!

O xingamento de Charles desperta uma onda de medo dentro de Thandi. A srta. Ruby deve ter conseguido pegá-lo. Ela se atrapalha para fechar o zíper do vestido e deixa o dinheiro da srta. Ruby no banco. Corre pela porta até o quintal, envergonhada demais para usar o portão da frente, e se espreme entre uma pequena cerca que já foi uma passagem para o mar. Ela se engalfinha pela praia até a inclinação rochosa que a levará à margem do rio. É o caminho mais longo para casa, mas ela vai por ele. O castelo surge à vista. Embora inacabado, já tem vários andares, o aço das fundações brilha como uma promessa, e suas sombras se aproximam da praia que se estende à sua frente. Ela se apressa, tentando se esquivar do sol com dificuldade. Tudo está definhando com a seca, mas o sol fica maior e mais gordo a cada dia.

Em casa, o pote de Rainha de Pérola está na frente de Thandi, fechado. Ela toca o rosto, de tom irregular, especialmente nas áreas em torno dos olhos e da boca. Mas e o resto? Quando ela ficará clara como aquela deusa do quadro? A que sai de dentro da concha de uma ostra? Thandi viu o quadro pela primeira vez pendurado na parede da sala do Irmão Smith, à esquerda de *A Última Ceia*. "Era tão linda que Botticelli fez dela sua musa por muito tempo", disse o Irmão Smith quando pegou Thandi contemplando o quadro. Ela estava encantada com a cabeleira laranja da mulher e a pele delicada como farinha de milho. Só pensa que, se tocada, uma pele como aquela derrete. Para Thandi, a pele levemente rosada fazia parte de uma já longa lista de ações: passar nas matérias do Conselho de Exames do Caribe, ir para a universidade, se tornar médica, arranjar um bom marido. Todas as noites ela tem colocado o caderno de desenhos de lado, estudando duro, caindo no sono com a cabeça nos livros; colocado de lado Charles, seus lápis, o mar.

Ela engole em seco, mergulha a mão no pote de creme Rainha de Pérola e besunta o rosto.

— Thandi!

Ela é despertada da fantasia ao som de seu nome.

— Thandi, sou eu! — alguém geme do lado de fora do barraco. Ela vai até a janela e separa as cortinas, dedilhando as flores bordadas que a Vó Merle pregou décadas antes de ficar muda. Charles está de pé na mata alta, onde o sr. Melon amarra a cabra à peireira moribunda e onde o Pequeno Richie se senta e brinca sozinho dentro do velho pneu. A camisa cáqui de Charles está aberta como uma capa e as calças dele formam bojos nos bolsos onde ele provavelmente enfiou mangas roubadas do quintal de alguém. Os pés descalços dele têm uma crosta de sujeira do rio, onde ele nadou. O cabelo castanho arenoso tem capim, como se ele tivesse rolado pelos arbustos também. Não há nenhum sangue nele, então a srta. Ruby deve ter errado.

— Sei qui cê tá em casa.

Thandi brinca com a barra do vestido, enrolando o dedo na linha que descosturou. Como ela pode encará-lo depois que ele a viu no barraco da srta. Ruby? Ela abraça a si mesma como se ainda estivesse nua e o olhar dele pudesse colocar as paredes abaixo a qualquer momento.

— Sei qui cê consegue mi ouvir — ele diz.

Thandi se ocupa. Tira o pó dos móveis, varre o chão, afofa os travesseiros da cama que Margot e ela dividem. Quando fica com calor demais devido a todo esse movimento, ela se abana com um pedaço de papelão, grata pela srta.

Ruby não ter tido tempo de envolvê-la no plástico e aliviada ao sentir uma mera pontada de ar fresco. Uma risadinha infantil escapa quando ela se lembra do que Charles falou dela no barraco da srta. Ruby. "Cê é linda do jeitin qui cê é! Num deixa essa bruxa t'inganar!"

Ninguém nunca disse que ela era linda. É uma palavra que ela associa ao sol do fim da tarde que fica turvo e vermelho-alaranjado na parte baixa do céu, às estrelas tímidas da noite, às deusas dos quadros da escola. Uma palavra que traz à mente uma cortina transparente e ondulante que cai como o desmaio de uma donzela sobre o encosto de uma poltrona: serena, graciosa, elegante. Ela se volta para o espelho de novo a fim de olhar para seu rosto meio descolorido.

D ias depois, Thandi passa no empório do sr. Levy para pegar algumas coisas para Delores. Ela fica ao lado do ventilador que sopra o ar quente e o cheiro de xixi de gato para dentro da loja. Ela se coça para se desgrudar do plástico escondido sob o uniforme. Mas não vai desistir tão fácil.

— E aí, docinho?

Thandi fica paralisada quando ouve a voz dele. É como se fios elétricos a percorressem nesse momento, boquiaberta, com os dedos bem abertos e separados. Ela se vira para encarar os olhos amarelados de Clover, o faz-tudo de Delores. Depois que a agrediu, ele apareceu cada vez menos, até escapar da cidade e desaparecer por anos. Pelo visto, ele vive mais bêbado do que nunca, embora ainda seja jovem. Ele dá um sorriso de escárnio para Thandi com os dois dentes tortos, os únicos que tem na boca. A pele dele é de um negro cinzento, parece ter secado ao sol. Com os nós dos dedos, ele bate no balcão.

— Seu China, purqui demora tanto? Mi dá um maço di cigarro!

Ele empurra um dólar pela abertura e olha atravessado para Thandi. Ela não tem como se afastar dele naquele espaço pequeno. Espera que ele entenda a mensagem e a deixe em paz se ela não reconhecer sua presença ali. Mas Clover estende a mão e a toca no ombro. Sempre, nesse exato instante de contato físico, ela acorda com um grito. Mas isso não é um sonho.

— Por que cê tá agindo assim? — Ele inclina a cabeça, como se fossem namorados numa discussão inofensiva.

Thandi engole em seco, na esperança de que as palavras confusas dela sejam moderadas quando ela as pronunciar, ali em pé, vestindo seu uniforme da Saint Emmanuel.

— Deixe-me. Em. Paz.

Ela tem esperança de que o fogo que sai dos olhos dela seja o suficiente para queimá-lo, consumi-lo em chamas.

Mas os olhos amarelados de Clover ficam cheios de água enquanto o escárnio se estende pelo rosto dele.

— Adoro mulhé qui tem essi fogo pur dentro. — Ele pega em si mesmo e se aproxima. — Mi deixa com mais vontade...

Thandi dá um passo para trás. Isso faz Clover rir, lançando a cabeça para trás.

Distraída por um sonho, Thandi havia se perdido em um caminho distante sombreado por árvores: mogno, carvalho e arruda brava. Ela estava voltando da escola para casa, pensando em desenhar os incríveis arcos das árvores, as largas raízes do mogno, os pequenos ramos verdes de arruda. A quietude da água verde na enseada. Clover agarrou a boca dela e a puxou para o meio dos arbustos. Aos nove anos ela aprendeu o que significava *buceta* porque o homem ficava sussurrando o quanto ele queria a dela, esticando as pernas dela para pegá-la. Após ficar saciado ele falou para não contar a ninguém ou quebraria seu pescoço. Nessa hora, Thandi se perguntou o que era pior: morrer ou ficar deitada ali com dor entre as pernas. Ela manteve o segredo mesmo quando Clover aparecia, cada vez menos, para ajudar Delores a levantar uma cerca, instalar fios elétricos, martelar pregos expostos no barraco; ou jogar dominó com os outros homens da vizinhança cujo hálito sempre tinha o fedor do rum branco ou cujas mãos pegajosas estavam sempre agarrando o traseiro de Delores.

Clover pega o maço de cigarros que o sr. Levy empurra pela abertura da porta de tela com aquelas mesmas mãos enegrecidas de que Thandi se lembra. Ela o observa com o canto dos olhos quando ele abre o maço e coloca um cigarro atrás da orelha. O restante ele enfia no bolso. Inclina-se sobre o balcão com os tornozelos cruzados, observando-a como se esperasse um comentário. Como ela não diz nada, ele lhe diz:

— Topei com a Delores hoje, ela mi pediu pra passar lá nu sábado. Tô ansioso pra ver teu rostinho bonito de novo.

Clover toca o queixo dela e ela afasta a sua mão com um tapa, batendo os pés ao sair da loja.

Verdene esfrega o sangue das laterais da casa com um trapo verde molhado. Ela se concentra profundamente nos borrões e manchas; assim ela não tem de sentir raiva, não tem de parar por tempo suficiente para limpar as lágrimas usando a gola de seu vestido de ficar em casa. Então ela esfrega, resmungando baixinho:

— Malditos ignorantes e imbecis!

O trapo seca em sua mão e ela o mergulha na mistura de alvejante com água. Como a pressão da água está baixa, ela não tem como encher o balde novamente.

— Maldição!

As lágrimas começam a cair mais depressa do que ela consegue prendê-las. O fato de que os responsáveis culpados podem estar se escondendo nos arbustos, rindo a ponto de a barriga doer, deixa Verdene ainda mais furiosa.

— Vocês acham isso engraçado? — ela pergunta aos arbustos e às flores. Algo parece rondar o jardim, suspendendo todos os sons exceto o zunido das grandes moscas negras em volta dela. Uma família de abutres está empoleirada em um coqueiro ali perto.

— Respondam, covardes! — Verdene se levanta, seus joelhos rígidos porque ficou sobre eles a manhã toda. Ela joga o trapo dentro do balde e cerra os dois pulsos. Está andando em círculos, tentando localizar onde a pessoa pode estar escondida. — Você está se divertindo com isso, não é? — ela grita. Está ficando zonza rodando daquele jeito. Quase sem fôlego, ela para. O cão morto no pátio parece estar respirando, as costelas dele se movem, douradas pelos raios de sol que atravessam os galhos da árvore de ackee. Verdene se aproxima e o olha de cima. Leva as mãos à boca, incapaz de acreditar que alguém poderia ser capaz de um ato tão cruel. Tiveram grande cuidado em fazer um corte sob a barriga do animal e outro transversal na garganta. Verdene lamenta a morte do pobre cão que foi sacrificado por causa dela. Com quantos mais ela terá de lidar? *Quantos?*

Ela entra para buscar a pá. Quando volta, tenta cavar outra cova no solo, mas para com a pá suspensa nas mãos, prestando atenção nas exuberantes folhas de bananeira que separam o pátio dela da casa da srta. Gracie. Ela baixa a pá e caminha até lá. Vai resolver isso de uma vez por todas, decide. Não esteve mais no pátio da mulher desde menininha quando, curiosa, foi ao jardim repleto de fileiras de pimentas Scotch Bonnet, que ela achava que eram cerejas de formato estranho. Ela mordeu uma delas e engasgou imediatamente. Os olhos dela se encheram com tanta água que mal podia enxergar para voltar para casa e apagar o fogo em sua boca de seis anos de idade. Um lado de sua língua ficou dormente por uma semana inteira. Assim como o traseiro dela depois que Ella lhe deu uma sova com uma vara de borracha.

Verdene se lembra de quando o pátio tinha um espantalho. A srta. Gracie plantou as pimentas anos atrás, em vez de flores como todo mundo. Ela costumava fazer molho de pimenta caseiro e vendê-los em potes no mercado. Os comerciantes de peixe costumavam comprar o molho para salpicar em seus peixes quando perceberam que as pessoas gostavam disso. A srta. Gracie ganhou muito dinheiro. Até mesmo Ella comprou o molho em grandes quantidades, pois o pai de Verdene nunca tocava em nada sem ele. Quando o comércio de peixes acabou, a demanda pelo molho da srta. Gracie também. Não havia nenhum sinal de que uma moça chamada Rose, a filha da srta. Gracie, apenas alguns anos mais nova que Verdene, morou ali. Uma garota ingênua, que lia a Bíblia no lugar dos livros da escola e que costumava seguir a mãe para lá e para cá de porta em porta para rezar antes de engravidar e fugir.

"Vo... você conhece Je... Jesus Cristo?", a garota balbuciou para Verdene uma vez quando elas eram adolescentes. Verdene tinha aberto a porta e encontrou Rose e a srta. Gracie paradas nos degraus da varanda.

"Estou ocupada. Passem mais tarde", Verdene respondeu.

"Cê num é jovem dimais pra ouvir a boa palavra, querida", a srta. Gracie disse enquanto ficava diante de Rose. Os olhos dela percorreram o interior da casa de Verdene.

"Ella com certeza vive comu rainha nessi lugar. Se importa se a gente entrar?" Isso pareceu constranger Rose, que parecia sempre retraída à sombra indomável da mãe. "Meus pais não estão em casa" foi tudo o que Verdene conseguiu inventar antes de pedir desculpas e fechar a porta. A última coisa que ela se lembrava de Rose era de seus acenos desajeitados na frente do portão, que mais pareciam um apelo por amizade do que a ânsia por falar sobre pecado e salvação.

Em todas as direções, da cerca até a casa, as pimentas Scotch Bonnet estavam morrendo. O cheiro invadia o ar, fazendo os olhos de Verdene lacrimejarem. Ela abre caminho pelo pátio com a pá e pega uma pedra para bater nas grades da varanda da srta. Gracie. Não há resposta. Verdene bate de novo, determinada. A língua dela revira dentro da boca com uma munição de palavrões. Ela dirá à srta. Gracie para enterrar o cachorro ela mesma, maldita. E que ela cansou de tirar animais mortos e manchas de sangue. Ela pensa escutar murmúrio e passos em direção às grades. Alguém está trabalhando no pátio, do outro lado da casa, que leva a um campo aberto de capim-do-texas. Ele está agachado perto de uma estaca, arrancando ervas daninhas tranquilamente.

— Com licença — Verdene diz ao jovem. Ele para o que está fazendo ao ouvir a voz dela e vira a cabeça. Quando a vê, ajeita-se, endireitando os ombros. Os músculos do rosto dele se enrijecem, o sangue parece ter sido drenado dali quando ele a reconhece.

— Qui qui cê quer aqui, senhorita? — ele pergunta.

Ele não largou a machete que está usando para cortar as ervas. Verdene é impactada pela denominação *senhorita*.

— Por favor, me chame de Verdene. — O jovem fica em pé.

— Qui qui cê tá fazeno aqui? — ele pergunta.

Verdene passa a língua pelos lábios, percebendo como estão secos. Ela sabe que não há como contar com o jovem para lhe oferecer um copo de água. Ela vai direto ao ponto.

— Estou aqui para ver a srta. Gracie. Ela está?

— Por que cê quer saber?

— Quero que ela tire o animal morto que deixou no meu pátio esta noite e que limpe o caminho da entrada.

— A srta. Gracie é uma sinhora d'idade. I pelo qui sei, você mesma qui mata esses cães.

— Olhe aqui... — Ela faz uma pausa. — Qual seu nome?

— Charles.

— Olhe aqui, Charles, você não me conhece. Você não sabe nada a meu respeito. Então, não ouse me dizer o que faço e deixo de fazer em minha própria casa. Agora, por favor, chame aquele trapo velho aqui fora ou então vou arrebentar as janelas dela com essa pá. — Ela ergue a pá para impressionar, embora já não se sinta forte o suficiente para cumprir a ameaça.

— Ela não está aqui.

— Quando ela vai voltar?

Ele limpa o suor da testa com as costas da mão que está livre.

— Não sei, só vim aqui ajudar com o pátio.

— Então, vou esperar. Tenho que resolver isso.

— A srta. Gracie num consegue nem levantar uma sacola di compra, quanto mais matar um cachorro i colocar nu teu pátio. Então, segue tua vida.

Verdene enfim o reconhece como o jovem que ela tem visto escoltando a srta. Gracie até a igreja.

— Quem são seus pais? — ela pergunta, tentando identificá-lo. — Sei que a srta. Gracie não tem filho. E tenho certeza de que ela não é digna de um guarda-costas. Por que você perde seu tempo?

— Por que isso t'interessa?

— É você, não é? Você que a está ajudando com essa zombaria infantil!

O jovem enxuga o rosto com as costas da mão. Há uma inocência juvenil dele ali sepultada sob a performance teatral de desgosto, do tipo que as criancinhas exibem quando percebem a desaprovação dos adultos quando comem terra ou cheiram o próprio cocô. É só um garoto tentando ser um homem, ela pensa. Pressente tê-lo acusado injustamente. Algo no comportamento gentil dele demonstra isso. Ele não é nada ameaçador com a machete na mão. De repente, ela toma consciência do peso da pá que pende da ponta de seus dedos, do vestido que está ensopado de suor, do cabelo desgrenhado. Com certeza deu a ele mais motivos para ter medo do que o contrário. Ela o observa para ver se hesita por causa do medo. Um brilho de luz aparece na testa dele. Verdene percebe que eles estavam parados sob o sol escaldante.

— Senhorita, achu milhor cê deixar a srta. Gracie em paz — ele diz, por fim. — Ela num tem condição pr'essas coisa.

— Você pode me ajudar, então? — A voz dela soa calma e sensata, como se não tivesse acabado de acusá-lo de colocar um cachorro morto no pátio de sua casa. — Preciso de ajuda para limpar o caminho da entrada e enterrar o cachorro.

— Por que eu deveria ajudar?

— Porque é o único jeito de eu sair daqui. Quero tirar essa sujeira do pátio. Quero viver em paz. Quero ser tratada como um ser humano. Quero… — As lágrimas que ela derramou antes estão rolando de novo até o queixo dela, umedecendo a gola do vestido. O jovem relaxa e se abaixa para colocar a machete no chão. Toda a frustração contida de Verdene se desprende na presença desse jovem. Ela nunca fez isso com Margot, não desde o primeiro incidente, porque teme que isso possa afugentá-la. E talvez já tenha, já que Margot não vem vê-la há semanas. Sequer liga. O jovem ergue a mão e a coloca no ombro de Verdene, um gesto que ela não esperava e nem imaginava precisar. Mas precisa.

— Tudo bem — ele diz.

Mais tarde, ela aguarda por Margot na cozinha escura. Sem acender a luz. Talvez possa flagrar os culpados, se ousarem colocar os pés de novo no pátio. E, além disso, ela gosta do escuro. É mais fresco, silencioso e tranquilo, o trinado dos grilos é como uma canção de ninar. Os números vermelhos do pequeno relógio digital sobre o balcão, que Verdene às vezes usa como cronômetro quando assa algo, está piscando "11 PM". Tem sido assim nas últimas quatro semanas. Aguardando ao lado do telefone. Andando de um lado para o outro. Cozinhando para ajudar a desanuviar a mente. Colocando a mesa, servindo refeições que sabe que apenas ela vai comer.

Verdene liga para o hotel de novo.

— Como assim, ela já saiu? — ela pergunta à garota que atende o telefone. A garota parece ter um prendedor de roupas no nariz. — Ao menos você verificou? O mínimo que você pode fazer é verificar!

— Senhora, ela registrou a saída.

— Mas você disse a mesma coisa ontem. Quantos intervalos alguém pode fazer?

Então ela se recompõe, respirando fundo, deixando que a pergunta dela ganhe forma.

— Ela... — Verdene para e olha para o próprio punho sobre o balcão próximo ao telefone. — Ela saiu com alguém? — Assim que Verdene faz essa pergunta, se sente envergonhada. Antes que a garota responda, Verdene diz a ela que não tem importância e desliga. Pensa em todos os motivos pelos quais Margot poderia estar indisponível. Afinal de contas, ela ainda tem obrigações de trabalhadora. Mas nem um telefonema para dizer isso?

Verdene agarra a caneca azul de cerâmica que está na mesa à sua frente. Ela tinha colocado um pouco de rum em seu chá, na esperança de que isso a fizesse dormir mais depressa. Ela costumava ver a mãe fazer o mesmo naquelas noites em que apanhava demais e precisava de algo mais forte do que um remédio para anestesiar a dor que, Verdene já suspeitava na época, não era apenas física.

E aqui está ela, incapaz de fechar os olhos, sofrendo de uma dor diferente, com um efeito tão forte quanto um chute na barriga ou um punho cerrado no queixo. Margot a está evitando. Repara nas sombras das árvores do lado de fora, que dançam com a brisa; são fracas como o temido despertar da intuição. Um pouco antes ela havia tomado um banho para se ajeitar. Por via das dúvidas. No espelho, Verdene se observou nua, reparando nas gordurinhas que se acumularam facilmente nos quadris e na barriga. Pela primeira vez em muito tempo, olhou para elas com desdém, consciente da flacidez de seu corpo. Quem é ela? O que se tornou? Ela agarrou com força a gordura em torno dos quadris e segurou-a, com a náusea subindo à sua garganta, se instalando em sua língua.

Esta noite ela preparou uma boa refeição e colocou a mesa. A vela ainda está no centro da mesa como se zombasse de seus esforços. No silêncio da espera, Verdene suspira profundamente, na esperança de que o fluxo de ar entrando em seus pulmões e o rum aquecendo seu sangue irão equili-brá-la. Desanuviar sua mente. Diante dela, o arroz se eleva no prato como uma montanha coberta de neve, com o topo ameaçando tocar o teto quando ela olha para cima. O va-por se dissipou, mas a visão dos grãos engordativos traz a promessa de satisfazê-la. Ela pega uma concha cheia. Uma, duas, três conchas, até perder a conta. Come também um prato de bananas. E o prato de fritada de bacalhau. Quan-do engole, ela não sente nada. Absolutamente nada. Após esvaziar os pratos, ela pula da mesa, derrubando a cadeira sem querer e tropeçando nas coisas a caminho do banhei-ro. É ali que ela encontra alívio, a calma que pousa sobre ela como uma toalha úmida pressionada contra sua testa no calor enquanto o cheiro do ácido estomacal sobe. E fica. Ela permanece ajoelhada no chão, fraca demais para se mexer. Cansada demais para se sentir mal pelo que acabou de fazer.

Por fim, Verdene apóia as mãos no concreto frio e se levanta. Ao ficar em pé, a visão dela é invadida por bolinhas negras. Ela se equilibra segurando na pia e depois no batente da porta e mais à frente nas paredes enquanto caminha pelo corredor escuro em direção à cozinha. Aproxima-se da mesa e agarra a caneca que contém chá misturado com rum. Ela a levanta até a boca e bebe. Quando termina, estica a mão para a garrafa de rum e bebe dali. Ela entorta os olhos e faz caretas quando o líquido queima sua garganta. Bate a garrafa na mesa. *Como Margot pode não ligar? Como ela pode não ligar?* Se ela fosse religiosa, isso seria uma prece, uma ladainha de pedidos e perguntas.

Verdene inclina a cabeça para trás e ri diante da ideia de Jesus ouvindo-a bater na mesma tecla a respeito de uma mu-lher. *Não aprendi minha lição?* Verdene sempre foi aquela que afastava as mulheres com sua necessidade agressiva de que elas a completassem, colocassem suas almas no grande buraco que havia dentro dela, uma cavidade sem fundo; ela as perseguia e as cercava pelos cantos com seu desejo, sua dependência de que a fizessem se sentir inteira, do modo como a Tia Gertrude disse que Jesus deveria. O padre de Tia Gertrude a ungiu. Tia Gertrude contou a ele o incidente com Akua na universidade. O padre pousou sua mão santa na cabeça de Verdene, apertando-a como um solidéu conforme ele rezava para livrá-la do pecado. O mesmo padre celebrou o casamento dela quatro anos depois. Um aperto firme em seu ombro direito durante o casamento foi o modo como o padre disse que aprovava a salvação dela, que Deus interveio e a *curou*. Tornou-a *completa*. As risadas que ela e o marido deram, os altos e baixos das discussões noite adentro, o confortável silêncio que se alentava com eles depois do jantar quando cada um se instalava em sua própria leitura, velejando para mundos díspares.

Mas uma mulher tem também outras necessidades. A necessidade de estar ligada a algo maior, uma causa, uma paixão. Ao contrário das outras mulheres, que ofereciam uma fuga das mentiras que Verdene contava a si mesma e às pessoas cuja opinião importava antigamente, Margot oferecia aprovação. Por outro lado, há aquela dor que ela percebe em Margot, do tipo que faz outras dores parecerem minúsculas, insignificantes quando comparadas. Mesmo quando Margot era uma menina, Verdene percebia essa dor. Enxergava-a nos olhos dela. Era opressiva o suficiente para sufocá-la se não tomasse o cuidado de desviar o olhar.

Verdene caminha até a cama. Negligentemente puxa os lençóis. É tudo que ela é capaz de fazer, embora seus membros pareçam pesados como são nos sonhos em que ela tenta realizar alguma tarefa básica, como tentar amarrar um sapato. Na cama, Verdene fecha os olhos e afunda ainda mais sob os lençóis, não querendo acreditar na possibilidade de que Margot pudesse ter outra pessoa. Os grilos parecem estar dentro da casa, presos sob o piso de madeira ou nos cantos, atrás dos móveis. Em todo lugar. Uma fração do luar desliza pela janela. Se o carma existe – talvez a retribuição por ter abandonado o marido numa manhã enevoada de domingo, um ano antes da morte de sua mãe, não deixando nada além de uma carta confessando seus casos extraconjugais com mulheres e o fato de precisar do divórcio –, então Verdene sabe que já perdeu.

14

Margot se senta no restaurante Rupert's Box Lunch and Variety e espera. Ela olha o relógio em seu pulso e de novo o relógio redondo na parede que tem vista panorâmica das pequenas mesas quadradas. Sobre as mesas há um suporte para sal e pimenta, um frasco de catchup e outro de pimenta picante. Moscas voam de uma mesa vazia à outra como se brincassem de dança das cadeiras. O restaurante pode não fazer com que os turistas que entram ali sem querer se lembrem de outros mais agradáveis do circuito dos hotéis em Montego Bay ou mesmo daqueles que estão acostumados a frequentar em seus países, mas satisfaz os costumes dos nativos: o modo como a cozinheira prepara a comida sem se preocupar em usar tempero demais; o modo como as mesas estão próximas, porque a privacidade não é tão importante quanto a fome; o modo como o salão é resguardado da luz, porque tudo que se precisa ao comer são dois sentidos: o olfato e o paladar. Margot frequenta o Rupert's há anos; Rupert serve o melhor cozido de rabo de boi de Montego Bay. O velho desdentado é como um avô para Margot, sempre perguntando como ela está e colocando porções extras de molho no prato dela.

Quando Margot está prestes a colocar uma garfada de arroz com molho na boca, a garota aparece na entrada, com suas pernas longas e sua autoconfiança. Ela separa a cortina de contas e faz uma pausa para olhar ao redor como se Margot não fosse a única cliente no lugar. A garota passa as mãos pelo vestido para ajustar a barra que só desce até a metade das coxas. Margot não a cumprimenta enquanto ela não está em pé exatamente na sua frente, cheirando a bolas de cânfora e algo doce.

— Olá, Margot.

— É chefa.

— Certo. Chefa.

— Você está atrasada. Sente-se.

A garota puxa uma cadeira.

Margot a observa se acomodando na cadeira. Tem o olhar fixo na flor cor-de-rosa no cabelo dela, que combina com o vestido, sob o qual uma pele negra lisa e aveludada chama ainda mais atenção. Margot lambe o molho dos lábios.

— Com'é qui cê bai? — Margot pergunta.

— Bem, bem, num possu reclamar.

— Bom saber.

— Intão, cê pediu para me ver?

— Você foi muito bem recomendada pela Bobbett. Ela disse que você tem os clientes mais fiéis porque, di todas as garotas, é a única disposta a experimentar de tudo. É verdade?

— Sim. — A garota sorri docemente, revelando uma falha nos dentes da frente.

— Como é mesmo que você é chamada nas ruas?

— Eles mi chamam di Doçura, mas como a gente se conhece faz tempo, cê pode me chamar du qui cê quiser.

— Vou chamar você de Doçura, então. E nem uma palavra sobre nossa conversa. Entendeu?

A garota assente.

— Agora, Doçura, se você quer trabalhar para mim, cê tem que me mostrar o que cê sabe fazer. Provar para mim por que você é a garota número um nas ruas. Num posso deixar qualquer coisa i qualquer uma no meu grupo.

— Como cê quer qui eu prove isso pra você?

— Tenho uma tarefa pra você. Tua primeira.

— Então, estou contratada?

— Se você fizer o que eu mandar.

— O qui é?

— Quero que você seduza uma mulher.

— Quê?

— Só por uma noite. Quero que você a seduza. Vou pagar o dobro do que cê tá ganhando agora.

A garota ri.

— Cê tá di brincadeira? — a garota pergunta.

Margot olha o relógio acima da cabeça da garota. Ela tem que estar de volta no trabalho em meia hora.

— Você pode fazer isso ou não?

— Num vô pra essi lado.

— Por duzentos dólares. Americanos, não jamaicanos.

— Eu… eu não sei.

— É só uma vez. Cê não precisa pensar mais nissu dipois di fazer.

— Por que cê quer qu'eu bá fazer isso?

— Se cê bai trabalhar pra mim, então sem perguntas.

— Ok, qui tal trezentos?

— E sem barganhar comigo tamém. É pegar ou largar.

— Que é essa mulhé?

— Isso é um sim?

A garota faz uma pausa. Ela se afasta da mesa.

— Cê acha qui eu preciso du teu dinheiro sujo tantu assim? O que ti faiz pensar qu'eu faço uma coisa dessas? Cê tá me tratando como algum tipo di vira-lata faminto qui fareja um traseiro por comida? Que tipo di pessoa cê acha qui sou?

— Não há muitas garotas como você por aqui. Pelo que ouvi, você é a mais safada de todas elas. Tem aquela história dos dois alunos de faculdade nas férias de verão. O casal qui cê deixa...

— Como cê sabe dissu?

— Faço minha lição di casa antes de uma entrevista.

— Intão cê acha qui si cê falar doce ou fizer chantagem cumigo bou concordar com a tua proposta mirrada? Num sou burra, chefa.

— Eu sei. Você é uma garota muito esperta.

— Intão agora cê reconhece qui sou esperta? Cê faiz como si cê num mi conhecesse antes.

— Olha, não estou mandando você ir pra a cama com a mulher. Só quero que você provoque um poco pra ver si ela reage.

— Cê tá tentando incriminar ela?

— O qui ti disse das perguntas?

— Ela tem alguma coisa qui cê quer?

— É óbvio que você não está me entendendo.

— Cum todu respeito, por que cê num manda alguma mulher indecente qui nem cê mesma fazer isso?

— Porque eu acho que você faria melhor, cum toda a

indecência que já fez. Lembre-se que você está fazendo um trabalho. Não é um reflexo de quem você é como pessoa. Tenho certeza que cê transa com homens e, de acordo com aqueles boatos, com mulheres também.

— Foi só aquela vez.

— Mas cê volta pra casa, pro teu namorado.

— Não tenho namorado.

— Então, para quem quer que você volte.

— Moro sozinha.

— A questão é: você é boa no que faz porque consegue separar ocê mesma disso. O que estou oferecendo a você é melhor do que aquilo que você costuma fazer. Depois disso, vai trabalhar para mim e nunca mais bai te faltar nada.

— Quando é pr'eu fazer essa coisa?

— Hoje à noite já.

— Hoje à noite?

— Sim. Cê tem compromisso?

— Não. É qui...

— Uma noite. É tudo que estou pedindo.

— Se minha mãe sabe, ela me mata.

Margot revira os olhos ao ouvir isso. Ela olha o relógio de novo. Faltam quinze minutos.

— Ispero que num seja alguém di Rivah Bank. Imagina si eles mi conhecer e conhecer minha família.

— Ela não.

— Mas você sim.

— Por que eu ia contar a alguém? Você está trabalhando para mim. Isso fica entre nós. Entendido?

— Imagina si a mulher contar?

— Ela não vai.

— Imagina si ela quisé dormir cumigo mais de uma noite?

— Daí durma com ela. Seu pagamento vai dobrar. Não, triplicar.

— Quê?

— Cê mi ouviu.

— É pedir demais de mim.

— Diga uma coisa. Quantas vezes cê dá de cara com seiscentos dólares nos teus giros noturnos? Seiscentos dólares. Diga se tem alguma coisa contra ganhar seiscentos dólares à toa.

A garota balança a cabeça.

— Tem Deus contra.

— Então é a nova moda agora? Prostitutas qui pegam as pérolas delas e a Bíblia pra falar di Deus? Desdi quando cê virou a srta. Gracie? Qualquer outra noite cê tá disposta a si curvar, di boa, i ficar di quatro, i agora cê fala di Deus? Cê já chegou a transar a três.

— Só fiz com o homem.

— Besteira.

— Não sou dessi jeito.

— Se é assim, levo minha proposta para outro lugar. — Margot se levanta da mesa. — Obrigada por seu tempo. — Ela caminha para a porta, deixando a garota sentada na mesa.

— Espera!

Margot atrasa o passo. Quando se vira, está cara a cara com a garota que, em pé, fica uns oito centímetros mais alta que Margot de salto; os olhos dela estão cheios de determinação e de algo mais que Margot tenta identificar.

— Eu topo.

— Certo. Esta noite no Lux Bar e Grill. — Margot examina de perto os trajes da garota. — Vou arrumar algo mais bonito para você vestir. — Margot anda depressa em direção à saída e a garota a alcança de novo, segurando-a no braço.

— Margot! Quer dizer, chefa?

— Sim?

— Num sou assim. Num é porque aceito qui significa qui sou dessi lado. — Os olhos dela estão queimando sobre Margot, as pupilas se expandem, implorando, um raio azul de terror em cada íris. — Num sou assim di jeito nenhum.

— Nada errado se você for — Margot diz, enfrentando o olhar fixo e amedrontado da garota, identificando exatamente o que ela percebe além do temor. — Quanto mais versátil, milhor. — E com isso, ela se afasta.

— Q uando será que esta seca vai acabar? — Thandi pergunta a Charles, com a cabeça inclinada para as faixas de nuvens brancas no céu. O sol cai sobre a água e torra a areia da praia, oprimindo Thandi e Charles até que eles sejam obrigados a parar, incapazes de aguentar tamanho fardo.

— Num sei — Charles diz, limpando a transpiração do rosto com a mão. — Quanto antes, milhor. A terra tá ruim pra plantar essi ano. Otro dia vi uns agricultor chorando no campo pelo inhame, batata doce, cará i milho deles. Até o maracujá das ramadas apodrece antes do tempo.

Charles não disse nada sobre tê-la visto nua no barraco da srta. Ruby, Thandi também não. Ela sabe, em um recanto longínquo de sua mente, que ele não esqueceu. A conversa banal sobre a seca os liberta da pressão interna. Então, ela entra no jogo, fingindo que aquilo nunca aconteceu. Embora aquele calor úmido que percorre seu corpo se prolongue tanto quanto a seca. Eles estão caminhando pela praia, descalços, em direção ao castelo. De perto, Thandi consegue divisar onde serão os quartos. Logo que entram, arquejam por terem fugido do sol. Assim que recobra o fôlego, Charles surpreende Thandi fazendo-a girar no espaço vazio como se fossem um casal dançando uma música lenta. O local é espaçoso, com colunas cilíndricas imponentes.

— Talvez seja um salão de dança — Charles diz, com um sussurro, como se pudesse haver alguém por perto para ouvir. As vozes deles fazem eco. — Os homens vão dançar usando smokings c'as mulheres deles, assim...

— Ele inclina Thandi, segurando as costas dela para que não caia. Nos braços dele, Thandi dá um grito agudo e sorri. Ela eleva uma perna como as damas dos filmes. Por um segundo, eles olham fixamente um para o outro; Thandi incerta de que ele irá beijá-la e Charles com a expressão de estar decidindo se é o momento certo. Eles se afastam como se tivessem chegado, ao mesmo tempo, a um consenso: esperar pelo menos até que o sol se ponha. Os olhos de Charles se desviam para uma piscina vazia. Está escavada como se alguém tivesse usado uma grande concha de sorvete. Em torno deles há ferramentas usadas pelos operários da construção: carrinhos de mão e tubos e tábuas. Do lado de fora há várias escavadeiras paradas. Thandi inala o cheiro de cimento enquanto eles ficam dentro do lugar vazio. Ela imagina estar dentro da boca de uma baleia, olhando para o alto, o entrecruzamento de estrutura óssea e dentes, e sentindo-se pequena. Insignificante. Segue Charles até outra área, de onde consegue ver o sol desaparecendo lentamente, uma marcha fúnebre que finalmente chega ao fim após cruzar o céu. É ali que eles se instalam. Charles estende sua toalha para que ela se sente. Ele se senta de frente para ela.

— Quando você acha que eles vão terminar? — ela pergunta.

— Perto do Natal, talvez. Com certeza antes da alta temporada. Mais turistas vão chegar.

— Há quanto tempo eles começaram?

Charles encolhe os ombros.

— Em março, pur aí.

No local em que Thandi mora, a parte mais distante da bifurcação do rio em forma de Y, não há construções em andamento. Além disso, não há sinal de que o que aconteceu em Little Bay acontecerá também em River Bank. Afinal, River Bank está imprensada sob o pico de uma colina e é a região onde o rio transborda quando chove. Não é exatamente uma atração turística como Martha Brae, Black River ou Rio Bueno. Além do mais, a praia não é ideal para banhistas amadores, já que uma pessoa pode facilmente se afogar caso não esteja informada sobre a fúria de Heidi Grávida.

— Eles têm aparecido, entregando papéis — ele diz.

Ela está sentada com as pernas cruzadas no chão e com as mãos nos joelhos, a saia do uniforme caindo entre eles e a cabeça virada. Ela fixa os olhos nos arcos acima de sua cabeça.

— Papéis? — ela pergunta.

Charles encolhe os ombros novamente.

— Acho que por causa do barulho das escavadeiras. Mama não consegue dormir cum tanta pancada e perfuração.

— Não dá para ouvir de onde estamos — Thandi diz, sentindo pânico pela primeira vez. Ela se lembra dos trabalhadores que sempre vê do lado do rio onde moram a srta. Ruby e Charles, o lado mais próximo do mar e dos barcos de pesca. Nunca ocorreu a ela que os homens estavam construindo tão perto. Eles pareciam sempre tão distantes.

— Você já pensou que eles podem expulsar a gente? — ela ouve a si mesma perguntando.

— Não vai dar certo — Charles diz, com a voz apertada por alguma coisa, o que faz Thandi suspeitar que ele já pensou nisso. — Isso não vai acontecer. A gente dá uma canseira neles antes. Que direito têm di expulsar as pessoa de suas próprias casa? Tô cheio du governo i como eles deixa nosso país livre pros estrangeiros cum dinheiro. I o povo? Si eles alguma vez tentarem se livrar da gente, vô mostrar pra eles cum quem eles si meteram.

Ele presta atenção nela.

— Cê num tá cum calor? — ele pergunta. — Por que cê usa essa brusa di manga cumprida todo dia?

Thandi olha para baixo, para seu moletom, como se fosse a primeira vez que o visse.

— Tira isso — Charles diz. — Tá tudo bem, o sol num bai ti morder aqui.

Com muita hesitação, Thandi tira o moletom pela cabeça. Ela sente que Charles a observa. Ele a observa colocando o moletom no chão.

— Cê num pode tirar isso também? — ele pergunta, olhando o plástico filme que ainda envolve os braços dela sob a blusa branca do uniforme.

— Não devo.

— Quem disse?

— A srta. Ruby.

— Por quê?

— Faz a pele mudar mais depressa.

Charles suga o ar entre os dentes em sinal de contrariedade.

— Cê já sabe qu'eu acho disso. — Ele a analisa. — Eu ti disse qui cê é linda.

Ela deseja que houvesse algum tipo de distração, mas não há nada além do véu transparente de silêncio, até que ele diz:

— Meu véio era um artista. Já ti contei isso? Ele pintava tudo qui caía nas mãos dele. As pessoas pagavam para ele pintar desenhos nos prédios. Mas quando ficava sozinho, ele pintava o rio. Era só o qu'ele pintava. Aquele rio. — Charles percorre com os olhos os metros de areia onde ainda estão as pegadas deles, seguindo-as de volta ao rio. — Cê vê a forma dele? Como um Y? Ele pegava o lápis e desenhava assim. — Ele movimenta a mão no ar, imitando a ação de desenhar. — Então, ele ia pra rua i comprava o material i voltava. O rio era a musa dele. Mama sempre dizia qui o rio era a mulher dele. — Charles ri disso e Thandi ri com ele. — Quando ele ia pescar, às vezes ficava lá só pintando na caixa di papelão ou no papel. Daí ele punha o papel no chão, ficava olhando fixo pro mar comu si esperasse a liberdade chegar. — Ele olha para Thandi. — Si cê mi perguntar onde as pinturas dele tão agora, não sei.

Thandi deixa as ondas falarem. Ela sabe a história. River Bank inteira sabe. Nas telas que as pessoas têm em suas mentes, elas já pintavam Asafa como um homem egoísta que largou a família; as línguas compridas deles já o pintaram de vermelho na imaginação de quem nunca o conheceu.

— Mas tá tudo certo — Charles diz. — Ele me ensinou muito.

No dia seguinte, eles passam algum tempo juntos no barraco de Charles. Thandi, que disse a Delores que precisava estudar fora de casa durante o dia, precisava de uma mudança. Os livros dela permanecem intocados no chão. Charles senta ao lado de Thandi no colchão, olhando o caderno de desenhos dela. Thandi se mexe com inquietação enquanto ele estuda cada um dos retratos que ela desenhou com capricho para o projeto. Ele ri quando reconhece os desenhos: um desenho da srta. Gracie segurando a Bíblia; o sr. Melon passeando com a cabra; o Pequeno Richie no velho balanço de pneu; Macka sentado nos degraus do Dino's, assistindo a uma partida de dominó com uma garrafa na mão; as mulheres com baldes na cabeça a caminho do rio; a srta. Francis e a srta. Louise penteando o cabelo das filhas na varanda; o sr. Levy trancando a loja; Margot curvada sobre pilhas de envelopes na mesa da cozinha, com as mãos cruzadas e a cabeça inclinada, como se estivesse rezando. Ela fica ruborizada quando ele chega ao desenho de si mesmo perto do rio. Quando termina, com seu melhor sotaque britânico, ele diz:

— Estou sinceramente honrado, madame, por ter o prazer de vislumbrar seu talento. — Ele faz uma leve mesura e ela ri, enfim relaxada. Com mais seriedade, ele diz: — Cê é boa de verdade.

— Cê acha?

— Cem por cento — ele diz. — Gosto dos desenhos das pessoas. Gosto como cê faiz, elas parecem reais.

— Elas são reais.

— É, mas você mostra algo mais. Não sei se faiz sentido. Qual'é a palavra pomposa qui cê usa quando cê consegue ver dentro da pessoa i saber a história da vida dela?

Thandi encolhe os ombros.

— Com certeza você vai ganhar essi prêmio da escola — Charles diz, puxando-a pelo braço. Quando ele diz isso, as palavras acalmam algo dentro dela. Charles fecha o caderno entre eles.

— Você não se incomodou de eu desenhar você sem avisar? — Thandi pergunta.

— Incomodar? — Charles dá uma gargalhada.

Depois da noite que passaram no local da construção, ela forçou a si mesma a estudar as palavras no livro da escola, mas tudo em que conseguia era pensar em Charles. No jantar, ela suspirava por ele. O apetite diante de sua comida preferida, cavala enlatada e bananas cozidas, desapareceu. A comida intocada perturbou Delores, que olhou para Thandi como se ela tivesse vomitado na mesa. Por fim, Thandi caiu na cama, exausta por causa das fantasias e incapaz de sentir o cheiro dele na toalha que deixava sob o travesseiro.

— Cê é mesmo apaixonada pur essa coisa di desenho — ele diz.

— Não é uma coisa.

— Cê sabe o qu'eu quis dizer. — E então, depois de uma pausa, ele diz: — Quando cê vai dizer a verdade pra tua mãe i pra tua irmã?

Thandi encolhe os ombros, a pergunta dele mexe com ela de um modo que não esperava.

— A Margot vai me matar se eu disser a ela que estou pensando na faculdade de artes. Ela ficou contrariada que eu não larguei a aula de arte.

— Dá um tempo pra ela — ele diz; seus dentes se separam revelando a carne rosada de sua língua.

— Ela já bateu o pé — Thandi diz. — Tudo para ela é questão de sacrifício. — Thandi revira os olhos. — Acho que gosta de dizer o que eu devo fazer da minha vida, como se estivesse tentando vivê-la por mim. Enquanto isso, ela está no hotel, onde estão todos os empregos desse país. Sou obrigada a ir para a faculdade de medicina e me tornar uma pobre distinta, enquanto ela ganha todo o dinheiro com o turismo.

— É por isso que cê tá se rebelando?

Thandi olha para cima.

— Quem disse que estou me rebelando? Não sou mais a amiguinha da sua irmã. Já sou uma mulher.

Charles ergue a sobrancelha. Há algo urgente crescendo dentro dela. Ela não sabe de onde vem essa erupção aleatória de fogo dentro do peito. Vai até onde Charles está sentado e se inclina diante dele. Charles permanece em silêncio como se soubesse qual a missão dela e concordasse em ser seu cúmplice. Em jogar-se no fogo. Ela leva o rosto até o dele e seus lábios se tocam.

Ela desabotoa a própria camisa para ele. Um por um, os botões deslizam para fora das casas. A tonalidade clareada com terebintina do peito aveludado dela, com as elevações arredondadas dos seios, que são pequenos e cheios, diminui nos mamilos, que têm o tom das vagens de tamarindo. Charles fixa o olhar nos seios dela, embrulhados em filme plástico como os bolos de Páscoa da HTB. Ele os observa por um tempo que parece longo, como se tentasse se convencer de algo. Está piscando com rapidez. Ela espera que ele faça alguma coisa, qualquer coisa. Rasgue o plástico, para que ela enfim possa respirar, que coloque a boca na pequena abertura em seus mamilos, dos quais ela tem a esperança de que um dia saia leite para uma criança. Tudo que ela precisa é de libertação. Mas é o silêncio dele que cresce, humilhando-a. Ele a contempla com a compaixão de um padre. Ela sente que encolhe sob a avaliação dele.

— Veste tuas roupas — ele diz.

— Por quê?

— Só se veste.

Charles se levanta da cama como que para se afastar dela o mais depressa possível. Não a olha mais. Ela pisca para conter as lágrimas. Senta-se na beirada do colchão, ouvindo o grunhido dos porcos no pátio e o latido dos cães e o Velho Basil vendendo vassouras e escovas de limpeza feitas de palha de coqueiro.

— Vassoura! Vassoura!

Todos os sons exacerbam o embaraçoso silêncio dentro do barraco, onde Thandi abotoa a blusa, de costas para Charles; e a chama brilha ainda mais dentro dela.

16

Margot segue a srta. Novia Scott-Henry a um dos restaurantes do hotel onde a mulher quase sempre come sozinha. Ela sabe disso porque é a quarta vez que segue a srta. Novia Scott-Henry até lá. Margot finge ter coisas para terminar no trabalho, assim pode ser a última a ver a mulher sair, com o estalo das chaves dela ecoando por todo o saguão. É um dos melhores restaurantes do hotel, que exige que os hóspedes façam reservas dias antes. É um lugar elegante, com toalhas de mesa branca, talheres de prata legítima envoltos em guardanapos de tecido vermelho, e violinos tocando "Redemption Song" ao fundo. Mas a srta. Novia Scott-Henry não precisa de reservas para jantar na companhia de visitantes, a maioria casais. Alphonso prometeu levar Margot ali, mas a promessa, assim como as outras que ele fez, nunca se realizou.

Ali, os garçons são graciosos, carregam as bandejas nas palmas das mãos viradas para o alto, com os pescoços alongados, os queixos projetados para cima e os sorrisos colados no rosto como fita adesiva da cor do marfim. A srta. Novia Scott-Henry é conduzida a um compartimento nos fundos. Esta noite, os clientes estão vestidos informalmente, mas ainda assim com opulência: os homens com camisas impecáveis em tons pastel e as mulheres com longos vestidos de estampas florais. A srta. Novia Scott-Henry está vestida como se fosse a uma reunião de negócios, com um terninho vermelho de corte sóbrio. Ela é alta, um hibisco em um jardim de erva. Os garçons se alvoroçam em torno dela, e outros comensais olham para ver o motivo de tanto alvoroço. Estão animados para ver pela primeira vez de perto os grandes olhos cor de avelã que iluminam os outdoors dos anúncios turísticos e a pele de tom mel-dourado presente em todos os comerciais de hidratantes, incluindo o creme Rainha de Pérola, que é a última moda. Algumas das garotas de Margot usam o creme, contrariando a recomendação dela. Por que alguém desejaria danificar permanentemente a própria pele para ter a aparência de uma vencedora de concursos de beleza que nasceu daquele jeito?

Margot se senta no bar com Doçura e elas observam a srta. Novia Scott-Henry juntas.

— Ela é linda, não é? — Margot diz a Doçura, que manteve os olhos baixos.

A srta. Novia Scott-Henry parece muito solitária sentada ali sem ninguém, enquanto todas as outras pessoas têm companhia, com suas vozes animadas projetando-se para a frente do restaurante. A equipe de serviço se ocupa vertendo águas nos copos e colocando cestas de pães e pires com manteiga nas mesas. Cada garçom tem uma tarefa, uma rotina específica. Como em uma performance bem ensaiada, composta por um elenco de meninos nativos arrumados como cavalheiros britânicos com gravatas borboleta, smokings e sotaques simples com inflexões britânicas. *Como vai a senhorra, Madame? Como está sua refeição, sãr? Posso trrazerr algo mais? Outrra bebida, talvez?* Margot se encolhe por dentro ao ouvi-los. Tem certeza de que eles não falam assim em casa.

— Cê precisa d'alguma coisa pra beber, Margot? — Umpé, o bartender, pergunta.

Chamam-no de Umpé porque ele só tem uma perna, a outra é um toco arredondado que ele trata com cuidado. Ninguém sabe o que aconteceu com essa outra perna, mas os boatos dizem que foi perdida em uma explosão na Guerra do Golfo. Isso não o torna lento. Ele mistura as bebidas no bar, servindo-as com desenvoltura, de Bloody Marys a ponches de rum, ou apenas abrindo uma garrafa extremamente gelada de cerveja Red Stripe.

— Um copo de água seria bom — Margot diz a ele. Mas pede uma bebida para Doçura, algo forte, porque ela está inquieta desde que chegou.

— Por que cê num mi disse qu'era ela? — Doçura fala, enfim, os olhos se movendo rapidamente pelo restaurante, a voz em um sussurro agudo. — Cê mi coloca numa situação muito ruim. Ela venceu um concurso de beleza. As pessoas gostam dela!

— Bebe — Margot diz.

Ela volta a atenção à srta. Novia Scott-Henry, que pega o guardanapo sobre a mesa e o coloca em seu colo. Outro garçom vem à mesa com uma garrafa de vinho. Ele a abre, girando um abridor de metal na rolha, que solta um pequeno estalo ao ser retirada. A srta. Novia Scott-Henry ergue a taça, gira-a, aproxima-a do nariz e, então, bebe um gole. E outro gole. E mais outro, sorrindo como se o vinho a fizesse pensar em uma chuva de pétalas rosadas de cerejeira beijando seus ombros. *Então é assim o jantar dela,* Margot pensa, *uma refeição de três pratos e vinho todas as noites.* Margot examina a carta de vinhos. O custo de uma garrafa poderia ser o dinheiro do almoço de Thandi por uma semana. Um mês, até. A srta. Novia Scott-Henry evidentemente ganha muito dinheiro e o gasta consigo mesma. Não tem filhos. Nenhuma palavra sobre marido. O copo na mão de Doçura está quase vazio.

— Umpé, dá otro pr'ela! — Margot pede.

Umpé mostra suas habilidades, mancando de um lado para outro no bar com sua muleta, vertendo várias bebidas destiladas da prateleira em uma coqueteleira prateada. Ele a sacode como um músico de banda de mento e serve a bebida em um copo alto, que ele faz deslizar até Doçura com uma piscadela.

— Essi bai ti deixar tinindo!

Enquanto isso, Roy, o garçom da srta. Novia Scott-Henry, anota o pedido dela. Zeloso, escreve tudo, como se espera dele, assentindo educadamente e fazendo sugestões. Ele faz contato visual com Margot, que assente com a cabeça. Quando ele entra na cozinha, ela consegue ver bem lá dentro: o caos de homens vestidos de branco rondando as panelas, sob as quais queimam chamas azuis e amarelas, e gritando em patuá sobre caixotes de comida.

— Corre c'a comida antes d'esfriar!

— Rattry, num é teu pidido essi? Por que a comida voltou?

— Bai cum calma c'o óleo, a menos qui cê quer ber as pessoas ter ataque do coração!

Ela ouve tudo isso quando levanta e segue Roy, fingindo estar a caminho do banheiro. Quando ela chega, ele está no corredor esperando. Um rapaz jovem de May Pen com um rosto bonito e um passado comprometedor. Ele lança olhares furtivos sobre o ombro, disfarçadamente, enquanto murmura para ela.

— A cumida vem logo. Bô derramar só um poquinho, num quero exagerar. Num posso mi dar ao luxo di voltar pra prisão.

— Ninguém bai saber qui é você. Derruba tudo — Margot tira dinheiro da bolsa e entrega a ele. — Aqui tá metade du teu pagamento. Cê pega a otra metade depois qui cê esvaziar a garrafa toda.

Nesse momento, o *chef* anuncia o pedido. Serge, o *chef* assistente surge do calor e consegue mandar um beijo na direção de Margot. Ela retribui e acena.

— Faz um tempo que não recebo nada para degustar — ela diz a Serge. O rosto dele se ilumina como as chamas na cozinha atrás dele.

— Cê só precisa pedir, linda — ele diz, levando certo tempo para se encostar na parede com um braço acima da cabeça de Margot, os tornozelos cruzados um sobre o outro, apreciando-a. Margot acaricia o peito dele com um dedo.

— Num ganhar nada especial pra provar fere meus sentimentos. Parece qui cê enjoou de mim.

Enquanto isso, Roy adultera o pedido, salpicando o pouquinho que restou do pó na comida. Serge, envolvido demais com Margot, que dedilha seu colarinho, não se apressa. Ele se inclina para se aproximar de Margot.

— Prometo qui deixo cê provar o especial do *chef* amanhã, lá pelo meio-dia?

— Parece delicioso — ela diz, acenando para ele voltar ao trabalho.

— Feito — diz Roy depois que Serge volta para a cozinha, segurando o frasco de vidro vazio para Margot ver.

Margot tira a outra metade do dinheiro e dá para ele. Ela observa Roy caminhar até a srta. Novia Scott-Henry com a entrada. Ele coloca a comida na frente dela com uma leve mesura. Antes que a mulher possa dar a primeira bocada na comida, alguém passa e ela para, abaixando o garfo. A mulher engata uma conversa frívola com a srta. Novia Scott--Henry, colocando um calendário e uma caneta diante do rosto dela. Ela o autografa com cortesia e a mulher parte. Margot espera a srta. Novia Scott-Henry dar a primeira bocada na comida. Ela se inclina para a frente e observa--a comendo, observa-a mastigando e engolindo. Um a um, seus músculos se contraem enquanto a esperança avança. Uma banda de mento começa a tocar "Simmer Down", dos Wailers. *S'acalma, Margot*, ela diz a si mesma, pensando na promoção que Alphonso terá de dar a ela, na trágica perda da vencedora de concursos de beleza devido ao escândalo, nos rostos animados de admiração mudando para o desdém. Margot caminha de volta ao bar enquanto Doçura ergue o copo para mais um gole de bebida. Margot a interrompe.

— Pega leve. Cê num quer ficar totalmente bêbada pra isso — ela diz.

— Ainda num tô pronta.

Margot escuta isso claramente, mais alto do que a banda de mento. As moléculas do hálito de rum de Doçura flutuam até ela, arrebatando-a. Margot estende a mão até a mão da garota. Mas Doçura é muito rápida. Agarra a bolsa e levanta do bar.

— Onde cê pensa qui vai? — Margot a chama.

Mas Doçura não para. Quando ela chega perto da porta, uma onda de vertigem atinge Margot como se fosse ela que estivesse drogada. O zumbido do restaurante fica mais alto: o tilintar dos talheres nos pratos, as palavras dos Wailers vindas da banda de mento lembrando-a: "*i quand'ele tá perto/cê tem qui ter cuidado*". O alerta se opõe à alegre colisão de conversas repletas de sotaques estrangeiros. Ela corre cegamente em direção à porta, evitando por um triz tropeçar nos hóspedes.

— Doçura! — Mas a garota não vira para trás.— Doçura!

Margot sai depressa. Paul está parado ao lado da porta para controlar entradas e saídas, mas Doçura não desacelera o passo para que ele abra a porta. Ela mesma a empurra. É quando Margot decide usar sua última munição:

— A srta. Violet bem que precisa de uma ajuda com tudo qui si passa na cabeça dela!

Doçura para, ou melhor, se detém diante das roseiras, como uma égua de corrida que se aproxima de um obstáculo intransponível. As costas dela ainda estão viradas e a cabeça, inclinada. Quando Margot se aproxima, vê que a garota está chorando.

— Qual'é o problema? — Ela puxa a garota pela mão e a conduz para trás das roseiras, onde começa a massagear seus ombros. — Por que cê quer estragar tudo agora? Si cê num quer fazer, cê devia dizer alguma coisa antes. Por que lutar contra? Agora estou dando permissão para você seguir isso. Si cê ignorar, isso num vai simplesmente passar.

Doçura funga, mas não diz nada enquanto Margot massageia seu ombro; os músculos da garota relaxam sob a pressão das pontas dos dedos de Margot, a cabeça dela cede.

— Você está pronta... — Margot diz para o rosto da garota, voltado para cima. Ela a beija com delicadeza nos lábios. Os olhos de Doçura ainda estão fechados. Margot a beija de novo, dessa vez com as duas mãos sustentando o rosto de Doçura cuidadosamente. A garota inclina a cabeça para receber a língua de Margot. Nesse momento, Margot escuta passos e vozes murmurantes. Os saltos altos de uma mulher. Um homem dizendo a ela para chamar um táxi. Margot se afasta de Doçura e espreita acima dos arbustos. Paul está amparando a srta. Novia Scott-Henry, que parece zonza e imersa em uma vívida tagarelice.

— Posso ir para casa sozinha, Paul. Não precisa, não precisa mesmo. Ops, foi um trovão?

— Não, é só a banda se preparando.

— Ai, céus, preciso das chaves. O que fiz com as chaves do carro? Você pegou minhas chaves!

Margot se volta para Doçura.

— Vem comigo.

Ela caminha na direção de Paul e da srta. Novia Scott--Henry; Doçura seguindo-a alguns passos atrás.

— Margot? Margot, é você? — A srta. Novia Scott--Henry diz, se equilibrando. — Você ouviu o trovão? Vem uma chuvarada!

— Quem dera — Margot diz.

— O que você está fazendo aqui tão tarde?

— Eu deveria lhe perguntar a mesma coisa — Margot responde, examinando o rosto da mulher. Os olhos dela estão arregalados como os de alguém bêbado e determinado a demonstrar consciência. Mas ela fracassa totalmente, tropeçando em algo invisível no chão. Paul tem de erguê-la de novo.

— Estou indo para casa — ela diz. — Quero ir antes da tempestade.

— Não acho que você deveria dirigir desse jeito — Margot diz.

— Não, não. Estou me sentindo ótima. Só preciso pegar meu caaa...

A srta. Novia Scott-Henry tropeça de novo e Margot entra em ação, interrompendo a queda da mulher. Ela enxota Paul.

— Eu cuido disso.

Uma semana passando a noite acordada na cama, conversando com o travesseiro enquanto o plano germinava, ficando nervosa toda vez que se sentava na cadeira do escritório e observava a mulher. Então, esse ato de gentileza se tornou parte da simulação; tanto que é difícil distinguir o que é ensaiado do que é autêntico. Ela orienta Doçura a ajudar a levar a srta. Novia Scott-Henry para cima, até a suíte da cobertura. Margot segura irrequieta a pequena bolsa de mão da mulher, no começo sem saber onde colocá-la. Ela ergue o braço livre da srta. Novia Scott-Henry até seu pescoço e a carrega até o quarto. Doçura equilibra o peso do outro lado.

— Onde cê tá me levando? — a mulher pergunta.

— A um dos quartos lá em cima — Margot diz. — Você não está em condições de dirigir.

— Eu estou bem.

— Você vai ficar aqui esta noite. Prometo que Doçura vai cuidar de você.

N o andar superior, Margot abre a porta da suíte e acende a luz. As cortinas cor de vinho estão fechadas e ali, dentro do armário, ao lado do banheiro, está o gravador. Elas colocam a mulher na cama, abaixando-a com delicadeza. Ela está meio acordada, meio adormecida. Margot se afasta para servir à mulher um copo de água. Ela despeja o resto da droga no copo e mexe, para o caso de a dose anterior perder o efeito rápido demais.

— Fique à vontade — Margot diz à srta. Novia Scott--Henry ao observá-la tomando um gole de água. Observa a contração dos lábios dela e o suave sobe e desce da garganta enquanto ela bebe.

— Muito obrigada, Margot — a mulher diz, deitando na cama de braços abertos.

Margot orienta Doçura a se despir e subir na cama ao lado da srta. Novia Scott-Henry. Por um instante, a garota hesita. Margot a desafia com os olhos. A garota obedece, deslizando para fora do vestido como uma criança. Margot se recolhe dentro do armário para se esconder e procura a câmera descartável que trouxe. Observa enquanto Doçura se inclina para a frente e abre os botões da mulher, que se mexe, mas só um pouco. Doçura enfrenta o desafio. Assume o controle; parece uma leoa sobre as quatro patas: suas costas estão arqueadas, suas nádegas magníficas erguem-se a partir da coluna vertebral e as mãos são como patas.

A srta. Novia Scott-Henry avança lentamente na direção de Doçura assim que o frio do ar-condicionado toca sua pele nua. Ela se aproxima do calor que o corpo de Doçura propicia, e se ajusta à sua pulsação. Mas essa ilusão é o impulso secreto da droga, que a impele a acreditar que o controle é dela, a excitação, a promessa, o gume afiado do medo. Sua mente não é mais capaz de ser mais esperta que o corpo, pois o corpo sabe por instinto o que ela deve fazer. Cada um dos músculos parece estar tremendo, oscilando, contorcendo-se. Elas são magníficas, cada uma delas se movendo como bicho da seda. Margot sente falta de Verdene assim, e abaixa a câmera depois de capturar fotografias suficientes da srta. Novia

Scott-Henry e de Doçura. Ela é obrigada a dar as costas à visão das duas, pois seu próprio anseio, sua própria carência primitiva, suplica por ser aplacada. Margot pega suas coisas, o gravador e, como uma providência adicional, as roupas, os sapatos e a bolsa de Doçura. Na ponta dos pés, ela passa pela porta do quarto, deixando-a aberta para que o sonho particular se torne público.

17

Delores chega em casa do mercado e começa imediatamente a preparar o jantar, seu corpo atarracado derretendo sobre o fogão minúsculo. Ela enxuga o rosto com a gola da blusa e mexe a sopa de pé de boi, colocando sal, pimenta e sementes de pimenta da Jamaica sem muita atenção, falando sozinha sobre as vendas do dia.

— Disse pro homem vinte dóla. Só vinte dóla. Ele era tão pão-duro qui tirou uma di dez. Disse qui queria qu'eu baixasse o preço. Mas olha só, sinhô. O qui si faiz com dez dóla? — Ela ri e se curva para provar a sopa, o rosto dela franzido como sempre enquanto estende a mão para pegar mais sal. — Ha, ha!

— Mama, tenho uma coisa pra ti mostrar — Thandi diz, dando pequenos passos na direção de Delores, agarrada ao caderno cheio de desenhos. O fogo sob a panela está alto e a casa tem o cheiro de todos os temperos.

— Que que é agora? — diz a mãe dela. — Cê viu tua mana desde hoje di manhã?

— Não, Mama.

— Onde diabos tá essa garota? — Delores se vira para Thandi, os olhos dela estão grandes e arregalados como os de um animal feroz. — Vou ti dizer, tua mana tá mexeno c'o demônio. Várias noites seguidas ela vem pra casa di madrugada. É com qui homem qu'ela tá dormindo agora, hein?

— Não sei. Ela num mi diz nada nunca.

Delores ri, jogando a cabeça para trás, fazendo as tranças tocarem a parte de trás do pescoço. Ela busca conselho nas sombras da cozinha, aquelas que se escondem da chama permanente do candeeiro a querosene.

— Cêis vê minha agonia? — ela diz às sombras. — Agora ela tá guardando segredo de mim. — Ela se volta para Thandi novamente. — Você diz pra tua mana qui si ela tem um homem, ele tem qui poder ajudar a pagar nosso aluguel pro sr. Sterling. Nosso aluguel venceu faz dois dias. Dois dias! E a Margot por aí sabe lá Deus cum quem, vadiando ou coisa assim.

Thandi fica em silêncio, abraçando o caderno contra o peito. Isso a acalma. Ela analisa as costas da mãe, os ombros largos, a blusa de algodão encharcada pela transpiração, os braços fortes que parecem poder carregá-la, os quadris largos, os pés inchados enfiados num velho par de chinelos masculinos. Ela escuta a mãe falar com as sombras encolhidas em cada canto do barraco. Thandi desvia o olhar de cada uma delas, e seus olhos encontram novamente as costas da mãe.

— Quero desenhar — ela diz em voz alta. Delores para os movimentos. Ela se vira para encarar Thandi.

— Então por que você não senta e desenha? — Delores pergunta. — Tá vendo a mesa ali? Desenha.

— Eu quis dizer que quero ganhar a vida fazendo isso. Quero...

— Espera um pouco. — Delores coloca as duas mãos nos quadris, seu peito enorme se levantando com todo o ar e com todas as palavras que em algum momento ela deixaria escapar para esmagar os sonhos de Thandi. — Agora cê não tá dizendo coisa com coisa. Não tá dizendo coisa com coisa di jeito nenhum, di jeito nenhum.

— Eu sou boa nisso, de verdade — Thandi diz. Os dedos dela tremem enquanto ela vira cada página, mostrando para a mãe um esboço após o outro. A mãe tira o caderno dela e examina um desenho de uma mulher seminua diante de um espelho. Thandi tem certeza de que ela reconhece o espelho. É aquele da penteadeira. Thandi prende a respiração enquanto a mãe analisa a imagem. O Irmão Smith diz que ela é boa. *Você é um talento nato, Thandi.* Tudo que ela precisa fazer é reforçar o portfólio. Thandi olha para a página que a mãe está olhando, com o desejo de que tivesse sido mais precisa com trechos do esboço que parecem amadores sob o escrutínio da mãe. Ela oscila o peso entre as duas pernas, espremendo as mãos e depois colocando-as ao lado do corpo, já que ela não sabe o que mais fazer com elas. Delores fica em silêncio por um longo tempo. Longo demais.

— Qui cê acha? — Thandi pergunta, por fim. — Eu estava trabalhando nele para o Dia das Mães, mas demorou mais do que eu pensava.

Mas Delores está sacudindo a cabeça.

— Cê desenhô isso? — ela pergunta a Thandi sem tirar os olhos da mulher no papel.

— Sim — Thandi responde. — É para você. Um presente atrasado de Dia das Mães. — Mas Delores devolve o caderno para Thandi sem dizer nenhuma palavra. E volta a cozinhar, mexendo a panela de sopa de pé de boi. — Quero ser artista. Quem sabe cê pode começar a vender meus desenhos pros teus clientes. — Thandi continua, como se estivesse falando sozinha. — Eu sou boa mesmo, o Irmão Smith disse que sou talentosa de verdade. Ele me indicou para concorrer a um prêmio de arte na escola. Disse até que eu posso ir pra uma escola de artes.

Delores mexe a panela, e mexe, as palavras de Thandi parecem naufragar na sopa borbulhante.

— Mama, cê escutou? — Thandi toca no braço de Delores. — Mama, cê tá me ouvindo? Quero ir para a escola de artes e só preciso de cinco matérias.

— Estou ocupada — é tudo o que Delores diz. — Mando você pra escola para estudar. Então, cê vai ser alguém na vida. No mínimo. Não mi vem cum isso di novo, cê ouviu? Cê num é uma artista coisa nenhuma. A gente é pobre dimais pra isso. Cê vai ser médica. As pessoas num ganham a vida sendo alguma artista idiota. Você vê os rastas que vendem no mercado ganhando dinheiro c'a arte deles?

Thandi sacode a cabeça, olhos fixos no chão.

— Mas há diferentes tipos de artistas, Mama.

— Diferentes tipos de artistas uma ova! Cê vai estudar seus livro, cê ouviu? O CEC já tá chegando. Por que cê tá participando de uma porcaria de prêmio? Por que cê num tá estudando? Cê precisa das nove matérias pra ser a médica qui cê quer ser. Não d'um prêmio idiota.

— *Você* quer que eu seja médica. — Thandi coloca o caderno de desenhos sobre a mesa de jantar.

Delores olha para ela com atenção.

— Thandi, o que cê tá mi dizendo?

Thandi se encolhe sob o peso do olhar da mãe, as batidas de seu coração ecoam em seus tímpanos, o rosto dela esquenta.

— Nada — ela responde.

— Quem é qui tá enchendo tua cabeça cum tudo isso, hein? — Delores pergunta.

— Eu tenho minhas próprias ideias, sabia? — Thandi diz. Ela caminha para fora do barraco, entrando na escuridão que a consome, deixando a porta dos fundos aberta.

— Onde cê vai? Logo a janta fica pronta! — Delores grita para ela. Mas Thandi não responde. Está cansada demais. Ela se escora na parede de trás da casa e escorrega para baixo até as nádegas tocarem o chão.

Quando Thandi desaparece na escuridão lá fora, leva consigo todo o fôlego de Delores. A garota deve estar sentindo o cheiro do próprio amadurecimento, pensa Delores. Não é a sua Thandi. Ela deveria ser a boazinha, diferente da irmã. Se Thandi não tivesse sido tão boa menina esse tempo todo, Delores teria batido na cabeça dela com a concha que usa para mexer a sopa. Os olhos dela traziam a mesma centelha daquilo que Delores viu nos olhos de Margot anos atrás; a mesma centelha que fazia Delores desviar o olhar, para que não a atingisse como um raio.

Ela não consegue tirar da cabeça o esboço da mulher seminua em pé diante do espelho. A semelhança entre Delores e a mulher é inquietante, quase como uma fotografia, o mesmo rosto, os mesmos olhos, a mesma boca, os mesmos seios flácidos apoiados no alto da enorme saliência de sua barriga.

A sinceridade dos olhos da filha quando a olhou e o sorriso esperançoso se espalhavam pelo rosto da garota, algo que Delores não via há muito tempo, porque Thandi estava sempre muito séria. No esboço, Delores viu tudo o que pensava ter escondido tão bem, guardado no passado, acumulado como os passos que ela dá, um de cada vez. No desenho da filha, ela viu os traços de seu rosto, o queixo duplo. Viu uma mulher feia, uma mulher negra feia com olhos salientes muito arregalados para que se olhasse dentro deles antes de se desviar o olhar, e um nariz achatado demais no rosto largo. Nesse esboço, ela não era um ser humano, e sim um animal. É desse jeito que a filha a enxerga, um rosto enorme e infeliz. Todos os segredos e inseguranças de Delores estão expostos ao olhar daquela criança.

Margot mal tinha completado catorze anos na época. No verão, quando ela não estava na escola, ajudava Delores a carregar as coisas até Falmouth e a expô-las para que a mãe pudesse vendê-las. Enquanto Delores vendia as peças aos turistas, Margot ajudava a juntar o troco e a embrulhar os itens frágeis em jornal. Um dia, um homem alto de cabelo escuro descobriu por acaso a barraca de Delores. Ele usava óculos escuros, como a maioria dos turistas. Tinha presença, um ar que Delores associava a pessoas importantes, pessoas brancas. Como aquelas que só compravam na barraca dela. Exceto pelo fato de que o homem não era branco. Miscigenado, talvez. Pardo. Ele usava uma camisa de colarinho americano que revelava os pelos escuros em seu peito. Quando Delores ergueu os olhos, viu que ele deitava os dele em Margot. Ele se virou para Delores, com o olhar escondido atrás dos óculos.

— Quanto? — ele perguntou com uma voz que soou como um trovão para Delores.

— As bonecas são vinte, sinhor. Ah, e as estátuas por quinze americanos, mas posso fazer pr'ocê pur dez. I as camisetas! São exclusivas, sinhor. Sem igual! Só quinze dóla.

— Não — o homem disse, colocando novamente o olhar em Margot. — Estou falando dela. — Ele usou o queixo pontudo para mostrar uma Margot esquelética que, na época, mal havia começado a menstruar ou a desenvolver seios. Delores moveu os olhos que pousavam sobre a filha até o estranho alto de óculos escuros.

— Ela não está à venda, sinhor.

O homem tirou um maço de dinheiro que começou a contar na frente de Delores. Ela o viu contar seiscentos dólares em notas. Nunca tinha visto tanto dinheiro na vida. Os estalidos secos das notas e seu odor de novas – que Delores pensava ser o cheiro que tinha a riqueza –, a possibilidade de tirar a família de River Bank, de pagar escola, livros e uniformes para a filha, de comprar um telefone e uma linha fixa para ligar para as pessoas quando quisesse em vez de esperar a fim de usar o telefone do vizinho; todas essas possibilidades eram muita coisa para digerir de uma só vez.

— Sinhor... mas ela... ela só tem catorze anos.

— Estou bem ali. — Ele apontou para um grande navio de cruzeiros que estava bem à vista. — Vou trazê-la de volta antes do jantar.

O homem colocou as notas na frente de Delores. Ela tirou os olhos do monte para olhar dentro dos olhos aterrorizados da filha. Margot sacudia a cabeça devagar, balbuciando "não", mas Delores havia tomado a decisão no minuto em que o odor das notas chegou a ela. Seus olhos suplicavam à filha, e também encerravam um pedido de desculpas. *Por favor, m'intendi. Faz isso agora e você vai mi agradecer depois* era o que Delores tinha a esperança de que seus olhos dissessem. Ela assentiu para o homem quando Margot desviou o olhar, derrotada. O homem levou Margot a algum lugar, Delores não perguntou onde. Foi na direção do navio que estava atracado durante o dia. A garota foi atrás dele, com passos hesitantes. Nunca olhou para trás para ver as lágrimas nos olhos de Delores.

Quando o homem trouxe Margot, ela se recusou a falar com Delores. Naquele dia, Delores saiu do mercado com seiscentos dólares e uma gorjeta acrescentada pelo homem. "Essa tem talento", ele dissera a Delores com uma piscadela. Delores enfiou o dinheiro no sutiã. Em casa, ela o escondeu no colchão, onde escondia todo seu dinheiro. Escondeu tão bem que sequer notou quando o dinheiro desapareceu. Só meses depois, quando o irmão, Winston, que morava com elas na época, anunciou ter conseguido um visto e uma passagem só de ida para os Estados Unidos que Delores se perguntou onde ele conseguiu o dinheiro. Imediatamente depois do anúncio de Winston, Delores arrancou os lençóis da cama e enfiou a mão dentro do buraco sob a camada de espuma. Não saiu nada em seus dedos desesperados. A compreensão queimou seu estômago e se alastrou por toda a extensão de sua barriga como a pressão de um bebê prestes a nascer, pois Thandi havia começado a chutar. Delores quase sofreu um colapso, não pela fúria e pela raiva extrema que ela nutriu pelo irmão, mas pela perda da inocência da filha, que – algo que ela só compreendeu tarde demais – valia mais do que o dinheiro que perdeu e todo o dinheiro que viria a ganhar.

Embora não conheça a história, Thandi capturou toda essa mazela. Tudo o que Delores representa para ela é essa mulher negra e feia, incapaz de qualquer coisa exceto ataques de raiva e crueldade. Quem poderia imaginar que suas duas filhas viriam a enxergá-la desse modo? Delores afunda na cadeira em volta da mesa de jantar. Thandi, assim como Margot, a odeia. Assim como Mama Merle, sentada lá fora na cadeira de balanço. A velha vai passar mais um dia desejando ter o filho amado e imprestável em casa; enquanto Delores vai continuar se quebrando toda para sustentar a família, fazendo o que ela faz de melhor: sobreviver.

O próprio Alphonso deu a notícia de que a srta. Novia Scott-Henry havia decidido pedir demissão. Mas, no momento em que foi feito, o anúncio já estava esvaziado de qualquer potencial impactante. Margot certamente poderia ter ido até a mulher com as fotos e dado a ela um ultimato: *Ou você se demite ou vazo isso para a imprensa.* Mas não foi necessário, pois o que ocorreu logo depois teve um desenrolar ainda mais épico. Começou com um grito. Um uivo que alarmou todo o 16º andar quando as camareiras descobriram as duas mulheres nuas na suíte da cobertura. O grito das camareiras atraiu outras camareiras de outros andares que haviam acabado de escorregar para dentro de seus uniformes e sapatos confortáveis, ainda cantarolando as canções de igreja do avivamento da noite anterior.

Doçura não lidou bem com aquilo, paralisada pela culpa. Margot temia que ela pudesse dar alguma informação incriminadora sobre o que havia realmente ocorrido, então decidiu liberá-la, entregando a ela uma indenização.

— Cê tá mi demitindo? — a garota perguntou. — Mas fiz o qui cê mandou.

— Cê fez o qui mandei. Agora pode ir.

— Mas pensei qui cê ia mi contratar.

— Não com cê aparvalhada por aí como si tua mãe tivesse acabado di morrer.

— Só tô mi sentindo culpada, como uma pessoa normal qui tem coração. O qui vai acontece c'a muié agora?

— Num si preocupa cum isso. Tá feito.

— Eu num consigui mi aguentar. Nem mesmo por mim. Ser enxotada dessi jeito. Por que cê feiz uma coisa dessas si você é...

— Tá aqui teu dinheiro. É pegar ou largar.

Mas Doçura deixa o envelope gordo e branco cair entre elas. Foi Margot quem o pegou do chão e o limpou.

— Então, cê vai agir como si num merecesse? — ela perguntou à garota. — Tudo bem, volta pro lugar di onde cê veio. Vou fazer bom uso desse dinheiro. Tem mais umas cem garotas por aí.

Doçura observou Margot colocar o envelope de volta na bolsa. Ela engoliu em seco.

— Eu não disse qui quero parar di trabalhar pra você — ela falou.

— Bom, si cê quer continuar a trabalhar pra mim, para de falar sobre o que aconteceu. — Margot chegou mais perto. Ela usou uma das mãos para agarrar a garota pelo queixo. — Olha para mim. Tá feito. A mulher se demitiu. O qui quer qui aconteça com ela di agora em diante num é da sua conta nem diz respeito a você. Ela vai ficar bem. Essas pessoas não sofrem. Elas nem sabem o significado dessa palavra. A gente tem coisa mais importante pra fazer. Então, ou cê continua nadando ou cê si afoga.

A garota assentiu.

— Sou ótima nadadora.

Naquele mesmo dia, depois de anunciado que a srta. Novia Scott-Henry se demitiria, Margot participou de sua primeira reunião do conselho. Como encarregada sênior, ela tinha de ajudar Alphonso na gestão de danos. Quando abriu a porta do banheiro, onde foi para se arrumar antes de entrar, a srta. Novia Scott-Henry estava recurvada sobre a pia, ocupando-a em toda extensão com as duas mãos. O corpo dela se retorcia e tremia. Os olhos delas se encontraram no espelho. Foi quando Margot viu as lágrimas; as longas linhas que desciam no rosto dela. Como cicatrizes.

19

Charles concordou em voltar para dar uma ajuda com o pátio, arrancando o mato e lavando as manchas das paredes e da entrada. Ele nunca faz uma pausa e recusa a comida e a água que Verdene oferece. Por fim, ela o convence a entrar e tomar um chá.

— Não se preocupe, não é veneno. — Verdene deposita uma bandeja com xícaras de chá e pires que, no passado, a mãe dela reservava às visitas especiais. Charles observa-a servindo o chá de hortelã. A mão dela treme um pouco enquanto o líquido enche sua xícara, de onde sobe uma nuvem de vapor. Ele não bebe antes que ela leve a própria xícara à boca.

— Você não é de muita conversa — ela diz, sentando-se de frente para ele na mesa de jantar.

— Não quando estou trabalhando. — Ele pousa a xícara no pires. Ela percebe que ele não olha ao redor, como as pessoas costumam fazer na primeira vez que entram em algum lugar.

— Então, você é um trabalhador dedicado. — Ela se arrepende da afirmação assim que a profere. Ela parece pretensiosa, condescendente. Queria poder retirar o que disse. — Faço u qui precisa ser feito — diz ele. — Meu pai costumava dizer qui o jeito de um homem trabalhar é um reflexo do caráter dele.

— Quem é seu pai? Se você não se incomoda que eu pergunte.

— Asafa.

— O lagosteiro? — Verdene pergunta, se lembrando do pescador. Como ela podia não saber que ele era seu filho? Eles são idênticos: os mesmos olhos cor de sépia, o mesmo nariz, a mesma covinha sutil no queixo. Asafa era apenas um garoto quando Verdene partiu. Um garoto da idade dela que, como o pai, um homem chamado Barry Caolho, começou a pescar desde cedo. — O lagosteiro é o seu pai. — A afirmação, a declaração, é feita enquanto a imagem de Asafa aparece diante dela como um desenho técnico. — Você disse "costumava"? Onde seu pai está agora?

Charles coloca a xícara na frente do rosto de novo, escondendo totalmente o nariz. Ela observa, na garganta dele, o ritmo com o qual ele engole. Enquanto limpa a boca com as costas da mão, ele diz:

— Ele se foi.

Verdene brinca com a borda da xícara.

— Sinto muito.

Charles encolhe os ombros.

— A vida é assim.

Verdene ergue a xícara e a segura para aquecer as mãos.

— Ainda estou me recuperando da morte de minha mãe. Por isso, mal posso imaginar como você se sente.

249

— Ele não morreu. Ele foi embora.

— Ah.

Uma mancha de céu azul emoldura a cabeça dele. Normalmente, quando Verdene se senta à mesa a essa hora do dia, não vê nada além do céu. Isso a faz desejar fazer qualquer coisa que esteja em seu poder para mantê-lo ali, sua única companhia verdadeira além de Margot.

— Mais chá? — ela pergunta, com a esperança de elevar os ânimos. Ele assente. Ela coloca mais chá na xícara dele e pousa o bule no centro da mesa. Charles o examina.

— Isso mi lembra algo qu'eu veria no Palácio de Buckingham — ele diz.

Verdene ri.

— Você já esteve lá?

— Não, mas essi é o tipo di bule qu'imagino qui a rainha teria na cristaleira dela.

— Foi um presente que minha tia mandou para minha mãe logo que se mudou para Londres.

— Como é a vida pur lá?

Verdene faz uma pausa. Ela nunca fala sobre o período que passou em Brixton.

— É boa.

— Só boa?

— Não me mudei para lá por escolha própria.

— Cê viu a rainha alguma vez?

— Não. Na verdade, eu não saía muito. Era só do trabalho para casa e para a igreja. De vez em quando, saía para dançar. Além do que, meu trabalho como assistente editorial na pequena editora do meu tio era bem puxado.

Os olhos de Charles se arregalam.

— Cê ia pra igreja?

— Por que tanta surpresa?

— Bom... — A voz dele desvanece.

— Não sou uma herege. Sou igual a você.

— Você não é nada igual a mim. — Ele diz isso depressa demais. Verdene deve ter parecido magoada, porque ele se corrige. — Eu num sou de igreja.

— Você frequenta a escola? — ela pergunta, satisfeita por mudar de assunto. — Você parece bem inteligente.

— Também não faço isso. Não depois que meu pai foi embora. Tive qui cuidar da minha mãe.

— Isso é muito responsável de sua parte.

— Si continuasse a escola eu ia ser arquiteto. Cê sabe, projetar prédios i grandes hotéis iguais aos daqui da Costa Norte. Eu num ia deixar expulsarem as pessoas das casas delas.

— Ainda está em tempo, sabe.

Charles sacode a cabeça.

— Para mim, não. Gente como eu num pode pagar essi tipo di educação.

— Há bolsas de estudos. Posso ajudar você a se candidatar.

— Cum todo respeito, senhorita, num quero tua caridade. Vim aqui pra trabalhar. Cortar a grama, lavar a entrada. Sempre enfrentei as dificuldades sem ninguém mi ajudar.

— Ok. Só estou dizendo que você pode fazer muito mais. Você ainda é muito jovem. Não gostaria de acordar um dia e perceber que desperdiçou a vida inteira. Não é algo bom de se sentir, acredite em mim.

— Cê acha qui desperdiçou tua vida? — ele pergunta, inclinando a cabeça para um dos lados.

— Tem muitas coisas que eu teria feito diferente.

— Diz pra mim uma coisa qui você ia fazer diferente.

— Não teria me casado tão jovem.

— Cê foi casada?

— Sim. Por cinco anos.

— Com um homem?

— Não. Uma mulher. — Há um movimento sob a pele dele, como se os músculos cedessem, afrouxando as mandíbulas. É então que Verdene desata a rir e diz: — Claro, bobo. Um homem. — Ele ri também, mas só um pouco, parecendo ao mesmo tempo aliviado e confuso.

— Então, é verdade?

— O quê?

— O que as pessoas dizem d'ocê.

— Elas não sabem nada de mim. — Ela levanta e ergue o bule. — Deixe-me esquentar mais água. Essa está ficando fria.

Charles se recosta na cadeira. Faz o pires girar, mas não diz nada, como se as perguntas que Verdene percebe fervilhando na cabeça dele fossem muitas para serem feitas todas de uma vez. O chá e a conversa são suficientes nesse dia. Embora Charles tenha provado ter a mente mais aberta do que outros rapazes de River Bank, Verdene fica em dúvida sobre o que ele pode aceitar e o que ele não pode.

— O que fez você me ajudar naquele dia?

Charles encolhe os ombros.

— É que sei como é ser mal visto. Ser u assunto da cidade. Sentir qui todo mundo empina o nariz pra você porque acha qu'é milhor que você.

— Sua mãe criou um bom filho. — Verdene diz, quase estendendo a mão que está livre para segurar a dele, mas decidindo não fazê-lo.

Os croquis do novo hotel estão espalhados sobre a mesa de jantar de Alphonso. Será maior e mais imponente do que o Palm Star Resort, com serviço de mordomos, uma jacuzzi em cada quarto, spa e centro de relaxamento com uma gama de massagens diferentes, desde as com pedras quentes até as eróticas, bar de esportes, restaurante com vista para a piscina e um imenso salão de festas. Margot analisa os croquis e percebe que River Bank será totalmente ocupada. O rio em forma de Y será usado para rafting e esportes aquáticos e a praia de areias brancas será transformada em praia de nudismo. Em meio ao entusiasmo ao seu redor, Margot não diz nada.

— Não sei ainda como iremos chamá-lo, mas seja qual for o nome, tem de ser bem atrativo — Alphonso diz a um grupo fechado de investidores. — A marca é tão importante quanto as características.

— Concordo — diz um investidor, que tem um bigode estranhamente modelado.

— Temos até agosto para resolver isso. No momento, devemos nos preocupar mais com o desenvolvimento. Estamos perdendo dinheiro nesse acordo com o governo. O Ministério do Meio Ambiente ainda não nos deu o sinal verde. — A voz de Alphonso ressoa como um trovão. Ele esteve bebendo uísque e o rosto dele está ruborizado.

— Por que mesmo precisamos da aprovação deles? — um investidor pergunta. É o mais sério, servindo para si mesmo apenas água, apesar de toda a bebida oferecida. — Podemos fazer do jeito fácil. Conseguir que os proprietários do terreno assinem a autorização. Se conseguirmos o aval deles, estaremos prontos para começar.

— Sim, entendo o que você está dizendo, Virgil — Alphonso responde. — Mas mesmo se os proprietários do terreno nos derem permissão, isso teria um custo. Não temos de dar algo a eles? Tem sido difícil tirar as pessoas do lote. Precisamos de um acordo com o governo para nos proteger.

— É complicado esperar que aquelas lesmas do Parlamento nos deem sua assinatura — diz Virgil. — Enquanto esperamos, nossos materiais estão se deteriorando com as intempéries. É muito dinheiro descendo pelo ralo. Mais dinheiro do que custaria pagar aos proprietários do terreno uma pequena compensação e tirar os demais à força.

— Força? — Margot pergunta, se manifestando pela primeira vez desde que se reuniram. — Eles viveram ali a vida inteira. Vocês não acham que eles merecem a decência de um aviso?

Os homens interrompem o bate-boca e olham para Alphonso porque, obviamente, apenas ele pode explicar por que ela está ali e por que as opiniões dela interessam em seus mais de trinta anos de fusões, demolições, deslocamentos forçados, monopólios e extorsões. Há espaço suficiente para se retirar. Mas ela fica.

— Não se preocupe com isso. — Alphonso põe um braço em volta da cintura dela. — Você será bem tratada. — Ele beija o pescoço dela.

Mas Margot endurece.

— E quanto aos outros? E quanto à minha... — Ela faz uma pausa para respirar. — Minha família mora ali.

Os outros homens desviam os olhos, balançando a cabeça.

— Não se preocupe — Alphonso repete. Ele ri com os homens da sala. Alphonso ainda não fez a proposta para promovê-la. Ontem, na sala da diretoria, ele falou apenas com o pessoal administrativo sobre horas extras para assumirem a partir de onde a srta. Novia Scott-Henry parou até que ele contrate alguém. Ela devia ter ficado de boca fechada se quisesse que ele a escolhesse para dirigir o novo empreendimento. De qualquer modo, ela sempre quis sair de River Bank. Com a nova promoção, ela pode enviar Thandi para terminar os estudos em Kingston e, então, para a universidade. Pode comprar aquela casa em Lagoons com a qual vem sonhando e convencer Verdene a vir morar com ela como se dividissem a casa. Elas podem ficar juntas sem ninguém fazer perguntas. Ela poderia encontrar uma casa de repouso para a Vó Merle. E Delores? Delores terá de cuidar de si mesma.

Mas talvez seja tarde demais.

Alphonso não deixa a mão nas costas dela por muito tempo, como de costume. Ele a ignora pelo resto da noite e ela beberica lentamente uma taça de vinho que serviu para si mesma.

— Ainda não decidi quem irá gerenciar o novo resort — ela o escuta dizendo a um dos cavalheiros que está sentado à direita dele. Margot, que está sentada à esquerda, se inclina para a frente, quase batendo a taça de vinho na mesa de café. Quando a noite chega ao fim, ela espera pacientemente enquanto os homens trocam apertos de mão. Eles caminham até seus carros luxuosos com os rostos brilhantes ruborizados. Atrás deles, Alphonso inclina a cabeça quando cada um dos homens dá um tapinha em suas costas.

— Bom fazer negócio com você.

Enquanto isso, Margot cruza os braços na frente do peito e espera no sofá até ele terminar a última conversa. Foi ela que tornou tudo aquilo possível. Foi ela que conseguiu que Georgio, o maior investidor, assinasse o cheque. Naquele instante, Alphonso está prestes a destruir River Bank para concluir o próprio sonho. Alphonso se vira para Margot e acena para ela.

— Venha dizer adeus a Martine!

Ela levanta e vai até a porta de entrada, onde os dois homens estão esperando. Alphonso faz gestos grandiosos com as mãos.

— Ela é meu braço direito e ficará a cargo de todas as atividades complementares do novo resort — ele diz ao homem.

O homem olha para Margot.

— Posso experimentar?

— Experimentar o quê? — Margot pergunta, fingindo ignorância.

— Os extras.

— Martine quer degustar os produtos que iremos oferecer no novo empreendimento — Alphonso diz, dando um sorrisinho. E volta-se para o homem. — Acredite, cê num sabe o que é sexo do bom até experimentar uma dessas garotas. No novo hotel, todas serão contratadas como funcionárias, de camareiras a atendentes do bar, de recepcionistas a salva-vidas e massagistas.

Margot sabe o que está em jogo, então ela faz a vontade deles.

— Darei a você uma degustação amanhã.

— Que tal hoje à noite?

Alphonso assente, mas Margot se recusa a jogar esse jogo.

— Você poderia nos dar licença? — ela diz ao homem.

— Alphonso e eu precisamos conversar.

— Como quiser! Posso esperar a noite toda por você.

Assim que ela e Alphonso estão onde não podem ser escutados, próximos às palmeiras, ela diz:

— Você conseguiu o que queria, e quanto ao que eu quero?

— Com referência a quê?

— Ao novo hotel. Você prometeu.

Ele coloca as mãos no rosto dela com delicadeza.

— Por que não se concentrar naquilo em que você é realmente boa? Você é excelente com as garotas.

Ela afasta o rosto.

— Você acha que quero passar o resto da vida fazendo isso?

Alphonso ri.

— Ah, Margot, cê nunca deixa di mi surpreender. Dou a você uma oportunidade de brilhar e você reclama.

— Quero uma promoção.

— Você não tem os requisitos, Margot.

— Quais os requisitos? — Margot não dissimula o leve tremor que irrompe de dentro dela. — Você me prometeu.

— Mas, Margot, não é assim que funciona. Você sabe como sou criticado por administrar o hotel de modo diferente do meu pai. Quero construir minha reputação novamente. Você sabe que as pessoas vão indagar sobre sua formação e experiência. Não posso deixar isso acontecer, é por isso que trouxe Novia. Não apenas por ela ser brilhante, mas ela trouxe pessoas. Ela é a primeira verdadeira embaixadora da Jamaica.

— Uma embaixadora que dorme com garotas menores de idade.

Alphonso faz uma pausa e fecha os olhos por um breve instante.

— Eu conheço a Novia. Ela e minha esposa são grandes amigas.

Margot bufa diante disso e revira os olhos.

— Está explicado.

— Ela é uma boa pessoa. As indiscrições dela podem ser perdoadas.

— Agora cê parece um maldito político, ou um padre.

— São negócios.

— Mostrei os planos para você. Forneci ideias para você. E agora cê tá dizendo que não tenho os requisitos para gerenciar um resort?

— Margot, você não está me entendendo.

— Cê foi bem claro. Deixa eu contar uma coisa para você. Contrate qualquer outra pessoa e levo às autoridades o círculo de prostituição. Não só isso, tenho fotos para a imprensa da tua amada embaixadora fodendo uma prostituta. Uma mulher. — Ela lança isso como se fosse uma pedra. Alphonso pisca. A boca dele se abre e se fecha antes que as palavras saiam.

— Você não ousaria.

— Quer ver só?

— Você é uma vadia sem sentimentos.

— Você me deixou assim.

— Margot, não faça isso.

— Não fazer o quê? Deixar as pessoas verem cê despencar da glória? Deixar qui elas vejam como cê arrasta a dinastia Wellington pra sarjeta? Há! Você sempre foi o incompetente, Alphonso. Um idiota que depende da inteligência dos outros.

— Nunca confiei em você.

— Então somos dois. Ou você mantém tua promessa ou cê fica com o nome sujo na imprensa.

— Você é uma lunática se pensa que é fácil assim.

— Uma lunática que você continua fodendo. Hora de pagar a conta. Você sabe que não sou de graça.

— Paguei os estudos da sua irmã. Parece que você esqueceu.

— Ainda não é suficiente.

Alphonso chega mais perto dela com os punhos cerrados.

— Você é uma puta com sede de poder que foderia com qualquer coisa, Margot. Fiquei surpreso que não foi você que encontraram com a Novia na cama naquele dia, embora eu ache que minha mulher tenha dado a ela uma boceta melhor.

Margot dá um tapa no rosto dele. Ela o estapeia com tanta força que o som ecoa, inesperado como um tiro de revólver. Mas ele simplesmente fica ali, com um sorrisinho no rosto.

— Acho que está na hora de você ir — ele diz, por fim, segurando a face esquerda.

— Você tem um dia para pensar no que eu disse — Margot fala.

— Não vou ceder.

— Então, envio tudo hoje à noite. Simples assim.

— Ok, ok. — Ele ergue as duas mãos. — Vou anunciar sua promoção a gerente geral do novo hotel na segunda-feira às oito horas em ponto. Agora você sabe onde é a porta.

Embora esteja em pé, Margot se sente como se estivesse de joelhos. Pega suas coisas e parte na fria escuridão da noite.

Martine sumiu de vista. Na língua dela, o sabor da vitória é amargo e a faz lembrar do dia em que ela deu ao Tio Winston os seiscentos dólares que Delores recebeu do estranho no mercado Falmouth. Ela entregou o dinheiro pensando que ele a deixaria em paz. A vitória foi passageira, pois Delores se tornou ainda mais cruel, mais ávida, sujeitando Margot a mais estranhos para compensar o dinheiro que perdeu. Margot só percebeu quando já era tarde demais que, ao dar o dinheiro ao Tio Winston, ela estava entregando a si mesma.

PARTE 3

LÁ
VEM
O SOL

PARTE 3

LA
VEM
O SOL

21

Lá fora, o ar úmido está suspenso como as mangas nas árvores. É junho, o final da temporada das mangas. Então, o vento leve, quando existe, carrega o cheiro doce e deteriorado das mangas podres. A área externa da escola está vazia, uma vez que as aulas já começaram. O sol brinca no gramado bem cuidado que é circundado por prédios incomuns de dois andares construídos pelos fundadores britânicos da escola. Os passeios são demarcados por cercas-vivas e bem podadas de hibiscos vermelhos e rosados, todos conduzindo à sede administrativa em arquitetura vitoriana, lugar onde Thandi imagina que meninas de pele pálida usando enormes chapéus costumavam bebericar o chá da tarde nos velhos tempos, antes de meninas negras serem aceitas. Ela tem dificuldade em se concentrar em seus estudos como deveria, e perambula entre as aulas.

— Mocinha, por que você não está na classe?

Thandi se vira e vê a Irmã Benjamin, uma freira forte e magra cujo nariz pontudo parece o bico de uma ave. Ela é a enfermeira da escola.

— Hum... é... Fui encaminhada a... Estou me sentindo mal. — Thandi deixa isso escapar, surpresa com a própria habilidade para inventar uma mentira dessas rapidamente enquanto olhava direto nos olhos da freira.

— Venha comigo — diz a Irmã Benjamin, de um jeito autoritário. Thandi a segue até uma área mais sombreada próxima ao prédio de educação física, onde fica o consultório da enfermeira. Thandi se senta na cadeira de metal diante da mesa de forma comportada, com as costas eretas e as pernas cruzadas nos tornozelos. Nas prateleiras do consultório, há moldes plásticos de várias partes da anatomia humana, como os olhos com veias azuis retorcidas delineadas na córnea, os intestinos que fazem um ziguezague por toda a parte inferior do manequim, e o útero que é moldado como os chifres de um carneiro. O ar-condicionado do consultório dá a mesma sensação de quando se abre o freezer do sr. Levy para ver as garrafas de refrigerantes que estão lá dentro. Essas freiras brancas jamais sobreviveriam na Jamaica sem ar-condicionado. Thandi imagina que elas derreteriam como a cera das velas.

A Irmã Benjamin examina Thandi. Pressiona a mão rosada e fria contra o seu pescoço. Como se estivesse insatisfeita com o que sentiu, busca o termômetro e diz a Thandi para abrir a boca. Ao retirá-lo e olhar para ele, faz um sinal afirmativo para si mesma com a cabeça.

— Quando seu mal-estar começou? — ela pergunta.

Thandi limpa a garganta.

— Mês passado, senhorita. — É verdade que ela não tem se sentido ela mesma ultimamente. A motivação para fazer os trabalhos escolares diminuiu, embora ela ainda tenha boas notas. Talvez seja porque faltam apenas poucos dias para os exames e ela está pronta para acabar com isso.

— Mês passado? — A Irmã Benjamin ergue uma sobrancelha. — Você tem tido dores de cabeça, náuseas, vômitos? — a Irmã Benjamin pergunta a Thandi.

Thandi assente, aliviada em poder se safar com a mentira. Ela engole em seco, aliviada pela lembrança das ondas de calor vertiginosas que tem tido devido ao plástico e ao moletom que tem usado desde fevereiro.

— E fadiga? — a Irmã Benjamin pergunta. — Tem se sentido muito cansada ultimamente?

Thandi assente outra vez, pensando na onda de exaustão sorrateira que a invade de repente.

— Teve alguma menstruação atrasada?

Thandi limpa a garganta e abaixa os olhos.

— Vai ficar tudo bem, querida — a Irmã Benjamin diz, inclinando-se novamente para tocar o braço de Thandi. — Você pode falar para mim.

Thandi se retesa. Ela dá um suspiro profundo para se controlar.

— Como foi que aconteceu, meu amor? — a Irmã Benjamin pergunta.

— Não estou grávida. — Thandi diz. — Eu nunca...

— Você nunca teve relações sexuais com ninguém? É isso que você ia dizer?

— Não... Quer dizer, sim... Quer dizer, não... Eu... Eu não fiz nada.

Se ela disser à Irmã Benjamin o que realmente aconteceu tantos anos atrás, significaria que sua dor não seria mais sua. Ela sacode a cabeça, com o olhar cabisbaixo.

— Não estou grávida.

— Então, o que você tem escondido embaixo desse moletom? Está fazendo uns cem graus lá fora.

O rosto de Thandi esquenta. A Irmã Benjamin jamais entenderia. Como ela pode explicar que queria ficar clara, como a Virgem Maria ou as freiras e as garotas da escola que consideram a própria cor como natural? Thandi não sabe o que é pior aos olhos dessa mulher de Deus: a descoberta de que ela está corrigindo um erro divino ou até mesmo cometendo a blasfêmia de sugerir que Ele errou; ou a suposição de que ela fornicou e engravidou. Os olhos de Thandi se fixam em um cartaz na parede que afirma, em letras grossas: "VOCÊ É FEITA À IMAGEM DE DEUS". Abaixo dessas palavras, uma menina frágil aparentando ser a Virgem Maria curva a cabeça coberta, em atitude de devoção, e sua pele branca leitosa brilha sob uma luz que parece descer do céu. Thandi evita os olhos dela.

— Vamos rezar — diz a Irmã Benjamin, esticando os braços para dar as mãos a Thandi por cima da mesa. Thandi se recosta e coloca as suas mãos nas da Irmã Benjamin. As mãos da mulher a apertam, seus olhos se fecham.

— Repita depois de mim: "Oh, meu Deus, estou sinceramente arrependida por Vos ter ofendido e desprezo todos os meus pecados diante de Vosso justo castigo"...

Quando Thandi abre os olhos, a Irmã Benjamin está sorrindo.

— Obrigada, Irmã Benjamin — Thandi engasga ao falar, incapaz de olhá-la nos olhos. Percebe o olhar da Irmã Benjamin sobre ela enquanto pega suas coisas na cadeira e se dirige à porta.

— Concentre-se em sua educação. Uma garota como você não pode se dar ao luxo de não fazer isso. Acredite em mim, você não gostaria de jogar tudo isso fora apenas por suas indiscrições. Ou as de alguma outra pessoa. — Uma sombra cai brevemente sobre o rosto dela como um véu. Quando Thandi pisca, ela desaparece, substituída por uma marca serena de reprovação.

Thandi segue direto para a casa de Charles, com a mochila chacoalhando atrás dela. Irá se desculpar com ele pelo último encontro, dizer a ele que não tinha agido como ela mesma; que deu algo nela que a fez agir como agiu, constrangendo a ambos. Empurra o portão e corre até o barraco dele. Caim e Abel a seguem. Eles já a reconhecem, pulam para recebê-la, com os rabos abanando e as línguas de fora. Ela bate na porta de Charles. Quando bate novamente e ninguém responde, ela espia pela janela. Ele não está. Passa os olhos pelo pátio, imaginando onde ele poderia estar, já que não estava às margens do rio. Nem no barco do pai. Ela observa o barraco principal, onde a porta abre e fecha com o vento leve. Nunca pensou em procurar lá. Nunca pensou em entrar, pois em River Bank sabe-se que a srta. Violet não recebe visitas. Mesmo assim, Thandi vai à casa principal e empurra a porta, abrindo-a.

A casa fede a babosa e folhas de tamarindo fervidas. Thandi tem um calafrio por causa do fedor, que a faz lembrar de seu mal-estar. Mas é a mistura mais forte de urina, fezes e algo mais que a faz vomitar o almoço que comeu na escola pouco antes. A escuridão não permite que Thandi enxergue muito além da entrada. Ela pensa em dar meia-volta e sair, mas os pés dela ficam enraizados, como se o chão fosse feito de cimento fresco. Alguém tosse. A isso se segue um lamento, como o som de um filhote de pássaro ou algo ainda mais frágil. Thandi caminha para dentro, os pés dela arranham as placas de madeira do chão. Ela coloca a mochila nos dois ombros para que as mãos fiquem livres para tatear ao redor. Um raio de luz entra pelo pequeno rasgo na cortina da única janela. A cortina, Thandi repara, é apenas um velho lençol. Essa luz fraca permite que ela veja a pequena mesa com um par de cadeiras, algumas caixas de papelão, uma pilha de jornais velhos e um barril. Agora que ela está ali dentro, o mundo exterior parece um país estrangeiro. Não há conceito de tempo e espaço. Embora atualmente seja 1º de junho de 1994, a data, de acordo com o calendário com manchas de água pendurado na parede, ainda é 7 de agosto de 1988.

Dentro daquela casa, o furacão Gilbert ainda não veio devastar a ilha, expulsando alguns moradores de River Bank por causa da inundação. Dentro daquela casa, Edward Seaga ainda é o primeiro-ministro da Jamaica, um retrato amarelado dele está colado ao lado do calendário. Dentro daquela casa, um pescador chamado Asafa ainda leva lagostas para sua família. Quando Thandi se aproxima do quarto (a área, separada por uma divisória, onde o lamento fica mais alto, como o som de um animal ferido, ao contrário da criatura frágil e fraca que Thandi havia imaginado antes), uma mulher frágil chama:

— Asafa? É você? — Mas não é essa suposição que pega Thandi desprevenida; é o som trêmulo e áspero feito cascalho da voz da mulher, como se ela tivesse chorado por horas, dias, semanas, meses, anos. Quase uma década. — Asafa?

Thandi se detém. Embora ela quase não tenha respirado desde que entrou na casa, ela exala o pouco ar que sobra.

— Não, Mama, sô só eu. Cê tá imaginando coisas di novo. — É Charles. Thandi caminha na ponta dos pés até a lateral da divisória, feita de um material vermelho, estofado e aveludado, que ela via sempre nas cadeiras da loja de móveis do sr. Farrow. Ela observa Charles torcendo uma toalha em uma bacia. Thandi escuta a agitação da água. A mãe dele está sentada em uma cama estreita, nua, parecendo uma grande boneca. O cabelo escuro dela está desgrenhado, cingido por um grisalho ressecado. Sob os olhos dela, que são fundos e arregalados, há bolsas escuras como olheiras. É difícil para Thandi reconhecer a srta. Violet sob toda aquela carne enrugada. O rosto dela parece ter sido amarrotado ao longo de muitos anos de decepção, preocupação, tristeza e saudade.

Aquela é a mãe de Jullette. Uma mulher que, antigamente, Thandi considerava a mãe mais bonita, carinhosa e protetora em comparação com a sua. A srta. Violet dava amendoins a Jullette mesmo se ela não pedisse. Também fazia permanentes nela, algo que Thandi invejava porque fazia Jullette parecer adulta. E quando o cabelo de Jullette começou a cair, a srta. Violet a fez usar aqueles alongamentos com tranças desde a raiz. Elas conversavam como amigas, sorrindo e rindo uma para a outra o tempo todo. Nunca houve nenhuma surra ou humilhação. Como única menina em uma família de meninos, Jullette fazia tudo o que queria sem medo de uma mãe dominadora. A srta. Violet vendia amendoins, bolas de tamarindo e camarão picante em frente ao portão da escola primária. Estava sempre preparada para receber Thandi com seu belo sorriso, embora na época só lhe restassem alguns poucos dentes na boca. "Aí, menina estudiosa!"

Hoje, a mulher parece ter envelhecido cinquenta anos, seus olhos estão vidrados de nostalgia.

— Cê lembra de Irby i Georgie? — ela pergunta ao filho, pronunciando "Georgie" como "Jaaaji". Sua língua rosada atola na boca aberta, desdentada, como uma baleia.

— Sim, Mama — Charles responde, usando a toalha para banhar a mãe.

A srta. Violet é indiferente a isso. Indiferente ao filho crescido que a limpa desse jeito, esfregando uma toalha molhada em seus seios marrom-areia que são como sacos cheios e pesados em seu peito.

— I a Premrose. Qui é feito da Premrose? — A srta. Violet pergunta. A água goteja na dobra de sua barriga e se instala no umbigo côncavo. Seus olhos cintilam quando ela parece buscar na memória uma mulher chamada Premrose.

— Faço qualquer coisa pra beber agora aquele sorrel qu'ela faz — ela diz, estalando a língua. — Bons dias, aqueles.

Charles continua a esfregar, o rosto dele está neutro apesar do movimento descendente entre as pernas da mãe, onde os pelos são pretos e grisalhos como os cabelos dela.

— Ela já está morta — Charles diz, desviando o olhar de sua tarefa por educação e respeito. Thandi não consegue ver a expressão no rosto dele, mas o gesto dele é mecânico, as mãos de sua mãe estão ocupadas mexendo nos cabelos como se recolocassem no lugar o fio rebelde de um penteado elegante.

— Hum — é tudo o que ela diz, como se a notícia do falecimento de Premrose nada significasse. Ela repete isso quando Charles termina.

— Cê devia sair de casa di vez em quando — Charles diz em voz baixa. — Procurar trabalho i parar di ficar deitada na cama dessi jeito. Cê ainda num é uma muié velha, i cê ainda tem tua força.

A srta. Violet olha para ele.

— É milhor cê mi matar, mi tirar dessi sofrimento. A Premrose agora tá num lugar milhor. Devia ter sido eu.

Charles se endireita e olha para baixo, para a mãe.

— Mama, num posso continuar a fazer isso.

A srta. Violet aperta os lábios nas gengivas e segura a mão dele, trazendo-o para baixo novamente.

— É só fazer. Vou ficar grata pra sempre si cê terminar isso pra mim. Enfia uma faca na minha garganta, um picador di gelo no meu coração. Qualqué coisa. Só mi mata, filho. Por favor, por favor, t'imploro! — Então, a voz dela se torna fria. — Cê é um covarde! Menos homem qui teu pai! — O lamento recomeça.

Thandi recua. Os passos dela arranham as placas de madeira do piso de novo e, dessa vez, o rangido leva Charles até a cortina. Os olhos deles se encontram; os dele, questionadores, envergonhados; os dela, pedindo desculpas. Ele fica ali parado em silêncio, a toalha molhada pingando no chão, a mãe dele lamentando ao fundo. Thandi estremece com o ímpeto de abraçá-lo e a necessidade de ser perdoada enquanto testemunha a raiva se acumulando nos olhos dele, eclipsando-os como luas. Ela se vira e atravessa o fedor, correndo até ter certeza de ter se livrado daquilo. Mas o cheiro, como a expressão nos olhos de Charles, a perseguem ao longo de todo o caminho até em casa.

22

No dia da festa, Thandi passa um vestido verde simples que desce até abaixo dos joelhos. Com uma grande gola branca, botões brancos, pregas e um laço nas costas, é o disfarce perfeito para o vestido ousado que ela planeja vestir assim que chegar ao restaurante. A Vó Merle costurou o vestido verde para Delores quando ela vestia o tamanho de Thandi. Delores guardou o vestido para que pudesse ser passado para Margot, depois para Thandi. No espelho, do alto da vaidade, ela observa sua pele límpida, a claridade entrou na pele como leite e achocolatado misturados lentamente. Verdade seja dita: ela não tem pensado muito na festa, na faculdade de medicina ou no processo de clareamento por causa de Charles. Mas depois de ver a srta. Violet, a feiura de ser negra e pobre permanece como um entalhe em sua mente. É a única coisa que a liga à doença da srta. Violet, à inquietação de Margot e à ira intermitente de Delores. Desde que esteve no barraco da srta. Violet, ela viu, com um medo avassalador, aquilo que poderia acontecer com ela. Naquele dia, ela correu para o barraco em que mora e lá, na frente do espelho, esfregou o Rainha de Pérola e a fórmula da srta. Ruby misturada com peróxido de hidrogênio na pele até que ficasse esfolada e sensível. Mas não importa a força e a frequência com que ela esfregue, a marca da mãe de Charles persiste, é indelével.

Delores vem do banheiro externo e vê Thandi se olhando no espelho.

— É onde qui cê vai? — ela pergunta, colocando um rolo de papel higiênico na mesa de cabeceira.

— Vão dar aulas extras de última hora na escola hoje, lembra qu'eu falei? Já que os exames começam esta semana.
— Ela volta a passar o vestido.

Delores assente. Ela está enchendo uma cesta com suvenires para vender no mercado mais tarde. Delores está de bom humor hoje. Um grande navio chegará a Falmouth, embora seja sábado. Thandi olha as bonecas de pano e os descansos de copo e os chaveiros e as bijuterias feitas à mão que Delores coloca delicadamente dentro da cesta. Como os turistas poderiam saber as verdadeiras histórias por trás dos rostos das máscaras de madeira que comprariam para pendurar em paredes, das bonecas de pano que usariam para decorar móveis sem uso em suas casas, das estatuetas que colocariam em prateleiras sobre a lareira para admirar e então esquecer rapidamente? O cheiro de algo queimando traz a atenção de Thandi da cesta da mãe para o desenho marrom que o ferro deixou marcado no vestido. Thandi tira o ferro depressa, mas pedaços do tecido verde ficaram grudados na superfície metálica. Ofegante, ela olha nas duas direções em busca de uma solução, como se algo pudesse se materializar a partir do vapor. Delores corre para a tábua quando escuta o chiado do ferro.

— O que cê fez c'o vestido? — ela grita, inspecionando o estrago, a mancha queimada arruinou o tecido de poliéster que sobreviveu a anos de lavagens e secagens ao sol e a bainha, que tinha sido costurada com cuidado e precisão pelos dedos, na época hábeis, da Vó Merle. Tudo perdido.

— Sinto muito, Mama. Num tava prestando atenção — Thandi diz.

Elas não têm se falado muito desde aquela noite em que Thandi mostrou a ela o desenho e disse que quer ser artista. Quando Thandi olha para cima de novo, Delores a está observando de perto. Thandi abaixa o vertido.

— Que foi?

— Não me venha com "*que foi*" — Delores está se aproximando. — O que é qui cê tá usando no rosto?

— Nada, Mama. Lavo cum sabão. Só isso.

— Cê acha qui sou idiota?

— Não, Mama.

— Então, seja honesta cumigo, Thandi... como qui cê tá parecendo qui brigou c'os mortos?

Thandi toca o próprio rosto, fingindo não ter percebido a mudança. A srta. Ruby estava certa. Sua pele clareou o quanto ela queria até que chegasse o dia de hoje. Bem a tempo da festa de dezesseis anos de Dana.

— É como minha pele fica — ela diz. — Não tomei mais sol, já que tenho estudado muito.

— Não brinca cumigo, Thandi. — Delores coloca as mãos nos quadris, o peito dela infla.

— Estou falando a verdade.

— Você está indo na tal srta. Ruby?

— Não, Mama.

— Diz pra mim a pura verdade!

Thandi contempla suas mãos pálidas. Ela consegue realmente enxergar suas veias. O quanto são esverdeadas e se expandem; aquela visão infla seus pulmões. Ela quer exibir sua nova pele, então ela será como as outras, aquelas que não precisam sentar pacientemente, aguardando o Dia do Juízo Final, esperando pelo doce alívio que ele trará. Pois o céu está bem aí, em sua pele iluminada. Viu? Viu? Ela conseguiu o que queria e não precisa esperar até chegar a algum lugar do céu.

— Por quê, Thandi? — As mãos de Delores caem para os lados. — Sinhor Jesus, tem misericórdia di mim! — Ela se vira rápido para encarar as sombras que se instalam por perto nas primeiras horas da manhã, antes que o sol as disperse. Como pequenos pássaros negros que povoam os galhos dos mamoeiros na foz do rio, as sombras parecem descer na presença de Delores. — Cês vê minha agonia? — ela diz às sombras. — A minina descolorindo a pele, ficano mulher branca dibaxo do meu teto!

— Mama, posso explicar.

— Explicar? — Delores se atira sobre Thandi e a agarra, atropelando a tábua de passar nesse processo. Ela a arrasta pela gola da camisola. Com uma mão, Delores rasga a camisola fina para expor o peito de Thandi para que possa ver o corpo dela descolorido em sua totalidade, cada ponto tão luminoso quanto as tábuas de cedro que Clover usa para remendar os buracos no barraco. Lá se foi a pele de Thandi com o tom castanho-avermelhado de outrora. Delores pula para trás, as mãos dela voando para a boca como se um fantasma, um *duppy*, lhe tirasse o fôlego, seus olhos lacrimejam.

— Thandi, qui qui cê feiz? Como cê pagou por isso?

— Mama, posso explicar — Thandi repete.

— Como? — Delores treme vigorosamente, como um galho de árvore em um furacão. — Quem tá enchendo tua cabeça cum essas bobagens? Aquelas garotas da escola? Foram elas?

Como Thandi não responde, Delores vai atrás dela de novo, e Thandi corre.

— Dipois d'eu mi quebrá toda pra ti mandar pra escola pra estudar, é com isso qui cê chega em casa? — Ela levanta a mão para dar um tapa em Thandi, que escapa de novo. — Como cê tá pagando essa muié maldita? Essa muié maldita, gatuna qui só vende mentiras!

— Mama, num custou muito.

— Eu mesma vô descobrir — Delores diz. — Cê num bai pra lugar nenhum parecendo qui cê saiu du caixão. Bô matar aquela Ruby!

— Mas Mama, tenho aulas extras!

— Cê num bai pra lugar nenhum hoje. Cê bai ficar naquele sol até tua cor voltar.

— Mas, Mama! — Thandi chora. — Não quero mais ser negra. Onde isso vai me levar? A lugar nenhum.

— Mas Jisuis, misericórdia! — Delores se encolhe com a cabeça entre as mãos.

— Mama, quero ser alguém. Quero ir longe na vida. Você também quer... Que eu seja médica, saia de River Bank.

— Bobagem! — Delores volta erguendo as ancas. — Cê vê como sou negra i continuo? Como cê bai ficá branca com uma mãe negra, hein?

— Não é por você, Mama. É por mim.

— É por isso qui cê tem vergonha di mim? Porque sou negra? É por isso qui cê nunca traz ninhuma colega tua da escola aqui? Porque cê num quer qu'elas bê tua mãe negra i saibam qui cê vive no meio di gente negra? Primeiro cê mudou o sotaque... Nem consegue mais conversar em patuá. I agora cê bai até o fim cum essa coisa de descoloração. O que cê fez c'a minha Thandi? Tô pedindo, traz ela de volta porque num gosto dess'aí.

Nesse momento, Margot chega com as sacolas cheias de compras do empório do sr. Levy. A mala de dormir fora está pendurada em um dos ombros. Uma onda de alívio invade Thandi quando ela vê a irmã. Para fugir de Delores, ela corre para Margot e quase a derruba.

— O que está acontecendo aqui? Por que cê tá pelada? — Margot pergunta, largando as sacolas, que caem num baque estrondoso, para abraçar Thandi.

— Cê tá ficando cega? — Delores pergunta a Margot. — Tua irmã tá virando uma muié branca dibaxo do meu teto! Cê qui meteu ela nissu? — Delores grita, o corpo dela treme como se as palavras o abalassem.

Margot se vira para olhar para Thandi, que está em seus braços.

— Du que ela tá falando, Thandi? — Seus olhos percorrem o rosto da irmã. — Thandi.

— Não estou virando branca — Thandi funga, esfregando os olhos. — Só estava revelando minha cor. Um monte de garotas faz isso. Sou a mais escura da escola. As pessoas me ridicularizam ou me ignoram.

— Então, deixa elas! — Delores grita de onde está. — Cê bai ser milhor que elas com o que tem aqui! — Delores aponta para o crânio.

— Mas, Mama, você sempre diz...

— Cê devia se concentrar no CEC. Cê devia ser aquela que supera essa estupidez c'os teus livros.

Margot fica em silêncio todo esse tempo, observando Delores pelas fendas dos olhos entreabertos. Ela deixa as mãos caírem dos lados como fez com as compras.

— Mama! — Ela ergue uma mão. — Deixe eu falar com ela por um minuto.

Delores recua, suas mãos estão encolhidas com os punhos cerrados. Ela nunca entregou seu poder antes, mas Margot não parece ter medo de calar a mãe. Margot parece ser quem está no comando. Há algo diferente nela, Thandi pensa. Ultimamente, ela tem estado cada vez mais ocupada, as roupas dela são cada vez melhores.

Ela contou a Thandi que estava se preparando para levá--las para morar em outro lugar.

"Onde conseguiríamos dinheiro?", Thandi havia perguntado à irmã algumas semanas atrás. E Margot havia dado a maior risada que ela já tinha visto no rosto da irmã.

"É só eu ganhar na loteria e comprar o terreno. Cê está olhando para a nova gerente geral do hotel Palm Star Resort!" Thandi abraçou a irmã antes de recuar.

"A Mama sabe?" Margot sacudiu a cabeça.

"Não diz nada pr'ela ainda. Pur enquanto, issu fica entre você i eu."

Neste exato momento, aquela mulher indomável está parada na sala como o próprio sol. Delores se retira para a cozinha, resmungando sozinha enquanto Margot coloca Thandi sentada no sofá. Ela coloca as mãos em concha no rosto de Thandi com muita delicadeza e o acaricia dos dois lados. Nos olhos dela também há lágrimas. Thandi não sabe ao certo se são lágrimas tristes ou lágrimas alegres. Delicadamente, Margot agarra o queixo de Thandi e abre seus lábios, vermelhos como rubi, como se fosse mandar um beijo.

— Isso é desnecessário si cê olhá no espelho i bê o que eu vejo nesses olhos. — Margot desliza as mãos pelos cabelos de Thandi, desembaraçando uma única mecha e deixando os fios caírem pelos seus ombros. — Uma vez que você acredita ser bonita, as pessoas também vão acreditar.

— Foi issu que disseram no hotel quando contrataram você como recepcionista e depois te deram essa promoção? — Thandi pergunta.

— Que promoção? — Delores volta ao campo de visão.

Margot olha para Thandi em um silêncio aturdido. Sem se virar para Delores, ela diz:

— Fui promovida recentemente a gerente geral do hotel.

— Quando? Por que cê num mi disse nada sobre isso? Quanto eles bão pagar pr'ocê agora?

— É só com isso qui cê se preocupa? — Margot encara Delores. — Quanto eu valho?

Delores está nas sombras, levemente agitada.

— O que você andou dizendo à Thandi, Mama? — Margot pergunta.

— Como assim o que andei dizendo pra ela? Cê bai mi culpar por isso?

— Um homem daquele — Margot diz em voz baixa entre os dentes. No começo, Thandi não ouve as palavras da irmã, até que ela as repete várias vezes como uma ladainha. O sussurro de Margot se transforma em uma risada que se estende até sua barriga e lança sua cabeça para trás. — "Um homem daquele" era o qu'eu devia ter a ambição de conquistar, lembra, Delores? — Thandi observa isso, se transformando instantaneamente em uma sombra, um morcego que fica empoleirado nos recantos escuros do barraco, ouvindo. — Lembra? — Margot diz baixinho. Nessa hora, Maxi chega ao portão e grita por Delores:

— Por que tanta demora, Mama Delores? O navio tá pr'atracar!

E a atitude de Margot muda. Ela interrompe a competição entre ela e Delores para saber quem mantém o olhar fixo por mais tempo e ajeita a blusa. Ela se curva para pegar as sacolas de compras que caíram. O rosto de Delores ainda está retorcido em uma expressão de raiva.

— Tua irmã é diferente — ela diz a Margot enquanto ergue um peso equivalente ao seu: a cesta de souvenires. — Digo isso pr'ocê o tempo todo. Então, mi larga i bai dirigir teu hotel. Deus deve mesm' escrever em linha torta. Acho qu'ele ti abençoou do dia pra noite, né? — A voz de Delores tem um gume afiado. — Em que posição cê rezou, Margot? Cê tava de joelhos ou deitada de costas?

Margot se retesa. Agarra os ombros de Thandi com força.

— Ela já contou pra você? — Margot pergunta. — Ela já contou pra você o que ela fez?

— Cala tua boca. — Delores diz. — Não coloca tua mana na tua confusão.

O tom de Margot arrepia os pelos dos braços de Thandi.

— Não importa o qui cê faça com cê mesma, isso num bai mudar nada. — Margot diz a Thandi. — Pode acreditar em mim, não vai mudar teu lugar na sociedade nem como eles olham pra você.

— Me solta! — Thandi diz a Margot, que ainda a está agarrando como se a irmã mais nova estivesse prestes a cair em alguma espécie de abismo que só Margot pode ver. Quando Margot a solta, Thandi recua, tropeçando.

Thandi lamenta tê-la ferido desse jeito. Ela não deveria ter gritado com Margot daquele jeito. Mas pensou que a irmã a tivesse compreendido e ficado do lado dela. Será que ela não consegue ver que Thandi quer mais do que essa vida em River Bank? Mais do que Margot conseguiria dar para ela? Margot espera até Delores ir embora antes de se levantar e sair pela porta dos fundos. Thandi a observa passando pelo banheiro externo e pelo balanço de pneu onde o Pequeno Richie se esconde. Como uma árvore divi-divi sacudindo ao vento, ela anda com a cabeça curvada para a frente, perturbada, rasgando folhas de bananeira e pisando no mato alto. Thandi desliza para dentro do vestido fúcsia – justo nos quadris e com fendas dos dois lados – que comprou na semana passada para a festa de aniversário. Tanto faz, já que ninguém está por perto para vê-la nele.

Thandi fica sozinha no píer naquela tarde, olhando as colegas de classe na pista de dança. Ela está evitando pensar em Charles, mas ninguém a chama para dançar. Ninguém a conduz à mesa com petiscos e refrigerante. Uma sensação de isolamento se apossa dela sorrateiramente, fria como o ar da noite. Ela está de pé entre as sombras, com as pernas tortas, e remexe em um guardanapo amarrotado em suas mãos úmidas. As outras garotas passam por ela como se não a conhecessem. A música de baile paira ao ar livre e Thandi ajeita o vestido, na esperança de que alguém a tire para dançar. Todos os garotos bonitos de pele marrom encontraram todas as garotas bonitas de pele marrom. Os garotos estremecem de excitação e se atiram sobre os traseiros das garotas, cavalgando-as ao ritmo da música na pista de dança e contra as grades. As garotas não parecem se importar. Estão indiferentes às testas molhadas, à maquiagem manchada e às clavículas úmidas, onde o suor cintila como glitter. As mais inibidas se abanam e retocam o rosto com um lenço, fingindo estarem despreocupadas ou lisonjeadas com os olhares dos outros garotos, que estão enfileirados e aguardam sua vez. O sorriso e a pele deles brilham sob as luzes de boate.

As risadas afastam da mente de todos o processo embaraçoso de tentarem impressionar uns aos outros. A música muda para Dennis Brown e há um reconhecimento velado de que cada pessoa deve encontrar um par. Há um garoto abandonado em pé em um canto, como Thandi. Os olhos deles se encontram. As covinhas são visíveis do ângulo de visão privilegiado dela. Ela sai de seu canto e desliza entre os corpos na pista de dança. O garoto fica parado, aprumado. Thandi coloca o cabelo atrás das orelhas, confiante de que ele vê seu rosto mais claro, mais luminoso. Ela sonhou com esse momento: aproximar-se de um garoto de pele clara como se fosse seu direito de nascença. O garoto sustenta o olhar de Thandi. Com uma sutil inclinação de cabeça ele a olha de cima para baixo enquanto ela chega cada vez mais perto. Quando a voz de Dennis Brown atinge uma nota alta, que paira no céu azul índigo repleto de estrelas, as covinhas do garoto somem e ele enruga o nariz e sai andando. Thandi foi notada e dispensada no tempo que se leva para atravessar a pista de dança. O frio na barriga de um possível amor com um menino pardo de pele creme não é nada comparado com o líquido desprezível que, nesse momento, é injetado em suas veias. A esperança dela definha antes mesmo que possa florescer como uma promessa. A srta. Ruby estava errada. Descolorir sua pele não os fez enxergar Thandi como alguém bonita.

Thandi caminha para o banheiro com o coração despedaçado acalentado dentro do peito. No caminho, ela reconhece um rosto familiar. Aperta os olhos para ver se não estão lhe pregando uma peça. Jullette está sentada com um homem no bar, um estrangeiro que parece ter mais que o dobro da idade dela. É um homem branco muito bronzeado de cabelos prateados, vestido casualmente com uma camisa polo e uma bermuda cáqui. Coloca uma mão na coxa marrom desnuda de Jullette e envolve uma bebida com a outra. Mas que casal improvável eles formam, ali sentados. O homem se inclina e sussurra algo no ouvido de Jullette. Ela ri mais alto do que a música, colocando a mão sobre a boca. O rosto dela é uma máscara colorida em tons de violeta, verde e vermelho. Ela brinca dando um tapinha no ombro do homem, e ele esvazia o copo dela.

— Jullette? — Thandi chama do outro lado do bar onde está.

Quando Jullette ouve seu nome, ela se vira. O sorriso de alegria desaparece de seu rosto. Seus olhos, que são de um castanho surpreendente por causa das lentes de contato que ela usa, arregalam-se. Ela olha rapidamente para o outro lado.

— Jullette! — Thandi chama de novo, estranhamente contente por rever a antiga amiga depois que elas se desentenderam. No bar, as pessoas lançam olhares para Thandi como se ela tivesse perdido a cabeça com toda aquela gritaria para chamar a atenção de Jullette. Mas Jullette enterra a cabeça na curva do pescoço do homem e sussurra algo. Em pouco tempo, ambos se levantam e desaparecem do bar.

23

A despensa está vazia, os armários abertos revelam sua estrutura interna preenchida com nada além de uma lata de sopa de galinha com macarrão. Nenhuma bolacha para molhar no chá. Nem saquinhos de chá. A geladeira faz um zumbido, seu sopro gelado atinge o rosto de Verdene. Também não há ovos para o café da manhã. Ela não tem escolha, exceto ir ao mercado. Conta o último dinheiro do seguro que a mãe lhe deixou. É o suficiente para sustentá-la no momento. Com muita lentidão, coloca seu vestido de ir ao mercado. Fecha o zíper lateral e observa a roupa que cai sobre seus joelhos, cobrindo tudo. Uma tentativa de obter respeitabilidade, como as outras mulheres. Ela apanha a cesta, a mesma que sua mãe costumava carregar.

Ali fora, o sol é amarelo brilhante, como a gema de um ovo. Seu único olho mantém Verdene no lugar. Por um segundo, ela considera a possibilidade de morrer de fome, renunciando à vida dentro dos limites seguros da casa. O corpo dela apodrecerá e, quando a encontrarem, ela estará irreconhecível. Ela imagina as pessoas da comunidade dando as mãos às suas crianças para dançar em volta da propriedade dela, cantando "Ding-dong! A bruxa morreu!".

Ela caminha pela estrada, na esperança de passar tão despercebida quanto possível em seu chapéu de sol branco. Um homem e uma mulher atravessam a rua quando percebem que ela está vindo. Um grupo de garotos que estão sentados no galho de uma mangueira atira caroços de manga por onde ela passa. Duas menininhas que estavam pulando corda em um pátio param e seguram o vestido junto ao corpo. Ao lado delas, no pátio, paradas, as mães das meninas suspiram. Elas não dizem "estão vendo a pele clara daquela mulher? Viram que bonita? Cês vão ficar pretas i feias si ficarem brincando no sol". Ao contrário, elas olham para o outro lado, fixando Verdene com o canto dos olhos enquanto agarram as filhas.

— Cês num fique no caminho! Deixa a bruxa passar!

E quando Verdene chega ao bar ao lado do empório do sr. Levy, os homens que jogam dominó a olham com atenção, até que ela passe, perto o suficiente para ouvir um deles, Clover, dizer aos amigos:

— Ela só precisa de um bom pau.

Mas Verdene não hesita. Ela mantém a cabeça erguida, sabendo que eles provavelmente não vão encostar nela devido a seu privilégio de estrangeira. Se quisessem fazer mal a ela, já teriam feito. Aquele sotaque britânico impecável é seu golpe de precisão, afiado como um fio de navalha.

— Há algum problema, cavalheiros? — Verdene pergunta, tentando não deixar a voz tremer. Os homens recuam sob as vistas dela. Aparentemente, estão constrangidos com suas boas maneiras. Clover bebe um longo gole de rum de um frasco, limpando a boca com as costas da mão. Ele não diz nada, apenas agarra as calças entre as pernas e segura. Verdene fixa o olhar ali embaixo até que ele se solte e abandone seu olhar malicioso.

No mercado, Verdene mal observa ou sente o cheiro das coisas. Ela pega frutas e legumes e coloca na cesta. Tudo tem uma aparência péssima, já que não chove há meses. Ela queria poder experimentar a textura e o aroma dos alimentos, como sua mãe costumava fazer. A mãe de Verdene conseguia fazer isso até dormindo. Ela sempre conseguia o melhor preço para tudo que comprava. Mas Verdene não pode se dar a esse luxo. Só de olhar para ela os comerciantes do mercado sabem que é estrangeira, uma filha pródiga que ainda não se reintegrou à cultura. Devem ser seu sotaque entrecortado e suas maneiras; a disposição dela em esperar a própria vez de falar quando estão falando; o modo como ela caminha com cuidado, incapaz de ser comandada pelos próprios quadris, como a maioria das mulheres jamaicanas, e sempre olhando sobre os ombros como os turistas que saem de seus hotéis vagando sem rumo. Em seu rosto, os comerciantes de River Bank enxergam sua mãe, a srta. Ella, e se lembram da velha senhora que morreu sozinha na bela casa cor-de-rosa da colina. Lembram-se da filha que a desgraçou. Lembram-se do pecado que essa filha cometeu. Cochicham com os outros comerciantes. "Aquela num é a fia da srta. Ella?"

E essas palavras se alastram como o cheiro forte de peixe fresco, frutas podres e água empoçada que invade o ar úmido. Alguns a enxotam como fazem com as moscas que pousam em seus produtos, enquanto outros ficam parados com as mãos nos quadris como se esperassem um confronto. Verdene se sente como um dos soldados que marcham pela região com longos fuzis deixando um rastro de silêncio e olhares apreensivos. Os comerciantes cobram os preços mais altos, dizendo-os entre dentes cerrados, e seus olhos comunicam a ela que o preço é definitivo, que preferem ficar sem o dinheiro dela e deixar os filhos comerem mingau de fubá outra vez no jantar. Quando ela concorda em comprar os produtos deles, sem disposição para discutir, aceitam o dinheiro dela de má vontade. Verdene percebe que só tocam as notas com as pontas dos dedos.

Verdene enche a cesta e caminha até o fim do corredor. Ela nunca chegou tão longe andando dentro da galeria, mas hoje algo a está arrastando. Delores está de cócoras tirando ervilhas verdes das vagens. Seus dedos hábeis as abrem depressa, deixando as sementes caírem em uma cesta. Embora esteja conseguindo fazer grande parte do trabalho, a cabeça dela está em outro lugar. Verdene sabe disso porque Delores não percebe que ela está ali parada e a observando.

— Olá, Delores. — Verdene entra na barraca e se coloca ao lado da mulher agachada, que parece menor do que Verdene se lembrava. Delores a olha como se tentasse reconhecê-la. Seus grandes olhos se arregalam e as sobrancelhas encostam na linha dos cabelos, como se ela tivesse visto um fantasma.

— Você! — Delores diz. O que sai como um sussurro. Verdene dá um passo para trás para desarmá-la, mas Delores já está se esforçando para ficar em pé, a dificuldade dela em respirar se transformando em uma tosse que faz seu corpo tremer. Verdene quer dar um passo adiante e bater nas costas de Delores para ajudar, mas teme que alguém veja e pense que ela está tentando agredi-la. A tosse de Delores passa. Ela respira lentamente, com a mão fechada sobre a boca para o caso de ter outro acesso. — Que cê quer de mim? — Delores pergunta com voz rouca, depois de se acalmar.

— Eu estava por perto. Só passei para dar um alô.

Delores faz uma careta.

— Quem disse que a gente é próxima pra fazer essi tipo de coisa?

— Você não costumava se incomodar comigo.

— Bom, isso foi antes de saber que cê era o demônio.

Verdene imagina se pode arriscar perguntar a Delores sobre Margot.

— Como você está?

— Isso é da sua conta? — Delores replica.

— E como está a Margot? Não a vejo há anos. — Verdene mente. Ela tenta parecer o mais casual possível, embora seu coração esteja disparado. Delores cerra os dois punhos e os coloca nos quadris.

— Cê tá perguntando da minha filha? — Delores pergunta. A desconfiança dela pesa tanto quanto a cesta de frutas e legumes na mão de Verdene. — Como cê si atreve a chegar aqui c'o nome da minha fia na tua boca! — Os olhos de Delores estão soltando faíscas.

Ela quer explicar, mas pensa melhor.

— Não é como se você a tratasse como filha. Nunca se importou com ela. Nunca a amou. Não do modo que...

— Você não tem direito de vir aqui, me dizendo que tipo di mãe cê acha qui sou — Delores explode. — Ela não é como você. Ela tem um homem. Um homem endinheirado que tem um hotel. Então, si cê veio saber da Margot, milhor cê dar as costas i ir andando por onde veio.

— Eu não disse...

— Sei exatamente o que cê não disse. — Delores fala entre os dentes cerrados.

Verdene abre e fecha a boca. Delores compreende perfeitamente. Ela sabe. Sempre soube. Está claro pelo modo como ela olha para Verdene, com narinas dilatadas e olhos em chamas. Um riso de escárnio aparece no rosto negro e feio de Delores.

— Margot tem um homem endinheirado — Delores diz. — Um homem que pode pagar tudo pra ela. Então, sai daqui c'o teu sotaque estrangeiro e tua herança. Sai daqui c'a tua maldade! Ela não é que nem você!

Verdene se afasta da barraca de Delores.

— Ela não é que nem você! Ela não é que nem você! Ela não é que nem você!

Os gritos da mulher ficam cada vez mais altos à medida que Verdene se afasta. Os outros comerciantes espiam das suas barracas para ver a confusão. Veem Delores gritando, Verdene se afastando depressa, esbarrando em coisas e pessoas. *Ela não é que nem você! Ela não é que nem você! Ela não é que nem você! Ela não é que nem você! Ela não é que nem você! Ela não é que nem você! Ela não é que nem você! Ela não é que nem você! Ela não é que nem você! Ela não é que nem você! Ela não é que nem você!*

Ela dá um encontrão em um jovem rasta que segura uma caixa de pássaros entalhados. Já o viu vendendo-os em um canto. A caixa cai, os pássaros caem no chão e se quebram. O homem rasta leva as mãos à cabeça, com os olhos furiosos.

— Cê quebrô minhas coisa! — Ele pega Verdene pelo braço, apertando. A cesta dela cai e as frutas espatifam no chão. Quando bate no chão, a fruta-pão, já passada, faz um barulho que parece um punho esmurrando uma parte macia, carnuda, de um corpo.

— Cê tem qui pagar os pássaros! — o homem rasta diz, olhando enfurecido para Verdene.

— Me. Solta. — Verdene diz entre os dentes cerrados. O peito dela se move com dificuldade enquanto o coração pressiona o tórax. — Eu disse para me soltar!

Mas o rasta se recusa.

— Mi dá o dinheiro dos pássaros.

— Segura, John-John — diz um dos comerciantes. — Ela tava mexendo c'a Delores também. Veio falar o quanto ela ama a Margot.

— O que cê fez pra Mama Delores? — o homem pergunta a Verdene. — O que cê fez pra minha Margot?

A Margot dele? Verdene olha dentro de seus olhos amarelos.

— Quem é você? Você me solta, senão...

— Senão, o quê? — O homem afasta o punho.

Atrás dele, os comerciantes gritam em coro:

— Vai! Vai! Vai! Dá um soco na cara dessa sodomita!

— Só um covarde bate em uma mulher — Verdene diz em voz tão baixa que só ela consegue ouvir. — *A minha Margot nunca ia querer você.*

O homem rasta enfia o rosto de Verdene em seu punho ou o punho no rosto dela. Verdene, que costumava apartar as brigas de seu pai e sua mãe, e que uma vez sentiu a dureza dos nós dos dedos do pai em sua mandíbula esquerda, ao evitar a fratura de mais um osso do corpo pequeno da mãe, aperfeiçoou uma manobra de autodefesa que permite que ela refreie o punho de um homem e torça-lhe o braço atrás das costas. Ele cerra os dentes enquanto ela segura a mão dele no lugar.

— Quando uma mulher diz para soltá-la, você solta!

Essas palavras vêm de outra pessoa. Deve ser alguém que está no meio da aglomeração, vendo tudo isso acontecer, pois Verdene não reconhece mais a própria voz.

— Você ouviu? — a mulher, aquela outra mulher, diz.

O homem rasta solta Verdene, com os olhos arregalados de medo. Ele olha Verdene pegar a cesta, que está vazia. Não diz nada. Assim como a aglomeração que se formou. Verdene segura a vontade de chorar. Não em público para que todas essas pessoas vejam que ela está realmente humilhada. Um por um, ela recolhe os itens da cesta, sabendo que nunca mais voltará a comprar alimentos dessas pessoas. Quando ela pensa que acabou, alguém estende uma maçã para ela. Verdene olha para cima, dos dedos que parecem garras com unhas escurecidas aferradas à maçã até o rosto da mulher.

— Acho que isso é seu — a mulher diz. O rosto dela é uma teia de linhas, como se alguém tivesse descolado sua pele, amassado entre as mãos como um pedaço de papel, e colocado de volta.

Verdene hesita antes de pegar a maçã, encontrando os olhos da mulher, azuis por causa da catarata. A srta. Gracie força um riso mostrando todos os seus dentes podres.

— Cê fez Eva morder a maçã — a srta. Gracie diz, a acusação é como a picada de uma agulha. — Agora, pega de volta! Pega de volta i vai pro inferno di ondi cê veio, sua serpente! — Ela atira a maçã em Verdene, atingindo-a na cabeça. Verdene deixa a cesta cair e corre, ciente de que as pessoas na aglomeração estão empolgadas e com um ar vitorioso.

— Isso, Mama Gracie, mostra pr'ela quem manda nas coisa! Chuta u trasêro dela! Quebra a cabeça dela!

O homem rasta, que recuperou a voz subitamente, grita.

— Da próxima vez qu'eu ti ver, cê vai pagar!

Verdene sai correndo do mercado, percebendo pela primeira vez que Delores ficara ali, no meio da aglomeração, com os olhos vermelhos como os do demônio. É como se ela tivesse orquestrado tudo.

— Vai, sua sodomita depravada! I num volta! — Delores diz.

As palavras finais de Delores atingem Verdene por trás como uma pedra. Verdene retoma o ritmo e corre.

24

Delores observa a mulher fugir. O mal que a sodomita trouxe à galeria a faz estremecer. Com tantos dias, Verdene escolheu hoje para vir perturbá-la.

— Mas qui cê quer de mim, senhor Jesus? — Delores pergunta, com a cabeça voltada para o céu azul acinzentado. Deve ser um sinal. Um mau agouro. A filha da srta. Ella nunca foi capaz de fazer nada bom. Ela envenenou Margot muitos anos atrás, deixou-a doente da cabeça por meses. Margot nunca foi a mesma depois que ficou amiga daquela Verdene.

Margot tinha dez anos quando, um dia, Delores chegou em casa do trabalho e a viu sorrindo de alegria. Os músculos do peito de Delores imediatamente se retesaram diante da visão dos dentes brancos aparentes entre a carne marrom. Algo parecia estranho naquilo. Por algum motivo, a alegria e a inocência da filha apenas a enfureceram. Se Margot soubesse como poderia ser a vida para meninas como ela, nunca daria um sorriso como aquele. E quanto maior o sorriso da menina, mais os músculos de Delores se contraíam na cavidade de seu peito.

"Com o que cê tá tão alegre?", Delores perguntou à garotinha no dia que a viu no pátio colocando hibiscos vermelhos atrás da orelha.

"Ela disse que sou linda", Margot respondeu.

"Quem disse isso?"

"A Verdene."

"Que Verdene?"

"A fia da srta. Ella", Margot disse, apontando na direção da casa rosa claro.

Quando Margot nasceu, ela chorou, chorou e chorou como se tivesse herdado os choros de Delores desde o nascimento. O bebê era um fardo, uma prova viva de algo roubado, deformado e destruído. O homem que era o pai de Margot também havia chamado Delores de linda. Beliscou a carne gorda da menina que mal tinha chegado aos treze anos e um dia disse a ela que sentasse em seu colo. Como ela não sentou, ele a obrigou. Ele beliscou e beliscou e beliscou a carne dela até Delores não aguentar mais. O beliscão final foi tão profundo que Margot saiu dele chorando nove meses depois. E Delores queria calar o choro. Até a respiração suave da menina enquanto ela brincava, mamava ou roncava era alta, e Delores lutou muitas vezes contra o ímpeto de fazê-la parar de respirar com a cabeça sob um travesseiro.

Naquele dia, quando viu Margot sorrindo, Delores quis esmagar aquilo que viu nos olhos da filha; aquele elemento novo que cintilava e irradiava como o sol impiedoso que Delores desejava arrancar do céu. Ela cerrou os punhos.

"Tira essa roupa imunda", ela disse à garotinha. Delores viu a luz desaparecer do rosto da filha, mas nem mesmo isso alivou as suas dores. "Disse pra cê tirar a roupa, minina!"

A garotinha obedeceu. Seus bracinhos se moviam devagar enquanto ela se despia. Ela ficou nua no quintal enquanto Delores enchia uma bacia com água.

"Entra aí", ela disse. A obediência de Margot irritou Delores ainda mais. Ela sentia que, em silêncio, a menina zombava dela. Quão vingativa essa criança podia ser, fingindo ser tão bem-comportada? Mesmo quando era bebê, acordando diversas vezes durante a noite para ver Delores tremendo, segurando um travesseiro sobre sua cabeça, ela abria e fechava os cílios, como se Delores fosse o próprio Deus. Ainda confiava nela. Isso só podia ser um truque. Um plano para matá-la com ternura.

O que Delores fez depois provocou o grito da menina. Ela quis ensinar uma lição a ela. Segurou Margot embaixo da água e a beliscou e beliscou. A garotinha chorava com o polegar e o indicador de Delores percorrendo seu corpo. Delores se certificou de alertá-la.

"Num aceita elogio de mais ninguém, cê entendeu?", Delores disse. "Principalmente de outra muié! Isso é coisa de sodomita!"

"Sim, Mamaaa!" O grito da menina só encorajou Delores. Ela quis dizer à filha que as pessoas só diziam essas coisas para se aproveitar. Como o pai dela se aproveitou.

Algum tempo depois, naquele ano, quando veio a notícia sobre Verdene se metendo em problemas com alguma garota da universidade, Delores imaginou se ela tinha de fato se aproveitado de Margot. "Num quero ber cê ir pra lá di novo!", Delores dissera à filha. Dessa vez ela colocou Margot na bacia para limpá-la do mal. A srta. Gracie sugeriu usar guiné para curar a menina, mas não ajudou. Margot ainda corria para o pátio da srta. Ella e se escondia de Delores. Ela se juntava à outra mulher e à filha sodomita dela como se fossem uma família. Delores lavava Margot todo dia. "Cê num bai nunca ser qui nem ela, cê entendeu?", dizia. Mas ainda assim, quando Verdene foi mandada para longe, na maioria dos dias Margot se enrolava como um feto e chorava. A única coisa que ela fazia era correr na pista. Corria e corria como se a estivesse caçando. Ela entrou na equipe de corrida e venceu cada uma das disputas. Chegou até o National Stadium. Delores tentou de tudo para fazer com que ela fosse normal. Aí veio o estranho. Quando ele ofereceu o dinheiro a Delores, ela não apenas enxergou a própria salvação como também a da filha.

— Mama Delores, cê tá bem? — John-John interrompeu os seus pensamentos, a preocupação no rosto dele tirando o veneno dela, sugando a raiva venenosa que quase a paralisava. Delores assente. Ela só não consegue encontrar voz ainda. A conversa com Verdene a deixou enjoada. Uma onda de vômito a invade, revirando-lhe o estomago, e ela procura o banquinho para se sentar; o coração dela é uma massa grande, sólida, que golpeia seu peito. — Deixa eu buscar um poco d'água pr'ocê, Mama Delores. Cê num tá parecendo nada boa.

John-John pula para fora da barraca. Delores toca o seio direito com a mão e sente a dureza ali. Está maior, se espalhando pelo braço. Ela ainda não foi ao médico para dar uma olhada. O que iam dizer? Que ela precisa de uma operação? Ela pode tomar mais chá de guiné com folha de graviola.

John-John volta com um copo de plástico cheio de água morna.

— O Donovan mi deu isso — ele diz, se referindo ao antigo sapateiro da loja que fica do outro lado da rua, em frente à galeria. Ele entrega o copo para Delores. Com sede, Delores bebe a água em um só gole. Ela solta um arroto alto e devolve o copo a John-John.

— Deus ti abençoe — diz. — Agora, mi dá uma ajuda cum essa cesta — ela diz a John-John. Com gosto, ele pega a cesta do chão e a coloca na mesa onde Delores deixa os outros itens à venda. Para ela, hoje é dia de hortaliças, mas parece que não está vendendo. Só teve um cliente pela manhã. Os navios não vão atracar de novo em Falmouth até a semana que vem, então ela vai passar dias ali sem ter sucesso.

— Vou pra casa. Ficar aqui é perda de tempo — ela diz, levantando de novo.

— Cê tá bem, Mama Delores? — John-John pergunta, dessa vez reparando com atenção no rosto dela. — Cê tá suando demais. Aquela mulher... por que ela ti afeta dessi jeito? A Mavis disse qui cê pôs ela pra correr da barraca.

— Para di falar da Mavis. Que qu'aquela Mavis sabe? Num é da tua conta nem da dela.

Delores se abana com um velho calendário da loja de móveis Courts enquanto empacota as coisas. John-John a observa. Ainda é cedo. Quase duas horas da tarde. Para Delores, em geral é a melhor hora. Geralmente, quando ela vê os outros comerciantes indo embora tão cedo os repreende, sugando o ar entre os dentes com um ruído agudo para eles.

— Cês parece folgado! Num vê que a gente ainda tem muitas horas pela frente? Fica aí i trabalha, homem!

Mas hoje ela está cansada.

Em casa, Merle está sentada na varanda contemplando o céu com um olhar de paz no rosto. Delores entra e coloca suas coisas no chão. O lugar parece pequeno, ela já não cabe mais ali. Olha para a miséria em volta e pensa que deveria ter escondido melhor o dinheiro. Com aquele dinheiro, ela poderia ter comprado uma passagem para os Estados Unidos para ela. Mas não. Winston levou tudo. Ela volta à varanda e fica na frente da mãe, bloqueando sua visão.

— Ele num vai voltar — ela grita para a velha. Merle não pisca. Ela sequer se mexe. — Eu disse qui o preto véio do teu filho não vai voltar! — Delores grita de novo. Como a mãe não diz nem faz nada, ela a agarra pelo braço e a sacode.

— Cê mi ouviu? — A velha berra. Delores a aperta ainda mais, suas unhas se afundam na carne da mulher, que é macia ao toque como a carne tenra em volta do osso de galinha. Delores sente os ossos delicados da mãe. Como parecem frágeis sob seu aperto firme. O grito de Merle se transforma em uma lamúria.

Delores tira a mãe da cadeira da varanda e a leva para dentro de casa. Ela a empurra no sofá.

— Chega de olhar pro céu. Ele foi embora! Ele não vai voltar!

O lamento de Merle fica mais alto, ela abraça a si mesma. Balança para a frente e para trás e seus lamentos se tornam guturais como os de um porco aflito. Delores se inclina mais para perto a fim de poder olhar nos olhos da mulher que costumava dizer que ela não era nada, a mulher que mandou o irmão dela (mas não ela) para a escola, simplesmente porque era o menino da família. O homem da casa. A mulher que sabia sobre os beliscões e culpou Delores por eles.

— O quê? Cê pensa qu'ele vai ti salvar agora? — Delores pergunta à mãe. — Tá vendo que não é ele que toma conta d'ocê. Sou eu. Sou eu! Ele se esqueceu de você! Levô meu dinheiro. Cê não dizia que tudo pertencia a ele? Cê não dizia que era ele qu'ia vencer na vida? Mas cê vê? Como ele foi i largô você como si fosse um monte de merda na soleira da porta!

Delores se vira. Não consegue mais suportar ver a dor nos olhos da mãe. Uma dor que não foi provocada pelo abuso de Delores, mas pela ausência do filho que ela ama.

No dia em que Thandi termina a última rodada de provas do CEC e vê Charles esperando no portão da escola com sua bermuda feita de calça cortada, camisa aberta e sapatos velhos e empoeirados, ela quase o abandona ali. Ela o tem evitado desde o dia em que o encontrou limpando a mãe dele. Desde seu deprimente fracasso na festa, seu foco tem sido os estudos. De qualquer forma, Delores sempre disse que a educação é a única coisa que ela tem a seu favor, a única coisa que a levaria ao polo oposto em relação às pessoas de River Bank. Charles a vê e acena, um sorriso amarelo lentamente ilumina seu rosto, ainda que contra sua vontade. Mas nenhuma dose de aceno consegue fazer Thandi erguer a mão livre e acenar de volta. Os olhares das colegas de escola já fizeram sua mão ficar presa ao lado do corpo, pendendo desamparada, com os dedos agitados. Charles espera que ela atravesse a rua até onde ele está. Thandi o cumprimenta, conseguindo dar um sorriso que, ela espera, parecerá educado para quem olha, o tipo que se dá a pedintes ou a admiradores indesejados. Ela caminha alguns passos à frente, ciente da distância entre eles.

— Qual a sensação de terminar todas as tuas provas? — ele pergunta.

— Boa.

— Só boa? Um peso enorme deve ter saído dus teus ombros. Não? — Como ela não responde, ele diz: — Cê quer que eu leve tua bolsa?

Thandi sacode a cabeça e leva a mão à tira no ombro.

— Posso levar.

— E essi guarda-chuva? — ele pergunta, apontando o guarda-chuva preto que Thandi mantém sobre a cabeça para não ficar escura. Com todos os cremes de clareamento de pele que ela ainda deixa a srta. Ruby esfregar no corpo dela, apesar da ameaça de Delores, alguns poucos minutos de sol podem causar uma queimadura na pele delicada de Thandi.

— Também posso segurar — ela diz.

— Cê quer uma manga? — Charles enfia a mão no bolso e mostra uma manga-julie. Thandi olha por cima do ombro. Ela ainda está no quarteirão onde qualquer um pode vê-la aceitando uma manga de um menino de rua. Ela caminha mais depressa, mas ele acompanha o ritmo dela.

— Por que cê tá indo depressa? Tá atrasada pr'alguma coisa? — Charles pergunta, tentando se aproximar.

— Sim. Tenho de encontrar uma pessoa em Ironshore.

— Ah.

— Tenho que correr i pegar um táxi.

— Quem t'espera pur lá?

— Não é da sua conta.

Ela espera que ele a deixe em paz, recue e diga a ela que, então, vai vê-la mais tarde. Mas ele não faz isso. Continua ali, perto dela, em plena luz do dia, na movimentada praça Sam Sharpe, em Montego Bay, enquanto ela está vestindo o uniforme da Saint Emmanuel High. Ela o odeia por fazê-la sentir tanta vergonha. Ela odeia a ingenuidade dele, ou seria arrogância? Será que ele não percebe que ela não quer ter nada com ele a essa hora? Não quando ela tem total intenção de ir a todos os hotéis, começando por onde Margot trabalha, para procurar um emprego temporário de férias. Com o fim do CEC, de que outra forma ela poderia ocupar o tempo?

— Você está com vergonha de mim? Por causa do que você viu na minha casa? — Charles pergunta de repente.

— Vergonha? — Thandi pergunta, fingindo estar chocada e magoada com essa suposição que é bastante verdadeira. — Estou com pressa, só isso. — Charles a observa. Thandi, acostumada a convencer as pessoas que é alguém diferente de si mesma, imediatamente se esforça para fazê-lo mudar de opinião. — Si eu tivesse com vergonha de você, por que eu estaria falando com você agora?

Charles encolhe os ombros.

— Diz você.

— Não estou com vergonha de você — ela diz de novo, dessa vez com a esperança de acreditar ela mesma nisso.

— Thandi, só mi diz a verdade. Si ti deixou incomodada ver minha mãe daqueli jeito, eu entendo.

— Eu... Bom, cê sabe, me lembrei de... — Ela para, tentando encontrar as palavras certas. — Não quero acabar daqueli jeito.

— Não é contagioso.

— Não é o que eu quero dizer.

— Então, diz o que cê quer dizer.

— Não quero depender de mais ninguém para ser feliz. Sempre odiei minha mãe por não deixar eu mi misturar cum certas pessoas. Mas depois de ver pur mim mesma como a falta de esperança realmente é, entendi por quê. Ela estava tentando me salvar.

Charles fica quieto, tão quieto que Thandi pensa poder ouvir a batida do próprio coração.

— Tudo bem, então. Entendi.

— Charles, me desculpe.

— Não precisa pedir desculpas. Num posso ti culpar. Num sou nada além di um garoto de rua sem esperança. Engraçado, porque eu meio qui sabia qui um dia você ia cair na real. Eu m'enganei pensando que cê era um tipo diferente de garota, qui você tava acima dessas coisas i só seguia teu coração. — Ele está sacudindo a cabeça e olhando para os sapatos empoeirados em um dos quais ela consegue ver o dedão dele. Thandi começa a desejar nunca ter dito nada. Ele não está mais olhando para ela. Os ombros dele estão curvados, e seus olhos focados em um pedregulho que ele chuta com um pé. — Bom, espero qui seja bom se misturar c'as pessoas de lá — ele diz.

A repulsa que ela enxerga no rosto dele quando ele se vira para ir embora também a enche de repulsa. É a repulsa por tentar com tanto afinco se integrar com todas as outras pessoas. Aonde isso a levou? Ela gosta de si mesma quando está com ele. Com ele, não precisa ficar cheia de dedos consigo mesma para ser alguém que não é. Ela se lembra daquele dia na praia, quando ele arriscou a própria vida para salvá-la; e a época que se seguiu, quando disse que ela é linda.

Charles está a muitos metros de distância, a cabeça ainda baixa e ele caminha na direção da colina.

— Charles! — Ela escuta o próprio grito. As garotas da Saint Emmanuel foram advertidas a respeito de gritar em público. O mundo deveria enxergá-las como reservatórios divinos silenciosos. Mas Thandi joga tudo isso fora quando corre atrás dele. — Charles! — Enquanto ela corre, a mochila pesada de livros bate em suas costas. Ela abaixa o guarda-chuva; o sol bate em seu rosto, mas ela não se importa. Tem consciência de que as pessoas estão olhando, algumas param para deixá-la passar. — Charles! — ela chama, em pânico. Ele continua a andar em meio à multidão. Só a parte de trás da cabeça dele é visível. Thandi acelera, sabendo, lá no fundo, que, se não alcançá-lo, algo dentro dela desmoronará. — Charles! — A voz dela é aguda, vulnerável, desesperada. Ele para. Quando se volta, ela corre direto para ele. O rosto pressiona o peito dele e se permite ser abraçada, e inspira o cheiro de papaia maduro. Ela imagina como aparenta se comportando assim em público, mas não se importa. Está cansada demais para se importar.

— Pensei qui cê tava cum pressa de chegar em algum lugar — ele sussurra calmamente sobre a cabeça dela.

Ele a leva à cabana de zinco dele. Passam pelo barraco principal, onde a mãe dele está provavelmente olhando fixamente para o teto, debilitada por algo que Thandi conhece intimamente: anseio. Charles tira as roupas dela. É gentil. O pânico e o desespero que sentiu antes fazem com que esteja disposta a tê-lo como ele é: inculto, pouco instruído, desarrumado, duro.

— Deixa eu colocar lá dentro, só um poquinho — ele sussurra no ouvido dela. Ela se deita na cama, com as costas no lençol fresco, amarrotado, completamente entregue a esse garoto, o tipo de garoto contra o qual ela foi protegida. Ela se abre para ele, mas Clover aparece em sua mente. É a respiração dele que ela escuta, os beijos grosseiros dele que sente em seu pescoço, o toque dele que faz seus músculos se contraírem como um punho cerrado. E aqueles empurrões e puxões e gemidos para entrar, tudo isso é dele. Ela se atormenta com essa lembrança, debatendo pernas e braços, as unhas entrando fundo na carne, os dentes imprensando um lóbulo de orelha. Há um grito agudo, Clover a está imobilizando. Thandi cospe no rosto dele e grita até ficar fraca e exausta.

Quando abre os olhos, alguns minutos depois, Charles se afastou dela e foi para o outro lado da cama, o corpo nu empoleirado na beirada como uma gárgula em repouso, o pênis flácido entre as pernas. Está olhando fixo para ela, com as pupilas repletas de tantas coisas que ela não consegue adivinhar, principalmente perguntas. Fragmentos da pele dele estão embaixo das unhas dela, a umidade do sangue novo dele nas pontas dos dedos. *O que ela fez?* Em silêncio, ele enrola um spliff e fuma. Não se dá ao trabalho de dizer a ela para se vestir, embora ela esteja ali deitada nua, trêmula e coberta de suor. Há um corte acima de uma das sobrancelhas dele. E outro na bochecha direita. Alguns arranhões nos braços e, ela sabe, nas costas. Ela estica o braço para tocá-lo, mas ele se retrai.

Ele acende o pavio do pequeno candeeiro a querosene ao lado da cama com uma leve pressão do isqueiro. O candeeiro ilumina o interior da cabana. Thandi recosta a cabeça na curva do cotovelo e o examina sob essa luz. Uma lágrima solitária escorre pelo alto de seu nariz.

— Desculpa — ela diz, por fim.

Mas ele apenas encolhe os ombros.

— Tudo bem, é tua primeira vez. Eu divia ter sido mais delicado.

O rosto dele está ofuscado pela nuvem de fumaça das baforadas. Ela estende o braço para ele de novo. Não quer ir para casa. Não quer ver Delores. Nem Margot. Ele não se afasta. Thandi levanta da cama e fica em pé na frente dele. Ele abaixa o beque e inclina a cabeça para o alto, para ela, que se curva para dar um beijo na boca dele, e então na garganta dele. Com a mão livre, ele segura atrás de sua cabeça para segurar o rosto dela perto do seu. Os narizes se tocam e ela fecha os olhos.

— Cê pode ficar quanto cê quiser — ele sussurra. Thandi desce até seu colo e enterra a cabeça na curva de seu pescoço.

26

Quando Margot entra em casa, Delores está ali, com os cotovelos sobre a mesa de jantar, a cabeça apoiada nas mãos. A Vó Merle balança para frente e para trás em uma cadeira ao lado da cama. Delores se ajeita quando vê a filha.

— Ela está com você? — Delores pergunta.
— Quem?
— Tua mana! Tá com você?

Margot sacode a cabeça.

— Não, não está.

Delores passa as mãos pelo lenço roxo que usa na cabeça para esconder seus fios ralos.

— Mas, Jesus, misericórdia. Onde ela pode estar? — São onze horas da noite. — Ondi ela podi tá tão tarde?

— Você perguntou para os vizinhos? — Margot pergunta à mãe, se sentindo um pouco embriagada pelo vinho que bebeu no hotel. Ela se sentou em um quarto sozinha, enchendo uma taça de vinho atrás da outra. Sentia uma falta terrível de Verdene, mas todas as vezes que pegava o telefone para discar o número dela, perdia a coragem que o vinho havia lhe dado e desligava.

— Talvez ela esteja estudando até mais tarde em algum lugar... — Margot se afunda na cama e tira os sapatos, chutando-os. Ela se inclina, colocando os cotovelos nos joelhos e esfregando as têmporas com as mãos, de olhos fechados. A mãe está falando em seus ouvidos, a voz dela cada vez mais alta.

— Que vizinho? — Delores pergunta. — A Thandi não conversa com ninguém nessa comunidade maldita. Ela só vai pra escola e volta pra casa.

— Tem certeza? — Margot pergunta à mãe.

— Tua mana não é que nem você. Ela é uma boa minina.

— Mama, ela é uma adolescente. Não é uma minininha.

Delores está balançando para a frente e para trás, como a Vó Merle.

— Ai, senhor, o que eu faço? — Ela funga e usa a bainha da blusa para enxugar o rosto. — Cê vê o qu'eu tenho qui aguentá, Mama? — Delores pergunta à Vó Merle, que fica em silêncio. Margot percebe as contusões nos braços da avó.

— Você perguntou pra vó? — Margot pergunta, olhando para a velha, com os olhos cada vez mais apertados. — Quem sabe ela viu alguma coisa. Ela vê tudo.

— Cê não vê qui tua avó não é uma pessoa boa da cabeça? — Delores a repreende.

— Ela está aí sentada. Pergunta para ela. Você pergunta o que ela vê. Pergunta quantas coisas ela deixa acontecer i não diz nada. — Margot endireita a postura sentando-se na beirada da cama. Em passagens de suas memórias, ela se lembra dos olhares sagazes da avó. Margot gostava de observá-la fazendo roupas, a concentração enrugando seu rosto. Naquela época, antes de seus traços se tornarem irreconhecíveis, ela tinha as maçãs do rosto altas e oblíquas, um nariz largo e lábios grossos entre os quais segurava alfinetes ou linhas. Margot fazia companhia para a Vó Merle enquanto a avó rondava a Singer; ela sentia que formavam um círculo de intimidade, unidas pelo zumbido da máquina que criava beleza com os retalhos.

— Você qui é a doida — Delores diz. — Não vê que tua vovó tá muda desde que cê tinha catorze anos? Você fez isso com ela. Sinto qui foi você qui deu o dinheiro pro Winston e feiz ele ir embora. Cê feiz ele levá o coração dela cum ele, deixando só a carapaça vazia de uma muié. Você! Você faz as coisas ficá difícil pras pessoas.

— Mama, não sei do que cê tá falano. — Margot tira a camisola de Thandi da cama e a segura contra o corpo.

— Cê acha que sô idiota? — Delores coloca as mãos nos quadris, os ombros se endireitam, o que confere à parte superior de seu corpo melhor proporção. — Por sua causa, o Winston fugiu. Num paro di pensá nissu. Mi lembro qui você viu onde escondi u dinheiro! Você foi a única que sabia daqueli dinheiro. Você! Sua cobra mentirosa. Você é o demônio vivo em carne e osso!

Margot enfrenta o olhar de Delores.

— E o que isso faz de você?

— Agora tua mana tá perdida e a culpa é tua!

— Quer dizer que tudo é minha culpa?

— É. Cê num é nada, só uma desgraça.

Margot se afasta um pouco, com medo de que a mãe possa atacá-la, imobilizá-la e dar nela, uma vez mais, aqueles beliscões.

— Se alguém tem culpa pela Thandi se comportar mal, é você — Delores diz. — Cê fez lavagem cerebral nela.

Do mesmo jeito que aquela mulher fez lavagem cerebral n'ocê... — Delores diz isso com uma voz que Margot poderia ter confundido com ternura, se a mãe fosse outra pessoa. — Foi por isso que tive que ti consertar.

Margot cambaleia para trás, se afastando da mãe tanto quanto possível. Ela se choca forte contra a penteadeira. O espelho cai e se quebra, os cacos se espalham pelo chão. Margot se segura na beirada da penteadeira, desprotegida em sua habilidade de se defender das memórias. A escuridão penetra nela, mascarando todos os sentimentos, mutilando qualquer desejo de conceder o perdão, endurecendo a massa fraca do músculo que bate em seu peito.

— Você me fez muito mais mal do que qualquer outra pessoa — ela diz à mãe.

Mas Delores é desafiadora, a boca dela se tensiona como a de uma fanática, convencida da bondade em suas ações.

— Era o único jeito — Delores diz. — O único jeito d'eu ti salvar daquele seu jeito.

A fúria de Margot finalmente irrompe e ela salta sobre a mãe como um felino selvagem. Ela agarra Delores pelo pescoço e a empurra contra a parede descascada perto de onde a Vó Merle está sentada, balançando. Delores luta para se soltar; as mãos dela apertam os pulsos de Margot, que está com as suas como se fossem gargantilhas de latão em volta de seu pescoço. Margot não cede.

— Bai em frente, mi mata — diz Delores. — Cê bai me livrar dessa maldita vida. Cê num é nada além di uma puta indecente e imunda! Uma puta sodomita imunda e *maldosa*. E agora cê bai colocar morte na tua lista. Então, me mata, sua tonta maldita!

Margot alivia o aperto em torno do pescoço da mãe, mas as mãos dela não se abaixam.

— Cê já tem teu lugar no inferno — Delores murmura.

Margot fica ali, com as mãos em volta do pescoço da mãe; mas o olhar perverso nos olhos esbugalhados dela não é suficiente para levá-la a fazer o que pensava que seria capaz. Quer desesperadamente apertar o rosto contra o seio da mulher que ela deseja que a tivesse amado, que a abraçasse, a ninasse com suavidade e acariciasse seus cabelos. Mas Delores apenas cospe no rosto de Margot; a saliva escorre por sua bochecha direita, como uma lágrima grossa e lenta.

27

Verdene aparece na varanda, flutuando como um fantasma em sua camisola. Ela não se move para abrir o gradeado e deixar Margot entrar. Elas olham uma para a outra por um tempo que, para Margot, parece uma eternidade. Ao redor delas, o trinado dos grilos torna-se mais alto. Verdene separa os lábios como se estivesse prestes a dizer algo. A sombra da lua, grande e redonda, divide seu rosto em dois. Seus olhos descem até a sacola de roupas de Margot, que inclina a cabeça para o lado, os olhos molhados com todas as palavras que quer dizer. Elas pesam muito, prensadas como uma pedra contra suas costelas. Se ao menos Verdene a deixasse entrar.

— Por favor? — ela pede à amante. Mas Verdene ergue a cabeça para o teto, sugando os lábios trêmulos. Quando ela abaixa a cabeça, Margot vê lágrimas também nos olhos dela.

— Quem você pensa que é? — ela pergunta.

A voz dela é um arranhão de unha, um pequeno corte que queima; e perfura a escuridão em torno delas.

— Só me deixe entrar, por favor? — ela pede.

— Como você se atreve, Margot? Como você se atreve a me abandonar quando eu precisei de você? E agora voltar implorando para que eu a deixe entrar?

— Por favor?

Margot a observa se movendo para abrir o gradeado, cada estalo da tranca afrouxa algo dentro dela, nesse simples ato de compaixão.

Por dentro, a casa está imaculada. De costas para Margot, Verdene pega uma das almofadas do sofá, a sacode e a coloca de volta. Margot observa as costas de Verdene, a proeminência de seus ossos. Ela está reduzida a apenas pele e ossos, pelo modo como as vértebras dela sobressaem: mármores redondos e protuberantes na parte de trás de seu pescoço, visíveis através do tecido fino e transparente da camisola que ela veste. Margot contém o ímpeto de envolver os braços em torno de Verdene, por trás. Quando Verdene se vira e a olha do fundo de um par de círculos escuros e profundos, as mãos de Margot procuram a base da própria garganta.

— Você pode ficar no sofá — Verdene diz. — Vou para a cama.

Ela sai, deixando Margot sozinha na sala. Os retratos da srta. Ella estão de volta, olhando-a de cada uma das molduras como se a repreendessem: *Por que você machucou minha filha desse jeito?*

Ela vai até o quarto e espia pela porta entreaberta, assistindo a Verdene tirar a camisola em frente ao espelho de corpo inteiro. O corpo dela está mais magro do que nas memórias de Margot. A fraqueza dela está mais pronunciada, como se ela pudesse ser quebrada em muitos pedaços. Um suicídio lento, é isso que parece. Margot empurra e abre a porta, e Verdene deixa as mãos caírem ao lado do corpo. Pelo espelho, entrevê as sobrancelhas de Margot franzidas. Ela não se cobre. Margot caminha em direção a ela e, com muita delicadeza, aperta seus ombros descarnados. Suas mãos percorrem a extensão dos braços de Verdene, que começa a chorar baixinho.

Margot a vira e a abraça.

— Me desculpe — ela sussurra.

Abaixa os lábios até os de Verdene, mas ela afasta Margot.

— Não toque em mim — ela diz, contrariada.

Margot não a obedece. Mesmo quando Verdene bate nela, golpeando suas costas levemente com os punhos, e depois esbofeteando-a com grandes tapas, a mão totalmente aberta, Margot aguenta. Não há gritos, nem berros, só o som dos tapas de Verdene nas costas de Margot. Verdene luta e luta enquanto Margot continua presa a ela. Margot fecha os olhos enquanto Verdene derrama suas pancadas, porque neste exato momento ela finalmente sente algo mais intenso do que tudo que já sentiu. Sente-se viva, lutando pela única coisa que pensou não ser destinada a ela. Tal sentimento a controla, trazendo lágrimas e uma profunda sensação de alívio. A luz no teto pisca como se toda a fúria de Verdene fosse transmitida à instalação elétrica. Os tapas começam a ficar mais fracos, até que cessam, por fim.

A caminho de casa, Thandi conta a Charles o que Clover fez quando ela tinha nove anos. Charles fica em silêncio enquanto ela fala. Thandi não sabe dizer se ele está pensando ou escutando. Ele ainda segura sua mão, mas ela o sente perdido em algum lugar na escuridão. Vagalumes voam ao redor deles, pontilhando o caminho com luzes brilhantes alaranjadas. Soa estranho ouvir a si mesma falando com alguém sobre isso. Delores diria a ela para nunca lavar roupas sujas em rio aberto.

"Essas pessoas são seres humanos que nem você i eu", Delores dissera, se referindo aos padres do confessionário da escola. "Eles escuta teu segredo i ti julga igual." Mas Charles é diferente. Thandi se sente à vontade falando com ele. Cada palavra que sai de sua boca a surpreende, a desafia a contar mais, e a alivia de um fardo. Charles para de andar e vira o rosto para ela. Segura o de Thandi com as duas mãos. Em meio à escuridão, ela distingue o brilho nos olhos dele, a ferocidade na voz quando ele fala.

— Ele vai tê di pagar pelo qui fez — ele diz. As palavras dele são urgentes.

— Charles, estou bem — ela diz. — Isso aconteceu há muito tempo.

— Si cê estivesse bem, cê não tinha lutado comigo daqueli jeito.

Ele está sacudindo a cabeça, golpeando os vagalumes que permanecem entre eles. Thandi pode perceber uma sensação de determinação que o toma – um raio em seus olhos –, que ele poderia usar para lavar as maçãs de seu rosto se ele não tivesse arredondado as mãos em punhos cerrados. É um raio que ela já viu no passado, quando ele costumava passar no barraco para pegar os restos de comida com Delores. Uma vergonha que moldou toda a infância dele e que agora foi projetada nela: produtos rançosos, descartados, contaminados. Desesperadamente, busca no rosto dele algum sinal disso, mas o encontra fechado, inescrutável.

— Não, ele tem qu'aprender a lição — ele insiste. — O que ele fez é crime.

— O que você vai fazer com ele?

— Não fica preocupada cum issu.

— Não faça nada que vá custar a você. Cê sabe que ele é um bêbado. Pode fazer qualquer coisa.

Charles se afasta dela. Uma expressão de tristeza transforma e torce o rosto dele, fazendo-o falar pelo canto da boca. Ele caminha alguns passos, seus ombros se elevam como colinas. Thandi corre para alcançá-lo. Puxa a camisa dele.

— O que cê vai fazer?

Mas ele não responde. Só se volta para ela perto do portão. O sr. Melon está desamarrando a cabra. Ele caminha na direção deles. Quando se aproxima de ambos, toca a aba do chapéu para cumprimentá-los.

— Oi!

Charles e Thandi grunhem um cumprimento para o velho. Depois que ele passa, Charles diz.

— Não se preocupa com o que vô fazer. Vô cuidar de tudo.

Ele beija Thandi e a deixa parada ali no portão da casa dela, em pânico.

N a tarde do dia seguinte, uma multidão se reúne na frente do Dino's Bar para ver Charles e Clover rolarem no chão enlameados como dois lagartos. Macka, o barman, tenta apartá-los, mas leva um tombo quando Charles o empurra, o homem cai sobre um grupo de crianças da escola agachadas ali perto. As crianças dispersam como ratos, e voltam quando Macka levanta e se limpa.

— Briga! Briga! Briga! — os menininhos gritam. Isso atrai mais pessoas ao local, as mães que estavam voltando a pé do rio com baldes na cabeça. As mulheres param e colocam seus baldes no chão para segurar os filhos perto de si. Aquilo não é uma surpresa para elas, já que a sordidez vinda com o calor e o sol é agravada pela seca, que provoca ataques de fúria. Elas também fixam os olhos na jovem gritando como louca, apertando as duas mãos contra o rosto, uma mulher desesperada.

— Parem! Parem!

Isso desencadeia sussurros suaves entre as outras mulheres, que só a tinham ouvido falar um decibel acima de um sussurro. Sempre correta.

— Qui gritaria! — elas cacarejam, sacudindo a cabeça. Mas Thandi as ignora. Seus gritos são incontroláveis. Ela fica longe da briga, como os demais espectadores do Dino's. Tinha a esperança de que Charles tivesse esquecido a vingança. Ele não parece se preocupar com o que poderia acontecer com ele se matasse Clover. Age como uma besta selvagem, um homem que não tem nada a perder. A saliva enche a boca quando a ânsia de vômito vem.

Clover está fraco e coberto de sangue, mas insiste em lutar com Charles, que é mais jovem, mais viril. Charles o mantém no chão sob seu peso, socando-o com selvageria. Clover puxa uma faca. Charles se esforça para arrancá-la da mão dele.

— Alguém ajude, por favor! — Thandi berra; o sangue dela está ficando gelado. Mas Charles derruba a faca da mão de Clover e, em um movimento rápido, a camisa do homem está rasgada, com um corte vermelho horizontal impresso nela. Charles fica em pé num salto e Clover se esforça para se erguer. Por um instante, os dois homens dançam em torno um do outro, Charles com a camisa aberta e a faca na mão, Clover com os punhos cerrados, uma força renovada e uma expressão de perigo nos olhos.

— Vem cá, mariquinha, minino bagabundo... — ele dispara. — Cê comeu dos prato das pessoas a vida inteira i agora qui cê descobriu uma boceta cê acha qui virou homem.

— Charles deixa a faca cair e salta para a frente. Os dois estão no chão de novo.

— Ai, sinhor, misericórdia! — a srta. Gracie grita. Ela sai cambaleando do bar para a rua, um pouco embriagada, com a fé cega de um bebê que anda no meio do trânsito. A srta. Gracie usa toda a força que tem para puxar Charles de cima de Clover, agarrando-o pela bainha da camisa enquanto ele soca Clover como se fosse um saco de arroz. Alguns homens (do tipo que Thandi tinha visto gravitar sobre galos de briga com os olhos frenéticos cheios de dinheiro e poeira e, às vezes, lágrimas de derrota) pulam para ajudar a srta. Gracie a tirar Charles dali. Charles os enfrenta, mas eles são maioria, e puxam as mãos dele para as costas. Clover se senta no meio da estrada parecendo estar tonto. Ele aperta o peito como se estivesse tentando localizar uma lagartixa rastejando sob sua axila. Algumas mulheres se inclinam em direção a Clover para dar a ele algo para beber. Elas ignoram Charles, que está ocupado arrancando os próprios braços das mãos dos homens e em segida se debruçando para recuperar o fôlego.

As mulheres em torno de Clover começam a gritar. Ele está atordoado, fraco, sangrando pelo nariz e pelo lábio.

— Arguém ajuda! — a srta. Louise grita, desamarrando o lenço que tem na cabeça para pressionar levemente a testa de Clover. Alguém grita para Macka chamar uma ambulância. Mas Macka não tem telefone, então ele corre até o sr. Levy, na porta ao lado. O sr. Levy, que há muito tempo se resignou diante do mau comportamento dos bêbados da porta vizinha, simplesmente atira o jornal que tem nas mãos e sacode a cabeça. Mas Macka continua falando pela tela da porta.

— Um homem tá sangrando na rua, Seu China! Como cê fica assim? Tem um poco di piedade i chama a ambulância!

Por fim, o sr. Levy pega o telefone e disca "119". Demora muito tempo até que a ambulância e a polícia cheguem. As pessoas já estão apontando para Charles.

— *É aquele minino cabeçudo qui fez isso!*

Thandi consegue alcançar Charles antes que ele deixe o local.

— O que você fez? — Ela o está empurrando, batendo nele com as duas mãos, exigindo uma resposta. Ele apenas olha para ela, com a boca retraída.

— Ele teve o qui merecia — é tudo o que ele diz antes de fugir.

Clover está em cima de uma maca e dois policiais questionam os moradores para descobrir a identidade do homem que iniciou a briga. Dizem que têm de fazer a detenção. Mantendo a faca, que era de Clover, como evidência, dizem que apenas um criminoso perigoso tentaria matar um homem a sangue frio na rua sem motivo algum. Sem absolutamente nenhum motivo. Mas ninguém sabe para onde Charles foi.

A notícia que chega mais tarde naquela noite é que Clover teve um ataque cardíaco e morreu a caminho do hospital. Mas as pessoas acreditam que foi Charles que o matou.

29

Quando Verdene vê o garoto trêmulo nos degraus da sua varanda, abaixa a lanterna e abre o gradeado para ele. Está ensanguentado e agarra a si mesmo como se tentasse cessar o tremor. Sem fazer perguntas, Verdene se debate para soltar uma das mãos dele, que aperta o alto do outro braço, e o puxa para dentro. A JPS cortou a energia de novo, por isso ela acende um candeeiro a querosene para enxergar. Charles se senta imóvel, apoiando as mãos na mesa de jantar onde ele se sentou da outra vez que ela o deixou entrar na casa. Verdene observa o sangue na camisa.

— Você está machucado? — ela pergunta. Charles não ergue a cabeça.

— Eu não sabia pra qui outro lugar ir, ondi eles não iam mi procurar — ele diz, enfim.

— O que aconteceu? Por que você está fugindo? — Verdene começa a se perguntar se ela cometeu um erro deixando-o entrar antes de fazer essa pergunta. Subitamente, ela fica apreensiva, mas como não quer que o garoto pense que ela está nervosa na presença dele, se ocupa seguindo um roteiro interno: o papel que a mãe dela faria.

— Ao menos deixe que eu te limpe.

Ela levanta com a lanterna e entra no banheiro para buscar uma bacia e uma toalha. Também pega de dentro de uma gaveta uma camiseta da Universidade de Cambridge, que herdou do marido. Quando ela volta à sala de jantar, Charles ainda não se mexeu. Ele nem parece estar respirando. O silêncio ecoa nos ouvidos de Verdene enquanto ela segura o pano molhado sobre as sobrancelhas dele. Devagar, limpa a testa, a região sobre a boca e as mãos. Ele recua quando o pano úmido encosta no alto de seu braço, onde há um corte. Verdene pega o kit de primeiros socorros e faz um curativo.

— Fique calmo e apenas respire — ela ouve a voz da mãe dizendo a ele em um sussurro. Deve ter sido tudo o que o garoto precisava ouvir, porque assim que Verdene diz isso, ele sucumbe. O corpo dele sacode em um choro ruidoso, com as mãos cobrindo o rosto.

— O que aconteceu, Charles? — ela pergunta, se esforçando para conseguir manter a voz firme.

— Matei uma pessoa — ele diz. — Ouvi qui a polícia tá atrás di mim agora. A Mama Gracie me avisou.

Verdene o observa com atenção. O corpo dele parece pequeno e encolhido sob a luz do candeeiro a querosene. Ele não parece um assassino, embora a confissão afete o interior da casa, movendo e alterando as coisas. Algo no interior da casa eleva a tensão. Após um ou dois segundos, Verdene apanha uma cadeira.

— Você o quê? — ela pergunta.

— Matei uma pessoa — ele repete. — Ele estuprou minha namorada.

Dessa vez Verdene deixa a afirmação dele cair no silêncio como um único fio de cabelo aterrissando no chão de madeira. Nunca, desde que se ajoelhou ao lado do corpo rígido do pai no chão da cozinha, depois de vê-lo sofrer um ataque cardíaco, sentiu-se tão paralisada pela ambivalência. Espreita Charles através da nuvem dessa lembrança, pensando em como ela sofreu de culpa durante dias, e como não havia nenhum remédio para mitigar a dor torturante que nunca esperara sentir pela pessoa que ela acreditava merecer aquilo. Verdene levanta e se ajoelha na frente de Charles. Seu instinto é de agarrá-lo e confortá-lo, mas, em vez disso, ela diz:

— Você sabe com certeza que ele está morto?

Charles assente.

— Sim.

— Quem sabe você não o matou. Quem sabe ele só esteja ferido.

— Tenho certeza qui ele tá morto, qui eu matei. — O maxilar dele está cerrado. — Quando olhei pra cara dele i vi ele rindo como o próprio demônio, sabendo qui ele estuprou minha mina, tudo qui quis fazer foi matar ele. Mas num soube quando ou como aquela força mi dominou. Depois só sei qui vi a Mama Gracie i ela contou que declararam ele morto no hospital.

— Ai, Charles…

— Num tinha a intenção di matar.

— Eu sei que você não tinha a intenção.

Charles olha para ela. O rosto dele está sem cor. Verdene tem a sensação de que se esse homem está mesmo morto, Charles também está. Não devido ao modo como a polícia trata os criminosos, mas devido à culpa que, ela sente, já começou a vencê-lo. Verdene quer desesperadamente atenuar a ansiedade dele, então ela opta pela lógica.

— Se você puder provar que ele estuprou a sua namorada, então quem sabe possa argumentar que fez isso por defesa.

Charles sacode a cabeça e cobre o rosto novamente.

— Não tem prova. Aconteceu faiz muitos anos. — Verdene esfrega as costas dele, sente os músculos tensos de novo. — Não posso ficar aqui — ele diz de repente. — Não posso ficar em Rivah Bank. Ten' qui ir.

Em silêncio, Verdene concorda, contudo, jamais pensaria em dizer isso em voz alta. Ela teria oferecido a ele um esconderijo, mas então precisaria explicar a Margot quando ela aparecesse depois do expediente do hotel e visse um garoto – supostamente um assassino – dentro da casa. E, além disso, Margot nunca pode ser vista ali, por ninguém. Então, Charles precisa ir.

— Ao menos se troque e coma alguma coisa antes de ir — Verdene diz a ele.

— Num posso comer nada — Ele tira a camisa ensanguentada e veste a que Verdene dá para ele. — Obrigado por isso — ele diz, alisando o tecido sobre o peito, com os dedos acompanhando as letras de Universidade de Cambridge. Ele dobra a camisa imunda e Verdene se oferece para enterrá-la lá fora, perto dos cães mortos. Ela pensa em coisas para dizer a fim de convencê-lo de que a justiça talvez ainda esteja ao lado dele, mas não consegue chegar a nada.

— Você deve amá-la mesmo. Essa garota? — diz enquanto ele se dirige à porta. Ele para com a mão na maçaneta. Lá fora, a escuridão é densa, já que está nublado e não há nenhuma estrela nem lua esta noite. Pode-se pensar que finalmente poderia chover; mas Verdene não contará com isso.

— Sim. Amo. — Charles responde.

— Eu teria feito a mesma coisa — ela diz.

Charles larga a maçaneta. Ele se apoia no batente da porta e olha Verdene no olho.

— Sabe, eu tinha medo di bruxa.

E assim ele sai, deixando-a no escuro. Ela olha em volta da casa. Nunca, desde que voltou para lá, desejando estar mais perto da mãe, ela se sentiu tão sozinha. Tão rechaçada como está hoje pelo piso, pelas paredes, pelas cortinas, pelas barras antirroubo nas janelas através das quais ela mal consegue distinguir a vastidão do céu.

30

Alphonso chama Margot até a mansão, que se tornou o ponto de encontro deles. Doçura vai com ela, porque está escalada para a recepção desta noite. Mas, quando elas chegam, os empreiteiros estão frenéticos. Alphonso anda de um lado para o outro, exalando fumaça de cigarro pelas narinas.

— O que está acontecendo? — Margot pergunta a Alphonso assim que entra.

— A maldita da polícia.

— Por que estão envolvidos?

— Aconteceu um assassinato na área do empreendimento. Eles decidiram interromper todo o projeto até encontrarem a porcaria do assassino. Acham que a atividade da construção poderia dar cobertura ao cara.

— Quê?

— Estamos perdendo dinheiro, Margot. Quanto mais a polícia nos fizer esperar enquanto investigam esse crime, mais sofremos. Os turistas não vão querer vir a uma área de alta criminalidade. Os investidores estão se cagando neste exato momento! Recebi uma ligação do Virgil. Ele está ameaçando cair fora.

— Calma, eu posso resolver isso.

— Como? — ele quase grita.

— Preciso pensar.

Uma ideia, que na verdade era um pensamento articulado alto demais, e muito prematuramente, aflora na boca de Margot e se materializa em ondas sonoras que interrompem os empreiteiros na sala, trazendo-os para perto da mesa onde ela está sentada. Alphonso também escuta, com os braços cruzados sobre o peito, visivelmente entretido.

— Onde conseguiríamos o dinheiro para a recompensa?

— Estamos cheios de dinheiro vivo, Alphonso, e você sabe disso — Margot diz. — Só a Doçura está trazendo sete mil por semana. As outras garotas são igualmente lucrativas. Podemos fazer isso.

— Então, dez mil e resolvemos tudo? — um dos empreiteiros pergunta.

— Sim, dez mil — Margot responde. — Sugiro que contemos ao chefe de polícia sobre isso para que ele possa desmobilizar a força. Esse dinheiro fará os moradores de River Bank vasculharem todos os esconderijos do criminoso. Enquanto isso, mandamos Doçura à delegacia.

— Doçura? — Alphonso pergunta. — Por que a Doçura?

— Porque, se você vai ocupar um quarto da ilha, precisa ao menos ser inteligente. Ser gentil com a polícia. Eles podem ser seus maiores aliados ou piores inimigos. Como as mulheres, eles amam quando você lhes dá presentes.

Os homens que estão na sala riem. Alphonso ri também.

— Margot, você é brilhante — ele diz.

As pessoas se reúnem novamente no Dino's. Há um mandado de busca e uma recompensa de dez mil dólares americanos oferecidos pelo departamento de polícia para a pessoa que o entregar.

A notícia da recompensa em dinheiro se espalha. Ninguém sabe por que um valor tão alto para encontrar um garoto esquelético que matou um bêbado em uma briga de bar. Macka acha que o dinheiro tem relação com o empreendimento na área.

— Aqueles empreiteiros não querem nenhum matadô perambulando no lugar. Eles querem qui os hóspedes importantes do hotel deles fiquem seguros.

Alguns homens já fizeram uma visita ao barraco da srta. Violet. Saquearam o lugar em busca de Charles. O fato de envolverem uma mulher indefesa não significa nada para eles; estavam tentando encher os bolsos das calças que só conheciam fios e uns trocados soltos. Já estavam imaginando o interior dos aviões e a promessa dos Estados Unidos. Então, quando a srta. Violet disse a eles que ela não sabia onde o filho estava, a agarraram pela garganta e puxaram o cabelo dela. Um puxou uma faca e outro uma corda. Os gritos dela só foram ouvidos pela srta. Ruby, que saiu de seu barraco correndo para encontrar a mulher amarrada na cama com cortes no rosto.

Thandi está paralisada de arrependimento. Ela deita na cama, enrolada sob as cobertas. Agarra com força a toalha que nunca devolveu a Charles e a cheira, tentando inspirar a lembrança dele.

— Mas o qui qu'é issu? — Delores pergunta, olhando Thandi. — Eu saio i cê tá na cama. Eu chego i cê ainda tá na cama. Qui tá errado c'ocê?

Thandi se vira sob as cobertas, enxugando as lágrimas depressa.

— Só cansada — ela diz.

— Cansô? Alguém pode cansá tanto tempo? Cê não tem nada pra fazer agora que acabaram os exames? Levanta! — Delores puxa as cobertas de cima de Thandi. Mas Thandi não se mexe. — Se eu contar até três i cê ainda tivé deitada, vô ti pegá. Cê sabe a hora que o relógio tá marcando? Cê tem ensaio da formatura amanhã, num tem?

Delores começa a andar pela cozinha para preparar o jantar. Thandi se senta na cama.

— Rapaiz, vou ti dizer qu'esses jovem não têm ambição — Delores diz enquanto tira a casca de uma banana verde que, descascada, cai na panela. — Alembra do menino da Violet, o Charles? Aquele selvagem qui vivia por aqui atrás di comida. Agora tá na lista di gente procurada. Dez mil dóla americano. — Ela desvia depressa o olhar da panela fumegante para ver se Thandi está escutando. — Cê ouviu? Dez mil dóla! Cê sabe o que dá pra fazer cum isso? — Ela faz uma interrupção, como se Thandi fosse obrigada a falar. Como Thandi não responde, Delores responde a própria pergunta. — Dá pra comprar muita coisa! — Ela volta a descascar bananas. — Mas tô cum muita pena da Violet agora. A pobre mulher perdeu tudin, té os parafuso da cabeça. Mas ti garanto uma coisa. Se ela conta pra polícia onde o filho tá, pega o dinheiro i milhora di vida. Verdade verdadeira! Ela vira uma mulher rica se colocá o filho na prisão. Pur toda dor qu'aquele menino fez ela passar. Mas essis encrenqueiros têm tanta fome qui vão roubar tudo. Pur isso ela devia sair da cidade i num contar pra viv'alma. Viu o qu'eles fizeram pra ela otro dia? Acha qu'ela ia dizer pra eles onde ele tá escondido?

— Delores observa Thandi desviar o olhar de novo. Com os olhos semicerrados. — Eu sei di vocês dois. John-John viu cês dois na praça Sam Sharpe se abraçando feito namorados. Cê acha qu'eu num tenho olhos aqui? Si cê sabe onde ele tá, cê devia pedir a recompensa. Faz isso pur todas nós. Cê sabe quanto tempo faz que preciso di um descanso? Todo dia arrebento as costas cum essas cestas.

A mãe dela ainda está em pé perto do fogão, repetindo-se, parecendo se dirigir às sombras instaladas ali.

— Si cê bai s'envolver c'um menino de rua, cê tem que, pelo menos, ganhar alguma coisa com isso. Porque um minino sujo e perebento do gueto que nem tem um par de sapatos bai fazer o quê pur você, hein?

— Ele é mais que um menino de rua — Thandi diz quando recupera a capacidade de falar.

Delores se vira depressa.

— Ah, intão cê sabe onde ele tá. — Isso é uma afirmação, não uma pergunta. Thandi não gosta do que vê nos olhos da mãe. É um olhar que ela já viu antes, quando foi questionada sobre a escola e as notas; a imagem de si mesma encolhida na mesa com os livros sob a claridade do candeeiro a querosene, imagem que aumentava cada vez mais nas pupilas da mãe, uma criatura imensa dos objetivos e sonhos grandiosos de Delores. Aquilo preenche os olhos da mãe, expandindo a escuridão e a completude que lembram Thandi da aparência da srta. Gracie quando ela tem uma de suas visões sagradas.

— Eu não disse isso — Thandi responde.

— O jeito qui cê tá falano parece suspeito. Cê tá falano como si cê soubesse onde ele tá. Pelo que sei, cê pudia ter bisto ele ontem i num ter contado pra viv'alma. — A voz de

Delores está carregada de acusação. — Não me sacrifiquei pra ti mandar pra escola i cê s'envolver cum esses tipos. Você se transforma nas pessoas com quem cê anda... — Ela faz uma pausa, com a cabeça e o dedo indicador balançando como se completassem metade do que ela está pensando. Depois surgem as palavras, não as que ela parecia estar buscando, mas outras, novas, geradas em algum lugar tão escuro quanto as sombras nas quais ela busca conselho. Thandi quase consegue vê-las se formando, surgindo daquele lugar de escuridão como a fuligem do mecanismo interno da mente da mãe. Thandi está olhando diretamente no rosto de Delores, bem dentro das narinas dela. — Faz isso pur nóis tudo, Thandi. — Com um gesto, ela aponta para a Vó Merle, que está deitada na cama em silêncio. A Vó Merle que por muito tempo tem sido uma sombra, exceto pelo sutil sobe e desce em seu peito.

— Eu penso com minha própria cabeça — Thandi diz.

— Cê sabe onde ele tá?

— Não, Mama.

— Cê sabe o qui a gente pode ter com dez mil dóla americano?

— Sim, mas me sinto responsável.

— Responsável pur quê? — Delores endireita o corpo, não está mais rondando Thandi. Põe as mãos nos quadris. — Que cê tá mi dizeno?

— Ele fez aquilo por minha causa.

— Quê?

— O Charles brigou com o Clover por minha causa. Eu contei pra ele que o Clover me estuprou anos atrás.

— O Clover?

— Sim.

— O meu Clover? — Thandi se encolhe diante da possessividade na voz da mãe. — O Clover que vinha aqui ajudá a gente c'as coisa da casa? O Clover que consertava o telhado, pra garantir qui a gente num si molhasse com a chuva? O Clover que vigiava o lugar quando o imprestávil du teu Tio Winston si foi?

— Sim — Thandi diz.

— Quando foi issu? — Delores pergunta.

— Faz seis anos. Eu estava voltando da escola i...

Delores fica em silêncio. Ela tateia para pegar uma cadeira perto da mesa da cozinha e se senta. As sombras correm de volta para seus cantos e se encolhem, à espera. Delores leva as mãos à cabeça e, devagar, balança na cadeira do jeito que a Vó Merle faz. Um som sai de sua barriga e se eleva como se subisse pelos seus brônquios, se instalando em sua garganta e permanecendo ali.

— Cê tá se transformando na tua mana a cada dia qui passa — ela diz, numa voz baixa e áspera. — Qui nem ela, cê tá virando uma rameira, uma rameira manipuladora e desprezível. — Delores se levanta.

— Mama, o Charles só estava me defendendo.

— Por que ele precisava ti defender agora se aconteceu faz tantos anos?

— Porque isso ainda me abala.

Delores chega perto de Thandi, os braços dela se abrem como que para abraçá-la. Thandi está preparada para encostar a cabeça nos grandes seios da mãe. Está pronta para soltar os ombros e deixar a mãe esfregá-los, dizendo a ela que tudo ficará bem, que Clover teve o que merecia. Aquele é um abraço doce, do qual Thandi havia se esquecido até então. O amor da mãe é tão feroz e dominador quanto a personalidade dela.

Uma vez sentido, nada se compara a ele. Thandi relaxa no abraço de Delores, permitindo-se ser acalentada para a frente e para trás como um bebê. Mas em seguida isso acaba. Devagar, Delores a afasta de si e a segura pelos braços.

— Quero qui cê tenha juízo i entregue aqueli garoto. Tudo acontece pur um motivo, i o motivo é essi. — Delores diz. — Faz isso pur todas nós, Thandi.

— Ele estava me defendendo.

— O demônio é um mintiroso. Ele ti derruba, mas isso não quer dizer qui cê não pode se levantar i usar a arma que ele atirou em cê. O que o Clover fez é passado. Já passô. Então, deixa pra lá i faz a coisa certa.

— Ele era um animal, Mama.

— Xiu! Cê bai pagar por amaldiçoar gente morta. — Delores puxa Thandi para perto de novo e a acalenta em seu peito. Ela tem o cheiro da banana verde que descascou. Corre os dedos pelos cabelos de Thandi enquanto fala. — Você i aqueli minino Charles nem deviam se misturar, em primeiro lugar. Como eu digo, si cê bai s'envolver c'um garoto de rua, cê tem que, pelo menos, ganhar alguma coisa com isso. Esquece du que o Clover fez. Issu num bai ti libertar. Tem muitas pessoas pra quem acontece isso i elas não morreram. O que bai ti libertar é o dinheiro. Num bai dizer qui nunca t'ensinei issu. Mandei você para a escola pur um bom motivo, sim. Mas é também para você aprender o bom senso. Cê acha só porque o Charles diz qui ti ama cê tem algum valor? Cê acha só porque ele diz qui ti quer ele tá falando sério? Num é só disso qu'ele foi atrás, i quando ele conseguiu, ele correu? Que amor é essi, hein? Você não sabe nadinha di amor. Amor é bobagem. Cê já biu amor trazê água encanada? Cê já biu amor colocar teto em cima da cabeça da gente?

Cê já biu amor dar educação de graça pras crianças que os pais não podem pagar a mensalidade? Cê já biu amor encher a despensa? Cê já biu amor conceder visto pra gente ir pra qualqué lugar longe dessi ninho di rato? O que o amor faz pur você, hein? Como cê bai amar um estranho quando cê nem sabe o que é amor? Ele só bai s'aproveitar d'ocê i partir. Cê tem qui pegar tua recompensa em dóla, não em centavo. I além disso, quem bai querer uma menina inocente que nem você, hein?

"Vamos supor que ele ti quer mesmo. Dá para amar alguém que é tão tonta nessas coisa? Alguém ingênua? Cê não ia querer issu, i nem ele. Cê dando tudo pra ele di graça. Os menino gosta das meninas bobas assim. Eles bate o olho uma vez no teu rosto negro i sabem qui cê tá desesperada pra abrir tuas pernas no primeiro elogio. Eles sabem quem cê é de verdade antes di cê dizer teu nome. Eles sabem qui podem contar qualqué coisa pr'ocê i no teu íntimo di negra cê vai acreditar i aceitar, purque nós já acostumamos a ficar com as sobras. Quem cê conhece qui ama de verdade uma garota negra por algo além do que ela tem entre as pernas? Cê é uma menina negra bonita, mas é minha obrigação como mãe t'ensinar essas coisa. Colocar arguma coisa na tua cabeça. Fia, cê sabe quanta coisa cê podia ter? Dez mil dólas americanos! Issu dá pra te tirar daqui pra eternidade, pagar tua educação i tudo mais. Usa a cabeça, fia. Cê não pode dar mais valor pra essi minino i pro amor bobo dele do que pro dinheiro. Se significa tão poco pra você, então você vai perder tudo. Alembra dissu: ninguém ama uma garota negra. Nem ela mesma. Agora, levanta i bai buscar tua parte.

Thandi vai até a praia, onde os barcos estão ancorados. O barco de Asafa é o mais reluzente, pintado de vermelho, amarelo e verde. Ao longo dos anos, suportou o uso e o desgaste, enferrujando dos lados. A primeira letra "A" do nome de Asafa está faltando. Thandi vai até o barco e entra nele. Senta no banco de madeira da proa. Aos pés dela há um balde branco que, ela imagina, Asafa usava para colocar as lagostas que pegava. De onde está sentada, Thandi olha para o oceano que cintila ao pôr do sol. Deve ser isso que Charles vê quando fica ali sozinho. As ondas estão calmas, subindo e descendo como o movimento respiratório de um corpo vivo. O mar é ouro líquido enquanto o sol mergulha no horizonte. Um a um, os insetos noturnos escondidos nas árvores da enseada começam a cantar. As ondas ficam mais ruidosas na presença da lua crescente. Elas quebram na praia, com a urgência impulsionada por uma força invisível. Thandi deita de costas dentro do barco e as escuta. Elas falam com algo que se agita dentro dela, algo que se enfurece dentro dela. A água emerge sem parar, até turvar a visão das estrelas pontilhadas no alto, tremulando nos cantos dos olhos dela, depois descendo pela sua face.

— Qual' é a cor du céu agora? — Thandi dá um salto ao ouvir a voz dele. Ela se pergunta se está imaginando aquilo. Mas, quando pisca, ele ainda está ali. Ela pula do barco nos braços dele, respirando o aroma familiar de papaia misturado com o cheiro de erva e de suor. O rosto dele pressiona o pescoço dela. E Thandi pensa sentir algo quente e úmido. Quando ela se afasta, limpa o rosto dele com os dedos. — Si cê pensa que é azul, olha de novo — ele diz. Mas Thandi não está interessada em olhar para nada além dele. Lança os braços em volta do seu pescoço e o beija. Charles sobe no barco e eles se deitam juntos entre os bancos. — Cê veio aqui mi procurar? — Charles pergunta.

— Senti sua falta. Eles estão procurando você em toda parte.

— Vou embora para Kingston em uns dois dias. Só estou aqui para dizer adeus para tudo isso. — Ele inspira fundo, como se fosse tomar todo o ar.

— Cum quem cê vai ficar agora?

— Jullette.

— Toma cuidado.

— Eu não tinha intenção di matar.

— A gente não sabe se foi por sua causa mesmo. Pode ser qualquer coisa. Não seja tão duro com você mesmo.

Ele coloca as mãos em concha no queixo dela.

— Foi minha culpa. Vô aceitar a responsabilidade.

— Quero ir com você.

— Cê não pode vir cumigo.

— Como a gente vai se falar?

— Vou achar um jeito.

Thandi relaxa ao lado dele. Ela corresponde à paixão dele com o mesmo fervor, permitindo que esse calor tome o controle, se espalhe por seus membros, seu íntimo. A noite forma um manto protetor em torno deles. Seus corpos se movem dentro do barco como focas presas em uma rede, lutando para se libertarem. A agonia, o terror, a entrega.

Charles a ajuda a sair do barco. Ele a beija uma última vez antes de partir. Thandi agarra a mão dele.

— Quero ir com você — ela diz outra vez.

— Não agora. Vou dizer pra você quando. Pur enquanto, não é seguro.

— E a srta. Violet?

— Jullette vai cuidá dela. Vai mudar cum ela pra St. Elizabeth.

Thandi se pergunta se ele sabe o que Jullette faz para ganhar dinheiro. E que sair de Montego Bay não seria bom para o tipo de negócio em que ela atua.

Ela agarra os braços dele.

— Apenas ti cuida.

Ele dá um beijo de despedida nela e a abandona ao som do impacto das ondas.

32

Margot se recosta em seu novo escritório, chuta os sapatos e inspira. Pelas venezianas parcialmente abertas à sua esquerda, pode examinar o saguão do hotel, embora ninguém possa vê-la. Bem atrás dela estão as suítes de frente para a praia, onde os hóspedes se deitam reclinados de costas ou de bruços sob o sol radiante enquanto as camareiras entram e saem dos quartos com esfregões e roupas de cama. As paredes do escritório são decoradas com distinções que o hotel recebeu ao longo dos anos, a maioria das quais obtida durante a gestão de Reginald Senior. Ela está no comando interinamente enquanto Alphonso ainda engatinha para substituir a srta. Novia Scott-Henry. Cabe a ela provar que pode fazer o trabalho, o que também lhe dará prática para o novo hotel. Ela passa as mãos ao longo da ampla mesa de mogno onde toda a papelada repousa de modo ordenado, sobreposta e aguardando a assinatura dela. Canetas e lápis são mantidos dentro de um suporte cilíndrico de aço. Pastas importantes estão solenemente arrumadas na gaveta a seus pés. Margot leva a maçã do rosto à superfície da mesa.

Ela respira, soltando o ar de modo contido na sala aberta, receosa de perturbar o silêncio. O batom deixa uma marca na mesa, que ela limpa depressa. Ela gira algumas vezes na cadeira ajustável, contente por ninguém conseguir vê-la. A alegria é como um escritório com bom ar-condicionado, uma cadeira que se ajusta às costas como se fosse feita para ela, uma escrivaninha de mogno com seu nome, uma melhor visão da praia, o poder de escorregar para fora dos sapatos e mexer os dedos dos pés e uma porta que ela pode manter trancada. Ela não consegue acreditar que a srta. Novia Scott-Henry, tendo tudo isso para si, ainda assim escolhia deixar a porta totalmente aberta. Margot só vai atender visitantes que primeiro fizerem uma solicitação por intermédio de Kensington.

Por isso, quando Doçura irrompe sem ser anunciada, Margot quase cai da cadeira. Ela se atrapalha para colocar os pés de volta nos sapatos e se endireitar.

— Quem deixou você entrar? — Margot pergunta à garota.

— Agora num interessa. Tua secretária tá lá fora lendo a Bíblia dela.

Margot combate o ímpeto de pedir à garota que volte pelo mesmo caminho para que possa ser anunciada do modo correto, mas se detém. Os olhos de Doçura estão vermelhos. Margot não a vê nem tem notícias dela desde a semana passada. Houve clientes que se recusaram a ficar com outras garotas quando Margot disse a eles que Doçura não estava disponível. Ela se tornou uma favorita da clientela. Margot deveria estar furiosa com a visita não anunciada, mas ela nunca esteve tão feliz por ver a garota. Ainda que Doçura pareça descomposta, como se não tomasse banho há dias. O cabelo dela está emaranhando em torno da cabeça e ela não usa nenhuma maquiagem para esconder as imperfeições nas maçãs do rosto. A blusa e a saia não combinam, como se ela tivesse se vestido no escuro.

Margot se reclina na cadeira e cruza as mãos à sua frente.

— Parece que Satanás ti arrastou pelo inferno — Margot diz à garota. — Por favor, sente-se.

— Tudo bem, não vô demorar — Doçura diz.

— Estamos perdendo dinheiro por sua causa — Margot diz.

— Esta reunião não será determinada por você. Sente-se.

— Lamento — Doçura diz, ainda em pé.

— Lamenta? — Margot ergue os olhos para ela. — Cê sabe quanto dinheiro a gente podia ganhá só essa semana se você viesse? Lembra que temos mais responsabilidades agora.

— Eu sei.

— Então, qual é tua desculpa?

— Desculpa?

— Por que você não tem vindo trabalhar?

— Trabalhar?

— Doçura, qual'é teu problema?

— Num posso mais fazer isso.

— Quê? — Margot levanta da cadeira.

— Num posso mais trabalhar pr'ocê, chefa.

Pela primeira vez desde que o negócio começou, Margot se sente dependente como nunca de uma garota. Como os homens que Doçura deixa implorando por mais, Margot está tentada a jogar dinheiro na garota. Ela joga a si mesma se precisar. O que ela fará sem Doçura?

— Como assim cê não pode mais trabalhar? Por quê?

— Preciso ir, chefa — Doçura diz, mantendo a cabeça baixa e segurando, com força, a bolsa de couro esfarrapada pendurada no ombro. — Não vô voltar. — Ela se dirige à porta.

— Doçura!

A garota para. Margot contorna a mesa correndo em direção a ela. A garota fica parada, tremendo. Margot coloca as mãos em concha no queixo dela.

— Você sabe que eu me preocupo com você. Você sabe que eu faria qualqué coisa por você. — Ela aproxima o rosto de Doçura, que fecha os olhos e abre os lábios: o hálito quente dela, doce e sôfrego, no rosto de Margot. Ela expira devagar, pela boca, que Margot roça com a dela. — Só fica cumigo até o fim — Margot sussurra. — Você é minha garota número um.

Ela acaricia o braço de Doçura. Mas Doçura se afasta.

— Cê só se preocupa c'aqueli outro hotel. Você não se preocupa cumigo. Se tivesse preocupada, você ia dizê pro Alphonso cancelar a recompensa ou eu bou...

— Você sabe pur que motivo fui obrigada — Margot diz, interrompendo-a. — Não faz de conta que não sabe.

— Ao contrário de você, é sangue qui corre na minha veia. Não ganância.

— Doçura! — Margot estende o braço para ela de novo.

— Num encosta em mim. Ou cê diz pro Alphonso mudar de ideia, ou vou fazê questão qu'ele descubra como cê armou pra conseguir essi escritório.

Margot cruza os braços em volta do peito.

— Cê acha qui porque cê dá uma trepada boa cê tem voz? Qui cê é digna di ter opinião? Cê não é nada mais que uma garota nativa negra feito piche que nem tem boa educação. Uma garota que num tem nada a favor além das pernas compridas e do traseiro grande. Cê pensa qui alguém quer ouvir o que cê tem pra dizer? Você nunca vai falar com os Alphonsos dessi mundo sem rirem de você. Pra eles, você é uma criada. E sempre será uma criada.

— Que seja, então. — Doçura sibila. Ela sai da sala da diretoria e bate a porta atrás de si. Margot se vira rápido e com toda sua força joga o suporte cilíndrico de cima da mesa. Ele bate no chão e rola para longe, todas as canetas e lápis se espalham pelo piso imaculado.

33

As escavadeiras aparecem da noite para o dia. Permanecem no lugar como mamutes adormecidos; as pás são como as presas curvadas. É como se aterrissassem do céu ou fossem trazidas pelo mar. Uma a uma, começam a derrubar árvores na enseada e ao longo do rio. Também tiram um pedaço da colina, deitando abaixo as árvores que sustentam o calcário, que elas estilhaçam. Seus grandes motores trituram árvores de dois mil anos, árvores atrás das quais os ancestrais um dia se esconderam, agachados, em busca de liberdade. Os trabalhadores, vindos do exterior, reúnem os barcos de pesca e os carregam para um caminhão. Os homens dobram a terra de maneiras que Thandi julgaria impossíveis. Fragmentos e blocos de rocha se espalham enquanto árvores são arrancadas pela raiz. Quando caem, a terra treme. Um imenso silêncio se segue. Thandi sempre soube que o céu iria cair. As nuvens se juntam e o sol permanece imóvel observando o mundo dela se desintegrar. As pessoas começam a apanhar suas coisas nos barracos, jogadas à força no desconhecido, deixando apenas os abutres, que pairam como bruxas corcundas que sentem cheiro de morte sob seus braços. Os homens isolam a vila de pescadores com uma corda, exatamente no caminho para os barracos da srta. Ruby ou de Charles. Aqueles barracos estão sinalizados para serem destruídos. Mas Thandi tem a suspeita de que o lado do rio em que ela está poderá ser o próximo.

Os rumores são de que, uma manhã, a srta. Ruby, interrompida quando esfregava creme no próprio rosto, saiu do barraco e xingou os homens. "Sobri meu cadáver! Cêis leva tudo, menos minha casa! Isto é meu!" Os homens devem ter olhado para o rosto branco da mulher e decidido que ela era uma obeah lançando pragas com os gestos de suas mãos frenéticas e aquela língua estranha que ela falava. De repente, a terra começou a tremer. O tremor era mais forte e mais longo do que o tremor da queda das árvores. Os homens agarraram seus capacetes e buscaram segurança. Correram para se proteger, se enfiando atrás de arbustos e sob placas de zinco. Depois que o abalo parou, saíram devagar, com cuidado, e inspecionaram os danos a seu redor. Então, olharam para a mulher negra de rosto branco, que parecia tão espantada quanto eles. Tempos depois, foi noticiado que o que vivenciaram foi um terremoto. Eles decidiram interromper a construção até uma data posterior. Deixaram as escavadeiras onde estavam, os motores exibindo seus dentes como ameaça, deixando os moradores de River Bank à espera do que virá depois.

No momento, há fita amarela por toda a cidade. O alerta é tão claro quanto o sol. Em cerca de semanas, River Bank não existirá mais. Todos se reúnem no Dino's à noite para discutir o empreendimento. Falam sem parar, os homens golpeando as mesas ou as prateleiras com os punhos e as mulheres tremendo ou segurando a cabeça. Assim como fez com os agricultores, quando as lavouras começaram a murchar, Macka oferece bebidas destiladas, que eles tragam, não bebericam, jogando a cabeça para trás e enxugando o suor de suas testas enrugadas. As criancinhas brincam de esconde-esconde sob as mesas e cadeiras, evitando os adultos, que estão transtornados de pânico. Mesmo que bloqueiem a River Bank Road em protesto, os empreiteiros vão prosseguir. Veja o que aconteceu com Little Bay. Eles já ergueram resorts por cima das casas das pessoas e farão isso muitas outras vezes.

No meio da conversa, Verdene Moore aparece na porta. O silêncio cai sobre o bar. Até as crianças deixam de brincar para olhar. Ela desliza para dentro do Dino's sem fazer uma pausa, como se sempre tivesse sido parte da comunidade. Como se não tivesse notado as mulheres se deslocando para evitar encostar nela, as mães assoviando para que suas filhinhas se afastassem e os homens apertando suas garrafas como se fossem um pescoço que querem estrangular. Thandi, que está sentada ao lado de Delores, a observa com curiosidade. Verdene sorri para Thandi e ela quase retribui o sorriso antes de se lembrar de não fazer isso. Verdene se senta ao lado dela.

— Oi, Thandi — ela diz, com a voz impregnada de intimidade.

Agitada, Delores agarra um chinelo como se fosse bater em Verdene.

— Vade retro, Satanás! — Delores grita.

— Não vou permitir que você me expulse de novo — Verdene diz calmamente. Ela não se afasta de Delores e seu chinelo. — Minha mãe não criou uma covarde. Esta comunidade também é minha. Nasci e cresci aqui assim como você. — Ela passa os olhos por todo o recinto. — Assim como todos vocês.

Uma a uma, as pessoas tiram as mãos do queixo ou das cabeças, às quais serviam de apoio, para olhar. Voltam a ficar animadas graças à desaprovação. Parece que a presença de Verdene lhes revigora o espírito.

— Cê tá maluca? — Macka pergunta a Verdene. — Por que cê acha qui pode chegar aqui i ficar como si fosse a dona do lugar?

— Este problema também me diz respeito.

— Ia ser milhor pr'ocê ir embora. — Macka se aproxima dela como se estivesse prestes a fazer algo.

— Não sou eu quem deve levar a culpa — Verdene diz. — Por que vocês não concentram a energia naqueles que são os responsáveis?

— Você é um demônio mais importante — Delores diz.

— Pior do que os demônios afastando a gente da nossa terra. — O recinto silencia, seus ocupantes esperam para ver o caminho que o conflito vai tomar. Verdene caminha até o bar e fica ali, o corpo rígido de determinação. Percebendo que ela não se deixa desencorajar pela intimidação deles, e aflitos com os próprios problemas, todos voltam a agarrar suas garrafas de bebida para molhar as bocas e gargantas sedentas, completamente esgotados e impotentes, como estavam antes.

Enquanto Margot penteia seu cabelo, Thandi olha fixamente para a escuridão do lado de fora. Como nos velhos tempos, ela está sentada entre as pernas da irmã, recebendo o conforto das escovadas brandas, o atrito suave das cerdas em sua fronte quando ela inclina a cabeça para trás, o som apaziguador do *chiu-chiu* dos cabelos sendo puxados na raiz e fazendo cócegas na nuca de forma reconfortante. Thandi está sentada com os joelhos apertados contra o peito e circundados pelos braços. Está escuro, exceto pelo candeeiro a querosene que Margot usa para ver o que está fazendo e pela fogueira de lenha que queima ali perto, com as chamas crepitando no ar frio da noite. Margot está cantarolando uma canção que Thandi não reconhece. Thandi tinha ouvido a mãe e a irmã cochichando sobre ela pouco antes, a luta de cochichos entre elas vindo da parte de trás da casa. Sabe que era a respeito da reserva dela nos últimos dias. Delores saiu para buscar mais folhas de eucalipto com pessoas que tinham árvores em seus quintais, para fervê-las para o banho de Thandi. Querem que ela volte a ser como era antes, já que a formatura está se aproximando, mas sua dor é mais profunda do que qualquer outra que já sentiu. Mais profunda que seus ossos. Uma dor na alma tão grande que agita seu corpo já frágil, a derruba e a arrasta por meio dos espasmos de um sono agitado. Quando ela está acordada, tudo que consegue fazer é tentar se lembrar dos sonhos que foram levados pelas ondas turbulentas. Quando está prestes a acordar, a água rapidamente bloqueia o lugar onde Charles desaparece, embora Thandi ainda possa senti-lo, a pressão de seu corpo contra o dela.

Com delicadeza, Margot divide o cabelo de Thandi em partes e aplica Blue Magic no couro cabeludo dela como se fosse um bálsamo. Thandi inspira a fragrância familiar, que se mistura com a da irmã. Ela fecha os olhos e apenas sente os dedos de Margot massageando seu couro cabeludo.

— Você mi disse qui cê não tinha namorado — Margot diz com brandura.

— E o que isso tem a ver?

— Nós estávamos de acordo. — Margot começa a massagear o couro cabeludo de Thandi com o óleo de novo. — Agora olha para toda a dor que ele causou para você, quando essa deveria ser a época mais feliz da tua vida. — A voz dela é tão suave quanto o cabelo nos ombros de Thandi. — Nunca vi você assim, Thandi, cê tem que dar a volta por cima. Ele não vai voltar. É o tipo de coisa que faiz as mulheres ficarem loucas; cê vê todas essas pessoas loucas nas ruas c'os cabelos parecendo nuvem de trovoada i c'as partes íntimas de fora? Elas ficam assim porque tinham muita expectativa. Nada dura para sempre, Thandi. — Ela pega a escova e retoma as escovadas lentas. — Delores costumava me dar banhos. — A voz de Margot oscila. — Eu também estava doente. Doente c'a mesma coisa. Por causa de uma garota que disse que eu era linda. — Margot dá um riso discreto ao dizer isso. — Doía no meu corpo inteiro. Num conseguia explicar o que estava acontecendo comigo. Nada que Delores fazia conseguia me deixar como antes. Eu não sabia o que era que me fazia ficar tão... — Ela para quando Thandi se vira e olha para ela, com uma chama dançando nos olhos. — Eu era nova. E ingênua — ela diz. — Mas sabia que tinha algo dentro de mim. Sentia bem aqui. — Ela põe a mão na barriga. — Parecia uma bola de fogo. Delores pensou que c'os banhos podia curar a doença. Pensou todo tipo di coisa. Até me levou para uma mulher obeah para ser esfregada com óleo i um preparado de magia negra. A mulher me deu sangue de bode para tomar dentro da sopa i eu fugi. Mas não tinha nada qui fizesse eu tirar a cabeça dela.

— Que cê tá dizendo, Margot?

— Num pensei nunca qu'eu era o demônio — ela diz.

Thandi levanta do meio das pernas da irmã e fica parada no escuro.

Margot eleva os olhos para Thandi, de onde está sentada, entre suas pernas e usando um vestido vermelho.

— Quer dizer, eu era criança. O que eu entendia? Talvez eu pensasse que fosse algo especial porque me mostraram amor i afeto que nunca recebi da minha própria mãe.

— Margot encolhe os ombros. — Delores assegurou que eu caísse na real.

— Como ela fez isso? — Thandi questiona, com as perguntas serpenteando em sua mente. Ela distingue o rosto de Margot sob a luz das chamas e do candeeiro a querosene que está perto dela.

Margot encolhe os ombros, evitando os olhos de Thandi.

— Ela me pôs em situações em que eu... — A voz de Margot desvanece como se as palavras estivessem presas em sua garganta. — Conheci outras pessoas, homens, que me ofereceram muito mais. Delores me apresentava i eles gostavam de mim.

— Mas você era...

— Nova. A cura. Era o que Delores dizia. O primeiro foi um homem qui deu pra ela seiscentos dólares i em troca ela me entregou pra ele. Isso só me deixou mais doente. Mas essa doença era diferente da primeira, a primeira tinha a ver cum perder alguém que eu gostava. A segunda tinha a ver cum perder eu mesma. Mas funcionou. Porque eu não podia mais ser ferida. Não podia mais sentir. Foi mais fácil desse jeito.

Thandi fixa os olhos na irmã, confusa: os olhos de Margot, contornados com lápis; os lábios vermelho sangue; o vestido vermelho; a mala que ela arruma para dormir fora ao seu lado.

— Num entendo — Thandi diz, sacudindo a cabeça. — Nada disso faiz o menor sentido.

— A única pessoa que amei até hoje foi você, Thandi. Você não pediu nada, por isso dei tudo. I trabalho duro pra qui Delores num sinta nunca qui pode usar você como mi usou.

— Clover me machucou e você não estava lá para me proteger. — Thandi deixa isso escapar para Margot. — Tudo o que Charles estava fazendo era me proteger.

Margot deixa cair a escova que ficou segurando todo esse tempo.

— Quando?

— Na escola primária.

Margot resmunga algo entre os dentes. Por algum tempo, não diz mais nada. Thandi está olhando para a irmã, que está cerrando as duas mãos tão apertadas que os ossos dos dedos estão visíveis sob a pele, mesmo com a luz fraca. Só fica ali, agachada. Os olhos dela, pelo que Thandi vê sob a luz das chamas, ainda parecem de vidro.

Margot espera Delores voltar na quietude da varanda escura. Thandi e Vó Merle estão dormindo lá dentro; e o lugar está todo em silêncio, exceto pelo som dos grilos escondidos nos arbustos e da Heidi Grávida se debatendo sob a lua cheia. Lanternas brilham no escuro como os corpos iluminados dos vaga-lumes, já que a busca por Charles continua. Quando o portão se abre e se fecha e o corpo de Delores aparece na entrada, Margot fica de pé. A cadeira de madeira range, aliviada do peso.

— Quem t'aí? — Delores pergunta. Margot imagina a mãe voltando os olhos semicerrados em direção ao som. Ela caminha devagar na direção de Delores como uma noiva se aproximando do noivo, com um véu escuro erguido no meio de seu rosto.

— Por que cê sentou no escuro dessi jeito? — Delores pergunta quando a vê. — Tava m'esperando? — Seu rosto perplexo sonda Margot, que não dá resposta.

— Você sabe o que ele fez? — Margot pergunta. Uma veia pulsa de fúria na base do pescoço dela.

— Quem? — Delores diz.

— Clover — Margot resmunga, o amargor subindo por suas entranhas, recobrindo sua língua.

Diante da menção do nome do homem morto, o franzido desaparece do rosto de Delores e ela permanece imóvel sob a luz da lua. Margot chega mais perto e Delores recua, em pânico, como se Margot fosse tudo o que ela mais temesse. Como se ela fosse a própria morte, ali para levá-la também.

— Por que cê tá mi perguntando du morto? — Delores murmura.

— Responde!

— Cê num tá nunca por perto.

— Por que você não me contou? — Margot exige saber.

— O que eu devia fazer? Ir até aquele palácio ondi cê trabalha i fazer o anúncio? Ela só mi contou semana passada.

— Cê podia ter me contado! — Um grito sufocado sai da garganta de Margot. O som dos grilos e o grito de Heidi Grávida ficam mais altos.

— I o que cê ia fazer a respeito, hein? — Delores pergunta. O punho de Margot aperta a alça da mala que usa quando dorme fora de casa contra o ombro. Pela primeira vez, a mãe está certa. O que ela poderia ter feito? Toda sua vida, Margot pensou que poderia defender a irmã, protegê-la; mas Clover por fim provou a ela a ineficácia de seu esforço. Margot murmura, mais para si mesma do que para Delores.

— A gente deixou ele entrar na nossa casa.

As mãos de Delores caem e, com elas, a defesa que ela geralmente apresenta quando está perto de Margot.

— As pessoas decepcionam a genti na vida. É assim qu'acontece. — Ela dá a Margot um olhar de quem pede desculpa, mas Margot está desconfiada; ela vê uma satisfação sombria sob esse apelo silencioso por perdão. — No fim du dia, nossa vida é isso. Olha em volta, minina. Olha onde cê tá. Essi pedaço di terra vale mais qui a gente. Cê sente esse ar qui a gente respira? É dívida qui a gente faiz.

O ar cheira mal, as luzes amarelas como poeira abrem caminho na noite, em busca de Charles, tão claras quanto a lua que acompanha os homens com facões por toda a cidade. Os gritos da Heidi Grávida se apressam para preencher o silêncio na varanda do barraco, e as impurezas do passado são tragadas por baixo. Parada em frente à mãe sob o luar, Margot se recusa a cantarolar a mesma melodia pesarosa. Começa a descer os degraus quando a mãe a interrompe.

— Tua mana é uma menina inteligente — ela diz. — Disse a ela pra fazer o qui é direito i entregar aquele menino pelu dinheiro. Dez mil dólares vale muito arrependimento.

Lançando um último olhar amargo para Delores, Margot parte.

34

Margot pega um atalho para a casa de Verdene. Embora esteja ciente do perigo de ir para lá durante a busca ativa por Charles, ela precisa desanuviar a cabeça. Colocar as coisas em perspectiva de novo. Corta pelo pátio da srta. Gracie, talvez pisoteando as pimentas caienas já mortas a caminho da parte de trás da casa cor-de-rosa. Vai entrando pela porta dos fundos, com cuidado para não deixar a tranca do gradeado ranger quando a ergue. A casa está em silêncio, como de costume, mas pelo brilho alaranjado que vem do quarto, Margot sabe que Verdene ainda está acordada. Ela escorrega para fora dos sapatos e solta a mala no chão. Encaminha-se para o quarto e abre a porta, empurrando-a. Verdene está sentada na cama com os óculos de leitura; há folhas de papel espalhadas ao seu redor. Ela fica atraente desse jeito. Margot se curva e beija Verdene intensamente.

— Cheguei — ela murmura. Vai para trás e abre o zíper do vestido, deixando-o cair.

Verdene tira os óculos e os coloca atentamente na mesa de cabeceira. Enquanto Margot procura uma camiseta de dormir na cômoda, ela para e coloca a cabeça para trás, inspirando o incenso de patchuli que Verdene acende para manter os mosquitos longe. Margot não estava preparada para o que Thandi contou a ela, mas tudo aquilo é passado. Logo ela vai celebrar o futuro de Thandi e deixar para trás esse lugar esquecido por Deus. E Delores. Ela e Verdene não fazem amor há uma semana com todas as jornadas até tarde da noite para gerenciar as garotas. Além disso, Verdene está vendendo a casa, e a papelada a tem mantido ocupada. Margot não sabe por que está demorando tanto e, para dizer a verdade, isso a está deixando um pouco nervosa. Talvez seja sua culpa, já que ela desencorajou Verdene de contratar um advogado. Tudo que Verdene tem de fazer é assinar o contrato, que foi minutado por um grupo subsidiário da Wellington Estate. Alphonso não quer seu nome ou o dos Wellington no contrato, e Verdene é a única proprietária de River Bank que ainda não assinou.

— Vem cá — Verdene levanta da cama e puxa Margot para perto. Ela se abaixa só um pouco e coloca a cabeça sob o queixo de Margot, deslizando os braços pela cintura dela.

Margot coloca as mãos em concha no rosto dela.

— Estamos prestes a construir uma vida juntas, podíamos celebrar isso também.

Verdene concorda com a cabeça e beija Margot no queixo e depois nos lábios.

— Espera só para ver o projeto do solário — Margot diz, pensando no croqui da mansão dos sonhos em Lagoons que o arquiteto mostrou a ela no escritório hoje. Com o aumento, ela finalmente conseguiu o dinheiro para pagar por isso. — Tudo será feito de vidro.

— Estou ansiosa — Verdene responde. — Mas primeiro o mais importante. Ainda tenho umas duas páginas para ler. — Ela se afasta um pouco e assume uma afetação que Margot imagina que ela incorporou em seus tempos como editora. Ela nunca tinha visto o lado profissional de Verdene. Não havia contado com a interferência disso no avanço do novo empreendimento. — Tenho de ler cada palavra com minúcia antes de assinar na linha pontilhada. Não confio nesses...

Margot põe o dedo sobre os lábios de Verdene. Deliza a mão direita até a calça do pijama de Verdene, porque ela não seria capaz de tolerar outra desculpa. Não hoje. Parece que Verdene, apesar da resistência, também não pode esperar, porque elas despencam sobre a pilha de papéis, e alguns deles voam para fora da cama, soltos e livres.

A manhã traz o som de um galo e dos pássaros e, se você ouvir com atenção, também das ondas do mar. A manhã também traz consigo os resíduos da noite de insônia. Margot havia saído com sua mala pendurada no ombro depois de dar um beijo atrapalhado na testa de Thandi. No café da manhã, Thandi brinca com a comida, usando a colher para mexer o mingau de fubá. Delores a observa do outro lado da mesa. Está esperando Maxi para levá-la ao mercado. Margot não voltou.

— Tô pensano onde tua mana pode tá — Delores diz. Thandi não responde. Não consegue. Nem consegue olhar para a mãe. — Vô te contar daquela Margot. Ela biu cê doente i nem consegue tempo pra ficar c'ocê. Ela sabe qui tenhu qui trabalhá. Num posso tirar folga qui nem ela. — Delores fica mexendo em dois sacos de folhas de eucalipto em cima da mesa da cozinha. Levanta para colocá-los sobre o balcão da cozinha e depois volta para sentir o pescoço de Thandi e ver se ela está com febre. Thandi se retrai.

— Qui cê tem? — Delores pergunta.

— Você vendeu a Margot — Thandi deixa escapar, incapaz de guardar isso por mais tempo. Ela não consegue olhar para a mãe.

— É isso qu'ela ti disse? — Delores pergunta.

— Como você pôde fazer uma coisa dessas, Mama? — Thandi vira para encarar Delores.

— Bê lá como cê fala comigo. Sô tua mãe.

— Ela era nova.

— E doente. — Delores se abaixa na cadeira. — Tua mana tava doente. Possuída. Ela ti contou isso? Aposto qu'ela nunca falô disso. Pergunta pra ela da Verdene Moore. Foi a causa da doença dela. Aquela Verdene fez alguma coisa c'aquela criança. Colocô u demônio nela. Faiz ela contá isso.

Então é verdade, afinal de contas. Tudo aquilo. E Verdene Moore é parte disso? Margot nunca mencionou o nome da garota. Thandi empurra a tigela. Sente repulsa ao olhar para aquilo. Ela se alimenta das mãos de Delores, lambendo as linhas da vida nas palmas das mãos sujas dela. Thandi respira calmamente, na esperança de que isso apazigue seu estômago inquieto.

— Tua mana precisava entrar na linha. Precisava se endireitar. Eu endireitei ela.

— Mas por quê? — Thandi ouve sua voz sair baixa, como a de um pintinho saindo do ovo.

— Eu tava cum dezesseis anos quando a Margot nasceu. Era uma menina nova qui nunca aprendeu a dizer qual o pé esquerdo i qual o direito. O pai da Margot era um homem qui todas crianças da comunidade chamavam de Tio. Ficou interessado em mim. Pode ser porque eu era gorda, grande pra uma menina nova, i ele gostava dissu. Quando fiquei grávida, minha mãe perguntou quem era o pai do pirralho. Falei qui o pirralho era do Tio. Ela ficou tão braba qui mi bateu muito. Dipois dissu, tudo machucava. Margot beio i só olhar pra ela machucava. Daí teu pai apareceu. Um indiano bonito c'o cabelo caindo nos ombros. Ele beio bisitar um primo que morava em River Bank na época. Homem bom, bom mesmo. Ficamo junto uns dois meses. I dois mês depois eu tava grávida. Quando ele descobriu, num gostou nada. Eu também num gostava como ele olhava pra Margot. Ela tava cum quinze na época. Era ela qu'ele queria. Eu num consegui fazê nada contra. Ele ajudava cum poco di dinheiro. Mas não era muito. Contanto que ele pudesse ficar com a Margot. Um dia cheguei em casa i bi que teu pai se foi. Empacotou todas coisas dele i foi. Perguntei pra Margot onde ele foi i ela contou qui recusou ele i ele num gostou dissu. Aí desapareceu. Criar duas crianças sozinha não é fácil. Cê tá ouvindo qui tô ti dizendo? Nada fácil, nada.

Thandi envolve os braços em volta de si mesma, porque ficou com frio de repente. Ela pensa no homem de rosto oval – o homem bonito que ela imagina como pai. Nunca a quis. Queria a irmã.

— Era ele qui punha cumida na despensa — Delores diz. — Margot já me devia pur tudo qui passei cum ela. O mínimo qu'ela podia fazer era...

Uma batida na porta. Delores se mexe para abrir. Um homem vestido de camisa branca e calça preta a cumprimenta quando ela sai na varanda onde a Mama Merle está sentada. Thandi consegue ver a silhueta pela cortina. Também consegue ver as silhuetas de outros homens que o acompanham. Eles seguram tubos cilíndricos nos ombros. Enquanto o homem fala, os outros homens examinam o pátio e o campo onde o sr. Melon amarra a cabra dele. O homem no comando é americano, Thandi nota.

— Bom dia, senhorita. Estamos entregando isso para todos os moradores que não são proprietários, mas locatários. Tivemos aprovação dos proprietários. — Ele entrega a Delores uma carta e vai embora. Os outros homens vão com ele para o barraco vizinho.

Delores entrega a carta a Thandi para que ela leia em voz alta. Thandi olha o pedaço de papel antes de pegá-lo.

Caro morador,

Estamos informando oficialmente sobre o projeto de um resort completamente novo nesta propriedade e esperamos que você coopere conosco. Solicitamos que você, por favor, desocupe suas dependências até 1º de agosto. O dono desta propriedade, sr. Donovan Sterling, nos vendeu o direito de construir o resort aqui. O insucesso na desocupação até a data requerida resultará em evacuação forçada.

Agradecemos por sua colaboração.

— Mas, Jesus, sinhor, misericórdia, seu Sterlin' traiu a gente. Pr'onde a gente bai? — Delores arranca a carta de Thandi e a lê por si mesma, os olhos dela se movem depressa sobre a folha. Quando termina, tateia às cegas em busca de uma cadeira para se sentar e olha fixamente para o teto. Então, Delores abaixa a cabeça e olha para Thandi.

— Isso é castigo pelo que eu fiz? Não sou uma mãe ruim — ela diz, mais para si mesma.

36

Todos os dias Thandi sente o futuro escapando para longe dela. Ter a pele clara e ir para a faculdade de medicina parecem sonhos distantes. A família dela está se desintegrando. Ela precisa de Charles. Ele é a única pessoa que não vai decepcioná-la. Ela coloca algumas coisas na mochila dos livros: roupas, um caderno de desenho, a toalha de Charles. É quase hora do amanhecer, antes de o galo cacarejar. Delores e Vó Merle estão dormindo. Margot ainda está fora. Thandi escapa pela porta da frente do barraco. Ela anda rápido, descendo o caminho que leva o mais longe possível da colina. Caminha na direção oposta à das mulheres que andam despreocupadas para o rio com baldes na cabeça, mulheres que marcham juntas para o rio que fica a quilômetros de onde moram, só para descobrir que ele foi obstruído com cimento e ferramentas de trabalho. Elas retornam para suas vilas, cada uma mantendo o pescoço reto para equilibrar o balde e o que parece ser o peso do mundo sobre a cabeça.

O sol espreita sobre a colina, apenas o topo de sua coroa aparece. O céu é de um azul-violeta claro salpicado com as estrelas que restaram e uma meia-lua. Thandi apressa o passo. Ela tem de chegar do outro lado do rio em forma de Y, onde a mãe de Charles mora. Talvez tenha sorte suficiente e consiga fazer a srta. Violet contar onde Jullette mora. Abre o portão apesar da fita amarela. Mary e Joseph não estão mais no chiqueiro. Alguém deve tê-los pegado para vender. Ou os matou. Os quatro cães perambulam pelo pátio; seus ossos estão mais visíveis, salientes sob a pele como dobras de varetas quebradas. Eles seguem Thandi, cheirando a saia dela.

— Xô! Xô! — Ela os enxota.

Thandi passa pelo barracão de zinco de Charles e vai direto para o barraco principal, batendo na porta. Não há nenhuma resposta. Nenhum som. O mau cheiro familiar atinge Thandi quando ela abre a porta, empurrando-a. Desta vez, não há nenhum som de lamento para guiá-la enquanto ela abre caminho para dentro, tateando na escuridão do barraco. Ela para quando chega à cortina de tapeçaria que protege o quarto. Thandi a puxa para o lado, procurando pela mulher inerte na cama. Mas, quando ela abre a cortina, não há sinal da srta. Violet. Apenas lençóis amarrotados e imundos. Ela já foi embora.

Thandi recua, dessa vez quase tropeçando em um banquinho. Ela vai até a porta vizinha, no barraco da srta. Ruby. Antes de bater, ela vê o aviso de despejo colocado na porta. Pela aparência desbotada do papel, aquilo parece estar ali há semanas. Thandi esmurra a porta, o coração dela dá cambalhotas no peito. Seu sonho de encontrar Charles parece bem mais distante com a srta. Violet ausente. A srta. Ruby poderia saber de algo. Quando a srta. Ruby abre a porta, Thandi fica surpresa em ver o rosto da mulher. Parece estar todo cheio de contusões, com manchas roxas nas bochechas. O tom salmão claro, que ela ostentava apenas alguns meses antes, se foi. Agora, ela parece ter envelhecido, a pele dela é fina como papel, enrugada e manchada como uma laranja de muitos dias. Quando a srta. Ruby vê Thandi encarando-a, ela remexe em seu vestido de ficar em casa, levando a gola até a boca.

— Qu'é qui cê quer di manhã tão cedo? — a srta. Ruby pergunta.

Thandi se esforça ao máximo para não parecer perturbada pela aparência da srta. Ruby.

— Você sabe para onde a srta. Violet foi? — ela pergunta.

Uma careta profunda transforma o rosto da srta. Ruby.

— Por que cê tá mi perguntano isso? Tenho cara di ficá bisbilhotando as pessoas? Sobrevivo cuidano da minha vida.

— Ao menos você sabe onde Jullette mora? Preciso encontrá-la. Preciso encontrar Charles.

— Por onde você tem andado? Cê fica tão presa nos teus livros qui cê nem sabe que horas são. Todo mundo quer saber onde tá o Charles. Ele é um homem procurado. Qualquer pessoa qui sabe onde ele tá é alguém rico. Rico que dá pra comprar uma casa e não ser tratado feito merda. Si subesse onde aqueli selvagem tá, já tinha mudado faiz tempo. Intão, por que cê me faz essa pergunta idiota? Agora sai da minha porta i num bolta si cê não tiver dinheiro pro meu serviço. — Ela olha para o rosto de Thandi. — De onde tô, parece que cê precisa de mais esfregões.

— Não, obrigada — Thandi diz.

— Tem certeza? Não te falei? Não te falei qui Deus num gosta di feia? Olha o que tá acontecendo com a gente.

Mas Thandi se vira e sai do pátio da srta. Ruby sem olhar para trás.

Ela corre em direção à praça antes de o sol sair por inteiro. Passa na casa da srta. Gracie e para perto da mangueira onde ela viu uma vez Charles e a turma dele roubando e devorando mangas. Thandi estende a mão ao galho mais baixo e pega uma. Mas quando ela tira a manga, vê que está podre, com a parte de dentro escavada por vermes. Atira a fruta e continua andando. Ao chegar à casa cor-de-rosa, ela diminui o passo. As venezianas em estilo francês estão fechadas, mas a essa hora da manhã sai da casa a irmã dela. Margot fica paralisada quando vê Thandi. E Thandi também para, puxando o ar com tanta força que seus pulmões doem.

— Thandi, espera! — Margot diz. Ela está abrindo a tranca do portão.

— Você não precisava mentir para mim — Thandi diz assim que a irmã se aproxima.

— Não achei que você entenderia.

— Você poderia ter me falado que era *ela*. — Thandi tem essa sensação estranha de que elas estão sendo observadas de dentro da casa cor-de-rosa pela janela.

Margot toca o braço de Thandi.

— Desculpa...

Thandi vai embora. Começa a correr, ignorando o apelo de Margot para que ela volte. Corta por um terreno coberto de capim, enxugando as lágrimas do rosto. Seus pés martelam o solo, levantando poeira. Ela tem de encontrar Charles. A mochila bate contra suas costas do mesmo jeito que batia quando o perseguiu pelas ruas. Quando ela alcança a praça Sam Sharpe, se vira repetidas vezes, sem saber para onde olhar primeiro. Ela não sabe onde Jullette está escondendo

Charles. Com quem ela pode falar? Onde pode ir? Ela se senta ao ar livre e observa o caos dos transeuntes com suas compras, na esperança de que Jullette apareça. Thandi espera o dia todo, até que o sol se põe e o céu fica com um tom deslumbrante de violeta e fúcsia.

Na rua, ela reconhece duas mulheres de vestidos tubinho curtos. Uma delas tem pernas de saracura. O restante dela parece pertencer a outra mulher: um traseiro alto, redondo, no qual seria possível apoiar um cotovelo, e seios de tamanho considerável que se comprimem unidos dentro do vestido como duas frutas-pão, do modo como os merceeiros as expõem na praça. A outra mulher é toda grande: a forma voluptuosa dela se ajusta a um vestido maleável que parece prestes a rasgar quando ela se agita e suspira por causa da tosse intermitente provocada pela fumaça de seu cigarro. As mulheres estão em pé, juntas, atrás de véus de fumaça, seus olhos atentos aos pedestres. A magrela vasculha a bolsa e tira um pequeno espelho. Ela sorri para verificar manchas de batom nos dentes e dá um tapinha na peruca negra curta. Mas, na verdade, parece que ela só está verificando o homem que acabou de passar por elas, como se avaliasse se ele a olha. A gorda, amiga dela, sacode a cabeça quando se vira e vê que o homem está caminhando em frente, sem dar sequer uma olhada para trás. A magrela coloca o espelho de volta na bolsa e revira os olhos. Thandi se aproxima delas.

— Podemos ajudar? — a mulher gorda pergunta. De perto, ela parece bem mais velha do que o modo como se veste, a pele do rosto é cinzenta e flácida, como se toda a elasticidade tivesse sido consumida.

— Sim, acho que sim — Thandi diz, em dúvida.

As duas mulheres se olham antes de olharem para Thandi.

— Quanto? — a mulher magrela pergunta. Ela está usando muito mais maquiagem, complementada com cílios postiços e uma pinta desenhada sobre o lábio superior.

— Eu... é... — Thandi fica sem palavras.

As mulheres desatam a rir.

— Sinhor, Doreen, cê ri feito uma maldita hiena! Não é di admirá qui homem nenhum ti quer!

— Cala tua boca, garota. Cê ri parecendo um burro peidano.

A mulher gorda dá um tapinha na testa da amiga e a amiga a enxota, do jeito que se enxota uma pessoa com quem se está acostumado a brincar. Ela vira para Thandi.

— Qui tipo di ajuda cê precisa, nenê?

— Preciso de ajuda para encontrar alguém. Uma garota chamada Jullette.

— Por que não procura na lista telefônica? Qual o sobrenome dela?

— Rose.

É então que a mulher gorda bate com a mão na testa, quase tirando a peruca vermelha.

— Ah, a Doçura! — Ela toca a amiga no ombro. — Doreen, ela tá falando da Doçura!

Os olhos de Doreen se iluminam.

— Ah, a Doçura! Sim, sim, sei quem é! — Ela se vira para Thandi. Depois, diz para a amiga — Annette, cê acha qui a gente devia...

— A chefia deve saber — Annette sugere, cortando Doreen. Ela acende outro cigarro.

— Quem? — Thandi pergunta.

— A chefia, ela beio pur esses lados i recrutou garotas. As mais novas.

— Ela? — Thandi pergunta.

— É, cara. É uma mulher qui comanda essas garotas. A gente chama ela de chefa ou chefia. — Doreen diz. — Ela supervisiona tudo, desde quanto as meninas ganham até quando elas dão umazinha. Eu i a Annette, a gente é nossa própria chefa. A gente dorme cum quem a gente quer, quando a gente quer. I o dinheiro qui a gente ganha é só nosso.

— Como posso encontrá-la? — Thandi pergunta.

— Acridita em mim. Cê bai precisa ter cuidado. Ela pode ti convencer a trabalhar pra ela. Aquela mulher, pelo qui ouvi dizer, é uma cobra. Das venenosas.

— Então, vocês podem me ajudar?

As mulheres olham uma para a outra. Então, Annette faz um gesto para Thandi segui-la. Ela enfia o maço de cigarros no sutiã e ergue os seios para que fiquem empinados. Ela caminha mancando levemente.

Verdene se sente como se estivesse planejando um casamento, ou melhor, como se já estivesse na festa, onde está embriagada de vinho, brindando à alegria e à esperança. Mas algo a incomoda. Ela não consegue apontar o que é, mas está sempre ali, escondido como o mau cheiro preso às paredes, parecendo sufocá-la durante o sono. Durante essas noites insones, ela fica aninhada ao lado de Margot, confortada por sua presença. É bom pensar nos sonhos agradáveis de Margot e evitar a cisma que a está incomodando. Ela tem a esperança de que os sonhos se tornem seus, livrando-a de qualquer dúvida.

As suspeitas de Verdene começaram com o argumento de Margot contra a contratação de um advogado. No início, ela não pensava nada quanto a isso, até que Margot continuou batendo na mesma tecla sobre a grande promoção dela e a nova propriedade, que tudo que Verdene precisava fazer era assinar, já que ela tinha o futuro delas nas mãos. Mas Verdene não consegue se livrar da culpa de vender a casa por menos do que os pais dela investiram na propriedade em 1968. Por que a propriedade estaria tão desvalorizada agora? Ela tem mantido isso em segredo por causa de Margot, mas Verdene tem passado os dias examinando cada página do contrato, percebendo cada vez mais falhas, como o fato de a companhia se identificar como subsidiária de um grupo sem mencionar sua afiliação. Depois que Margot saiu para o trabalho esta manhã, Verdene ligou para o sr. Reynolds, o advogado que fez a papelada do testamento de sua mãe, que concedeu a ela a posse da casa e do terreno.

— Eles já passaram aí? — o sr. Reynolds pergunta a Verdene pelo telefone.

— Devem estar aqui em breve. — Ela olha sobre o ombro para ver se os empreiteiros estão no portão. Corre os dedos pelo cabelo e puxa de leve para aliviar a dor de cabeça branda que está chegando. — Os bastardos me devem dinheiro — ela diz. — Eu deveria estar recebendo o quádruplo do que eles orçaram aqui.

— Não faça nada antes que eu leia o contrato — o sr. Reynolds diz com sua voz áspera de fumante. Ele tem uns setenta anos e exerce o Direito há anos, primeiro na Grã-Bretanha, onde ele era bolsista Rhodes e se tornou amigo da tia Gertrude e do marido dela. A última vez que Verdene o viu foi no funeral da mãe. Ele ainda é alto, para a idade dele, mais ou menos 1,80 metro, com um emaranhado de cabelos brancos e a pele da cor da noite. Um *maroon* orgulhoso de Accompong, em St. Elizabeth.

— Você pode me enviar o contrato por fax? — o sr. Reynolds pergunta. — Vou sair de Montego Bay esta tarde para uma viagem de negócios até a semana que vem, mas posso olhar quando voltar. — Verdene fecha os olhos. O que ela vai dizer a Margot? Que ela tem de adiar até que o advogado dê uma olhada? Margot já pensa que ela está protelando. Como se o sr. Reynolds estivesse lendo a mente dela pelo telefone, ele diz: — Não deixe que eles intimidem você, Verdene. Porque não entrou em contato comigo antes?

— Eu... Eu pensei que podia lidar com isso sozinha — Verdene diz, se sentindo de novo uma criança que foi pega roubando pimentas Scotch Bonnet. Ela se lembra da promessa que fez a Margot e quão bêbada estava com a alegria pelo futuro compartilhado delas.

— Cê sabe de quem é a companhia? — o sr. Reynolds pergunta. — Talvez eu possa fazer alguma pesquisa sobre eles com meus contatos na NEPA.

— Aqui não diz. Só o grupo subsidiário.

O sr. Reynolds solta um longo assobio pelo telefone. Não o assobio melodioso que Verdene escuta os agricultores soltarem a caminho do campo, em duro contraste com suas silhuetas fracas pela derrota contra o marrom opaco da seca. O assobio do sr. Reynolds é o alerta prolongado e sem melodia dos caminhões de bombeiros de Londres que bloqueiam as esquinas de ruas molhadas e escorregadias cujo brilho reflete as luzes vermelhas de suas sirenes.

— Ou você espera até eu voltar a Mobay ou arrisca perder sua herança — o sr. Reynolds diz.

Depois do telefonema, Verdene enche uma panela de água para ferver algumas folhas de melão-de-são-caetano para se livrar da dor de cabeça. Assim que ela se vira para o fogão, escuta batidas em seu portão. Dois homens vestidos com camisas brancas, calças escuras e capacetes azuis estão parados ali, esperando pelo envelope lacrado com o contrato assinado. Verdene sai na varanda para cumprimentá-los.

— Não vou assinar isso — ela diz a eles através do gradeado. Não vai dar a eles a satisfação de roubarem-na assim. Arrancando as pessoas de suas casas desse jeito e tendo o descaramento de pagar a elas menos do que vale sua propriedade.

— Senhora, precisamos da sua assinatura — o mais baixo deles diz a Verdene. — Nós lhe demos tempo. Estamos atrasados com a construção. Você é a única proprietária que não assinou.

— O que você quer que eu faça a respeito? — ela pergunta ao homem, que parece estar na faixa dos vinte anos. Talvez um recém-formado na universidade convencido de estar fazendo a diferença.

— Acate.

— Para quê? Você acha que sou idiota como o resto?

— Senhora, você parece a mais racional por aqui. — O mais alto gesticula para a silhueta dela atrás das grades, contendo palavras que Verdene sabe que ele está pensando quando vê sua pele mais clara e escuta seu sotaque britânico.

— Legalmente, não podemos fazer nada sem sua assinatura.

— Legalmente? — Verdene ri, jogando a cabeça para trás. — Você leu isto? — Ela segura o papel e o agita, para dar ênfase. — Isto é ilegal! Os chefes de vocês estão mandando vocês aqui para fazerem o trabalho sujo deles. Esta casa pertenceu a minha mãe. Não vou assinar isto sem um advogado. — Os dois homens olham um para o outro.— Posso saber quem são os responsáveis? Gostaria de discutir isso com eles.

— Senhora?

— Quem são os responsáveis? — ela repete. — E pare de me chamar de senhora.

— É a Sutton and Company — diz o homem mais alto.

— Quero o nome da empresa-mãe. Diz aqui que vocês são um grupo subsidiário, mas não há informação sobre sua afiliação.

— Wellington Estate, se... digo, senhorita.

— Wellington? Do rum e da plantação de café?

— Eles também são donos de propriedades no litoral. Alphonso Wellington é o responsável.

Alphonso. Aquele para quem Margot trabalha? Aquele que a promoveu a gerente geral de seu novo hotel? Em algum lugar remoto e fora dos roteiros mais conhecidos, segundo Margot. Verdene cobre a boca com uma das mãos enquanto tudo toma forma em sua mente. Quantas noites Margot passou com ela, sabendo que isso aconteceria? Verdene estende a mão até a maçaneta.

— Eu... deixei algo no fogo, se vocês não se importam — ela diz. — Avisem seu chefe que meu advogado entrará em contato.

— Senhorita, não podemos...

Mas Verdene para de ouvir quando a porta se fecha atrás dela. Ela dá passos lentos e cautelosos na direção da cozinha, enxergando sem ver. Senta à mesa e apoia a cabeça latejante nas mãos. Margot sabia o quanto essa casa significava para ela. Nem uma vez ela deu a entender que estava ciente dos detalhes desse empreendimento. Na noite em que Verdene voltou para casa tremendo de alívio por ter sobrevivido à reunião no Dino's, Margot deu um banho nela. Entrou na banheira com ela e arrulhou baixinho em seu ouvido que era um sinal para elas deixarem River Bank.

"Eu, você e a Thandi podemos morar juntas na casa que comprei. Para nós."

"Não vou deixar que eles destruam a casa da minha mãe."

"Você é dona da propriedade. Você vai receber pelo valor da casa."

"Preciso de um advogado antes de tomar qualquer decisão."

"Por que ter todo esse trabalho de contratar um advogado e acabar com o dinheiro do seguro de vida que a srta. Ella deixou para você? Pra quê? Pra eles lerem umas duas páginas que você pode ler sozinha? Tudo o que estou pedindo é que você confie que posso tomar conta de você. Leve minha proposta em consideração. A casa nova é em uma comunidade fechada onde ninguém vai nos importunar. Você não precisa sofrer como sofreu aqui. Essa casa pode ser o legado de sua mãe, mas nossa casa nova é o nosso."

"Preciso de algum tempo para pensar."

"Verdene, só deixa isso para lá." Margot a puxou de volta para dentro da banheira. "Só confia em mim."

Verdene começa a rir, agarrando as bordas da mesa enquanto seu corpo cede ao tremor. Seus olhos estão cheios de lágrimas. Ela foi enganada. Ludibridada para ficar vulnerável. Pelo tipo de mulher que provocava nela o impulso de cantar junto com o rádio, sentindo-se leve e pesada ao mesmo tempo. O tipo de mulher que, em plena seca, a faz pensar nos dias chuvosos de outubro. O tipo de mulher que a levava à cozinha, uma vez andando de quatro, para cozinhar suas refeições. E quando fazem amor, o tipo de mulher que chora como se Verdene tivesse dado a ela o melhor presente do mundo. E, sim, Verdene deu a ela tudo, todo seu ser, e não quis nada. Pensou que estar com Margot compensaria todos os anos perdidos. Ela havia começado a olhar para a frente. Verdene enxuga o rosto. Ela se sente velha. Esgotada e velha. Sente o cheiro de algo queimando e se lembra da panela de água para o chá de melão-de-são--caetano. Era a panela preferida da mãe. Havia guardado-a e cuidado dela por anos. Verdene vai depressa até a cozinha para desligar o fogão. Ela fica em pé ao lado dele por um longo tempo, olhando para o interior escurecido da panela da qual a água evaporara.

38

Quando Jullette olha para cima e vê Thandi, suas sobrancelhas franzem e sua boca torce para o lado. Ela está junto a um balde, pegando água em uma bica. O rosto dela está lavado, sem a maquiagem que Thandi a viu usando no restaurante. Ela parece uma adolescente de novo. Da idade de Thandi. Seu cabelo está dividido com uma linha reta no centro e torcido em duas tranças embutidas. Seu vestido largo ondula com o vento como um paraquedas que se enche de ar, revelando um par de longas pernas magras e uma calcinha branca de algodão. Ela segura o vestido para baixo com uma mão enquanto a outra se mantém fixa no cano. Ela provavelmente fez o vestido sozinha. Thandi sabe por causa dos pontos meio irregulares, embora quase perfeitos, ao longo da barra. Jullette faz as próprias roupas desde que Thandi consegue se lembrar. Ela costumava desenhar vestidos, blusas e saias, que tentava fazer com tecidos que recebia da srta. Priscilla, a comerciante de tecidos (que é também, pela união estável, a esposa do sr. Merlon). A srta. Priscilla e a srta. Violet eram muito amigas e, quando a srta. Violet ficou doente, a srta. Priscilla dava à menininha tudo o que ela pedisse... mesmo que fossem apenas retalhos de tecido. — Que é qui cê quer? — Jullette pergunta. Thandi estende as mãos. É um gesto de humildade, espera. Ela precisa do perdão da amiga antes que possa perguntar pelo irmão dela. Mas algo no rosto de Jullette faz Thandi saber que isso talvez não seja possível. Ela vai direto ao assunto:

— Vim procurar o Charles. Ele me disse que está ficando com você.

— O Chucky? — Jullette bate as palmas das mãos e ri alto. — Deus deve tá voltando! — Jullette diz, rindo. — Que qui em nome di Jisuis a Thandi pode querer c'o meu irmão? Meu véio irmão desmiolado, pé rapado, rabugento? — Jullette coloca as mãos nos quadris estreitos, que se projetam para a frente quando ela coloca todo o seu peso nos parênteses pronunciados de suas pernas em arco. — Si mi lembro bem, ele não é teu tipo. Então, se cê beio, beio pra levar ele pra delegacia de polícia, então esquece. Ele não tá aqui.

— Onde ele está? Preciso encontrá-lo.

— Pra quê? Teus motivos egoístas?

— Estamos juntos, ele contou para você?

— Ele nunca tocou no teu nome. I a essa altura tô certa qui cê também nunca tocou no dele pras tuas amigas metidas.

Um dos muitos segredos que elas compartilharam quando meninas foi como queriam que fossem seus futuros maridos. Thandi nunca quis que um menino tão escuro quanto ela fosse seu marido. Nem Jullette. Thandi olha para baixo. Não há outro lugar para olhar e encarar a zombaria nos olhos de Jullette não é opção.

— Vê si deixa a gente em paz — Jullette diz com muita calma. — Você não queria ter nada a ver c'a gente i agora cê aparece esperando minha confiança n'ocê? Eu sei o que cê quer de verdade. Dinheiro. Bom, vô te dar uma notícia. Charles não tá aqui. Foi embora faz tempo. — Thandi fica ali com os pés plantados no chão, firmes, com os dedões cavando a sola do sapato. Por dentro, o coração de Thandi bate contra sua caixa torácica. Charles não pode ter ido embora. Isso não pode ser verdade. Pode?

— E aí, cê bai embora agora? — Jullette põe as duas mãos nos quadris de novo. Thandi percebe que as unhas dela estão pintadas de vermelho. — Sinhorita Perfeitinha. Cê espera qui ti deem tudo di mão beijada. Cê num sabe lutar, sabe? — Jullette pergunta.

— Não sou perfeita — Thandi responde. — E o que cê quer dizer falando que eu não sei lutar? A gente cresceu junta em River Bank.

— Cê i eu era diferente desde o primeiro dia, Thandi. Duas ervilhas diferentes. Sim, a gente era amiga, mas tua mãe nunca gostou d'ocê perto di mim, jamais. Ela sempre quis que cê tivesse amigas de um tipo especial, que nunca pedisse comida. — Jullette dá um tapinha no pulso pálido dela para indicar o tom mais claro. — Isso era a primeira diferença entre cê i eu. Cê foi treinada pra ser oportunista, i eu devia ser teu capacho. Aquela qui sempre vinha pra ti salvar quando aquelas crianças ti ameaçavam no parquinho. Era como si cê sempre precisasse di mim lá, mas nunca retribuía favor como amiga. I depois cê parou di falar comigo logo qui cê passou no exame pr'aquela escola. Cê vestiu teu uniforme branco com muito orgulho, tanto orgulho qui ti cegou. Cê passava por mim como si eu nem existisse.

— Jullette, me desculpe.

— Escuta só você. Essa voz fanhosa qui cê faz. Cê nem consegue mais falar patuá. Cê parece estrangera. Logo qui cê virou aluna da Saint Emmanuel tua cabeça virou.

— Não acredito que depois de todos esses anos você ainda me julga por entrar na Saint Emmanuel.

— Num é isso, Thandi.

— Então é o quê? Se não é inveja, então é o quê?

— Não estou com inveja, Thandi. Não posso ter inveja se tá na cara qui cê nunca aprendeu coisa ninhuma na escola no fim das contas. Cê saiu mais confusa qui antis. Olha tua pele!

Thandi toca o próprio rosto. Ela não tem usado os cremes há algum tempo, mas alguns sinais dos resultados perduram.

— Por que cê tá tão chateada, Jullette? Um erro é um erro. Aconteceu faz muito tempo. Deixa para lá. Cê tá agindo como se tivesse sido ontem.

— Cê é uma fraude. Um lagarto qui muda a cor onde bai. Cê não si conhece. Cê não tem raiz, não tem base. Cê num tem nem mente própria. Cê é uma marionete, Thandi. A Delores ti usa. A Margot ti usa. Mesmo si você i Charles tivessem algo, eu faria di tudo pra num deixa acontecer. Ele é bom dimais pra você. — A expressão de raiva no rosto de Jullette se intensifica. — Então, continua andando. O céu é pr'aquele lado. A gente num ti quer pur aqui.

Thandi se rói por dentro de raiva, seu rosto se contorce com a bofetada dura das palavras de Jullette. Ela pensa em Jullette desfilando por aí com aquele homem, usando salto alto e uma saia curta demais. Thandi tinha certeza de que Jullette a vira.

— Você agiu como se nunca tivesse me visto no Sea Breeze quando você estava com aquele homem, teu cliente.

— Tanto faz, Thandi — Jullette diz. — Quem é você pra eu desperdiçar meu tempo? Aprendi a ganhá dinheiro pra sobreviver. Faz tempo qui eu i meus irmãos tamo sobrevivendo sozinhos. Mas você não ia saber dessas coisas. Se fosse com você, cê ia acabar morta. Então, cê não tenta mi julgar.

Thandi assobia como uma cobra cascavel.

— Eu posso ser protegida, mas pelo menos não sou uma *puta*. — Foi uma pedra atirada longe demais. Thandi bate as mãos na boca assim que diz isso.

— Cê acha qui cê é milhor qui eu? — Jullette pergunta a Thandi, com a voz ainda cadenciada, mas agora mais baixa. Os olhos dela revelam algo sórdido, desprezível. — Bom, bou ti contar uma coisa. Olha no maldito espelho. Ninhuma maçã cai longe da árvore.

— Que cê quer dizer com isso? — Thandi pergunta.

— Diz pra mim di onde cê tira o dinheiro pros teus livros i pras mensalidades da escola. Cê tá tão mergulhada no teu mundinho qui acredita em tudo qui as pessoas ti dizem. Cê deve acreditar qui dá pra juntar as migalhas qui a Delores i a Margot ganham e usar pra ti colocar naquela escola. Cê acha mesmo qui uma ninharia di dinheiro dá pra pagar aquela escola, Thandi?

— Eu ganhei uma bolsa.

— Ha! — Jullette ri. — Cê nunca se deu conta qui bolsa é pra um ano? O Ministério da Educação num é tão generoso, quirida. É o império qui pàga tua amada bolsa.

— Do quê cê tá falando? — Thandi pergunta.

— Tua mana, Margot, nunca ti contou qui qu'ela faiz pra pagar as contas? — ela pergunta a Thandi em resposta.

A última pessoa sobre quem Thandi quer falar é Margot.

— Ela trabalha no Palm Star Resort. Tá lá faz onze anos — Thandi diz, engolindo em seco.

— Pergunta pra ela di novo, então. — Jullette diz, apertando os olhos. — Pergunta onde ela consegue dinheiro extra pra mensalidade da tua escola, pras roupas bonitas que ela usa, e o dinheiro que ela acabou de investir na mansão em Lagoons.

— Ela acabou de ser promovida a gerente do hotel — Thandi diz entre dentes. Jullette não sabe do que está falando.

— Da próxima vez qui cê encontrar Margot, pergunta pra ela *quem* ajudou a conseguir essa tal promoção. — Jullette diz com aquele olhar de desprezo sórdido nos olhos. — Milhor ainda, pergunta cum quantos homens *cheios di dinheiro* ela dormiu. Pergunta do império dela. Pergunta pra ela sobre as garotas de quem ela é dona. Tua mana, Margot, é mais puta do que eu jamais vou ser. Ela é a maior cafetina da Costa Norte. Tua mana vendeu River Bank. Ela qui bai gerenciar aquele hotel qui tão destruindo River Bank pra construir.

Jullette desdenha quando vê Thandi desmoronar como se estivesse fisicamente ferida.

— Pergunta pra tua mana, ela bai ti contar. I cê sabe qui qu'ela diz pras garotas qui trabalham pra ela? Garotas como eu? Cê sabe o qui ela diz pra quem quiser ouvir? Ela diz qui é tudo pela irmã dela, que bai ser médica. A amada, a perfeita Thandi, que não pode fazer nada errado. A delicada, a metida Thandi que, na minha opinião, um dia bai chutar lama na cara dela assim que chegar em algum lugar, porque ela não quer ligação c'a própria cor.

— Chega! — Thandi aperta as mãos contra os ouvidos. Ela se dobra, sentando sobre as ancas como se se cobrisse do sol. Ela não pode deixar Jullette ver a vergonha que enrubesce seu rosto. — Que cê ganha mi dizendo isso? — Thandi pergunta a Jullette, erguendo a cabeça para encará-la nos olhos. — Cê si sente tão bem assim tirando tudo isso do teu peito? — Jullette parece desconcertada com essa pergunta. Thandi vê uma centelha de sua antiga amiga, aquela que a defendeu no parquinho quando elas eram meninas na escola primária. Jullette está respirando com dificuldade por causa da conversa, seu peito sobe e desce sob o vestido folgado, como se estivesse lutando para manter sua dureza. Muito lentamente, os ombros dela se abaixam como se derretessem ao sol. Com uma voz suave, ela diz:

— Thandi, algumas pessoas fogem. Outras inventam fantasias pra negar ou esquecer. Enquanto algumas pessoas si levantam i enfrentam a tempestade, di onde ela vier. Eu esperava qui cê ia sair da tua fantasia um dia. Nunca quis dizer isso dessi jeito.

— Você teve intenção de dizer cada palavra.

— Esquece tudo qu'eu disse. Faiz o qui é melhor, Thandi, i deixa a gente em paz. Cê já prejudicou muito meu irmão.

— Eu amo teu irmão.

Jullette não diz nada no começo, permitindo que o amor confesso de Thandi por Charles persista como cheiro de fruta-pão assando no quintal. A fuligem negra deixa a brisa carregada e engrossa o ar. Jullette vira a cabeça para o lado.

— Então, quero qui cê faça uma coisa pra mim.

— O que você quiser.

— Quero qui você deixe o Charles em paz. É milhor assim. Cê só vai brincar com os sentimentos dele i ele vai acabar destruído.

Jullette sai andando e vai para dentro da casa. Thandi a segue, mas se interrompe quando Jullette bate a porta de tela na sua cara.

— Ele está aqui? Charles! Charles! — Thandi chama.

— Ele não está aqui. Deixa a gente em paz.

Thandi começa a espancar a porta.

— Por favor, não vou embora enquanto você não me disser onde ele está. — Os vizinhos estão olhando, mas ela não se importa. Quer que Charles a lembre de que ela tem a capacidade de amar e ser amada não importando de onde e do que ela vem. Eles podem fugir e começar uma nova vida. A dor familiar se dissipa e em seu lugar há um violento impulso de se atirar contra a porta até quebrá-la. Entre os soluços de choro, ela respira fundo. Bate repetidas vezes, se sentindo como se estivesse em um sonho em que está gritando sem produzir som ou como se estivesse movendo-se sem realmente sair do lugar. Ela é Thandi, a que seria bem-sucedida. A bolsista que tornaria tudo melhor para a família. Tão graciosa quanto uma barra de saia esvoaçando ao vento. Agora ali está ela, batendo contra a porta de uma casa entabulada de uma prostituta atrás de um garoto de rua.

Thandi pensa em Margot e nos segredos dela e no legado que herdou, que ela carregará como o balde de sangue de bode que a srta. Gracie e Delores carregaram sob a luz da lua cheia. Elas equilibraram o balde entre elas até a casa de Verdene Moore. Thandi as flagrou uma noite, temerosa e zonza, enquanto as mulheres mergulhavam pincéis no sangue do animal e escreviam por toda a casa cor-de-rosa: "O SANGUE DE JESUS ESTÁ SOBRE VOCÊ!" Elas disseram que viram Verdene matar aqueles cães. Delores continuou saindo com a srta. Gracie muitas noites depois daquela, mas Thandi ficou revoltada com aquilo. Principalmente depois de presenciar Verdene Moore agachada de quatro um dia, esfregando o sangue na entrada da casa. Thandi olhou para a mulher agachada, com as costas arqueadas. Verdene mergulhava uma casca de coco em um balde cheio de água e esfregava. Ela parava de vez em quando para olhar para o céu. O movimento dela era metódico, modesto, gracioso. Thandi pensou nos boatos, antigos e ultrapassados, mas ainda assim tão indeléveis. Ela viu aflição e arrependimento no decoro de Verdene Moore, e sentiu o cansaço dela.

Ela desiste da porta e se encolhe no chão, com a cabeça nos joelhos, envolvendo-os com os braços. Quase sente o cheiro dele ali com ela, aquele perfume de papaia maduro, que ela inspira enquanto se dobra sobre si mesma, cansada e derrotada. Não escuta a porta abrir ou os passos que se aproximam. Thandi dá um pulo de terror quando Charles, tão rápido quanto um raio, a puxa para dentro da casa e entre seus braços.

C harles e Thandi se abraçam na sala de Jullette. Quando ela ergue o rosto para ele, ele limpa as lágrimas de suas bochechas com o polegar. Eles ficam assim, com Jullette desvanecendo ao fundo. O rosto dele está mais fino, os olhos, alertas como os de um animal que está sendo caçado. Thandi passa a mão pela barba rala em seu rosto. Quando ele se afasta, fica claro que Charles também está ciente de seu olhar assombrado, porque ele se recusa a olhar nos olhos dela. Quando ela estende o braço em sua direção de novo, ele dá um passo para trás.

— É melhor terminar isso — ele diz. Sufocada com todas as perguntas e súplicas que sobem até sua garganta, Thandi não consegue responder. — Só tamo nos enganando, Thandi — Charles diz. — Eles bão mi pegar e mi jogar na cadeia. Que bem eu faria pra você na cadeia? — Você não precisa ir para a cadeia. Podemos fugir, nos esconder em algum lugar onde não vão achar você.

— Thandi, onde a gente vai se esconder? Cê não tá pensando em nada direito agora. Cê tá muito emocionada.

— Você pode se esconder em outra comunidade, deixar a barba crescer.

— Cê não intendi. Sou um prêmio ambulante pras pessoas qui acreditam qui podem ganhar dez mil dólas. Cê acha que é uma situação boa de se estar? Sempre olhando pur cima do ombro... pros membros da tua própria família? — Ele olha para Jullette, que os está ouvindo em silêncio com uma mão acariciando o queixo e as pernas separadas como um guarda-costas. Charles se senta no sofá de veludo vermelho e Thandi se joga na frente dele.

— Posso falar com a Margot. A Jullette me contou tudo. Charles, cê tá me ouvindo? — Ela está puxando a camisa dele, mas ele só segura a cabeça entre as mãos. Thandi fica em pé e olha para baixo, para ele. Dessa posição de vantagem, Charles parece encolhido, desolado. Como um pescador com a rede vazia. Thandi troca olhares com Jullette.

— Cê não vai deixar ele perder a esperança desse jeito, vai? — ela pergunta a Jullette.

— Pode ser que a gente tenha mais opções. Agora preciso me arrumar. Tenho que ir a um lugar. Mama já está ficando aqui cum a gente. Você não pode ficar. — Ela não olha para Thandi.

— Por favor — Thandi diz, ali em pé. — Não tenho outro lugar pra ir.

— Não acho que você merece confiança — Jullette diz.

Charles ergue a cabeça.

— Calma aí, Jullette. Ela é minha namorada.

Thandi olha no rosto dele. Ela pega sua mão na dela e vira para Jullette. Jullette a está observando com a mesma maldade que Thandi havia visto antes.

— Ok, volto logo — Jullette diz.

Quando ela volta, duas horas depois, está carregando duas sacolas de compras cheias de peças de roupas. Joga um vestido para Thandi e diz a ela para se vestir.

— Se você ama o Chucky como diz, então isso deve ser fácil.

O táxi encosta na mansão; o grande portão preto e dourado, as cercas aparadas e as palmeiras ondulantes no jardim da frente com a graciosidade de dançarinas de hula lhes dão boas-vindas. O lugar se assenta como um castelo com vista para Montego Bay e, aparentemente, para toda a ilha. Thandi se vira para Jullette.

— Que lugar é esse?

— O quartel general — Jullette paga o taxista.

Assim que colocam os pés na propriedade, as luzes se acendem no jardim. Jullette bate na porta de carvalho, primeiro com leveza. Depois mais forte. Uma mulher finalmente abre a porta e as observa.

— Posso ajudar?

— Tamo aqui pro Alphonso — Jullette diz à mulher, que tem o pescoço e o peito marrons cobertos de talco. Ela usa uma longa saia de brim e uma blusa vermelha. Uma bolsa simples de couro está pendurada no ombro. Em uma mão ela carrega um cabide com um uniforme de camareira coberto por um saco de tecido. Na outra mão há um saco plástico preto que ela segura delicadamente a seu lado. O cheiro de algum tipo de cozido (talvez rabo de boi ou sopa de lentilha vermelha com pé de porco) a acompanha. O turno dela deve ter acabado. Seu rosto se contorce com uma presunção que informa a Thandi o fato de que elas são visitas improváveis. Ela coloca os olhos em Thandi, que tenta se endireitar, já que ela está escorada como uma boneca de pano com o braço direito em volta do pescoço de Jullette, incapaz de caminhar com os saltos.

— Não conheço você? — a mulher pergunta a Thandi. Ela fica surpresa. Nunca viu essa mulher antes. Ela pode ser mais nova do que aparenta. Talvez nem um dia mais velha do que Delores. Mas tem a aparência cansada. Não tanto no sentido físico; é uma fadiga que Thandi conhece muito bem, porque ela mesma a sentiu. Os lábios escurecidos da mulher não se viram para cima para corresponder ao sorriso incerto de Thandi, que não sabe dizer se a mulher está usando um batom preto ou se aquela é a cor real de seu lábio. Um par de grandes brincos de argola atenua o rosto que, fora isso, é duro, esculpido.

— Não acho que nos conhecemos — Thandi responde.

— Hum. — A mulher observa Thandi. — Sou boa cum rostos. Taí uma coisa qui mi dá orgulho di mim mesma. Lembro di coisas qui normalmente se esquece. Tipo a roupa qui uma pessoa estava usando, os sapatos, a cor das meias, si a anágua tava aparecendo, o qui pediram na primeira vez que servi elas — diz a Thandi.

Mas Thandi não consegue se lembrar dela. Vira-se para Jullette, que diz à mulher:

— Você já viu a mana dela.

Embora Thandi saiba por que está ali, pensar em Margot a faz querer voltar atrás. Jullette continua dizendo a ela para esperar e ver, que Margot não tem ideia sobre o plano delas. Thandi imagina um fio sendo puxado dela, desenrolando cada milímetro de vida que lhe resta. Ela se sente enjoada de repente com o fio imaginário que se desenrola dentro dela sendo esticado.

— Então, são as duas nada mais qui garotas perdidas como as outra — a mulher diz a elas. — Essas garotas qui faz qualqué coisa pur dinheiro. A mãe d'ocês sabe qui cês tão aqui na rua fazeno essas coisas?

— Se ela soubesse, ia pedir o quinhão dela — Thandi diz.

— É triste e desrespeitoso falar da mãe desse jeito.

— Certamente cê nunca conheceu a minha.

Thandi pensa ver um véu de tristeza cair sobre o rosto da mulher. Ela mexe impaciente no saco plástico preto contendo comida, ajeitando-o e depois reajeitando-o. Por fim, como se encontrasse as palavras certas, ela diz:

— Vão pra casa. Cês duas. Se cês num sabe qui é bom pr'ocês mesmas, vão pra casa.

Jullette segura a porta, o movimento dela é ágil.

— Não antes da gente ver Alphonso. Ele tá esperano a gente.

Nesse instante, um Mercedes prata lustroso encosta, fazendo ranger as pedras sob as rodas no acesso de veículos. A mulher fecha a porta atrás de si e caminha em direção ao carro. Ela coloca as coisas no chão, no acesso pavimentado para pedestres: a bolsa, o uniforme e o saco plástico com comida ficam abandonados. Thandi a observa se abaixar ao lado do motorista, batendo furiosamente na janela com os nós dos dedos. O motorista abaixa o vidro da janela enquanto ela faz gestos largos com as mãos, apontando para Jullette e Thandi.

— Elas diz que tão procurando o sinhor, sãr!

Há algo magnífico no movimento dela. Thandi poderia observá-la a noite toda. A luz do carro se torna uma luz de palco. Em circunstâncias diversas, ela teria tentado capturar os impetuosos golpes dos braços dessa mulher em seu caderno de desenho, a contrariedade e a descrença ardentes que sacodem seu corpo como um vento forte sacode uma árvore.

— Olha pr'ela — Jullette diz perto de Thandi, olhando fixamente para a frente com um olhar afetado no rosto. — Agindo como dona du lugar. Parece qui num sabe qui vai passar pur essa vida miserávi sem um puto no bolso. Passô a vida inteira cozinhando, limpando i protegendo essas pessoas, pensando qui o que pertence a elas também é dela. Mas é migalha qui ela raspa da mesa di janta deles pra construir o orgulho qui tem. Um orgulho ondi esconde a verdade qui ela bai sempre ficá com os joelhos pretos dela no chão, raspando.

Dois homens brancos saem do carro. Um usa óculos escuros mesmo sendo noite. O de cabelo prateado veste um uniforme verde de general do exército, incluindo dragonas.

— Você tem certeza que a Margot não vai se envolver nisso? — Thandi diz a Jullette em um murmúrio entre os dentes cerrados enquanto observa as pessoas no acesso de veículos.

— Ela não bai — Jullette diz com um sorrisinho. — Essi é o seu show.

— Não precisa se preocupar, eu resolvo isso, Peaches — o homem de óculos escuros diz à criada. — Você já pode ir para casa. — A mulher lança um olhar final a Thandi e Jullette antes de pegar as coisas dela e capengar em direção ao portão principal como uma ave, o pescoço dela parecia alongado como se fosse para combinar com a sua contrariedade. Thandi poderia jurar que, pouco antes, em frente à porta, estava admirando as narinas dilatadas da mulher; mas seu corpo encarquilhado, pequeno, fora de forma a faz parecer menos intimidadora. Assim que ela passa pelo portão, Thandi solta a respiração. Os dois homens caminham em direção à porta da frente. O homem de óculos escuros chacoalha as chaves no bolso. Bem atrás dele, o general dá passos firmes, cadenciados.

— Chegou cedo — o homem de óculos escuros diz a Jullette, em um tom tão casual quanto seu passo. — E vejo que você trouxe uma amiga.

— Sim — Jullette dá um sorriso para o homem mostrando os dentes. Aqui ela não se parece em nada com a amiga de Thandi, mas com alguém que veio tratar de negócios. A discrição dela é um instrumento. — Minha amiga é nova. Tô aqui cum ela pra deixá ela à vontade — Jullette diz. Thandi se retrai diante da inabilidade de Jullette em mudar do patuá de antes para o inglês padrão na presença desses homens. O ritmo da fala se choca com a beleza e a elegância do cenário. Como duas caçarolas batendo uma na outra. Thandi imagina os sorrisinhos falsos nos rostos deles quando viram de costas. Mas Jullette não parece se importar com o modo que ela soa. Parece confiante, como se fosse dona de uma parte deles. Eles riem com ela, não dela. Thandi não entende a piada.

— Qual é o nome da sua amiga? — o homem de óculos escuros pergunta a Jullette. Thandi sente que ele a olha, embora não se dirija a ela diretamente.

— Thandi — Jullette responde.

O homem ergue a mão para apertar a dela. Um gesto que surpreende Thandi, já que ela nunca cumprimentou ninguém com um aperto de mão.

— Alphonso — ele diz.

— Prazer em conhecê-lo, senhor.

— Senhor? — O homem gargalha. — Só me chame de Alphonso.

Envergonhada, ela pede desculpas. Ela não consegue ver os olhos dele por trás dos óculos escuros, mas sente que ele a examina, a revelação entalha vírgulas nos cantos da boca dele. Isso a força a tirar a mão. Mas ele a segura.

— Você é estonteante — ele diz. — Você é modelo? — Ele ainda está segurando a mão de Thandi.

— Não, sou...

Ele põe um dedo sobre os lábios de Thandi. Isso a pega desprevenida. O toque dele é suave, como um beijo delicado. A mesma intrusão por outra pessoa a irritaria, a faria afastar o dedo com um tapa. Mas ela não faz nada.

— Você precisa aprender a receber um elogio — ele diz, tirando o dedo.

Thandi sente a transpiração escorrendo ao lado do corpo. Deus não permita que o vestido justo ensope.

— Ahn, onde fica o banheiro? — ela pergunta.

— Venha. Mostro para você, com prazer. — Alphonso empurra suavemente a porta da frente com o ombro. Assim que ela se abre, revelando um salão bem iluminado, Thandi nota as pinturas.

— Pode me seguir.

Ele faz uma leve mesura, como um mordomo imponente, com uma mão nas costas e a outra indicando para ela entrar. Há quadros e esculturas por toda parte. Thandi resiste ao impulso de dar voltas e voltas como o ventilador de teto de bambu rodando sobre suas cabeças. Alphonso deve ter notado que ela repara em tudo, porque desacelera para acompanhar os passos dela.

— Gosta?

— É como um museu — ela diz.

— Sou colecionador.

— Você mora aqui?

— Às vezes.

— Gosto muito da sua casa.

— Fico feliz. Meu objetivo é deixar todos que passam por aquelas portas se sentirem como se pertencessem a esse lugar. Você pode ficar quanto tempo quiser. — Ele diz isso tão baixo que parece uma confissão íntima. Ele para abruptamente quando chega à porta do banheiro dos convidados e a abre para ela. Por um segundo, Thandi se pergunta se ele vai sair para deixá-la passar. — Quantos anos você tem, Thandi? — ele pergunta.

— Quinze. Faço dezesseis no fim do mês.

— Ahn. Quinze.

Ele inclina os óculos no osso do nariz, os olhos claros dele a avaliam.

— Você tem um corpo bonito para quinze anos. Um corpo como o seu pode levar os homens a fazer qualquer coisa.

Ela passa depressa por ele, ciente da tensão em seu pescoço e da sensação da curva em suas costas. Ela fecha a porta. Em vez de se sentar no assento, ela se inclina sobre ele. Ela sente enjoo de novo. Consegue ouvir Alphonso e o general conversando com Jullette na sala de estar.

Antes de saírem de casa, Charles estava carrancudo no sofá enquanto Jullette matraqueava sobre como Thandi se transformou com a maquiagem e as roupas justas. Thandi notou que ele olhava fixamente para ela, como se a visse pela primeira vez. Aquilo a deixou desconfortável, mas consciente do que possuía:

um poder que antes pensava que apenas a irmã tinha. Charles recuou quando Thandi se aproximou. Algo surgiu no rosto dele como uma barba rala surge no fim da tarde.

"Cê num pode ir, vestida dessi jeito", ele disse zangado, com um fervor renovado nos olhos que Thandi identifica como desdém. Ou medo. Charles se virou para a irmã. "Isso não é boa ideia."

"Charles, você concordou", Jullette argumentou, reduzindo a voz a um sussurro para não acordar a srta. Violet, que Charles tinha colocado na cama havia apenas uma hora. Mas Charles não estava aceitando aquilo.

"Tira isso", ele disse a Thandi, ignorando o apelo de Jullette. Thandi congelou, presa entre a desaprovação de Charles e seu desespero para libertá-lo. "Cê mi ouviu?", Charles disse. Thandi nunca tinha visto essa expressão de raiva no rosto dele antes. Ele repetiu o que disse como se ela não tivesse compreendido da primeira vez: "Dissi qui cê tem qui tirá isso. Sinão nem volta aqui pra mim". Foi um ultimato que quase expulsou o ar dos pulmões de Thandi. A fúria nos olhos de Charles a desafiou, a condenou, a abrandou.

"Estou fazendo isso por você", ela ouviu a si mesma dizer, acariciando o braço dele. "Você vai me agradecer depois." Mas ele empurrou a mão dela, seu rosto contorcido e o punho cerrado, como se ele já pudesse sentir o cheiro de outro homem nos dedos dela. "Charles, você sabe que estou fazendo isso por você", Thandi disse, suplicando. Mas ele deu as costas, imóvel como uma árvore murcha no meio da sala. Um pequeno puxão de Jullette levou Thandi dali, noite fria adentro.

Quando Thandi volta do banheiro, Jullette já está sentada ao lado do general como se o conhecesse com intimidade. Eles sopram a fumaça no ar espalhado pelo ventilador de bambu sobre suas cabeças. Na sala, uma luz quente sai de uma luminária esculpida, dando um tom dourado aos quadros nas paredes em tom coral. O general dá um tapinha no espaço ao lado dele no sofá verde para Thandi se sentar também. Sobre a mesinha de centro com tampo de vidro, está um *Gleener*. Na capa, Alphonso aparece apertando a mão de um representante do governo. A manchete diz: "HOTELEIRO ESTÁ MUDANDO A JAMAICA PARA MELHOR". Thandi se senta para poder ler mais do artigo, mas o general confunde a boa vontade dela com obediência. Ele coloca a mão na coxa de Thandi. Ela não se move. Jullette dá um sorrisinho para ela e espera alguns segundos, longos demais, antes de puxar a mão do homem para ela, livrando Thandi. Alphonso está ao telefone. Thandi o observa pisando no chão ladrilhado, onde ela vê o reflexo dele.

Quando ele termina a conversa particular, caminha em direção ao bar e se serve de uma bebida. Ele para de repente quando flagra Thandi olhando.

— Que tal um conhaque para a dama de cor-de-rosa? — Alphonso diz, piscando para Thandi. Jullette explicou a ela antes que, se um homem oferecesse uma bebida, devia aceitar e não deixar de exibir acrobacias da língua com o canudo.

"Mas e se não derem um canudo?", Thandi perguntara.

"Então cê tem qui usar o gelo pra molhar teus lábios", Jullette gracejou.

Thandi observa Alphonso servindo conhaque em dois mini copos que parecem saídos de uma casa de bonecas. Nada de gelo ou de canudo. Ele dá um copo para ela e ergue o dele.

— Um brinde a uma noite memorável!

Com delicadeza, Thandi encosta o copo no dele e o observa jogar a cabeça para trás. Ela também bebe, apertando os olhos diante da sensação ardente do álcool em sua garganta. Ele tira um charuto do bolso esquerdo sobre o peito e o acende.

— Quero jogar um jogo com você, de mostrar e contar. Não pude evitar perceber seu fascínio pelas obras de arte. Então, que tal se você mostrar sua obra favorita e eu mostrar a minha? — Ele vira a cabeça para soprar a fumaça na direção oposta. Está analisando-a de novo.

— Certo. — Ela passa os olhos pelas paredes, sem saber por onde começar. Aponta para uma pintura abstrata com formas geométricas e cores vibrantes. Isso leva um risinho lento, assimétrico, ao rosto de Alphonso por trás do véu de fumaça. As cinzas alaranjadas brilham como se estivessem dentro de um forno.

— Você tem bom gosto. — Ele a pega pela mão. — Permita-me levá-la por um minuto. Você ainda não viu tudo.

Ela lança um olhar para Jullette, que já está exibindo a língua para o general, cuja mão livre está apertada com firmeza, com possessividade, no traseiro dela. "Cê não precisa fazer tudo qui ti pedirem", Jullette dissera a Thandi enquanto elas esperavam pelo táxi na praça. "Mas cê colhe u qui cê planta. Lembra dissu."

Thandi segue Alphonso. Ele leva a garrafa de conhaque com ele e a conduz pelo pátio dos fundos como se eles fossem a um piquenique. As luzes ao longo do caminho de pedras arredondadas brilham intensamente, tornando visíveis um gazebo, uma piscina e uma Jacuzzi. O espaço poderia abrigar um casamento com cem pessoas. Do outro lado do pátio há uma edícula. Parece ser o alojamento da criada. Do lado de fora da edícula há palmeiras com luzes envoltas nos troncos como hera. O mar escuro ruge nas proximidades. Thandi consegue ouvir as ondas abrindo caminho até a areia branca imaculada.

Alphonso abre a porta da edícula e a conduz até um sofá. Uma brisa suave flutua para dentro pela janela aberta enquanto ele se ocupa na pequena cozinha, procurando outros dois copos. Thandi tenta se distrair com as telas que estão apoiadas contra as paredes verdes.

— Guardo coisas aqui quando não sei onde pendurá-las — Alphonso diz, entregando a ela outro copo com a bebida marrom. — Não permito a entrada de muitas pessoas aqui. Por isso, se considere especial.

Ele tira uma capa de plástico após a outra de molduras grandes. Cada vez que ele revela um quadro, Thandi fica perplexa, incapaz de acreditar que um homem pode ser proprietário de tanta beleza. Ela está ciente de que ele a observa enquanto ela se maravilha com a coleção dele.

— Vá em frente — ele diz com brandura. — Pode tocar.

Thandi toca as molduras. Há um quadro em particular que a atrai. Ela gosta de como a artista captura a essência de uma mulher nua com os cabelos penteados em nós, do jeito que as mães penteiam os cabelos das filhas depois de lavados no rio, gastando tempo para separar os fios, aplicar óleo neles, e depois soltá-los com os dedos formando cachos em forma de saca-rolhas por toda a cabeça das meninas. Mas essa mulher é adulta, embora pose com recato em um sofá vermelho, parecido com o que há nesta sala sob a janela. Ela sorri com os olhos, não com a boca, com um braço atirado no encosto do sofá, enquanto a outra mão se apoia confortavelmente sobre sua barriga pequena. A carne marrom clara dela parece palpável mesmo no quadro, e os seios são perfeitamente redondos. Uma das pernas se apoia de modo sedutor sobre o sofá, enquanto um pé descansa totalmente apoiado no chão, a separação entre eles revelando o tufo triangular escuro no meio. Mas é o esmalte vermelho descascado no dedão do pé que dá à pintura um toque pessoal, uma vulnerabilidade que faz Thandi se sentir como se estivesse tanto violando a privacidade da mulher como tendo a oportunidade de conhecê-la.

— Ela é linda — Thandi diz.

— Você também é. E sei que tem muito mais para me mostrar. — Alphonso coloca o copo no balcão. Ela percebe que ele sabe por que ela está aqui. Ele está na frente dela, segurando sua mão na dele; o aperto é firme. Ele abaixa sobre um dos joelhos, como se a pedisse em casamento. Quase perde o equilíbrio, mas logo se estabiliza. Estende a mão e toca o rosto dela. Ela se encolhe. Ele não parece notar. Ela faz o que Jullette disse a ela e fica calma. A mão dele está contornando o lado esquerdo de sua face.

— Por que você está aqui, Thandi? — ele pergunta. — Obviamente, você sabe que posso fazer algo por você. Algo especial. — A mão dele é áspera em sua pele. A boca dela se abre e se fecha. Ela não é dona de nada. Nem da bolsa de estudos. Nem de si mesma. E certamente não de Charles. Ela existe apenas como um débito a ser quitado.

Thandi fecha os olhos enquanto Alphonso a despe. Quando ela os abre, coloca a atenção nos quadros cobertos na sala, de valor já definido. É Charles que vem à sua mente nesse exato momento, quando Alphonso inclina a cabeça para examinar algo no rosto dela. É a possibilidade de vagar com ele pelas margens do rio que livra a mente de Thandi do lento puxão no zíper, do ar fresco e úmido que varre suas costas pela janela aberta, que agarra seus ombros e roça seus mamilos como dentes de bebê.

— Linda — Alphonso diz. As mãos dele estão frias sobre suas coxas. Ela se mantém atenta aos quadros. Ele colecionou muitos deles. Ele está tirando sua calcinha. Recostando-a no chão. O rosto de Charles começa a se transformar em uma pintura em aquarela. Logo, ele começa a desaparecer, os olhos dele adquirem a mesma cor azulada vitrificada dos olhos de peixe morto. Thandi arfa. Ela percebe que está chorando. E quando pisca limpando as lágrimas, se surpreende com a visão da própria carne marrom. Alphonso está em cima dela.

— Não fique nervosa, não vai doer. — Ele está desafivelando o cinto.

Nesse instante há uma pancada na porta. Alphonso para o que está fazendo.

— Fique bem aí — ele ordena com um sussurro. Vai até a porta ajeitando as calças. Enquanto isso, ela procura ao redor um lugar para se esconder. Mas antes de encontrá-lo, Alphonso abre a porta e uma voz de mulher entra como uma brisa.

— Doçura me mandou aqui. Disse que você tem uma surpresa para mim. Eu estava tentando entrar em contato com você. Pensei que você queria que eu trouxesse o pacote. Cê mi deixou esperando na mansão com aqueli sargento idiota. Com quem, ou o quê, na face da terra, cê podia estar envolvido que é mais importante que... — Margot para de repente quando vê Thandi tentando colocar o vestido. Ela muda o olhar de Thandi para Alphonso, e depois de volta para Thandi.

— O que está acontecento? — Ela se vira para Alphonso. Thandi se atrapalha com o zíper na parte de trás do vestido. — O que minha irmã está fazendo aqui? — Margot diz; a voz dela é um grito estridente. — Seu canalha! — Margot berra. — Como você pode? — Ela bate no braço de Alphonso e ele a agarra à força e a vira, pressionando as costas dela contra ele.

— Calma. Você sabe exatamente por que ela está aqui. Pensei que você a tinha mandado com a Doçura, já que você me deve — ele diz.

— Já falamos sobre isso! Ajudei você com a polícia!

— Ela veio por livre e espontânea vontade.

— E eu devia acreditar em você?

— Por que não pergunta a ela?

Margot franze os olhos para Thandi.

— Por que você está aqui? Delores e eu estávamos te procurano por toda parte! E aqui está você, tirando tuas roupa pra um homem? Que diabo tem de errado cum você?

— Sob a raiva asfixiante da irmã, Thandi perdeu a capacidade de falar. Ela se pergunta se o álcool subiu ao seu cérebro também, pois ela esqueceu o motivo de estar ali. — Thandi, me responda.

— Margot, você está nos interrompendo — Alphonso diz. Ele segura a mão de Margot, mas ela o empurra.

— Vá se foder! Não era esse o plano! — ela diz, se movendo depressa para encará-lo de novo e apontando o dedo como se ele fosse uma criança. — Meu papel nisso era ajudar você para você poder me ajudar. *Por que ela?* Por que minha irmã? — Ela grita com ele.

Mas a resposta dele é um sorrisinho. Uma risada entre dentes que se transforma em uma risada ruidosa.

— Vocês... — ele diz com uma risada, sacudindo a cabeça. — Vocês e seus dramas continuam a me impressionar. Margot, você tem uma função, uma responsabilidade. Você trabalha para mim. Então você é a última pessoa que espero estar em posição de me dizer quem eu devo ou não devo possuir. Contratei você para fazer o que faz porque você é a única pessoa que não tem peso na consciência. E então você tem a coragem de me chantagear com isso. — Os olhos dele passam de inspiração jovial a pedra. — A sua irmã, no que me diz respeito, é jogo limpo.

Por um segundo Thandi pensa ver Margot perder o chão, mas quando ela se vira para Thandi, tem os olhos resolutos.

— Tudo que faço é por você. Você é o motivo de eu trabalhar duro, sua ingra...

— Para eu poder retribuir dez vezes mais, né? — Thandi pergunta, interrompendo-a. — Não é isso que você sempre diz? Que um dia eu vou retribuir dez vezes mais? Agora eu sei que é porque você deve para ele! Minha bolsa? Foi dinheiro dele! — Ela aponta a mão para Alphonso. — Você me usa para justificar o seu trabalho sujo. Isso é tudo que sempre representei para você e para Delores: uma saída. Sua própria consciência não faz isso por você, então você me colocou no meio disso.

Margot ergue a mão para estapear Thandi, mas para no ar quando Thandi diz:

— Vá em frente. — Thandi sabe que disse a verdade. Vê que as palavras dela se enroscam, afetuosas, no pescoço da irmã. Ela se aproxima de Margot. Elas têm a mesma altura. Thandi sempre pensou que a irmã era alguns centímetros mais alta. Aquilo também era uma ilusão.

Margot estremece. Ela não ama nada nesse mundo exceto Thandi. Quer que ela seja bem-sucedida, mas também quis tanto para si mesma. Agora sente que está esvaziada. "Sem compaixão, sem consciência, sem coração." Foi o que Verdene disse quando Margot confessou saber que sua amada casa cor-de-rosa não valeria nada, que River Bank seria sacrificada. O amor de Verdene virou cinza diante dos olhos de Margot. Agora, Margot olha para Thandi, tudo o que restou.

— Você me deve. Por tudo o que fiz por você, sacrifiquei por você. Você. Me. Deve. Thandi, que ela vestiu, abrigou, alimentou, a quem deu cada pedaço de si mesma. Com o corpo dela protegeu a irmã da ira de Delores. Deu a ela uma oportunidade de escapar. De se sair melhor do que elas para não ter de sacrificar nada. Mas em vez de gratidão, Margot vê nos olhos de Thandi um ressentimento que sobressai.

— Cê nem mesmo sabe quem cê é. Minha infância foi gasta como uma nota de cem dólares com você. Tudo que você precisava era colocado nas minhas costas. Si cê precisava di leite em pó, eu tinha qui dormir c'o teu pai pra conseguir. Si cê chorava di fome, eu tinha qui dar comida pra você. Si cê queria um brinquedo diferente, eu tinha qui ficar di joelhos i fazer mais do que brincar. Tinha que brincar c'o teu papai também. — Thandi não diz uma palavra. Os olhos dela são um par de círculos escuros, vazios de entendimento, de conflito. — Quando cê entrou naquela escola, tive de fazer hora extra pra você poder ir. Mas nem isso estava ajudando, então pedi pro Alphonso assinar o cheque. Você fala que foi usada? Fica um dia no meu lugar i você vai saber o qui é isso. Fiquei naquele barraco, quando podia cuidar da minha própria vida, porque tinha medo qui a Delores fizesse com você o que ela fez comigo. Então, de onde vem teu direito de me julgar? Agora me diz, Thandi, de uma vez por todas. Se não é para ser a médica que rezamos para você ser... O. Quê. Você. Quer? — Margot estica a pergunta entre os dentes. Thandi olha para Alphonso como se pedisse autorização dele.

— Quero que o Charles fique livre. Quero as acusações contra ele retiradas, e a recompensa. Quero que a gente fique junto.

Margot ri disso.

— Sério? Só isso? — Um nó de pena sobre na garganta de Margot, vendo a irmã de ombros encurvados, com o rosto jovem, bonito, descolorido e maculado de confusão e derrota. Quantas garotas Margot já viu assim? Quantas garotas ela aconselhou a trabalhar pelo que queriam? Garotas da idade da irmã ou mais novas. "Mi enche di orgulho", dizia para elas. Elas trazem negócios para a ilha que as rechaça, as amontoa como lenha para serem corroídas pelas intempéries. Ou, mais exatamente, as abandona para afundarem no mar. Margot as recolhe uma a uma e dá a elas uma vida nova. Uma nova maneira de tomarem a liberdade que lhes foi negada. Aterrorizadas com o que a experiência pode trazer, essas garotas se fiam em Margot para serem orientadas. E, muito metodicamente, ela as demite, desafiando-as a afundar ou nadar. Nunca, em um milhão de anos, ela pensou que fosse possível abdicar de Thandi desse modo. Ela pensou que seria sempre o navio no qual Thandi navegaria. A boia que a mantém flutuando. Mas ocorre a ela que talvez a irmã só aprenderá a nadar quando ela, assim como Margot, for empurrada às regiões mais profundas do oceano. Que ela será capaz de se adaptar por pura vontade de sobreviver. Nem mesmo as ondas da Heidi Grávida serão capazes de detê-la. Então, Margot se inclina e beija a irmã suavemente na testa, pela última vez. E, muito suavemente, a empurra para Alphonso.

— Mi enche di orgulho.

40

Margot acorda na mansão de frente para o mar, a mansão dela, cercada por lençóis úmidos, amarrotados. Ela transpirou nos lençóis de novo, embora o ventilador de teto gire sobre o dossel de estrutura de madeira escura e véu branco de sua cama *king-size*. Ela não consegue se lembrar do sonho, nem mesmo do trecho final que ainda se enrosca em seu pescoço e a sufoca. É a quarta vez seguida esta semana que isso acontece. Ela olha ao redor do quarto amplo, onde a luz do dia avança pela veneziana e toca seu pescoço. Há pouco, ela havia tentado pegar mãos que não estavam ali. A pele dela está esfolada, machucada.

— Desrine? — ela chama pela criada. Mas então se lembra de que Desrine, que entra pela porta dos fundos vinda de seu alojamento, não chega antes das oito, quando já está na hora de Margot sair para o trabalho em seu Range Rover preto estacionado na entrada de veículos. Se Desrine já estivesse aqui, Margot teria ouvido o *slap-slap* dos chinelos dela ecoando pelos ladrilhos de mármore. Tudo que ela escuta agora é o *tap-tap* das gotas de chuva no peitoril da janela e na varanda superior para a qual se abre a porta do quarto master. Tem chovido há dias, como se fosse para compensar a seca do ano passado.

Margot joga as cobertas, se levanta do colchão firme, abre o véu e sai do quarto, caminhando com leveza, como se os ladrilhos de mármore pudessem rachar com seus passos. Com seu longo robe de seda arrastando no chão atrás dela, vai de quarto em quarto, abrindo e fechando as portas francesas em arco, como se estivesse procurando... o quê? Ela não sabe. Todos os três quartos de hóspedes, pintados com a cor do céu – não o cinza desses últimos dias, mas azul – estão vazios, quase austeros, como estranhos bem vestidos. Ela se embrulha no robe e caminha até o solário, único lugar da casa onde ela se sente ela mesma. Seja lá o que isso significa. Cada detalhe levou meses para ser aperfeiçoado, as vigas de madeira expostas no teto em arco, a mobília de rattan escuro com almofadas brancas, as paredes em cores vivas que ela mesma pintou, experimentando o hibisco rosa, o laranja Valência, o vermelho pôr do sol, antes de decidir-se pelo límpido e nítido branco.

Se Delores pudesse me ver agora, ela pensa, esfregando o pescoço onde está marcado. A última vez que soube da mãe, Delores tinha se mudado para uma comunidade além em Trelawny com a Vó Merle para ficar perto do porto. Ela ouviu dizer que Delores tinha perdido muito peso, e a pele flácida expunha seus ossos. Foi Maxi que transmitiu a mensagem. Margot tinha ido à cidade depositar dinheiro no banco – uma missão para a qual ela não confia em Desrine – quando deu um encontrão com ele. Os olhos dele examinaram suas roupas novas, seus sapatos de couro italiano, sua bolsa Chanel, as chaves do Range Rover penduradas em seus dedos bem cuidados. Ele assentiu lentamente com a cabeça, ainda que ninguém tivesse perguntado nada.

"Si cuida, Margot", ele dissera por fim. Ele falava com mais formalidade, sem piadas, sem insinuações sexuais e sem filosofia de homem rasta. E pior, parecia a última vez. Como um adeus. Quando ela se virou para ir ao banco, quase perdeu o equilíbrio.

Margot se senta em um dos sofás de vime do solário e contempla a vista panorâmica do mar. É uma maravilha olhá-lo ali de cima. A vista é mais bonita à luz do sol, que normalmente atravessa o vidro em raios encantados. Mas ultimamente o céu em si tem estado vazio de tudo, incluindo estrelas. Como o oceano, está profundo e sinistro, rugindo sobre a cidade como se Deus pregasse uma peça na humanidade: o mar e o céu trocando de lugar. O céu ameaça engolir Margot.

Ela enxerga Verdene em cada superfície, seus corpos comprimidos juntos enquanto escutam o som da água batendo do lado de fora do vidro. Margot as imagina olhando para o verde viçoso do terreno ajardinado cercado de roseiras, hibiscos, buganvílias e cercas bem podadas. Um jardim que Verdene certamente teria orgulho em manter. Margot construiu esta sala para que elas pudessem ver o nascer e o por do sol juntas. Mas contratou pessoas para povoar sua propriedade; pessoas cuja presenta a tem mantido a salvo: Cudjoe, um homem mais velho que era agricultor, mas se tornou jardineiro depois que suas colheitas se perderam com a seca, e Desrine. Ambos aparecem para trabalhar de manhã no horário, Cudjoe cuidando da propriedade e Desrine, da casa. Mesmo assim, quando eles estão ali, a casa ainda é silenciosa, muito silenciosa; a calmaria do oceano, a ondulação intermitente das cortinas com a brisa. Em River Bank, ela costumava ouvir o cacarejar dos galos. Mas aqui, em Lagoons, quando ela acorda, há silêncio, como se o dia tivesse prendido a respiração. Desrine e Cudjoe conversam um com o outro por sussurros ou não fazem som algum depois do inicial "Olá, senhorita Margot". É essa formalidade gélida que produz uma esporádica explosão de fogo dentro do peito de Margot, que a faz surtar com eles sem nenhum motivo. "Desrine, já não falei para você parar de usar aquele maldito líquido de limpeza? O que cê quer fazer? Me matar?" Ou "Cudjoe, pra que eu ti pago? Para cê sentar debaixo daquela árvore? Cê acha qui não tô vendo?! Tem muita gente feito você em Montego Bay. Metade delas precisa di emprego."

Isso, ela espera, forçaria-os a conversar, ou mesmo a protestar. Mas isso nunca acontece. Eles simplesmente concordam com a cabeça e pedem desculpas de um modo redundante. "Disculpa, senhorita Margot. Disculpa. Num vai acontece di novo."

De tempos em tempos, estranhas entram e saem, pessoas que ela conhece no novo hotel que gerencia. Na maioria das vezes, uma ou duas garotas que ela contrata, aquelas mais dispostas a fazer horas extras por um bônus. Cansada de sofrer por Verdene, Margot vive de um orgasmo a outro, tentando preencher a solidão com outros corpos antes de os colocar para fora sob o olhar pasmo das estrelas da noite. Não importa se Desrine, do alojamento dos fundos, as vê. A garota foi treinada para ver e desver. Para ouvir e desouvir. Quando Margot a contratou, ela esperava ter a intimidade que compartilhou com a irmã no passado. Desrine é jovem, com uma pele escura aveludada e um olhar que depressa voa para longe como um pássaro arisco.

As manchas no pescoço de Margot incomodam como se o pesadelo as agravasse. Desde que o hotel abriu, em outubro passado, turistas têm sucumbido às ondas da Heidi Grávida. Uma mulher desapareceu quando foi nadar na parte mais profunda do mar, e um menininho quase se afogou quando uma onda alcançou sua perna e o puxou para baixo ao se retirar da praia. A instalação de quebra-ondas e os acertos de ações judiciais estão custando milhões ao hotel, o que inevitavelmente forçou Alphonso a cortar outras despesas... como salários.

Quando a chuva finalmente abranda, Margot caminha para o outro lado da mansão, andando pela casa. No caminho, ela passa pela cozinha com balcão de pedra, pela sala de estar que se abre para o terraço da piscina. A grama resplandece com a chuva e as folhas de um verde brilhante das mangueiras, palmeiras e bananeiras estremecem sob o peso da água. Há uma pequena fonte ao lado da piscina, onde a estátua de uma mulher nua derruba água na base, que tem o formato de uma ostra; inspiração que Margot tirou de um dos desenhos de Thandi. Ela manteve a fonte, embora Thandi, como Verdene, tenha desaparecido de sua vida como se nunca tivesse estado lá. A última vez que Margot teve notícias da irmã, ela tinha se mudado para Kingston. *Talvez ela faça algo grandioso da própria vida*, Margot pensa, examinando a estátua, que foi esculpida à perfeição por um jovem rasta que Margot encontrou na rua. "Vou pagar por toda essa água?", ela perguntara ao paisagista que contratou para instalar a fonte. O homem havia olhado para Margot com o único olho bom que tinha como se ela falasse outra língua. "É do mar, senhorita. A menos que o mar desapareça, a água num vai parar de correr. Água du mar é grátis."

Quando Margot para no terraço da piscina, o sol, que não aparecia há dias, abre caminho, brilhante e forte, por trás das nuvens macias e marrom-acinzentadas. A piscina retangular reluz diante de Margot. Tudo cintila sob a luz do sol que ressurge, exatamente como Margot sempre pensou que seria. Exceto por sua silhueta solitária e granulada na superfície da água, sombria diante do sol.

AGRADECIMENTOS

É com grande honra que expresso minha intensa gratidão àqueles que tornaram este livro possível, àqueles que me ofereceram recomendações, sabedoria, encorajamento, apoio, conselhos, instrução e oportunidades. Sem vocês, *Bem-vindos ao paraíso* não teria evoluído para ser o livro que é.

Muito obrigada à minha incrível agente, Julie Barer, que acreditou neste livro; à minha maravilhosa editora, Katie Henderson Adams, por amar este livro e não medir esforços por ele; a Cordelia, Peter, Philip, Bill e a toda a equipe da W.W. Norton/Liveright; a Michael Taekens, por amar o livro e optar por se dedicar a ele; à minha mentora, Marita Golden, pelo apoio e encorajamento resolutos e inigualáveis desde o princípio; a David Haynes, por sua visão e seu entendimento; a Janae Galyn-Hoffler, por ser minha fenomenal e dedicada leitora; a Erica Vital-Lazare e à equipe da *Red Rock Review* por publicar meu primeiro conto; a Laura Pegram, Juliet P. Howard e Ron Kavanaugh, por incentivar a mim e a outros escritores na busca por comunhão e desabafo.

Sou grata à MacDowell Colony e à Hedgebrook Residency, por me concederem tempo e espaço para a escrever; ao Barbara Deming Fund, pela doação que me permitiu criar; e a Sewanee Writers' Conference, Kimbilio, Lambda Literary e Hurston/ Wright, pelas concessões de bolsas.

Agradecimentos especiais à equipe do Silver Sands Villas em Duncans, Trelawny, especialmente a Tanesha, Kimesha, srta. Claudette e Tracy-Ann, pelo apoio e contribuições carinhosos enquanto eu escrevia esta história e, também, pela oportunidade de ser parte de uma família. Meu eterno e sincero agradecimento ao seguinte elenco de pessoas fenomenais em ordem alfabética: Alistair Scott, Brian Morton, Cheryl Head, Dahlia Campbell, Daniel Townsend, David Hollander, Dennis E. Norris II, Diana P. Miller, Diana Veiga, Dionne Jackson-Miller, Dolen Perkins-Valdez, Donovan Rodriques, Joan Silber, Jessica Deliazard, June Frances Coleman, Karenn Cohen Jordan, Kate Schmier, Kathleen Hill, Keisha Phipps, Krystal Brown, Laura Diamond, Lorraine Correlley, Mary Morris, Melesia Senior, Michael A. Fanteboa, Michelle Y. Talbert, Nancy Diamond, Natalie Wittlin, Nelly Reifler, Patrick Wilson, Rafael Flores, Romaine McNeil, Sadeqa Johnson, Sanderia Faye, Sharon Gordon, Shayaa Muhammad, Sheri-Ann Cowie, Soraya Jean-Louis McElroy, Stephen O'Connor, Timothy Veit Jones, Tracy Chiles McGhee e Z.Z. Packer.

Também serei eternamente grata ao professor Duane Esposito por conhecer meu destino antes de mim. A Tina Whyte, por ser a primeira escritora de verdade que conheço e que me inspira a escrever minhas próprias histórias! A Verdene Lee, Ken Glover e às garotas da Wari House, por enriquecerem minha experiência na Universidade Cornell; à

Universidade de Michigan em Ann Arbor, onde escrevi e enterrei muitas versões preliminares; ao Programa MFA da Sarah Lawrence College, pelo acolhimento. A R. Erica Doyle, OyaBisi Id, Julia Fierro e à Sackett Street Writers' Workshop, pela coragem de arriscar novamente a escrita, e a meus alunos da Stuyvesant Writing Workshop, por serem grandes professores. E aos grandes Toni Morrison, Paule Marshall, Edwidge Danticat, Zora Neale Hurston e Marlon James, que me deram autorizações.

Sou grata a meus pais, Sharon Tucker-Gordon e Danville Dennis, que incutiram em mim o valor do trabalho duro, e ao restante de minha família: Lewis "Louie" Benn, Juliet Jeter, Eugenia "Cooky" Benn, Joe Murray, David Watkins, Carol Horton e Charles "Turkey" Benn, por sua compreensão e apoio.

E, evidentemente, minha gratidão à minha amada terra natal, Jamaica, minha musa e lar de minha avó Rowena "Merna" Hunter e minha bisavó Addy: a mulher que me deu a coragem e a liberdade para escrever e viver livremente.

Por fim, grande gratidão à minha incrível esposa, leitora, editora e ouvinte Emma Benn. Sem você e seu amor incondicional, nada disso teria sido possível. Muito obrigada por sua paciência e por me aturar.

Esta obra foi composta pela Desenho Editorial
em Caslon Pro e impressa em papel Pólen
Soft 70g com capa em Ningbo Fold 250g pela
RR Donnelley para Editora Morro Branco em
agosto de 2018